SILBERKRONE

C. S. Winter hat im naturwissenschaftlichen Studium einige Publikationen veröffentlicht, wollte aber immer schon lieber Bücher schreiben. Sie lebt mit ihrer Familie in Wien, wo sie auch als Apothekerin arbeitet. Wenn sie nicht schreibt, strickt sie oder versucht, ihren Diabetes in den Griff zu bekommen. Alles davon ist einfacher mit Schokolade und Kaffee.

C. S. WINTER

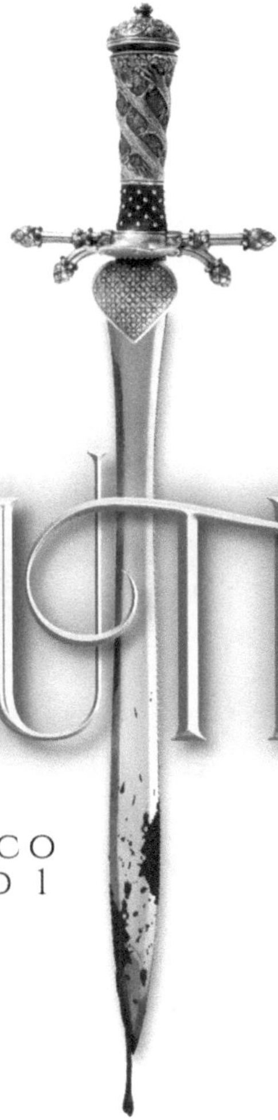

BLUTEID

SAN FRANCISCO
NIGHTS BAND 1

SILBERKRONE

Bluteid

Lektorat: Christiana König
Korrektorat: Hannah Koinig (Lektorat Butterblume)
Cover: Christiana König
Buchsatz und Illustration: Christiana König

ISBN: 978-3-903387-98-0

1. Auflage

Silberkrone - Verlag
Pfanghofweg 3 8045 Graz
www.silberkrone-verlag.com
E-Mail: organisation@silberkrone-verlag.com
Instagram: @silberkrone.verlag

Für …

… meine Eltern, die immer daran geglaubt haben, dass sie dieses Buch in Händen halten werden.

Prolog

Der Homunculus war wirklich so dämlich wie der Meter Feldweg, aus dem er bestand.

"Mistvieh", brummte Thea, während das lehmige Hutzelmännchen unter ständigem Geschnatter einen toten Straßenköter hinter sich her zu dem Lagerhaus schleifte, das heute Abend ihr Ziel war. Rasch klopfte Thea ihre Taschen ab. Sie hatte locker genug Munition für die acht Homunculi da unten.

Damit umfasste sie ihre Handfeuerwaffe fester und ging los, hielt sich trotz des Nebels nahe der Hauswand. Homunculi waren zwar dämlich, aber sie hatten Augen im Kopf. Zumindest, wenn ihr Erschaffer ihnen welche gegeben hatte.

Wenigstens stand keiner Schmiere, dachte sie, als sie um die Ecke lugte und den Eingang offen, aber verwaist vorfand. Thea gestattete sich noch einen tiefen Atemzug, unsicher, was genau sie da drin vorfinden würde. Dann hielt sie ihre Waffe im Anschlag und legte los.

Sie trat durch den dicken Plastikvorhang und drückte ab. Ihre Kugel schlug im Rücken des Homunculus ein, entfaltete ihren Zauber.

Okay, es war nur Technologie, aber sie grinste jedes Mal, wenn ein Schreddergeschoss sein Ziel traf und in ihm explodierte.

Der Homunculus zerplatzte wie ein Tonkrug, rötliche Scherben prasselten nieder auf das Fell des toten Hundes, verstreuten sich im Flur. Es war ein cooles, kleines Schauspiel.

Alarmierte Rufe erinnerten Thea daran, dass sie ihr Eintreffen damit überdeutlich gemacht hatte. Auch gut.

Sofort lag ihre zweite Pistole in ihrer freien Hand und sie sprintete voran, hielt sich an der Wand zu ihrer Linken und zielte in den Hauptteil des Lagerhauses, der sich rechts auftat.

Vier weitere Schüsse krachten, bevor die restlichen Homunculi wussten, was Sache war, und so regnete es vier weitere Male Tonscherben.

Dann glotzten sie alle tönernen Augen im Raum verdattert an. Scheiße, das waren weit mehr als acht.

Thea biss sich auf die Lippe, verschob ihren Ärger auf später und konzentrierte sich auf ihre zahlenmäßig überlegenen Gegner. Denn die Biester waren bewaffnet.

Sie drückte noch dreimal ab, zerfetzte damit noch drei Homunculi, deren Messer, Hackbeile und Kochlöffel klirrend zu Boden fielen.

„Shit!“, entfuhr es Thea, als ein Homunculus von der Küchenzeile hechtete und ihr seinen Fleischhammer gegen ihr Handgelenk donnerte. Ihre Waffe fiel ihr aus der tauben Hand und einer der kleinen Mistkerle griff danach.

„Vergiss es“, fauchte Thea und holte aus. Der Stahlkappenstiefel kollidierte mit dem tönernen Kopf und hinterließ ein Loch. Sie schnappte sich ihre Pistole, bevor der Homunculus erneut danach greifen konnte, doch sein hohler Kopf war am Boden zerschellt.

Thea verengte die Augen, als ihr eine Idee kam. Sie steckte eine Waffe weg, erschoss mit der anderen zwei weitere Homunculi, dann griff sie nach dem Fleischhammer.

Keine Sekunde zu früh. Sie schwang ihre neu erlangte Waffe gegen den Homunculus, der soeben ein Messer gegen ihren Oberschenkel erhoben hatte. Damit fegte sie dessen Kopf glatt von seinen Schultern. Thea lachte, zielte und traf einen Homunculus, der sich weiter hinten in der zur Küche umfunktionierten Lagerhalle hatte besser bewaffnen wollen, der Fleischhammer krachte gleichzeitig gegen einen Homunculus neben ihr.

Sie hatte ihn nicht perfekt getroffen, schließlich war sie Scharfschützin, keine Nahkämpferin. Aber so grobschlächtig der Hammer auch war, so effektiv war er auch. Denn der Kopf des Homunculus war trotzdem nur mehr eine Staubwolke.

Thea zählte die kleinen Bastarde nicht, sie hatte einfach ihren Spaß dabei, sie alle plattzumachen.

Als sie dem letzten mit dem Hammer die Visage zertrümmert hatte, sah sie sich schwer atmend um.

„Was für eine Sauerei", keuchte sie. In der plötzlichen Stille atmete sie durch, würgte aber sofort. Die Homunculi waren beschworen worden, um fleischgefüllte Teigtaschen zu produzieren, die in jedem Stadium hier rumlagen, genauso wie ein großer Vorrat an Gewürzen und Sojasauce. Der Geruch von gebratenem Fleisch, würziger Sauce und scharfen Gewürzen würde die ganze Nacht in ihrer Nase jucken.

Sie verzog das Gesicht wegen des Geruchs und machte kehrt, aber der Anblick dort ließ sie erst recht eine Grimasse schneiden.

„Damit wäre klar, warum der Auftrag unterm Tisch bleiben sollte. Igitt", befand Thea, als sie die zerstückelten, nur teilweise verwendeten Überreste von Hunden, Katzen und Ratten erblickte. Jede Wette, dass ihre Auftraggeber den Homunculi nicht genug Fleischvorräte gegeben hatten, aber sie gezwungen hatten, Tag und Nacht zu produzieren. Dann hatten sich die Homunculi eben selbst Nachschub geholt.

Und so, wie sie die Shunan-Brüder kannte, würden sie dennoch alle fertigen Teigtaschen hier verticken.

„Ein Grund Chinatown dauerhaft zu meiden“, schüttelte Thea den Kopf und ging los.

Doch sie stockte mitten in der Bewegung. Hinter ihr stapfte etwas. Es war schwer und es kam in ihre Richtung.

Sofort wirbelte Thea herum, die Schusswaffe im Anschlag, ihr neuer Fleischhammer fest im Griff. Aber der würde ihr nicht so viel nutzen. Das war ihr klar, als sie sich nach den kaum einen halben Meter hohen Homunculi nun einem Golem gegenübersah, der sie deutlich überragte.

Der Golem schleppte etwas, das sie erst als große Teigkugel identifizierte, als es in ihre Richtung flog. Thea wich aus und fluchte. Sie unterstrich ihre Worte gleich noch mit drei Schüssen, aber wiewohl sie trafen und ihren Dienst taten, der Golem war einfach zu massiv.

Er schlug nach ihr und Thea brachte sich rasch in Sicherheit, aber die Arbeitsplatte hinter ihr hatte nicht so viel Glück, sondern wurde krachend eingedrückt. Als ob Thea einen Beweis gebraucht hätte, dass der Golem sie keinesfalls erwischen durfte.

Fürs Erste blieb ihr nur, schneller zu sein als das klobige Ding und so lief sie durch die unordentliche Lagerhalle, schoss, wann immer sie konnte, und wich aus, so gut sie es vermochte. Aber bald hatte der Golem die Einrichtung völlig zerdeppert. Sie musste den Klumpen Erde plattmachen, und zwar zackig.

Thea legte in vollem Lauf ein frisches Magazin ein und schoss eine Salve auf den Golem, aber das blöde Ding stand immer noch.

Wenigstens hatte er jetzt ein Loch. Hatte er wohl auch gemerkt, denn er riss einen Herd aus seiner Verankerung und warf ihn nach Thea.

Sie duckte sich weg und landete genau zwischen zwei Fleischerhaken. Noch mal Glück gehabt.

Der Herd krachte halb durch die Wand, aber sie achtete gar nicht darauf, denn sie hatte eine Idee. Es war bescheuert, aber …

Thea schnappte sich beide Fleischerhaken von der Wand und rannte los. Sie hatte keine Waffe mehr parat, aber sie wusste, dass sie den Schlägen des Golems ohnehin ausweichen musste. Nur war das leichter gesagt als getan.

Nur eine Haaresbreite pfiff der Hieb des Golems über ihrem Kopf hinweg, aber es reichte knapp aus. Sie rollte sich ab, kam hinter ihm zu stehen und hing die Haken in das Loch auf der Schulter des Golems ein. Der eine war noch mit einer schweren Kette an der Wand fixiert, die Kette des andere schleifte Thea hinter sich her bis zur gegenüberliegenden Wand.

Der Golem wehrte sich, entriss ihr die Kette beinahe, sodass sie den Ruck bis in ihre Schulter spürte, doch Thea ließ nicht locker. Sie zog an der Kette, schoss auf den Golem, um ihn abzulenken. Es wirkte gerade lange genug.

Sie hakte die Kette an der Wand in eine Verankerung und keuchte schwer, während der Golem mitten im Raum gefangen war. Das würde nicht lange so bleiben, also nutzte Thea die Verschnaufpause und sah sich um. Dann grinste sie.

Weitere Salven lenkten den Golem ab, doch sie hörte die Verankerung der Haken bereits unter Protest knarren. Keine Zeit zu verlieren.

Thea hievte den nach ihr geworfenen Herd auf einen Magazinwagen, ignorierte, dass er dort Lauch und anderes Gemüse zerquetschte, dann schob sie das Ding mit aller Kraft an. Es donnerte in den Rücken des Golems und vergrößerte das Loch in ihm. Das würde ihn zwar wahrlich vom Haken lassen, aber Thea feuerte Kugeln aus beiden Pistolen in sein Inneres, gab alles, was ihre Waffen aufbrachten.

Die Geschosse pulverisierten den Torso des Golems, dann fiel er scheppernd in sich zusammen.

Thea schnaufte, dann lachte sie. Was für ein Auftrag. Sie schüttelte den Kopf ob des Chaos.

Wenigstens musste sie nicht aufräumen, den Job würde womöglich ein anderer Trupp Homunculi bekommen. Würde sie erst interessieren, wenn sie die dann auch ausschalten sollte. Für heute aber war Feierabend.

Thea steckte ihre Waffen weg und verließ die Lagerhalle, wobei sie bereits ihr Handy hervorkramte. Die Shunan-Brüder waren sich zu gut für einfaches Fußvolk wie sie, also würde nur die Mailbox rangehen.

„Ja, Thea?“, überraschte sie daher die Frage durch ihr Telefon. Sie überwand sie aber gleich: „Eure Homunculi sind Staub. Genauso wie der Golem, den ihr dort nicht hättet haben dürfen. Für den Scheiß schuldet ihr mir was.“

Immerhin hatte sie ihnen die überaus beliebte Bürokratie der Agentur vom Hals gehalten.

„Barry's Pub, die Drinks gehen auf uns“, erhielt sie eine Einladung und Thea lachte. „Alles klar. Dann heute mal den guten Whiskey.“

Der eine der Shunan-Brüder, wer immer es gewesen war, hatte bereits aufgelegt, aber es war Thea egal. Nach getaner Arbeit hatte sie sich ein paar Drinks verdient.

Kapitel 1

Getränke aufs Haus

P*litsch ... platsch ...* Was zum …? Stöhnend erwachte Amalthea und wusste erst nicht, wo sie sich befand, außer dass dieser Raum … eine *Toilette* war?

Verdammt, Thea, das war 'ne beschissene Party, dachte sie bei sich und stemmte sich vom Boden hoch. Dabei blieben ihre Hände zwar von den langen Ärmeln ihres Mantels verdeckt, aber dennoch spürte sie das Nass, das sofort den Stoff ihres Trenchcoats durchweichte. *Igitt*, schoss es ihr durch ihren brummenden Kopf und sie verfluchte sich dafür, gestern ganz offensichtlich zu viel gesoffen zu haben. Nur … mit wem?

Scheiße, sie konnte sich nicht erinnern. Als sie sich an der Türklinke einer der Kabinen endlich auf ihre Füße gezogen hatte, schwankte sie bedenklich, aber sie konnte ihr Gleichgewicht halten, was sie aufgrund ihrer ausnahmsweise hohen Absätze allerdings selbst über alle Maßen verwunderte.

Erst mal klopfte sie sich den Staub von den Beinen, richtete ihren violett-gelben Schal, mit dem sie die meisten Insekten-Dämonen verwirren konnte, da die Farben einfach zu viel waren für Facettenaugen, und atmete einmal tief durch. Was sie ob des Geruchs hier und ihrer eigenen Fahne gleich bereute.

Unter Aufbietung aller Beherrschung und Gewandtheit, über die sie noch verfügte, wankte sie zum Waschbecken und stützte sich schwer auf das Porzellan, um nicht erneut auf diesem ekelerregenden Boden zu landen. Der Spiegel über dem Waschbecken war fleckig und starrte vor Schmutz, als sie den Blick hob und ihr Spiegelbild betrachtete.

Sofort zuckte sie zusammen und blinzelte heftig. Was für ein Anblick. Sie schwor sich, dass sie niemals wieder Alkohol anrühren würde, wenn sie sich schon einbildete, das Gesicht eines Kaninchens zu haben, und murrte: „Nie wieder …"

Sofort stockte sie, denn es war nur ein Piepsen gewesen, ein hoher, unangenehmer Laut. *Moment, was …? Scheiße!*

Ihre Hände flogen zu ihrem Gesicht, das nicht mehr das ihre war. Sie war ein Mensch, aber im Spiegel sah sie nicht bloß ein Kaninchengesicht, nein, sie fühlte es auch unter ihren Händen, die zum Glück noch die eines Menschen waren. Fassungslos schob sie ihren Hut zurück, betastete die Stupsnase und die langen Schlappohren, in denen allen Ernstes ein Glöckchen bimmelte. Sie hatten ihr in ihre ohnehin schon gepiercten Ohren doch allen Ernstes ein Glöckchen-Piercing gemacht! Wer immer *sie* auch waren …

Halira, ihr Haustier, ihre Vertraute, saß zwar wie sonst auch in einer Tasche ihrer Cargohose, aber sie sah nicht aus, wie sie sollte, achtbeinig, pelzig und hübsch, wie eine Vogelspinne auszusehen hatte. Nein, sie war ein Eichhörnchen, ein verdammtes *Eichhörnchen*. Was für ein fauler Trick war das? Magie, ein Fluch?

„Ich bring' sie um …", fiepste Amalthea, wiewohl es ein Grollen hätte werden sollen und zog sich den Hut wieder tief in ihre Stirn, wie sie auch ihren violett-gelb gestreiften Schal hochzog, damit man möglichst wenig von ihrem Gesicht erkennen würde. Nein, diesem dämlichen Kaninchengesicht, das einer der Dämonen ihr gestern verpasst haben musste.

Es konnte nur ein Dämon der Shunan-Familie gewesen sein, denn diese blöden Mistkerle waren die einzigen, die so etwas witzig finden würden. Aber sie hatten sich die falsche Frau für diesen Scheiß ausgesucht!

Hastig stopfte Amalthea ihre Hasenohren unter ihren Schal, damit man sie nicht sah, dann griff sie nach Halira. „Komm schon", bat sie. „Ich weiß, da drin ist es dir zu warm, aber so können wir nicht unter die Leute."

Das überzeugte Halira und sie zwängte sich ebenfalls in den Schal, dann spähte Thea durch die Tür hinaus in den Raum vor der Toilette. Sie erkannte einen Schankraum, leer zum Glück und hörte Schritte sowie das Rauschen einer Geschirrspülmaschine und das fröhliche Pfeifen eines Mannes. *Barry*. Pub-Besitzer, Mistkerl, Insektendämon … und gerade ihre einzige Chance.

Wenn schon jemand diese Schmach sehen musste, dann doch bitte nicht er … *Shit*, fluchte sie in Gedanken, trat aber dennoch tapfer aus der Toilette und schickte sich an, in den hereinfallenden Sonnenstrahlen des Morgens, die ihre müden, verkaterten Augen blendeten, einfach schnurstracks an dem Barkeeper vorbeizugehen, doch dieser begrüßte sie fröhlich: „Hey, Amalthea, lange Nacht gehabt?"

Das weißt du Bastard doch wohl genauer als ich, fluchte sie gedanklich, sprach jedoch nicht, denn dann würde Barry wissen, was geschehen war, und diese Genugtuung wollte sie ihm ums Verrecken nicht gönnen. Also hielt sie wortlos auf die Tür des Pubs zu, entschlossen, einfach zu gehen und den Schuldigen plattzumachen. Da rief Barry ihr amüsiert hinterher: „Die Shunan-Brüder sind schon Mistkerle, was?"

Stocksteif blieb sie stehen und wandte ihm halb den Kopf zu, gerade so, dass er erkennen würde, sie hörte zu, aber nicht genug, dass er ihr Gesicht würde sehen können. Aber das war auch nicht nötig, wie er gleich darauf schulterzuckend offenbarte: „Keine Ahnung, wieso, aber der jüngere der beiden steht voll auf Bunnys."

Dabei wackelte er anzüglich mit seinen Augenbrauen und es war Amalthea erneut ein Bedürfnis, die langen Fühler vom Kopf des Insektendämons zu reißen.

„Komm, ich spendier' dir ein Bier", bot Barry versöhnlich an und klackerte freudig mit seinen Mandibeln, als sie daraufhin tatsächlich zu ihm kam und sich an die Theke setzte.

„Schnaps", orderte sie in so forderndem und unnachgiebigem Ton, wie sie es vermochte. Was bedeutete, dass nur ein lächerliches Piepsen hervorkam.

„Geht klar", erbot sich Barry dennoch und trotzdem konnte sie schwören, Belustigung in den unzähligen Facetten seiner Augen aufblitzen zu sehen. Mistkerl …

„Hier", sprach er und stellte das Glas vor ihr auf die Theke, was Amalthea vor ein Problem stellte: Wie bitte schön sollte sie den Kurzen mit dem Maul eines Kaninchens kippen? „Strohhalm?", erkundigte sich Barry zuvorkommend und sie schoss ihm einen wütenden Blick zu, den er jedoch nicht sehen konnte, dennoch drehte er sich um und zwackte einen pinken Strohhalm mit einer seiner Mandibeln entzwei, ehe er ein Ende in ihren Schnaps tauchte, den anderen Teil jedoch einfach auffraß.

„Das wird dir noch mal deinen Magen verderben", piepste Amalthea grantig, doch es klang noch immer zu nett, zu … *niedlich*, was sie sich angeekelt winden ließ.

Barry zuckte erneut mit dem schabenden Geräusch von Chitin die Schultern, also hob sie ihr Glas an und schlürfte den Schnaps ungelenk, aber das scharfe Brennen des Alkohols tat gut. Zwar hatte sie sich eben erst geschworen, das Teufelszeug nie wieder anzurühren, aber was machte das schon?

„Deine Hände sind ja noch okay, also los, zeig her“, forderte Barry sie klackernd auf. „Wie schlimm ist es?“

Seufzend ließ Amalthea das Glas sinken und zog anschließend widerwillig ihren Schlapphut mit den zahlreichen liebenswerten Flecken vom Kopf. Er war ein Geschenk ihres Lehrmeisters gewesen.

Barry holte so abrupt Luft, sodass sie das Zischen der Tracheen überall an seinem Körper hörte und gleich darauf lachte er klickernd.

„Tut mir leid, Thea, aber du bist … tatsächlich niedlich!“, amüsierte er sich und sie erdolchte ihn mit einem Blick, wobei sie wohlweislich die Klappe hielt. Aber ihre Kulleraugen waren wohl auch *niedlich* genug …

Als er sich jedoch nicht beruhigte, griff sie an ihr Oberschenkelholster und hielt ihm eine Pistole kommentarlos vor seine Facettenaugen.

„Schon gut“, hob er beschwichtigend seine Hände. „Lass mich sehen …“

Sie hasste es, von diesen vielen, opalschwarzen Sechsecken in seinen Augen gemustert zu werden, aber Barry hatte nun mal Ahnung von Magie und Flüchen, nicht umsonst war seine Bar immer wieder Anlaufplatz für unglückliche Idioten, die sich hatten verhexen lassen. So wie sie nun auch.

Halira hüpfte ungelenk aus dem schützenden Schal hervor und direkt auf die Theke, was Barry einen Moment erschreckte, sodass er aufgeregt mit seinen Mandibeln klackerte, dann aber lachte er: „Dich hat’s also auch erwischt. Autsch.“

Halira biss ihn mit ihren Nagezähnen kräftig in seine Hand und so lobte Amalthea ihr Mädchen im Stillen, denn eine neue, ungewohnte und verhasste Gestalt konnte sie nicht aufhalten.

„Nun, ich kann euch helfen …“, begann Barry langsam und sie horchte auf, setzte sich auf ihrem Barhocker gerade hin, wo sie bis eben trübselig schief gehangen hatte, doch sogleich wurde sie wachsam. Jeder Dämon verlangte einen Preis …

Und Barry nannte den seinen sogleich: „Ich helfe euch, wenn ihr die Shunan-Brüder umlegt.“

Amalthea inspizierte ihn genau und verfluchte ihn dafür, dass man in Facettenaugen nur schwerlich Gefühle erkennen konnte, denn sie konnte einfach nicht glauben, dass er nur das verlangen sollte. Klar, die beiden Brüder waren allen hier ein Dorn im Auge, aber Barry konnte sie als zahlende Kunden nicht vor die Tür setzen. Alle hier hassten die beiden Mistkerle, die glaubten, ihnen gehöre die Welt, nur weil sie ein paar andere Dämonenfamilien ausgelöscht hatten.

Technisch gesehen stimmte das ja sogar, sie hatten nun ein großes Stück des Kuchens San Francisco und sie waren zäh, einer ein kräftiger Schwertmeister, der andere ein begabter Hexer. Es wäre also nicht leicht, die beiden auszuschalten … aber wusste Barry denn nicht, dass sie die beiden ebenso tot sehen wollte wie er, mehr noch sogar?! Immerhin war jeder Auftrag von den beiden widerlich und spätestens jetzt als Häschen hatte sie endgültig die Schnauze voll. Oder eben die Stupsnase.

„Ich weiß, Thea, du denkst, das kann unmöglich mein Preis sein, denn du willst ja auch Rache“, sprach Barry lachend. „Sieh es als Rabatt, weil du mein Mündel warst. Irgendwo hab ich dich wohl doch lieb, du Göre.“

Das konnte er sonst wem erzählen. Thea sah ihn nur wortlos an. Sein Grinsen verschwand und Barry wurde ernst: „Okay, du warst noch nie dumm. Also die Kurzversion: Diese zwei Idioten haben so viel Unheil in dieser Stadt angerichtet, ich habe die Mandibeln voll. Sklaverei, Sachbeschädigung, Körperverletzung. Die Liste ist länger als meine Bar und vertreibt mir seit Jahren die Kundschaft. Ich will sie nur noch loswerden, egal wie. Und du bist nun einmal die Beste. Also lasse ich dich ungeschoren davonkommen. Diesmal."

Sie glaubte es immer noch nicht so recht, aber der Insektendämon holte ein Pergament unter der Theke hervor und legte es ihr hin. Die Tinte war grünlich und sie erkannte, dass es sein Blut sein musste, mit dem er geschrieben hatte. Insekten waren so verdammt altmodisch …

Sie studierte den Vertrag genau und bat auch Halira darum, ihn auf Magie abzutasten. Allerdings fanden sie beide keinen Haken, nichts, das nicht so in diesen Zeilen stand, wie sie es eben besprochen hatten. Schließlich nickte sie Barry zu und dieser wies auf das Pergament: „Unterschreib den Vertrag, dann helfe ich dir."

Misstrauisch beäugte sie ihn, aber sie wusste, er hatte bisher immer Wort gehalten und war mächtig, also zückte sie die Schreibfeder aus der Krempe ihres Hutes und krempelte den Ärmel ihres staubigen, mit Flicken übersäten Trenchcoats hoch. Dann stach sie das Ende der Feder mit Wucht in ihren Handballen, sodass Blut floss, und unterzeichnete damit den Vertrag.

Barry klackerte zufrieden mit seinen Mandibeln und rollte das Pergament ein, dann drehte er sich um und werkelte eine ganze Zeit lang mit den unterschiedlichsten Spirituosen hinter der Theke.

„Scheiße, Barry, ich brauche ein Gegenmittel, keinen Cocktail mit Schirmchen!“, beschwerte Amalthea sich, weil sie doch glatt vergessen hatte, dass ihre Stimme so lächerlich klang.

„Hör auf zu meckern, gut Ding braucht Weile“, gab der Insektendämon unbeeindruckt zurück und schüttete unaufhörlich weitere Alkoholika zusammen, bis er sich nach einer halben Ewigkeit umdrehte.

„Bitte sehr“, sprach er, als er ihr die Sektflöte hinstellte, in der ein stinkendes, blauschwarzes Gebräu vor sich hin dümpelte, das langsam aber sicher den kleinen Holzgriff des Cocktailschirmchens zersetzte.

Amalthea sah skeptisch zwischen dem Barkeeper und seiner neuesten Kreation hin und her, ehe er sie freundlich aufforderte: „Es schmeckt scheußlich, aber es hilft. Dein Fluch und dein Kater werden weg sein. Also los, Mädchen, runter damit!“

Mit diesen Worten reichte er ihr einen metallenen Löffel, den er für gewöhnlich in Eiscafé oder geeisten Schneckenschleim steckte. Klar, einen Strohhalm aus Plastik hätte diese Brühe im Nullkommanix zerfressen gehabt, aber der Stiel dieses Löffels war auch hohl.

Ein tiefes Seufzen ausstoßend griff Amalthea nach dem Löffel und der Sektflöte und leerte den ekelhaften Trank, so schnell sie konnte. So widerlich er schon ausgesehen hatte, doppelt so grauenvoll schmeckte er.

Sofort führte sie ihre Hände zu ihrem Gesicht und spürte bereits, wie es sich wieder zurückbildete, das Fell verschwand, die Stupsnase wurde wieder zu ihrer Nase, ihre vollen Lippen waren wieder da … und sogar ihre kleinen, geschwungenen Hörner wuchsen wieder über ihren Schläfen, ihr dämonisches Erbe, das sie einerseits gehasst, aber auch immer bewundert hatte. Nicht umsonst war sie die beste Dämonenjägerin der ganzen Westküste.

„Hier, Halira, du kriegst natürlich auch was", erklärte Barry freundlich und reichte dem Eichhörnchen eine kleine Schale, in der er sonst Erdnüsse zu servieren pflegte. Auch darin war dasselbe ekelhafte Gebräu, allerdings hatte er Haliras Cocktail allen Ernstes mit einer Haselnuss dekoriert, wusste der Teufel, wo er die hergenommen hatte.

Ihre Vertraute fand dies keineswegs witzig, aber Barry amüsierte sich köstlich. Aber da Halira bereits an ihrem Beispiel gesehen hatte, dass der Trank wirkte, stürzte sie ihn hastig hinunter. Amalthea fiel ein Stein vom Herzen, als sie zusah, wie aus dem hässlichen, rötlichen Eichhörnchen wieder ihre Halira wurde, ebenfalls rotbraun, aber mit acht Beinen und kräftigen Mandibeln, ebenso wie eine ordentliche Vogelspinne auszusehen hatte.

Freudig bot Amalthea ihr eine Hand an und setzte Halira wieder auf ihre Schulter, als diese auf ihre Handfläche gekrabbelt war, dann spürte sie die weiche Berührung von Spinnenbeinen an ihrem Hals und gleich darauf merkte sie, wie Halira das dämliche Glöckchen aus ihrem Ohr entfernte. Als es mit einem satten *Klonk* auf den Boden fiel, atmete Amalthea beruhigt durch und sah zu Barry, wobei sie grinsend sprach: „Danke, das vergesse ich dir nie."

Er zuckte bloß mit den Schultern und entgegnete: „Erfüll deinen Teil der Abmachung, das soll mir reichen."

„Oh, das werde ich", gab sie zurück und lud ihre Pistole durch. „Die beiden Idioten können sich auf was gefasst machen, sie haben die Falsche wütend gemacht, scheiß wütend!"

Mit einem blutrünstigen Grinsen verließ Amalthea den Pub und betrat den allzu sonnigen Morgen. Ein Blick auf die Taschenuhr an ihrem Gürtel verriet ihr, dass es gerade einmal sieben Uhr morgens war, na toll.

Sie würde sich in ihre Wohnung zurückziehen und einmal ordentlich über die Shunan-Brüder recherchieren. Sie waren wie Ratten, verkrochen sich feige und traten nur zusammen auf. Aber ein gezielter Stiefeltritt und sie waren nur noch ein blutiger Fleck an der Wand. Und es würde *ihr* hochhackiger Stiefel sein, der die beiden zerquetschte.

Kapitel 2

Besondere Vergnügungen

Barry hatte nicht gelogen. Der verdammte Kater, der ihren Schädel gelähmt hatte, war tatsächlich weg. Aber die Recherche in ihrem schön abgedunkelten Apartment hatte nichts erbracht. Nichts, *gar nichts*!

Fluchend schlug Amalthea ihre geballte Faust gegen die Hauswand und erkannte zufrieden, dass ein stolzer Abdruck in dem Stahlbeton zurückblieb. Der angenehme Schmerz einer imitierten Prügelei zog durch ihre Knöchel, aber das lenkte sie leider auch nicht davon ab, wo sie sich befand. Sie wäre gern woanders, irgendwo, sogar ein Kindergarten voller lärmender kleiner Mistviecher wäre ihr nun attraktiver erschienen.

Aber nein, sie stand in der Dämmerung am Alamo Square und hatte keine andere Wahl als die ekelhaft farbenfroh bepinselten „Painted Ladies“ anzustarren. Nun musste sie sich noch davon überzeugen, dass sie dort auch reingehen musste.

„Shit …“, fluchte sie zischend und spürte die Beine ihrer Vogelspinne Halira beruhigend durch ihr Haar streichen, nun da sie wieder unter Theas Schlapphut saß. So sehr sie ihre Vertraute mochte, gerade eben ging es ihr auf die Nerven, dass Halira so ekelhaft vernünftig sein musste. Sie verdrehte die Augen, denn Scheiße, nein, sie *wollte* nicht in diese blöde Bar.

Halira zwickte sie mit ihren Mandibeln in die Kopfhaut, die aufgrund ihres Undercuts nicht von Haar bedeckt war. Amalthea grummelte erneut, rang sich dann aber dazu durch, endlich zu den „Painted Ladies“ zu gehen.

„Shit …“, wiederholte sie, denn wo früher Prostituierte in viktorianischen Häusern gewesen waren, waren heute dämonische, menschliche und generell Prostituierte aller Arten in nicht mehr viktorianischen Häusern. Und wenn die Mädchen und Jungen einem nicht den letzten Nerv raubten, dann erledigten das ihre aufdringlichen Parfums.

Es half nichts, Amalthea musste dort rein. Also wappnete sie sich gegen den im wahrsten Sinne des Wortes umwerfenden Gestank von verschiedensten Parfums und Schweiß, ehe sie die Tür mit einem entnervten Tritt ihres Stiefels aufstieß.

„Was zum …“, bellte einer der Türsteher, ein bulliger Typ, der im ganzen Körper nicht so viel Grips haben konnte, wie noch in dem Leder des Schweins steckte, das er nun als Stiefel an seinen klobigen Füßen trug. Also ignorierte Amalthea ihn und wandte sich gleich dem Mann in einem feinen Nadelstreifanzug zu. Der saß am anderen Ende des kleinen, edel getäfelten Empfangsraumes hinter einem noch edleren, dunklen Schreibtisch.

Er lächelte sie freundlich und falsch an, wie er wohl jeden begrüßte, aber dann erkannte er sie offensichtlich und diese schmalen Lippen umspielte ein noch widerlicheres Grinsen.

„Spar’s dir, Jacques“, knurrte sie und fragte sich, wie zum Teufel man nur einen derart bescheuerten Namen *freiwillig annehmen* konnte. „Ich erkenne schon an deinem dämlichen Grinsen, dass es ein weißes Einhorn ist.“

Jeder, der dieses Etablissement betrat, unterlief einem Test und wer ihn bestand, durfte weiter zu den Nutten. Dazu musste man allerdings über irgendeine Art von dämonischen Fähigkeiten verfügen, besonderer Geruchssinn, der hier wohl tödlich gewesen wäre, herausragende Sicht oder irgendetwas anderes. Von ihr dachten alle, sie könnte hellsehen, dabei war es Halira, die selbst kleinste Schwingungen von Magie wahrnehmen und ihr zeigen konnte. Sollten sie es ruhig glauben.

Dieser schmierige Widerling namens Jacques war eindeutig ein Dämon, kein mächtiger und man sah ihm nichts an, aber er war einer, und er dachte sich für sie stets ein dämliches Bild aus. Heute war es - wie so oft - ein weißes Einhorn gewesen. Mit dem falschen Lächeln, das ihm wohl angeboren war wie auch die wasserstoffblonde Gelfrisur, wies er einladend auf die schwere Tür aus Kirschholz und meinte süffisant: „Willkommen, Lady Amalthea."

„Arschloch ...", knurrte sie zur Antwort und stapfte an dem kichernden Jacques vorbei, wobei sie die Tür erneut, einfach ihm zuliebe, mit einem Stiefeltritt öffnete, sodass ein ordentlicher Staubfleck zurückblieb und die Tür gegen die Wand donnerte.

Was Amalthea sofort bereute, denn der Gestank von Parfum und dämonischen Leibern war wirklich ekelerregend dick und penetrant in dem abgedunkelten, mit rotem Samt ausgelegten Raum. Sie würgte geräuschvoll und grinste innerlich, als die ersten Gäste und auch Angestellten sich brüskiert zu ihr umwandten. Ja, so machte ein Bordellbesuch doch Spaß.

Trotzdem beeilte sie sich, möglichst schnell die verdammte Nische zu finden, in der Praxedis ihr Bett stehen hatte. Abrupt riss sie einen samtenen, weinroten Vorhang zurück, obwohl sie eindeutige Geräusche dahinter vernahm. Sofort richtete sich der Freier mit einem unfassbar unmännlichen Quietschen auf, ehe er sich erschrocken unter der Decke verkroch.

Amalthea hob eine Augenbraue und betrachtete den armseligen, schmächtigen Kerl, der da auf Praxedis gelegen und sich redlich abgemüht hatte, wenn man sein Schnaufen betrachtete. Oder er hatte sich einfach erschreckt, käseweißer Wicht.

„Raus mit dir", forderte Amalthea ihn auf und gut für ihn gehorchte er aufs Wort. Hastig strampelte er die Decke fort und knallte der Länge nach auf den Boden, der zu seinem Glück mit weichem, ebenfalls rotem Flor bedeckt war, sodass sich das dämliche Würstchen zumindest keine ernsthafte Verletzung einhandeln würde. Allerdings wäre ihr das auch herzlich egal gewesen.

„Thea, du hast mir den ganzen Spaß verdorben …", gurrte Praxedis und biss sich theatralisch in ihre viel zu rote Unterlippe. Davon ließ sie sich allerdings nicht beeindrucken. Schulterzuckend setzte Amalthea sich auf das breite, weiche Bett, zog den Vorhang wieder hinter sich zu und gab zurück: „Der Kerl und Spaß? Ich bin überrascht, dass er überhaupt oben liegen *wollte*."

Daraufhin kicherte die Dämonin vor ihr in übertrieben kecker Schulmädchenmanier. Amalthea kam die Galle hoch. Aber jetzt, wo sie schon mal hier war, sollte sie diesen Scheiß gefälligst auch durchziehen, also begann sie: „Hör' zu …"

Doch Praxedis unterbrach sie lockend: „Ach, Thea. Immer denkst du nur an die Arbeit … du musst ja schrecklich angespannt sein …"

Dabei lehnte sich die nackte Frau zu ihr, sodass Amalthea ihr Parfum riechen konnte, das diese Art Dämon produzierte wie Menschen Schweiß – also zu viel und zu penetrant.

„Komm, lehn' dich zurück …", forderte Praxedis sie auf und war schon halb über ihr, als Amalthea ihre Schusswaffe zog und sie der Dämonin in ihr unnatürlich hübsches Gesicht hielt.

„Du bist ein verdammter Sukkubus, Prax, du musst *unten* liegen", fauchte Amalthea und sah mit Genugtuung dabei zu, wie die Lustdämonin in den Lauf der Waffe starrte, vollkommen stumm. Ja, Amalthea unterhielt sich gern mit der Hilfe ihrer Pistole, denn dann war ihr Gegenüber so herrlich ruhig.

„Und jetzt lass den Scheiß, ich bin nicht zum Spaß hier", schickte sie nach und als Praxedis sich trotz der Waffe eindeutig zu langsam und zu lasziv von ihr heruntergleiten ließ, verpasste sie der Dämonin einen Schubs, der sie ans andere Ende des Bettes beförderte. Gut so, das war ein annehmbarer Sicherheitsabstand.

Zumindest vorerst, denn Praxedis wand sich in einer Art, die wohl verführerisch sein sollte, bei Amalthea aber komplett als Rohrkrepierer endete. Trotzdem behielt sie ihre Waffe lieber in der Hand. Sukkuben waren echt wie dauerhaft rollige Katzen auf Ecstasy.

Als Praxedis sich räkelte und näher zu ihr schob, schnaubte Amalthea gelangweilt und drückte ihren Stiefeln gegen die Kehle des Sukkubus, hielt sie mit ihrem ausgestreckten Bein auf Abstand. Da ihr Stiefel nun schon mal praktisch in Position war, fixierte sie damit die Dämonin an der Wand des Alkovens und stellte klar: „Ich will die Shunan-Brüder. Wo sind sie?"

Sie hatte jetzt echt keinen Bock auf Smalltalk.

„Thea …", krächzte der Sukkubus theatralisch, wohl um sich einzuschmeicheln. Keine Chance, sie blockte die kleine Schlampe gleich ab: „Vergiss es. Entweder du sagst mir, wo ich die beiden Scheißkerle finde, oder ich schicke ihnen eine Botschaft. Der Kleine steht doch auf dich."

Die Augen der Dämonin weiteten sich zu hellen, gelbgrünen Tellern, als die blöde Zicke auch endlich geschnallt hatte, dass die Botschaft ihre Leiche sein würde. Nicht, dass sie es tatsächlich vorhatte. Hauptsache, Prax glaubte das.

„Genau", lobte Amalthea sie und nickte ihr dann auffordernd zu. „Also?"

Aus einem Anflug von Nächstenliebe heraus nahm sie ihren Stiefel ein kleines Bisschen vom Hals des Sukkubus, damit sie wenigstens antworten konnte. Amalthea hoffte nur, sie würde es tun und ihr das Süßholzgeraspel ersparen.

Praxedis zog eine Schnute, ohne zu antworten, also drückte Amalthea mit leisem Grollen wieder zu. Sofort schlangen sich die schlanken Finger der Dämonin um ihren Knöchel, um sie davon abzuhalten. Und gleichzeitig eine Liebkosung zu starten.

Doch das beeindruckte sie wenig: „Quatsch' nicht herum, sondern sag' mir, was ich wissen möchte."

… *und ja nicht mehr*, wie sie in Gedanken anfügte.

Der Blick des Sukkubus glitt abschätzend über ihr Gesicht, nicht länger mit einem schmeichelnden Lächeln auf ihren blutroten Lippen, sondern dem taxierenden Blick einer Geschäftsfrau. Sie wussten schließlich beide, Praxedis verkaufte nicht nur ihren Körper, sondern auch ihr stark begrenztes Wissen. Wie so mancher Abschaum hier, der nicht mit Kampfkunst oder Magie auftrumpfen konnte. So waren die meisten schließlich hier gelandet.

„Polly und Cas sind heute in dem Schlachthof in Fisherman's Wharf", stieß Praxedis kalt hervor. „Gleich beim Pier 45. Nicht mal du kannst das verfehlen."

Fragend neigte Amalthea den Kopf und fragte lauernd: „Wie bitte, Miststück?"

„Der Schlachthof, Thea. Dort findest du die beiden“, antwortete der Sukkubus bloß. Also hakte sie wütend nach: „Und welche Armee?“

Nicht, dass die beiden eine Armee bräuchten. Sie waren selbst eine.

„Keine“, erklärte Praxedis ungewöhnlich kurz angebunden und zuckte dabei ihre nackten Schultern. Daraufhin reichte es Amalthea, das war genug Bullshit für einen Abend.

„Schön. Damit bist du aber noch immer nicht aus dem Schneider“, ließ sie die Dämonin wissen, die mit einem zornigen Fauchen antwortete, eine Mischung aus missratener Katze und Möchtegern-Eidechse. „Ich hab' deinen herumstöckelnden Arsch nicht vor einem durchgeknallten Fleischmagier gerettet, damit du mich blöde anbaggerst, sondern, weil du hin und wieder doch was in deiner hohlen Birne hast.“

Damit schob sie den Vorhang beiseite und verabschiedete sich mit den Worten: „Lass es dir nur nicht rausficken, ja?“

Zufrieden hörte sie die Dämonin einen gezischten Fluch ausstoßen, aber Amalthea kümmerte sich nicht darum, sondern verließ eilig das Bordell. Immerhin hatte sie jetzt ein Ziel. Und das hob ihre Laune zusammen mit dem Chaos, das sie hier gestiftet hatte. Mochte fies sein, aber so befriedigend.

Halira unter ihrem Hut tappte unruhig von einem Bein auf ein anderes, was bei acht Stück doch eine ordentliche Massage abgab. Dankbar lächelte sie einen Moment und wollte ihre Spinne in Gedanken beruhigen. Allerdings wusste sie selbst, dass es nicht einfach sein würde, die Shunan-Zwillinge umzulegen.

Sie würde also noch mal nach Hause müssen und ein wenig auf magazinieren. Aber, wie Amalthea grinsend befand, wenn es einfach wäre, wo bliebe denn dann der Spaß?

Kapitel 3

Unerwartete Verbindungen

Schlachthäuser rochen immer irgendwie gleich. Und zwar alle, egal wo. Blut, Bauchhöhle und viel, viel und noch mehr Putzmittel. Letzteres kitzelte Amalthea unangenehm in ihrer Nase, während die ersten beiden Gerüche ihren Magen leise knurren ließen.

„Shit“, murmelte sie und befand, dass sie wohl doch noch etwas hätte essen sollen, aber jetzt war es zu spät. Zuerst müssten die Shunan-Brüder dran glauben, dann könnte sie sich immer noch was zu beißen besorgen.

„Auf geht’s“, freute sie sich und spürte auch deutlich Haliras Aufregung, die ebenso sehr auf Rache aus war wie Amalthea selbst. Niemand verwandelte sie ungestraft in ein Häschen und Halira in ein Eichhörnchen, auch nicht die großkotzigen Shunan-Brüder, Herrschaft über Frisco hin oder her.

Kurz rollte sie mit den Schultern, klopfte die Taschen ihrer Armyhose prüfend ab und entschied schließlich, dass sie alles dabei hatte, Ersatzmagazine, ihre zwei Waffen, eine Schriftrolle … und sogar das dämliche Fläschchen voller rosa-bläulichem Meersalz, das ihr ein Verehrer mal geschenkt hatte, weil es Dämonen abhalten sollte. Im Moment wäre es zwar kontraproduktiv, denn sie wollte die verdammten Shunan-

Hundesöhne erwischen, aber da es ohnehin nur Salz war, wen kümmerte es schon?

In der hereinbrechenden Dunkelheit trat Amalthea auf das Gebäude zu und machte sich nicht die Mühe, sich sonderlich zu verstecken, denn es gab hier ohnehin keinerlei Deckung. Also hieß es, eben schnell zu sein. Rein, die Typen abknallen und wieder abhauen.

Nur dass es nicht ganz so einfach sein würde, so viel war klar. Die zwei Brüder waren immerhin eine verdammte Armee!

Halira hatte sich an Amaltheas Hals geschmiegt, da unter dem schwarzen Rollkragen genug Platz war und strich ihr beruhigend mit ihren Beinen über die Haut. Gedanklich murrte sie, wurde aber sogleich sachte in die zarte Haut gezwickt.

„Schon gut, ich werde sie extra blutig abmurksen, wenn du magst“, bot sie an und spürte Haliras Freude über diese Vorstellung. In ihrer Konzentration, den ganzen Mist möglichst schnell über die Bühne zu bringen, wären Amalthea beinahe die schweren Stiefelschritte hinter ihr entgangen. Aber sobald sie diese bemerkt hatte, lauschte sie darauf. Ja, der Bastard hinter ihr, wer immer er war, er war ernsthaft blöd genug ihr zu folgen.

Kurz bevor sie die Halle des Schlachthofes erreicht hatte, wirbelte sie herum und hielt dem Kerl ihre durchgeladene Waffe vor seine Nase.

„Whoa, Prinzessin, immer langsam!“, sprach der breitschultrige Scherzkeks, aber Thea knurrte ihm bloß zu: „Verzieh dich, du Arsch.“

Nun warf er den Kopf zurück, dass sein goldener Ohrring im schummrigen Licht der Straßenlaterne tanzte, und lachte laut auf, was sie doch einen Moment aus dem Konzept brachte. Aber gut, das gab ihr immerhin die Zeit, ihr Gegenüber zu mustern. Schlecht sah er nicht aus …

Allerdings konnte sie ihn nicht lange ansehen, denn der Scheiß, den er quatschte, lenkte sie schon wieder ab: „Es ist diese Jeans, oder? Die Ladies schauen immer nur auf meinen Hintern, wenn ich die anhabe.“

Ungläubig und nach wenigen Sekunden schon ernsthaft genervt, hob Amalthea bloß eine rote Augenbraue und musterte diesen Hampelmann, der da vor ihr stand. Na gut, er war kein bloßer Hampelmann, so viel wollte sie ihm zugestehen.

Es war bereits kühl abends, aber der Kerl vor ihr stand doch tatsächlich in nicht mehr als besagter Jeans und einem dünnen, weißen Hemd vor ihr, das er noch dazu halb offen trug. Wohl um seine glatte, kräftige Brust zur Schau zu stellen. Das Hemd war sowas von dünn, dass Amalthea nicht bloß die sich um seine Oberarme rankenden Tätowierungen sehen konnte, sondern auch seine Muskeln, von denen er nicht allzu wenig hatte. Verdammt, musste dieses Shirt so eng sein?

„Gefällt dir, was du siehst, Prinzessin?“, erkundigte sich dieser Mistkerl doch glatt und dabei blitzte der Schalk in den goldbraunen Augen, während er theatralisch mit dunklen Wimpern klimperte, die so manche Frau ihm wohl gern abgeschnitten hätte. Amalthea auch, aber nur, damit er endlich seine verdammte Klappe halten würde.

Einige Zeit überlegte sie, ob sie diesen Scheiß wirklich einer Antwort würdigen sollte, dann erklärte sie ihm mit einem unwilligen Fauchen: „Halt’s Maul und verzieh dich. Ich habe heute noch was vor da drinnen und das ist wirklich nichts für kleine Jungs wie dich.“

Nun grinste er noch breiter und versicherte ihr großspurig: „Glaub mir, Prinzessin, ich bin alles andere als klein.“

Bei diesen Worten strich er sich erst durch das leicht gelockte, dunkelbraune Haar, das er im Nacken zusammengefasst hatte, ehe er doch echt seine große Hand in seinen Schritt legen musste. Als hätte sie die bescheuerte Andeutung dieses Kotzbrockens nicht schon von allein verstanden.

„Einmal noch, Arschloch", knurrte Amalthea. „Ich werde da jetzt reingehen und du wirst deinen ach so knackigen Arsch hier endlich wegschwingen, klar?"

Sie hatte ihre Waffe immer noch auf sein braungebranntes Gesicht gerichtet. Aber dieser Scheißkerl grinste sie unbeeindruckt an und tat so, als würde er sich strecken, um selbst auf seinen Hintern glotzen zu können. Dann meinte er gespielt schwärmerisch: „Ach, es ist dir also aufgefallen? Es muss wirklich an dieser Hose liegen, das ist jetzt offiziell meine Lieblingsjeans!"

„Hör mal, du Trottel …", begann sie von Neuem, aber er zog blitzschnell einen Dolch und hielt ihn auf gleicher Höhe mit ihrer Waffe, könnte ihr also mit Leichtigkeit die Hand abtrennen.

„Nein, Prinzessin, du hörst mir zu", erklärte er nun mit einem leisen Grollen. „Du bist niedlich, aber das hier ist heute kein Ort für dich."

„Fick dich!", erklärte sie ihm ungehalten, was wiederum ein Grinsen auf seine Lippen brachte, und er antwortete mit einem Schnurren: „Nicht doch, gemeinsam könnten wir das besser."

Sie war wirklich versucht abzudrücken, wenn das die Shunan-Brüder nicht vorgewarnt hätte!

Plötzlich verschwand das Grinsen dieses eingebildeten Mistkerls und obwohl er den Dolch weiterhin erhoben hielt, schlug er ihr vor: „Das hier könnten wir allerdings auch zu zweit besser, meinst du nicht?"

„Was redest du für einen Scheiß?“, zischte sie, denn woher wollte der Kerl wissen, warum sie hier war? Er grinste erneut, nahm sogar den Dolch zurück – schwerer Fehler - und meinte mit einem Zucken seiner breiten Schultern: „Komm schon. So wie du ausgerüstet bist, jagst du jemanden und da drin sind die Shunan-Zwillinge. Wir sind beide hinter den beiden her. Ich werd dir meine Gründe nicht nennen und deine interessieren mich auch nicht, aber wenn wir sie beide tot sehen wollen, könnten wir sie ja genauso gut zusammen umlegen. Oder?“

Die Idee gefiel ihr nicht … aber sie hatte was. Halira war unruhig unter ihrem Rollkragen, aber Amalthea beruhigte sie in Gedanken und richtete ihren Blick auf den Typen ihr gegenüber.

„Komm schon, lass mich nicht betteln!“, schmunzelte er daraufhin. „Je länger wir uns hier gegenseitig anschmachten, desto eher hauen die zwei Bastarde wieder ab!“

„Na gut“, stimmte Amalthea zu, aber da sich ein übermütiges Grinsen auf sein Gesicht schlich, zischte sie ihm zu. „Aber wir machen das auf meine Art!“

„Unsinn“, erklärte er überzeugt. „Wir gehen einfach rein und legen sie um.“

Kopfschüttelnd verzog Amalthea das Gesicht und fragte ihn dann: „Wie ist so ein Volltrottel wie du auch nur annähernd so alt geworden?“

Die Shunan-Brüder direkt angreifen zu wollen, auch zu zweit, war Selbstmord, sonst nichts.

„Gute Gene“, erklärte ihr Gegenüber ihr mit einem charmanten Lächeln. „Gute, alte, spanische Gene. Ich bin Luis.“

„Und ich dein schlimmster Alptraum“, schoss Amalthea zurück, was ihn wiederum nur lachen ließ, ehe er schwärmerisch hauchte: „Wenn du mit der Pistole auch umgehen kannst, bist du mehr der feuchte Traum meiner schlaflosen Nächte.“

Es mochte blöd sein, dem eigenen Verbündeten vor einem Kampf eine reinzuhauen, aber Amaltheas Arm krachte den Knauf ihrer Waffe schneller gegen Luis’ Nasenbein als sie denken konnte. Zumindest hätte er das tun sollen, aber ihr Handgelenk wurde vorher zwischen warmen, überaus kräftigen Fingern eingefangen und nicht mehr losgelassen.

„Geht man so mit seinem neuen besten Freund um?“, erkundigte er sich mit einem gefährlichen Lächeln, das eher ein Zähneblecken war. Harsch riss Amalthea ihre Hand los, was schwieriger war, als es hätte sein sollen. Verdammt, was war der Kerl?

Er grinste bloß breit und meinte: „Schön, Prinzessin, dann eben auf deine Art, mir egal, solange die beiden draufgehen und nicht wir. Also?“

„Halt’ die Klappe und folg’ mir!“, verlangte sie von Luis. Der konnte natürlich sein Schandmaul nicht halten und murmelte amüsiert: „Oh, herrisch. Das mag ich.“

Amalthea verdrehte bloß die Augen und konnte genau spüren, dass Halira ihn am liebsten vergiftet hätte, wenn sie denn über Gift verfügt hätte. Dieser Kerl beunruhigte sie beide, Amalthea und ihre Spinne. Halira aber vor allem deshalb, weil letztere etwas an ihm wahrnehmen konnte, das nicht menschlich war, aber auch nichts, das sie erkannte. Es kam ihr bekannt vor, aber sie kamen nicht einmal zusammen darauf.

Auch egal, entschied Amalthea. Wenn die Brüder erst tot waren, würde sie den Kerl einfach loswerden.

In wütendem Schweigen malte sie sich insgeheim alle möglichen Wege aus, wie sie sich dieses Kotzbrockens auf eine für ihn möglichst schmerzvolle Art entledigen könnte, was sie wieder grinsen ließ. Schon besser gelaunt trat sie um das Gebäude herum und kletterte dann eine Feuerleiter hoch. Nun ja, diese war nicht ausgeklappt und somit in knapp vier Metern Höhe, aber mit einer Größe von 1,80 und dem sicherlich ein oder anderen nicht ganz menschlichen Gen war das kein Problem.

Und der Typ, Luis, würde sicherlich unten bleiben.

Fröhlich grinsend wandte Amalthea sich zu der eben erklommenen Leiter um und wäre beinahe zurückgeprallt. Der Typ stand schon mit ihr auf der Plattform.

„Was denn?“, erkundigte er sich grinsend. „Hey, Prinzessin, in Sport war ich Klassenbester.“

„Klar doch, konntest du ja sonst nirgends sein“, bemerkte sie spitz und hörte ihn leise und dunkel lachen, als er hinter ihr auch den Rest der Feuertreppe hochging. Diese endete bei einer Tür, die ins Büro führen würde. Blieb nur zu hoffen, dass die zwei nicht auch im Büro waren.

Mit flachen Atemzügen konzentrierte Amalthea sich einen Moment auf Halira, die ihr sogleich sagen konnte, dass zumindest das Büro sauber war, also verlor sie keine weitere Zeit und machte sich daran, die Tür zu öffnen. Allerdings war Luis schneller und obwohl sie offensichtlich verschlossen war, öffnete er sie ohne große Anstrengung und hielt sie grinsend für sie auf. Ganz toll, ein vorwitziger Gentleman.

Amalthea rollte abfällig mit den Augen, stellte aber in leichtem Erstaunen fest, dass er tatsächlich die Riegel aller drei Schlösser ohne weiteres abgebrochen hatte. Nahm der morgens einfach zu viel Steroide in seinen Cornflakes oder was zur Hölle war dieser Bastard?

„Was ist, soll ich sie doch allein umlegen? Hast du Angst, Prinzessin?“, grinste dieser Blödsack und Amalthea ließ ihn mit einem entnervten Schnauben einfach stehen. Er folgte ihr gleich und konnte interessanterweise vollkommen lautlos gehen. Hatte er vorher also gewollt, dass sie ihn hörte? Wenn ja, war er wirklich ein Idiot.

Gemeinsam schlichen sie aus dem Büro hinaus auf eine Galerie, die über der weitläufigen Halle des Schlachthofes entlangführte und den beiden dämonischen Bastarden wohl dazu dienen sollte, ihre Arbeiter und Sklaven bei der Arbeit zu beobachten. Zumindest konnte Amalthea sich das bei den Mistkerlen gut vorstellen, aber es war ihr egal.

Luis neben ihr wollte an ihr vorbeigehen, aber sie hielt ihn mit einer Hand zurück. Fragend hob er eine dunkle Augenbraue, blieb aber zu seinem Glück stehen. Erklären würde sie ihm allerdings nichts, da konnte er lange warten.

Stattdessen kniete Amalthea sich hin und legte ihren Kopf schräg, um die beiden Brüder zu hören. Ja, sie waren da unten, aber noch nicht in der Halle, sondern in einem der Kühlräume, wenn sie sich nicht täuschte.

„Los, komm“, verlangte der aufgeblasene Typ neben ihr flüsternd. „Deine Art hin oder her, aber wir können sie überraschen!“

Unwillig zischte Amalthea ihn an, damit er endlich seine verdammte Klappe hielt. Ansonsten ignorierte sie ihn. Sein Glück, dass er nun wirklich wartete, aber sie hätte es nicht gebraucht, dass er sich neben sie hockte, viel zu dicht, sodass sie ihn riechen konnte. Warm, herb und … viel zu aufdringlich!

Sie spürte Haliras Schadenfreude durch ihren Geist streichen und verzog grantig das Gesicht. Doch dieses kurze Necken war sofort vorbei, als ihre Vogelspinne Thea warnte, dass die beiden Brüder nun näher kamen.

„… das war ein Spaß, ja!“, stimmte einer der beiden dem anderen zu und sie konnte sehen, wie die beiden scherzend nacheinander eintraten, jeweils ein fettes Grinsen auf ihren hässlichen Gesichtern. Die Shunan-Familie war wirklich nicht mit Schönheit gesegnet worden, wie Thea erneut sehen musste. Beide waren sie bullige Typen, deren bleiche Haut mit rotem, widerlich glänzendem Schleim bedeckt war, der auch ihre Kleidung bereits durchtränkt hatte und dabei einen wirklich ekelerregenden Geruch von beißendem Phosphor verströmte, dass es schlimmer nicht mehr ging.

Luis neben ihr zog angeekelt die Nase kraus und Thea musste sich echt zusammenreißen, nicht zu lachen, so dämlich sah er dabei aus.

Durch ihre Bindung zu Halira spürte sie die Magie, die beide Brüder schützte und als der Brocken von zwei Metern Kraft und Blödheit namens Luis neben ihr aufstehen wollte, hielt sie ihn mit einem scharfen Blick an Ort und Stelle. Der Typ sollte es bloß nicht wagen, ihr die Tour zu versauen!

Lautlos zog Amalthea die vorsorglich eingepackte Schriftrolle aus ihrer Hosentasche und rollte sie auseinander, ehe sie die seltsamen Worte, die in klarer, aber geschwungener Handschrift dort standen, ohne Laute mit ihren Lippen formte.

Amalthea besaß keinen Funken Magie, Halira aber schon und ihre Spinne war es, die nun die in Worten gebannte Magie kanalisierte und damit leise, aber verdammt hinterhältig alle Schutzzauber der Shunan-Bastarde pulverisierte. *Strike! Danke, Ben …*

„Was zum …?!“, knurrte einer der beiden, doch Amalthea hatte bereits auf jeden der beiden eine Kugel abgefeuert und hatte auch beide getroffen. Beide zischten sie wütend und Amalthea wusste, dass es sie nicht aufhalten würde. Aber zumindest hatte sie den Arschlöchern nun ins Gesicht geklatscht, dass sie nicht so unverwundbar waren, wie sie immer großspurig behaupteten. Vermutlich ohnehin nur, um Schlampen abzuschleppen, aber egal …

Der jüngere der beiden Dämonen, der Hexer, versuchte, einen neuen Schutzzauber zum Wirken zu bringen, aber vergebens, denn Ben war gründlich und seine Schriftrollen jeden Cent und jede Anstrengung wert, diese hier blockte auch nahezu alle weiteren Zauber ab.

Grinsend feuerte Amalthea eine ganze Salve auf die beiden, aber sie wusste, sie würde mehr bringen müssen als das. Deshalb hatte sie ja auch eine Granate eingesteckt, aber nein, der verdammte Mistkerl neben ihr musste sich mit einem Knurren aufrichten und von der Galerie hopsen.

Ja, er hüpfte einfach die vier Meter hinunter, landete geschmeidig auf seinen Füßen und ging sofort mit einem gottverlassenen Dolch auf den Schwertmeister los. Der natürlich sein ganz altmodisches, in seiner heimatlichen Höllendimension geschmiedetes Breitschwert schwang. Das konnte er nicht lange überleben!

Nicht, dass es Amalthea kümmerte, schon gar nicht jetzt, wo sie selbst mit einem der Brüder zu tun hatte. Dieser fauchte wütend, als er feststellte, dass seine Magie hier als Rohrkrepierer endete und sie konnte sich ein schadenfrohes Grinsen nicht verkneifen. Auch, wenn Halira sie warnte, sowas bloß nicht zu machen. Sie hatte ja recht, aber Thea konnte sich nicht beherrschen.

Rasch lief sie über die Galerie, wobei sie erneut auf den etwas verloren wirkenden Hexer schoss und auch ein wenig auf den Kampf achtete, den Luis und der Schwertmeister sich gerade lieferten. Nicht, dass ihr der zweite Bruder dann unbemerkt in den Rücken fiel, wenn der Stümper von Spanier draufgegangen wäre.

Hastig polterte sie die Treppe hinunter, den Hexer unter Dauerfeuer nehmend. Der blutende Mistkerl hatte wohl gerade seinen Verstand wiederentdeckt, denn er hastete hinter einen großen, metallenen Bottich, um in Deckung zu gehen. Auch egal.

Amalthea wich den beiden Kämpfenden aus und umrundete den Brühbottich, um den jüngeren Bruder endlich zu erledigen, wobei sie ihre Waffe genüsslich auf seinen schleimbedeckten Schädel richtete und sprach: „Das ist für das Eichhörnchen und das Bunny, du Arschloch."

Der Hexer grinse breit, wobei er mehrere Reihen spitzer Zähne entblößte, wie ein Hai und zu spät wurde Amalthea klar, dass er nicht besser war als diese Fische. Sie riss ihren Arm fort, aber da hatte dieser Bastard sich bereits tief in ihrem Fleisch verbissen und schlug auch mit seinen klauenbewährten Händen nach ihr, von denen Schleim tropfte. Scheiße, das tat weh!

Fauchend trat Amalthea nach ihm und erwischte ihn mit ihren Stahlkappenstiefeln dort, wo es auch einem Dämon wirklich unangenehm war. Aber er ließ trotzdem nicht los. Schlimmer noch, ihre Pistolen konnte sie beide nicht einsetzen, weil er eines ihrer Handgelenke festhielt und das andere zwischen seinen Fängen hatte.

Zähneknirschend wurde Amalthea klar, dass er bald bis zu ihren Knochen vordringen würde, und das konnte sie keinesfalls gebrauchen.

Im wahrsten Sinne des Wortes fiel ihr siedend heiß der Brühbottich ein. Mit einem schmerzerfüllten Schnaufen rangelte sie mit dem Dämon und schließlich konnte sie ihn irgendwie hochhieven, allerdings reichte es nicht, ihn in das nach Betriebsende noch köchelnde Wasser zu befördern, sondern sie stieß ihn bloß unsanft gegen die Metallwanne. Doch der Schmerz lenkte ihn so weit ab, dass er für einen Moment ihr Handgelenk aus seinen Fängen entließ und das war wirklich genug Zeit.

Amalthea jagte ihm blitzschnell eine Kugel in den Schädel, auch, wenn ihn das nicht umbringen würde, das wusste sie. Aber es ließ ihn taumeln und so hatte sie die Möglichkeit, seine Beine anzuheben und ihn mit dem Widerstand des Bottichs in seinem Rücken über dessen Rand zu wuchten. Hinein in die Brühe, in der heute dem Gestank nach zu urteilen, schon unzählige Schweine vor sich hin geköchelt hatten.

Sein Aufschrei wurde gurgelnd erstickt, als er das heiße Wasser einatmete, aber dennoch strampelte er, um wieder herauszukommen. Aber nicht mit ihr, denn sie wusste nicht, wie lange die Magie der Schriftrolle anhalten würde.

Blitzschnell schnappte Amalthea sich eines der Messer, das hier herumlag und tagtäglich ganze Rinder in die Hälfte schnitt, denn es war doch deutlich länger und schwerer als ihr Stiefeldolch. Einen raschen Blick riskierte sie auf Luis und den Schwertmeister. Wobei sie zugegebenermaßen beeindruckt feststellte, dass der großkotzige Spanier wohl wirklich was draufhatte. Er lebte noch und sie waren beide verwundet, nicht nur er.

Dieser Blick lenkte sie zu lange ab. Als sie wieder zu dem Brühbottich sah, fluchte sie. Der Hexer krabbelte bereits röchelnd und zitternd aus dem Bottich, aber das nützte ihm auch nichts mehr. Mit einem geübten Schwung trennte Amalthea seinen Kopf von den Schultern, denn das war die sicherste Methode, solche Bastarde wirklich loszuwerden. Beeindruckend scharfes Messer! Dann trat sie mit voller Wucht nach dem Schädel, damit dieser möglichst weit weggeschleudert wurde, und hörte ihn mit einem satten Schmatzen gegen die gegenüberliegende Wand klatschen.

Ihre Schusswaffe wieder im Anschlag und den Schmerz im Handgelenk bestmöglich ignorierend, ebenso wie Haliras Gemecker, dass sie besser hätte aufpassen müssen, fuhr Amalthea herum und legte auf den Schwertmeister an. Aber verdammt, sie konnte nicht schießen, ohne zu riskieren, dass sie dabei auch Luis umlegte.

Gut, eigentlich wäre ihr das ja nur recht, aber im Moment brauchte sie jemanden, der Schläge für sie einsteckte und das konnte er offensichtlich ganz gut. Also wartete sie, informierte den Dämon aber lautstark: „Hey, Blödarsch! Dein kleiner Bruder ist gerade abgekratzt."

Das röhrende Brüllen, das darauf folgte, ließ sogar sie einen Moment zusammenzucken. Sichtlich mehr als bloß ein bisschen angepisst, führte der Schwertmeister seine Klinge und schaffte es diesmal echt, einen ziemlichen Treffer gegen Luis zu landen, er schlitzte dem Spanier das weiße, nun eher blutgetränkte Hemd vorn auf und eine Fontäne roten Blutes benetzte ihn dabei.

Der Spanier wich mit einem Knurren zurück, was Amalthea eine freie Schussbahn lieferte, aber in seiner Raserei ging der Dämon gleich wieder auf ihn los.

Eigentlich überraschend, sie hätte ihren Arsch verwettet, dass er sich auf sie stürzen würde, aber sie verstand gleich, wieso er es nicht tat.

Fauchend ließ er das Breitschwert fallen und packte Luis bei den Schultern, um ihn dann gegen die Wand in seinem Rücken zu schleudern. Erst, als der Dämon zu ihr herumwirbelte, erkannte sie, dass er den Spanier auf einem Fleischhaken aufgespießt hatte. Der baumelte nun über dem Boden mit einer wirklich hässlichen Wunde in der linken Schulter und würde erst mal keine Hilfe sein. Amalthea sah sich allein einem im Nahkampf geübten Dämon gegenüber. Nicht gut … ganz und gar nicht gut.

Sie feuerte eine rasche Salve ab, wusste aber, dass es sinnlos war, sie müsste sich was anderes einfallen lassen und zwar zackig. Während sie noch überlegte und Halira in ihrem Kopf wortlos auf das Unflätigste fluchte, ging Amalthea ein lautes, unsagbar wütendes Grollen durch Mark und Bein. Erst dachte sie, es wäre der Dämon, aber als dieser überrumpelt über seine Schulter sah, wurde ihr klar, dass es Luis war, der es ausstieß.

Dieser hing immer noch an dem Fleischerhaken, schwer atmend und die Zähne gefletscht wie ein Tier, ehe er sich mit einem donnernden Brüllen losriss. Blut rann überall an ihm hinab und ihre Augen weiteten sich, denn verfluchte Scheiße, *was war der Kerl?!*

Die Antwort erhielt sie gleich. Mit einem volltönenden Reißen warf Luis die letzten, kläglichen Reste seines Hemdes zur Seite und Amalthea hörte das fürchterliche Knacken und Knirschen brechender Knochen. Nur, dass seine Knochen nicht einfach brachen, sie arrangierten sich neu. Gleichzeitig wuchs ihm dunkelbraunes, gelocktes Fell, seinem Haar ähnlich und binnen weniger Sekunden stand allen Ernstes ein blutüberströmter, *scheiß wütender* Werwolf vor ihr.

Das Goldbraun seiner Augen hatte sich in ein stechendes Gelb verwandelt und er sprang aus der Hocke hoch, stürzte sich mit Klauen und Zähnen auf den Dämon und ignorierte dessen Gegenwehr völlig.

Das Breitschwert wurde aus den klauenbewährten Händen geschlagen, der ekelerregende Schleim hielt den zweibeinigen Wolf nicht davon ab, nach dem schützend erhobenen Arm des Dämons zu schnappen. Den er mit einem lauten Knacken brach, wobei Blut und Schleim spritzte.

Amalthea hielt ihre Waffe erhoben, aber sie wusste, sie würde keine einzige weitere Kugel mehr brauchen. Nicht für den Dämon, denn der war so gut wie tot. Und ihre Geschosse im Kupfermantel wären einem wütenden Werwolf aber mal wirklich scheißegal.

Diese Bestie, die sie für einen langweiligen, aufgeblasenen Spanier gehalten hatte, schüttelte den Dämon in seinem Griff, als wäre der eine Puppe und schloss dann mit einem Knurren seine bereits blutigen Fänge um den Hals des Schwertmeisters. Als er dann seinen Kopf hin und her riss, hörte Amalthea das Genick des Dämons brechen und schließlich trennte der Werwolf den nur noch an ein paar Fleischfetzen hängenden Kopf mit einem einzigen raschen Handgriff von den Schultern des Dämons.

Thea atmete tief durch, denn es war keine gute Idee, einem Werwolf zu zeigen, dass man eine Scheißangst hatte. Die hatte sie natürlich auch nicht! Aber … sie wäre im Moment doch lieber weit weg gewesen, das musste sie schon zugeben.

Der Werwolf Luis bleckte die Zähne und kauerte sich sprungbereit auf allen vieren zusammen, sodass Amalthea jeden Augenblick mit einem Angriff rechnete. Doch er bellte einmal heiser, dann setzte die Rückverwandlung ein.

Sie hatte das noch nie gesehen und es erst gar nicht erkannt, aber das hässliche Knirschen verriet ihr, dass seine Knochen sich schon wieder neu anordneten. Außerdem musste er sich ziemlich beherrschen können, wenn er darauf verzichtete, sie zu zerfleischen.

Keuchend stützte er sich auf dem Boden auf, während sein

Körper mitsamt den Reißzähnen, Fell und Klauen langsam und laut knackend wieder zu dem Menschen wurde, den sie zuvor gesehen hatte. Nur mit wesentlich mehr Blut an seinem nun nahezu nackten Körper, weil die Jeans nur noch aus ein paar Fetzen bestand.

Luis schaute zu ihr hoch und verzog das Gesicht, tat so, als müsste er würgen und beschwerte sich grummelnd: „Die schmecken wirklich nicht gut."

„Du bist ein beschissener Werwolf!", schrie Amalthea ihn an, bevor sie es verhindern konnte, denn verdammt, er hatte ihr zwar geholfen, aber auch einen echten Schrecken eingejagt.

„Ich bin blutüberströmt, Prinzessin, nicht beschissen. Das ist nur Blut, was ganz anderes", witzelte Luis, sprang dann aber auf, sodass sie unter all dem Blut seine kräftige Muskulatur arbeiten sehen konnte, und er schaute gespielt panisch, aber ehrlich angewidert an sich hinab. „Es ist doch nur Blut, richtig? Oder hat er mich etwa auch angeschissen?!"

Nun lachte sie kopfschüttelnd und ging an ihm vorbei zu der Leiche des Dämons, schließlich war sie nicht zum Spaß hier gewesen. Allerdings schickte Luis noch einen Scherz nach, mit warmer Stimme, aber eindeutig einem breiten Grinsen im Gesicht: „Du kannst ja echt mit der Knarre umgehen, das war verdammt heiß. Aber wenn du lachst, Prinzessin, dann bist du richtig süß."

„Schnauze!", fauchte sie ihn an, was ihn bloß dunkel lachen ließ, ehe er seufzte. „Die Jeans ist ruiniert. Dabei war das doch meine Lieblingshose!"

So theatralisch, wie er das sagte, wusste jeder Trottel, dass er es nicht ernst meinte, aber Amalthea hatte genug von seinen blöden Witzen. Sie wollte die Beweise einsammeln, die

Barry zeigen würden, dass die Shunan-Brüder wirklich tot waren, und dann verschwinden. Also schnappte sie sich das Breitschwert des Schwertmeisters und wuchtete es mühelos über ihre Schulter, ehe sie zu dem toten jüngeren Bruder ging.

„Was glaubst du, was du da tust?“, fragte Luis empört und Amalthea sah ihn nur kurz von der Seite her an, ehe sie weiter zu dem anderen Toten stapfte.

„Das ist *mein* Schwert!“, behauptete der Werwolf dann doch echt und Amalthea tat so, als würde sie es prüfend mustern, ehe sie sagte: „Komisch, ich seh’ hier aber keine Inschrift, die besagt ‚Gehört dem dämlichen, nervigen Hund‘, du etwa?“

Das ließ ihn leise grollen, allerdings grinste Amalthea ihm bloß schadenfroh entgegen. Als sie aber sein Grinsen sah, runzelte sie die Stirn. Jetzt würde sicher irgendeine Blödheit kommen …

„Okay, das Schwert gehört dir“, gab er sich großzügig, was sie nur noch misstrauischer machte. „Wenn ich dafür deinen Namen und deine Handynummer bekomme!“

Amalthea funkelte ihn einen Moment aus grünen Augen an, dann zischte sie ihm wütend zu: „Leck’ mich!“

Gleich darauf wollte sie sich dafür gehörig gegen die Stirn schlagen, denn Luis hob seine Augenbrauen und trat allzu dicht und zu nackt an sie heran, ehe er erfreut schnurrte wie ein übergroßer Kater: „Gern doch!“

Darauf antwortete sie bloß mit einem Knurren, was ihn wiederum lachen ließ, also schubste sie ihn kraftvoll weg und ging neben dem Brühbottich in die Knie. Der jüngere der beiden Dämonen trug ein Amulett, das nun vom Stumpf seines Kopfes gerutscht war und sie nahm es mit spitzen Fingern an sich. Amalthea wollte es gleich in ihre Tasche gleiten lassen, aber etwas an dem Anhänger kam ihr seltsam vor. Mit gerunzelten Augenbrauen betrachtete sie die verschlungenen Muster, erkannte jedoch nichts. Bis Halira sie darauf hinwies.

„Ach du Scheiße", flüsterte sie leise, da ertönte plötzlich Luis Stimme hinter ihr, beunruhigt: „Was ist, Prinzessin?"

Das … konnte nicht sein.

„Nichts!", fauchte sie, woraufhin er bloß sarkastisch sagte: „Aber klar doch."

Ungläubig starrte sie das Amulett in ihrer Hand an und wusste, das konnte nicht wahr sein. Durfte nicht wahr sein. Aber das war es, Halira und sie hatten es beide gesehen. In den verschnörkelten Mustern des Amuletts war eine Glyphe verborgen, die Amalthea zwar nicht lesen konnte, aber dennoch verdammte gut kannte. Dasselbe Zeichen befand sich auf ihrem Brustbein, war von tiefem Schwarz in ihrer Haut, wie es hier in Gold Teil des Anhängers war.

„Du machst mir Angst, Prinzessin, was ist los?", erkundigte sich Luis ein weiteres Mal und sie hörte, wie er dichter zu ihr trat, was ihr schon nicht recht war. Aber als dieser Scheißkerl einen Arm um ihre Schulter legte, konnte Amalthea sich nicht länger beherrschen.

Mit aller Kraft und Wut, die sie empfand, weil sie diese Scheiße einfach nicht verstand, rammte sie ihren Ellbogen gegen sein Nasenbein und spürte es knirschen, dann rannte sie davon, mit dem Schwert und dem Amulett, das sie Barry bringen musste.

Sie hörte Luis' schmerzerfülltes Grollen, hörte auch seinen Ruf nach ihr, aber sie ignorierte ihn. Bevor sie zu Barry in den Pub ginge, würde sie noch jemand anderes aufsuchen müssen, auch wenn es ihr nicht gefiel. Aber es war weitaus besser, als eventuell mit den Shunan-Brüdern verwandt zu sein.

Kapitel 4

Altes Wissen

„Ja?“, erklang die dünne, papiertrockene Stimme von Horace Carter, einem der angesehensten Antiquitätenhändler der Stadt. Aber Amalthea hatte verdammt noch mal keine Lust, mit dem alten Mann zu verhandeln, also zischte sie wütend: „Ich brauche deinen Enkelsohn und zwar sofort!“

„Lady Amalthea“, begrüßte sie die tiefe und ruhige Stimme von Mister Carter und Thea biss die Zähne zusammen, dass es schon richtig wehtat. Ihn anzufahren, würde ihr nicht helfen. Bei jedem anderen wäre sie sich sicher gewesen, dass er mit einer solch geschwollenen Anrede auf diesen lächerlich kitschigen Film angespielt hätte, aber Horace meinte sowas ernst.

„Mister Carter“, erwiderte sie seinen Gruß gepresst, aber als ihr bloß Stille durch ihr Handy antwortete, fügte sie durch zusammengebissene Zähne an, „ich muss Ben sprechen, *sofort*!“

„Worum geht es?“, erkundigte er sich nicht im Geringsten beeindruckt und Thea verfluchte diesen Scheißkerl in Gedanken, sodass Halira ihr beruhigend über die Haut ihres Halses strich. Allerdings half das verflucht wenig.

Sofort wurde sie beleidigt in die eben noch gestreichelte Haut gezwickt und musste feststellen, dass Vogelspinnen kräftig zubeißen konnten. Aber der leise Schmerz war genau das, was sie gebraucht hatte, denn es beruhigte sie zu wissen, dass wenigstens Halira noch nicht komplett am Ausflippen war und zeigte ihr, dass sie sich lächerlich benahm. Aber Scheiße, sie wollte keinesfalls mit der Shunan-Dynastie in Verbindung stehen, ums Verrecken nicht!

„Ich habe ein Amulett gefunden und brauche Bens Analyse", erklärte Amalthea dessen Großvater gerade so ruhig sie es vermochte, fügte allerdings zischend an, „Sofort."

„Ich habe Sie verstanden, junge Dame", erwiderte Mister Carter monoton und nicht einmal tadelnd, weshalb Thea ein Grollen unterdrücken musste, als er auch noch widerlich höflich bat, „Bitte bleiben Sie einen Moment am Apparat."

Thea zwang sich dazu, durchzuatmen, aber die kühle Nachtluft half ihr nicht, sie brauchte Antworten, und zwar sofort. Ja, verdammt, sie wollte sofort wissen, was es mit dieser Glyphe auf sich hatte. Warum zur Hölle dieses Symbol auf ihrer Haut war und dem Amulett, das der Jüngere der Shunan-Brüder getragen hatte.

Um sich irgendwie durch die Wartezeit zu bringen, ohne verrückt zu werden, während Horace wohl seinen Enkelsohn fragen würde, ob dieser auch Zeit hatte, inspizierte Amalthea das Schwert, um sich abzulenken. Klar würde Ben Zeit haben, für sie hatte er immer Zeit gefunden, ganz gleich, um welche Uhrzeit. Und er würde es mit Sicherheit auch jetzt schaffen, auch, wenn es schon halb drei Uhr morgens war.

Das Handy an ihr Ohr gepresst, tappte Amalthea unruhig mit ihrem Fuß auf und ab, dass der schwere Stiefel immer wieder auf den Asphalt schlug, doch plötzlich verharrte sie.

Scheiße. Die Glyphe war auch auf dem Schwert. Scheiße, scheiße, *scheiße*!

Das konnte kein Zufall sein. Dass ein Artefakt im Besitz der Shunan-Brüder zufälligerweise mit einem Symbol versehen war, das auch in irgendeiner kranken Art etwas mit ihr zu tun hatte, wäre ja noch möglich gewesen, aber gleich zwei Artefakte … Shit, nein, da steckte mehr dahinter. Verflucht!

„Lady Amalthea", holte Horace' leise Stimme sie durch das Telefon an ihrem Ohr wieder in die kalte Wirklichkeit der Nacht in dieser Straße des noblen Viertels von Pacific Heights zurück. Sie fragte sofort: „Ja?"

„Bennett kann etwas Zeit für Sie freiräumen, um Ihnen mit Ihrem Anliegen zu helfen. Wann können Sie bei uns sein?"

„Wenn du die Tür aufsperrst, sofort", schoss Amalthea zurück und legte grußlos auf, denn sie hatte ihr Motorrad hier abgestellt, bevor sie angerufen hatte, und wartete nun vor dem Antiquitätenladen, der jedem der schicken Anwohner hier ein Dorn im Augen sein musste. Schließlich waren die Jalousien hinter den staubigen Fenstern stets zugezogen und das Geschäft ständig versperrt.

Deshalb stand auch auf dem Fenster vor der verborgenen Auslage „Termine nach telefonischer Vereinbarung", allerdings stand keine Telefonnummer dabei. Kein Wunder, dieser Laden machte sein Geld auch nicht mit Antiquitäten, sondern mit Information und Gütern, nach denen nur jene fragen würden, die wussten, dass so etwas überhaupt existierte.

Sie gehörte dazu, deshalb hatte sie auch die Telefonnummer. Aber sich jedes Mal mit Horace herumzuschlagen, war ihr zu blöd, sie musste Ben endlich dazu kriegen, seine Privatnummer rauszurücken. Sollte ja nicht allzu schwer sein.

Noch während sie seinen Großvater verfluchte, schloss eben jener die Tür auf und Amalthea wartete gar nicht erst, dass er sie auch öffnen würde, sondern stieß die schwere Tür selbst auf. Damit hatte der alte Blutsauger wohl gerechnet, denn er stand nicht hinter der Tür, wie ein kleiner Teil von ihr gehofft hatte, ihm das schwere Holz gegen die Stirn klatschen zu können, sondern er versperrte ihr den Weg zu der Treppe, die hoch zu Bens Arbeitszimmer führte.

Der Raum roch muffig und verstaubt, schließlich stand er einem echten Antiquitätenladen in nichts nach, überall staubige Bücher, hässliche alte Möbel … und sogar ein Besitzer, der inmitten seiner alten Ware nicht auffiel. Allerdings hielt er locker mindestens genauso viel Wissen in seinem alten Schädel wie diese ganze verdammte Bibliothek.

Die zu hellen, blauen Augen des Mannes starrten sie an, das lange blonde Haar war fein säuberlich zurückgekämmt und in einem Pferdeschwanz gebändigt, wie immer. Dazu noch die Tweedjacke, die sie kannte und schon immer hässlich gefunden hatte und der nervige Brite war perfekt.

„Lass mich vorbei“, befahl sie ihm, auch wenn sie wusste, dass es blöd war, aber sie hatte heute wirklich keine Lust auf beschissenen Smalltalk.

„Zeigen Sie mir das Amulett, von dem Sie gesprochen haben“, verlangte Horace schlichtweg und war vollkommen unbeeindruckt. Klar, er konnte es sich leisten, von einer Dämonenjägerin unbeeindruckt zu sein, schließlich hatte er gewiss noch mehr Dämonen zerrissen als sie und das nicht mit Waffen, sondern wohl mit seinen bloßen Händen und Fängen.

Ebenjene waren zwar jetzt verborgen, weil dieser Spießer kaum lächelte, aber Amalthea wusste, dass sie da waren. Und weil ihr auch klar war, dass eine Diskussion sinnlos war, zog sie das in einen Plastikbeutel gestopfte Amulett aus ihrer Hosentasche und hielt es hoch.

„Du kriegst es sicher nicht in die Finger, vergiss es. Aber deine Augen sind ja gut genug, dass du es auch so erkennst“, knallte sie ihm an den Kopf und hielt sich gar nicht erst mit dem Gedanken auf, dass es idiotisch war, einen vielleicht mehrere Jahrhunderte alten Vampir in seinem eigenen Heim zu verärgern.

Horace’ Augen wanderten zu dem goldenen Schmuckstück, dann nickte er langsam. Grummelnd wegen dieser unnötigen Warterei, schloss Thea ihre Faust um das Amulett und wollte an Horace vorbei, allerdings richtete der sich drohend zu seiner ganzen Größe auf und verstellte ihr auch weiterhin den Weg.

„Horace, was soll …“, begann sie fauchend, aber er unterbrach sie in seiner leisen, niemals aufgeregten Stimme und sprach schlichtweg: „Die Modalitäten sind Ihnen bekannt.“

„Ja, verdammt!“, rief Amalthea und war kurz davor, ihn zu schubsen, einfach, weil ihre angestaute Wut irgendwohin musste. „Überweisung am nächsten Tag oder du findest mich in der nächsten Nacht. Wie immer, Horace. Und jetzt lass mich verdammt noch mal endlich vorbei!“

„Ja, Sie überweisen den genannten Betrag gleich morgen“, bestätigte er ihr und Thea atmete tief durch, um nicht auf ihn loszugehen vor Wut. Er fügte an: „Seien Sie behutsam mit Bennett, er ist Ihnen nicht gewachsen.“

Verwirrt runzelte Amalthea die Stirn, da glitt der Vampir bereits an ihr vorbei und zog sich in völliger Dunkelheit mit einem Buch, das ebenso alt aussah, wie er es wohl war, in einen nicht jüngeren Ohrensessel zurück. *Was zum …?*

Schnaubend tat sie dieses bescheuerte Verhalten ab und polterte die Treppe hoch, um endlich Antworten zu bekommen, die sie echt dringend brauchte. Durch die geöffnete Tür des Büros begrüßte sie bereits warmer Lichtschein, vermutlich bloß von einer Leselampe, aber Ben brauchte ja auch kaum mehr zum Leben. Zumindest kam es ihr so vor, obwohl er sich genauso ernähren musste wie jeder anderen auch, und zwar nicht von Blut, wie sein Vorfahr, der gar nicht mal sein Großvater war, sondern noch ein paar Generationen weiter vorn angesiedelt sein dürfte.

Als sie polternden Schrittes das Büro betrat, war nur die kleine Leselampe an, die gut und gern auch in einer Universitätsbibliothek hätte stehen können. Zumindest, wenn die Filme, die sie kannte, diese ordentlich dargestellt hatten.

Und Ben war – wie sollte es anders sein – in ein Buch vertieft, obwohl noch fünf andere auf seinem großen Schreibtisch ebenfalls offenlagen und selbst der Computer noch irgendein altertümliches Geschreibsel anzeigte. In all das war er so vertieft, dass er wohl ihren Streit mit Horace komplett überhört hatte, so wie auch ihre Schritte.

Also schloss sie die Tür hinter sich, doch nicht einmal als diese ins Schloss fiel, sah er auf, sondern seine Augen wanderten hinter den Gläsern seiner Brille immer noch rasend schnell über die aufgeschlagene Seite.

„Ben!“, schrie sie ihn an, einfach, weil sie zu wütend war, um noch nett zu sein, selbst wenn sie es ausnahmsweise gewollt hätte. Er schreckte hoch und sah auf zu ihr, allerdings musste er seine Augen zusammenkneifen und schob dann sogar die runde, silberne Brille fort, ehe er sie erkennen konnte und freudig, aber leise sprach: „Thea! Großvater hat nicht gesagt, dass du noch kommst. Schön!“

Innerlich seufzte sie, denn er freute sich wahrlich immer, wenn sie sich sahen. Aber heute hatte sie echt keine Lust, mit ihm zu quatschen, was ohnehin nur selten der Fall war.

„Hier", rief sie und warf ihm das Amulett zu, doch er fing es natürlich nicht auf. Stattdessen landete es mit einem dumpfen Knall auf einem der Bücher.

„Nicht doch, vorsichtig", bat Ben sie. Aber Thea schnaubte bloß und verlangte: „Sag' mir, was das ist!"

Vermutlich hatte er sie gar nicht mehr gehört, denn sobald Ben das Amulett in seine Hände bekommen hatte, starrte er es fasziniert an, drehte seinen Kopf von einer Seite zur anderen und war mal wieder komplett entrückt. Die dunkelblonden Haare fielen ihm ins Gesicht, weil sie ihm bereit bis über seine Ohren hingen, aber er strich sie bloß abwesend aus seinen dunkelbraunen Augen, die jede Linie der Glyphen auf der goldschimmernden Oberfläche nachfuhren.

Kopfschüttelnd dachte Amalthea bei sich, dass er ja eigentlich ganz niedlich war in dem schlabbrigen, dunkelgrünen Wollpulli, aber im Moment war es ihr egal, sie wollte Antworten.

„Was ist es?", fragte sie, aber wurde ignoriert. Klar, wenn Ben ein Buch oder eine Antiquität in Händen hielt, hörte die Welt auf, sich zu drehen. Also zwang sie sich, durchzuatmen, aber es war nicht einfach und Haliras Fürsorge half auch nicht.

Dabei kam ihr allerdings eine Idee und sie bat ihre Spinne gedanklich, hervorzukommen. Diese erahnte ihren Plan und freute sich diebisch darüber, also krabbelte sie rasch unter dem Rollkragen hervor und auf Theas angebotene Hand.

Sie setzte Halira auf dem Schreibtisch ab und diese krabbelte flink in Bens Richtung. Allerdings musste sie schon fast über das Amulett drüber krabbeln, ehe er sie bemerkte.

Als er es tat, wich er jedoch hastig zurück und murmelte fahrig einige Worte, die Amalthea nicht erkannte. Aber sie klangen verdammt nach Schutzzauber.

„Thea, bitte", sprach Ben leise und wich in seinem Ledersessel zurück, dass dieser knarzte. „Du weißt doch … warum …?"

„Weil du mich ignoriert hast", begründete sie ihr Tun, denn schließlich wusste sie ja, dass er Angst vor Spinnen hatte. Also rief sie Halira zurück, die gern noch etwas länger ihre Scherze mit Ben getrieben hätte. Als sie ihn ansah, konnte sie nicht anders, als den Ausdruck in seinem Gesicht als Dackelblick zu beschreiben.

Verdammt, mit den großen braunen Augen sah er wirklich aus wie ein Welpe. Ein Glück, dass Amalthea so etwas nicht beeindruckte, stattdessen nickte sie zu dem Amulett und verlangte zu wissen: „Was ist das?"

Ben nahm es hoch und anstatt ihre Frage zu beantworten, stellte er selbst eine: „Darf ich es herausnehmen?"

„Erst, wenn du meine Frage beantwortest!", schoss sie zurück. Ben lächelte schmal, ehrlich amüsiert, ehe er sagte: „Das kann ich erst, wenn ich es herausgenommen habe. Und selbst dann nur vielleicht."

Grummelnd nickte sie und er nahm es heraus, verzog aber sofort das Gesicht. Ja, sie konnte das Blut und den Schleim der Shunan-Brüder noch daran riechen, aber ein einfacher Mensch doch nicht, oder?

„Was ist es?", wiederholte sie sich, als er eine Digitalkamera hervorholte und das Ding von allen Seiten abfotografierte. Ben holte Luft, dann sagte er: „Ich weiß es nicht genau."

Schnaubend stampfte Amalthea einmal auf, da holte Bens weiche Stimme ihre Aufmerksamkeit zu ihm zurück: „Aber es trägt dasselbe Symbol, das du auf deinem Brustbein hast."

Woher …? Noch bevor sie diese Frage auch stellen konnte, fiel es ihr wieder ein. Ach ja. Dass er davon wusste, lag vermutlich daran, dass sie mal zusammen in der Kiste gelandet waren. Allerdings war Amalthea so betrunken gewesen, dass sie sich nicht an den Abend erinnern konnte, sie wusste noch nicht einmal, ob er wenigstens gut gewesen war. Nein, sie konnte sich nur erinnern, dass sie am nächsten Morgen in seinem Bett aufgewacht war, gleich neben ihm. Sie hatte sich sofort davongeschlichen, während er noch friedlich geschlafen hatte wie eine große, blonde Katze.

Deshalb verwunderte es sie umso mehr, dass er sich an dieses Detail erinnern konnte. Als sie ihn wieder ansah, lag ein warmes Lächeln auf seinen Lippen und ja, sie musste gestehen, dass er gut aussah, aber verdammt, das interessierte sie im Moment wenig, also fragte sie harsch: „Und was heißt das jetzt, zum Teufel?“

„Vielleicht genau das …“, murmelte Ben und sie starrte ihn wütend an, da hob er zu einer Erklärung an, aber Thea hielt ihn auf: „Kurz und bündig, Ben, ich habe nicht die ganze Nacht Zeit.“

„Es ist ein Familienamulett, viele dämonische Dynastien besitzen etwas Derartiges, damit Mitglieder, die im Ewigen Krieg fallen, auch identifiziert werden können“, erklärte Ben ihr, aber Amalthea unterbrach seinen allzu lehrreichen Redeschwall mit einem vorsorglichen Fauchen: „Weiß ich, verdammt! Immerhin hab ich ihm das Amulett deshalb abgenommen und seinem Blödarsch von Bruder das Schwert.“

Ben zuckte zusammen bei dem Schimpfwort, das sie benutzt hatte, aber sie hatte dafür nicht mal ein Augenrollen übrig. Er sollte erwachsen werden, Teufel auch!

Sie hielt ihm die Klinge auffordernd entgegen und Ben erhob sich mit leuchtenden Augen von seinem Schreibtischsessel, wobei er die Hände nach dem Breitschwert ausstreckte.

„Darf ich?“, fragte er beinahe schon ehrfürchtig und Thea händigte ihm das Schwert mit einem wegwerfenden Schulterzucken aus.

„Bei allen Dämonen und Teufeln …“, murmelte Ben, gefolgt von einer langen Serie von Worten, die sie nicht kannte, aber irgendwann als Latein identifizieren konnte. „Du hast …?“

„Was?“, fragte Amalthea entnervt nach, als er einfach schwieg, da hob er langsam den Blick von der Klinge und fragte zittrig: „Wie sind diese Artefakte in deinen Besitz gelangt?“

„Erbschaft“, knallte sie ihm trocken an den Kopf, allerdings starrte er sie nur aus großen Augen an, in denen Sorge stand. Also warf sie die Hände in die Luft und erklärte: „Ich hab’ die Scheißkerle umgelegt und mir den Schrott genommen, wie denn sonst?“

„Warum?“, fragte er und sie schüttelte bloß verwirrt den Kopf, da kam er um den Schreibtisch herum und stand vor ihr, gerade um wenige Zentimeter größer als sie. „Warum hast du das getan? Thea, die beiden sind …“

„Waren“, unterbrach sie ihn, doch Ben sprach dennoch unbeirrt, aber offenbar voller Angst weiter, „… gefährlich. Wieso begibst du dich in Gefahr, wenn du doch weißt …“

„Ich *weiß*, dass ich eine Dämonenjägerin bin und für diesen Scheiß bezahlt werde“, fuhr sie ihm dazwischen und er schluckte hart, ehe er für einen Moment seine Augen schloss und durchatmete. Als er sie wieder ansah, aus diesen verdammten Hundeaugen, die langsam doch Wirkung zeigten, lag Sorge in seinem Blick, die Amalthea mit einem Schnauben abtat: „Scheiße, Ben, ich bin ja noch da, oder? Und diese Dreckskerle haben verdient, was sie gekriegt haben.“

„Ich weiß“, gab er leise zurück. „Aber … Ich bin einfach froh, dass dir nichts geschehen ist.“

Amalthea hob eine Augenbraue, denn das klang ja fast … nein, es klang *definitiv* schnulzig und als ob er mehr in diese eine Nacht interpretieren würde als die betrunkene, sinnlose Aktion, die sie gewesen war. Als Ben dann auch noch seine Hand hob und diese verdächtig auf ihre Schulter zuhielt, schlug Thea sie weg und verlangte wütend: „Also schön, es ist ein Familienamulett oder eben Familienschwert. Aber warum zur Hölle ist da diese Glyphe drauf?!“

Ben seufzte leise, dann wandte er den Kopf von ihr ab und besah sich das Amulett wieder genauer, ehe er bedauernd zugab: „Ich weiß es nicht, Thea.“

Sie biss hart die Zähne zusammen, denn verdammt, dann war das alles Zeitverschwendung gewesen.

„Aber …“, begann Ben plötzlich und sie sah erwartungsvoll auf, denn sie kannte diese abwesende Stimme.

„Ich habe eine Idee …“, flüsterte er, dann murmelte er unverständliche Halbworte, doch Thea wusste längst, was los war. Ben war soeben in den Scholar-Modus gewechselt. In diesem zuckten seine Finger hektisch, als wollten sie Papier und Stift greifen, um ach so wichtige Erkenntnisse zu notieren, gleichzeitig brabbelte er wirres Zeug und stolperte durch die Gegend, ehe er sich in seinem Sessel niederließ und fahrig damit begann, die Bücher wegzuschieben, neue zu öffnen … den ganzen Mist eben, den Bücherwürmer so taten, aber es war nie etwas für Amalthea gewesen.

„Ich geh mir einen Kaffee holen“, tat sie kund, hätte sich aber ehrlich gewundert, wenn Ben auch nur so viel erwidert hätte wie „Jaja.“ Im Scholar-Modus war er nicht ansprechbar, noch weniger als im „Ich lese gerade ein Buch, egal, wie alt und langweilig es ist“-Modus.

Da Ben also schon vertieft war, als gäbe es nichts auf dieser Welt außer Büchern und *Artefakten*, wie er diese Dinger nannte, ging Amalthea wieder ins Erdgeschoss hinunter und hielt auf die kleine Küche zu. Sie war schon oft hier gewesen, also kannte sie sich aus.

Als sie die Tür öffnete, wurde sie allerdings unerwartet angesprochen: „Bitte sehr, junge Dame."

Sofort war ihre Waffe in ihrer Hand und auf Horace gerichtet, noch ehe sie wusste, dass er es war, der da stand. Und ihr verdammt noch mal eine Tasse Kaffee entgegenhielt. Sogar schwarz, wie sie ihn stets trank.

„Shit, Horace", fluchte sie, doch der Vampir hob bloß eine Augenbraue, was wohl Missbilligung sein sollte. Diese vertieft sich noch, als Amalthea den Kaffee an sich nahm, ohne sich zu bedanken, aber es war ihr einfach ein Bedürfnis, ihn zu ärgern.

„Ich habe Sie gebeten, behutsamer mit Bennett umzugehen", sprach Horace leise und ruhig wie stets, aber Thea war wütend. Sie hasste es, auf Antworten warten zu müssen, denn Geduld war noch nie ihre Stärke gewesen.

„Na und?", hakte sie also nach. „Er ist erwachsen, Horace."

„Aber er ist Ihnen nicht gewachsen", wiederholte sich der alte Blutsauger, allerdings wusste sie damit immer noch nichts anzufangen und zuckte bloß mit den Schultern, da fügte sein Großvater an: „Der Junge ist zerbrechlich."

„Vielleicht, weil du ihn ständig aussaugst?", fragte Amalthea den alten Vampir über ihre Tasse hinweg und sah durch den heißen Dunst zum ersten Mal eine Gefühlsregung in den hellen Augen aufblitzen.

„Ich mein' ja nur …", reizte sie ihn weiter. „Du hast verdammtes Glück, dass dein Enkelsohn oder was auch immer er genau zu dir ist, so oft daheim hockt und Bücher liest. Von wem er das wohl hat? Na, egal, aber wenn du ihn doch mal vor die Tür lässt, sieh zu, dass er einen Schal trägt, ja? Deine Bisse lassen sich nicht als Knutschflecken tarnen."

Für einen kurzen Moment fauchte Horace, sodass Amalthea sogar seine Reißzähne sehen konnte, also musste sie ihn echt schwer wütend gemacht haben. Allerdings hatte er sich schnell wieder im Griff, so schnell, dass es ein einfacher Mensch vielleicht nicht mal bemerkt hätte. Aber sie hatte genug Erfahrung mit allen möglichen und unmöglichen Gestalten, dass sie darauf vorbereitet war.

„Ich beschütze ihn", verteidigte Horace sich. „Durch sein Blut in mir kann ich ihn finden, egal, wo er ist."

„Und das nennst du Sicherheit?", schnaubte Amalthea. „Also ich nenn' das ein verdammtes Sklavenhalsband, aber er ist ja dein Enkel. Oder was auch immer."

Horace' Augen wurden schmal in unterdrücktem Ärger, aber das interessierte Thea herzlich wenig, sie schlürfte in Ruhe ihren Kaffee. Was noch angenehmer gewesen wäre, wenn sie nicht so ungeduldig warten müsste. Und Halira sie nicht nervig beschwor, den Vampir nicht noch weiter zu reizen, denn ihre Spinne konnte bereits die stärker werdende Präsenz des Blutsaugers spüren.

Als Thea dies schulterzuckend abtat, ließ Halira sie das volle Ausmaß dessen fühlen, was sie wahrnahm und Amalthea räumte ein, dass sie vielleicht wirklich langsam die Klappe halten sollte, so wütend war Horace inzwischen.

„Mach schon, Ben", murmelte sie trotzdem. Das veranlasste seinen Großvater dazu erneut zu sagen: „Hören Sie auf meine Worte, der Junge ist Ihnen nicht gewachsen. Wenn Sie sich entschließen sollten, meine Warnung zu ignorieren, werde ich meine Vorgehensweise bei der Eintreibung von Schulden für Sie gern auch auf andere Gebiete ausweiten."

Amalthea musste ein Würgen unterdrücken bei dem ruhigen, pseudofreundlichen und überaus geschäftsmäßigen Ton, den Horace anschlug. Und weil sie es sich trotz Haliras Widerstand nicht verkneifen konnte, lud sie ihn ein: „Na, dann komm doch vorbei. Meine Holzpflöcke brauchen eh mal wieder was zu tun."

Erneut blitzten seine Fänge für einen Moment auf, doch sofort sah der Vampir zur Treppe und gleich darauf hörte Amalthea das Knarren des Bodens, also kam Ben zu ihnen herunter. Horace musste das bereits durch Bens Blut gefühlt haben.

„Thea?", fragte dieser leise und sie hörte ihn orientierungslos wie immer durch die Wohnung tapsen, ehe sie rief: „In der Küche!"

Warum Horace das nicht hatte erledigen können, war ihr schleierhaft. Gegen die Dunkelheit blinzelnd betrat Ben das Zimmer und Amalthea tat ihm den Gefallen, den Lichtschalter zu betätigen.

„Ah, hier bist du", murmelte er mit einem Lächeln und richtete die Brille auf seiner Nase, ehe er sich an Horace wandte: „Hier, Großvater, sieh. Kannst du diese Glyphe lesen?"

Horace stellte sich demonstrativ zwischen Amalthea und seinen *schutzbefohlenen* Enkel, was sie bloß leise kichern ließ.

„Das meiste davon sehr wohl, doch dieses Zeichen ist mir unbekannt", gab der Vampir zu und Ben nickte, als hätte er das erwartet. Thea hatte genug, also fragte sie: „Was jetzt? Weißt du, was es bedeutet oder hab ich Geld und Zeit verschwendet?"

„Nein, das hast du nicht“, beteuerte Ben rasch und drängte sich an seinem Großvater vorbei, um ihr das Schwert und das Amulett auszuhändigen, dann aber deutete er noch einmal auf das Amulett und sagte: „Hier, diese Glyphe. Sie ist erst vor Kurzem in das Emblem der Shunan-Dynastie integriert worden, davor existierte es nicht darin.“

„Schön. Was zur Hölle heißt das?“, fauchte Amalthea, dass er zusammen zuckte, dann aber erklärte er aufgeregt, wie ein nerviges kleines Kind, das eine Zeichnung präsentierte: „Davor war diese Glyphe nicht mit der Shunan-Dynastie in Verbindung, das heißt, es muss sich vor beinahe 29 Jahren etwas Entscheidendes verändert haben.“

Langsam wurde es ihr zu blöd, aber sie fragte noch mal und starrte Ben dabei in Grund und Boden, wobei sie jedes Wort einzeln betonte: „Und was *heißt* das?“

„Nun … meistens ändern sich Embleme durch einen Pakt. Entweder wird eine andere Dynastie unterworfen, vernichtet, integriert, durch einen Friedensvertrag als Partner akzeptiert, auch, wenn das selten ist, aber es ist bereits vorgekommen, damals, als …“

„Ben“, warnte sie ihn mit einem leisen Zischen, bevor er sich in einer Abhandlung über Dämonen und Teufel sowie deren Ewigen Krieg gegeneinander verlieren konnte.

„Ja bitte?“, fragte er, als hätte sie ihn eben wachgerüttelt und ihr war wirklich danach ihn zu schütteln, da nickte er: „Ach ja. Ja, also … Es gibt viele Möglichkeiten, wodurch sich ein Emblem verändern kann, die meisten sind allerdings in einem Pakt fixiert und die genauen Umstände durch bestimmte Glyphen im Emblem indiziert. Man kann also an den Glyphen zumindest meist ablesen, welche Art Pakt mit welcher Dynastie geschlossen wurde.“

Wenn all das in so einem Familienemblem drin steckte, wunderte es Amalthea wirklich nicht mehr, dass die Dinger nach ein paar Jahrhunderten nur noch wie wirre Schnörkel aussahen.

„Und was genau hat das jetzt mit mir zu tun?“, fragte sie ihn und ignorierte, dass Horace daneben stand. Nun biss Ben sich unglücklich auf seine blasse Unterlippe und Thea hakte sofort grollend nach: „Sag’ es mir, verdammt!“

„Ich weiß es nicht“, gab er zu und klang geknickt. „Es tut mir leid, Thea, aber ich weiß es wirklich nicht. Eine derartige Glyphe habe ich noch nie gesehen, Großvater auch nicht. Was auch immer die Shunan-Dynastie getan hat, es hat mit dir zu tun und ist vor fast 29 Jahren geschehen.“

Amalthea knurrte unzufrieden und spürte Halira beruhigend über ihren Hals streichen, ehe die Spinne plötzlich still verharrte, viel zu still.

Anspannung veranlasste Thea beinahe dazu, laut ‚Was?!‘ zu schreien, doch sie ließ es sein, allerdings unter Aufwand aller Beherrschung. Und als Halira ihr sagte, was ihr aufgefallen war, versteifte sie sich ebenso wie ihre Spinne. *Scheiße, nein ...*

„Wann genau?“, erkundigte sie sich und verfluchte sich in Gedanken dafür, dass sie nur ein Krächzen hervorbrachte.

Ben hob seine Augenbrauen, dann antwortete er, hatte die Information natürlich parat: „In einer Woche, am 31. Oktober, sind es genau 29 Jahre. Eigentlich verwunderlich, dass es ein derart genaues Datum gibt …“

Amalthea hörte sein Murmeln kaum, denn ihr schwirrte der Kopf, schließlich wollte sie es einfach nicht glauben.

„Thea?“, erkundigte sich Ben vorsichtig, aber sie schüttelte bloß fassungslos den Kopf.

„Setz dich doch, du bist blass“, meinte er unerträglich fürsorglich, worauf sie endlich zurückschießen konnte: „Ich bin immer blass, das nennt man Kellerbräune.“

Er lächelte schmal, aber herzlich und zog ihr dennoch einen der Stühle zurecht, auf den sie sich sogar fallen ließ. Sorge in seinen braunen Augen, kniete Ben vor ihr und fragte: „Bitte, was hast du?“

Mit einem deftigen Fluch riss sie sich wieder zusammen und sah sich um, ob Horace auch fort war, denn er sollte ihre Antwort nicht unbedingt mitbekommen. Der alte Vampir stand aber noch da, doch auf Bens fragenden Blick hin verzog er sich lautlos. Thea atmete durch, dann erklärte sie Ben: „Das ist mein 29. Geburtstag.“

Ben schnappte nach Luft, dann allerdings nickte er heftig und murmelte: „Eine Primzahl, viele Pakte und Symbole der Dämonen haben mit Primzahlen zu tun.“

Fluchend sprang Amalthea auf und überlegte fieberhaft, was das heißen sollte, also fragte sie dann: „Mehr kannst du mir nicht sagen, oder?“

„Leider nein“, bedauerte Ben aufrichtig. „Ich kann dir nur sagen, dass du jemanden fragen solltest, der die Shunan-Brüder länger kannte als du, jemanden, der mit den Geschäften der Dämonen in San Francisco vertraut ist, der mitunter auch ein paar Geheimnisse kennt.“

„Barry“, zischte Amalthea wütend. „Dieser Mistkäfer.“

Bens Gesichtsausdruck nach zu urteilen, kannte er den Besitzer des Pubs nichts, in dem allerlei Dämonen verkehrten, aber Thea schon. Und dieser Arsch hatte sie angelogen und benutzt. Das würde er büßen.

„Ich weiß, wen ich fragen kann“, grollte sie und drehte sich zu Ben um. „Wie viel schulde ich dir?“

Ben setzte an, etwas zu sagen, wurde dann unter seinem dunkelblonden Dreitagebart aber plötzlich rot.

„Komm schon, so schlimm kann der Preis nicht sein. Ich hab bei dir schon mal mehr als einen Tausender hingelegt", grinste Amalthea ihm entgegen, aber er schüttelte nur rasch den Kopf.

„Ben", forderte sie ihn auf und er atmete tief durch, ehe er sagte: „Es würde 200 Dollar ausmachen, schließlich habe ich nicht viel getan. Oder aber … nein."

„Spuck's aus", lachte sie, da zuckte der Blick seiner braunen Augen kurz zu ihr und er leckte sich nervös die Lippen, verkrampfte mehrmals seine Hände. Hölle, der war richtig nervös, schoss es ihr durch den Kopf, als Ben sagte: „Du … könntest, also, wir …"

Amalthea verschränkte die Arme vor der Brust und tappte mit ihrem Fuß ungeduldig auf den Boden, wartete aber, was er zu sagen hatte, denn das konnte nur interessant werden. Schließlich atmete er noch mal durch und sah ihr dann in die Augen, wobei er zittrig sprach: „Aber wir könnten einmal … zusammen Tee trinken."

Ihre Kinnlade fiel hinab, als sie langsam begriff, was genau er da ausgesprochen hatte. Schließlich lachte Amalthea kopfschüttelnd und meinte: „Glaub' mir, das willst du nicht."

„Doch", widersprach er ungewohnt selbstsicher und sie zog eine Augenbraue hoch. „Das möchte ich schon seit … Langem. Aber dieser Wunsch ist stärker geworden, seit du … in meinem Bett geschlafen hast."

Also doch, sie hatte sich nicht geirrt. Na, wunderbar.

„Wenn du bereit bist, dein Leben zu riskieren, kannst du ja mal Tee kochen", schlug Amalthea ihm vor, was ihn überrascht zusammenzucken ließ. Als sie mit absichtlich übertrieben wiegenden Hüften zu ihm ging, zog er den Kopf ein, was ihm eigentlich deutlich machen sollte, dass er nicht wirklich mit ihr Tee trinken wollte.

Aber um es ihm unmissverständlich klarzumachen, drängte Amalthea ihn gegen die Küchenzeile und stützte sich neben seinen Hüften ab, lehnte sich nahe zu ihm, sodass er schon mit seinem Oberkörper zurückwich. Trotzdem rückte sie nicht ab, im Gegenteil, sie kam noch näher und flüsterte dann an seinem Ohr: „Wenn der Tee heiß ist, können wir ja zusehen, was noch heiß werden könnte."

Sie spürte sein Zittern und seinen rasenden Herzschlag, hörte, wie er bemüht schluckte, aber sie hatte noch nicht genug Schabernack mit ihm getrieben. Um Ben restlos fertigzumachen, ließ sie ihre Zunge hervorschnellen und leckte über sein Ohr.

Dann riss sie sich von ihm los, gerade, als er nach ihr greifen wollte, und rief: „Ruf' mich an, wenn der Tee fertig ist!"

Mit diesen Worten verließ sie den Laden, ohne Horace noch eines Blickes zu würdigen. Der Alte würde ohnehin toben, wenn er Bens Aufruhr mitbekommen würde und Ben war vermutlich abhängig genug, um ihm auch noch alles brühwarm zu erzählen.

Egal, Amalthea hatte zwei Fühler zu rupfen, Barrys. Und das würde sie mit Vergnügen tun.

Kapitel 5

Alte Schulden

Immer noch wütend hatte Amalthea sich nicht die Mühe gemacht, ihre Kleidung zu wechseln, denn verdammt, sie wollte Barry am liebsten sofort zu Brei schlagen. Halira sagte ihr ein ums andere Mal, dass es eine blöde Idee war, aber es wäre so herrlich befriedigend …

Also war ihr Ärmel immer noch durchlöchert und mit ihrem eigenen Blut durchweicht, das langsam trocknete, als sie die Tür des Pubs aufstieß. Die Wunde an ihrem Arm war längst verheilt. Das war immer schon so gewesen, obwohl sie nicht wusste, weshalb, aber beschweren wollte sie sich nicht.

Sofort schlug ihr der schwere Gestank von vielen Personen entgegen, die auf viel zu engem Raum zusammengepfercht waren, ebenso wie der Geruch von Alkohol. Ohne Umschweife bahnte sie sich ihren Weg zur Bar und schob all die Dummköpfe aus dem Weg, die blöd herumstanden, ignorierte aber die bescheuerte Musik ebenso wie die empörten Rufe der anderen Gäste, die sie mitunter doch unsanft fortgeschoben hatte.

„Barry!", rief sie über die Köpfe der nervigen Gäste - Idioten - dem Barkeeper zu. Der übergroße Käfer drehte ihr den Kopf zu, wobei seine Mandibeln zuckten, als hätte er sie ungeduldig erwartet. Ach ja, hatte er ja, schließlich hatte sie die Shunan-Brüder für ihn umgelegt. Das interessierte sie aber denkbar wenig.

Einzig Haliras eindringliche Bitten, die schon fast an eine Beschwörung grenzten, hielten sie davon ab, einfach ihre Pistole auf seine hässlichen Facettenaugen zu richten. Stattdessen stapfte sie wutschnaubend auf ihn zu.

Allerdings stockte Thea, als sie freudig angesprochen wurde: „Prinzessin, so schnell sieht man sich wieder! Bekomme ich jetzt deinen Namen und deine Nummer?“

Ungläubig starrte sie in die goldbraunen Augen, die ihr erst vor wenigen Stunden in stechendem Gelb entgegengeleuchtet hatten, als Luis, der Werwolf, sich verwandelt hatte in diese bestialische Form, weder Tier noch Mensch, sondern das gefährlichste von beidem in sich vereint.

Amalthea hatte echt keinen Nerv, sich mit dieser Flohschleuder anzulegen, wenngleich ihr aus irgendeinem Grund auffiel, dass er schon wieder so ein halbdurchsichtiges Hemd trug und in dem sonstigen Gestank gar nicht mal zu schlecht roch …

„Verzieh dich, du Arsch, das ist meine Bar!“, grollte sie und wandte sich an Barry. Doch ehe sie ihn anfauchen und zur Rede stellen konnte, erklang ein amüsiertes, dunkles Lachen neben ihr und so funkelte sie Luis wütend an, der sich neben ihr stehend gegen die Theke lehnte und breit grinsend erklärte: „Wirklich? Seltsam, ich sehe hier aber kein Schild: ‚Gehört der unglaublich heißen, aber leicht zickigen Prinzessin‘. Damit könnte der Schuppen hier auch meine Bar sein, denkst du nicht?“

Nun konnte sie ein Knurren nicht mehr unterdrücken, da er Thea ihren eigenen Witz mit barer Münze zurückgezahlt hatte. Da mischte sich Barry ein, indem er tadelnd mit seinen Mandibeln klackerte und dann klarstellte: „*Ich* denke, es ist *mein* Pub. Also benehmt euch oder geht gefälligst beide raus und klärt das draußen."

Damit deutete er mit einer Hand über seine Schulter und Luis sprach grinsend: „Oh ja, das klingt nach einer Idee. Komm schon, Prinzessin, wir gehen hinaus in die Nacht und ziehen uns dann zu mir zurück. Das wird sicher … gemütlich."

Das Lächeln, das er ihr daraufhin zuwarf, hätte jede andere Frau in diesem Pub vermutlich dahinschmelzen lassen, aber Amalthea knurrte: „Letzte Warnung, Arschloch. Verzieh dich."

Sein Lächeln schmälerte sich, verschwand aber nicht einmal, als sie schon eindeutig Unruhe in seinen Augen erkennen konnte. Langsam stellte er sein Weinglas ab und eigentlich hätte Thea ihn liebend gern damit aufgezogen, dass er tatsächlich Wein trank, wie abgehoben und tuntig war das denn? Aber heute war sie einfach zu wütend und es ging ihr verdammt auf den Nerv, dass sie keine Antworten hatte.

Von Barry würde sie welche bekommen und wenn Luis zwischen ihr und ihren Antworten stand, konnte er sich auf was gefasst machen.

„Na gut, ich lasse dir deinen Willen", meinte er zögerlich, dann aber lächelte er sie noch mal charmant an und fügte hinzu: „Wenn ich deinen Namen und deine Nummer bekomme."

Wortlos zog Amalthea daraufhin doch eine Schusswaffe und ignorierte die verängstigten Rufe um sich herum, als sie diese auf seine Stirn richtete.

„Verzieh dich", befahl sie ihm geknurrt. „Jetzt."

„Thea, spinnst du?", fuhr Barry sie aufgeregt an, wobei sie genau hörte, wie er zischend durch seine Tracheen Luft holte und seine Stimme ein paar Töne höher rutschte. Luis blieb ruhig, was doch beeindruckend war, und hob abwehrend seine Hände: „Schon gut, Prinzessin. Ich gehe ja schon. Komm wieder runter, ja? Deinen Namen kenne ich ja jetzt, das soll mir für heute Abend reichen."

Damit stieß er sich von der Bar ab und verschwand in der Menge, die sich verängstigt zusammendrängte.

„Ins Hinterzimmer", schickte sie Barry los und richtete die Waffe auf ihn. Seine Mandibeln klackerten aufgeregt und Halira biss sie fest in ihren Hals, aber Amalthea ignorierte ihre Vertraute. Sie war scheiß wütend.

„Beruhig' dich!", verlangte Barry von ihr, aber sie zischte bloß kalt: „Nein. Du gehst jetzt ins Hinterzimmer und wirst jede Frage beantworten, die ich habe."

Barry gehorchte, was sein Glück war, sonst hätte er spätestens jetzt eine Kugel in seinem Bein gehabt.

„Liza, du übernimmst die Bar, ja?", rief er, wohl zu einer Angestellten, aber Amalthea interessierte sich einen Dreck dafür, sie folgte dem übergroßen Käfer ins Büro, wo der Insektendämon hinter ihnen beiden die Tür abschloss.

„Kannst du bitte dieses Ding wegstecken?", fragte er sie, aber Thea erwiderte bloß: „Erst, wenn du mir sagst, warum du mich verdammt noch mal angelogen hast, du beschissener Mistkäfer!"

„Wann habe ich dich angelogen?", wollte er wissen und sie konnte nur im letzten Moment verhindern, dass sie abdrückte, denn ihr Finger hatte sich bereits um den Abzug gekrümmt.

„Was habe ich mit den Shunan-Brüdern zu schaffen?", grollte Amalthea statt einer Antwort und sie könnte schwören, dass sowas wie Unruhe durch die vielen Facetten von Barrys Insektenaugen huschte.

„Du weißt es also“, warf sie ihm vor und trat ihm heftig gegen die Brust, sodass er hintenüber fiel und schließlich auf seinem verräterischen Arsch landete, wobei er pfeifend durch seine Tracheen atmete. „Los, spuck’s aus. Alle Details, Mistkäfer.“

Barry bewegte seine Finger so schnell, dass Amalthea das Chitin seiner Haut schaben hörte, aber als er nicht antwortete, sondern weiterhin nervös seine Hände zu Fäusten ballte, wurde es ihr zu bunt. Ohne die Mündung ihrer Waffe von ihm zu nehmen, griff sie in ihre Hosentasche und zog das Amulett hervor, ehe sie es ihm kraftvoll an den Kopf warf. Das würde garantiert eine Beule geben und keine kleine. Und damit er noch eine bekam, warf sie auch gleich das Schwert hinterher, wen interessierte es schon, dass die Klinge nicht in einer Scheide steckte?

„Was ist das?“, zischte sie, jedes Wort betonend und nickte zu dem Amulett, das sie dem jüngeren der beiden Dämonenbrüder abgenommen hatte, das dieselbe Glyphe trug wie ihre Haut.

„Ein Familienamulett“, erklärte ihr Barry, aber sie trat nach ihm, sodass er vor Schmerz nach Luft schnappte und sie fuhr ihn an: „Das weiß ich! Was steht da drauf? Und ich warne dich, Barry, keine Lügen oder du bereust es.“

Barrys Mandibeln klackerten, er überlegte also, was er sagen sollte, und entschloss sich schließlich dafür: „Wenn du weißt, dass es ein Familienamulett ist, dann weißt du bestimmt auch schon, dass da so einiges über die Shunan-Dynastie drin steht. Woher sie kommen, mit wem sie Kriege führen oder verbündet sind, der ganze Mist eben.“

Amalthea nickte harsch, nahm ihre Waffe aber immer noch nicht fort, egal wie sehr Barry sie anstarrte. Da konnte er warten, bis er schwarz wurde, oder er müsste ihr schon etwas Besseres liefern.

„Was dich wirklich interessiert, ist die Glyphe in der Mitte“, vermutete er zu Recht. „Schließlich befindet sie sich auch auf deinem Brustbein.“

Moment ... Scheiße! Hatte sie in einer durchzechten Nacht etwa auch mit Barry geschlafen? Verdammt, nein!

„Woher willst du das wissen?“, fragte sie ihn, konnte aber die Unruhe in ihrer Stimme nicht unterdrücken, wofür sie sich am liebsten selbst in den Hintern getreten hätte.

„Weil ich dein Vater bin“, antwortete Barry. Amalthea fiel die Kinnlade hinab und sie flüsterte: „Nein ...“

„Natürlich nicht!“, rief Barry daraufhin. „Hast du noch nie ‚Star Wars‘ gesehen, Mädchen?“

Für einen Moment sah Amalthea rot und wusste wirklich nicht, ob sie jetzt bloß nach dem beschissenen Mistkäfer getreten hatte oder ob sie ihm auch eine Kugel in den Schädel gejagt hatte. Wohl nicht, denn er lebte noch, aber verdient hätte er es.

„Lass diesen Scheiß!“, schrie sie ihn an und trat noch mal noch ihm, aber Barry schnappte sich ihren Fuß und brachte sie durch rasches Ziehen daran zu Fall. Für einen Moment rangelten sie auf dem Fußboden, bis Amalthea ihn abgeworfen hatte und ihm so fest in den Bauch trat – zumindest wäre bei einem Menschen dort der Magen dahinter gewesen – dass sie glaubte, Chitin knacken zu hören.

„Keine Spielchen“, forderte sie ihn auf, noch kein bisschen außer Atem. „Raus mit der Sprache oder du bist tot, scheiß auf die Folgen.“

„Ja, schon gut“, brachte Barry mühsam hervor, denn er keuchte pfeifend durch seine Tracheen. „Kein Grund, wütend zu werden, es war ein Scherz, okay?“

„Beschissener Scherz“, war alles, was Amalthea dazu sagte und sie hielt ihm wieder ihre Waffe entgegen als stumme Aufforderung, endlich den Mund aufzumachen.

„Ragch'Chastan“, kam es aus Barrys Mund. Thea meinte trocken: „Gesundheit.“

Das ließ ihn klackernd lachen, ehe er diese Laute wiederholte und ihr wurde klar, dass es Worte sein sollten.

„Was soll das heißen?“, fragte sie nach, wobei ihre Stimme zitterte, denn … irgendwie kam ihr das bekannt vor.

„Ragch'Chastan, der Soldateneid“, erklärte Barry, aber sie konnte nichts damit anfangen, also runzelte sie bloß die Stirn.

„Das war zumindest die ursprüngliche Glyphe, aber sie wurde verändert zu etwas, das es vorher so noch nicht gegeben hat. Die Änderung in der Glyphe war so groß, dass man sie kaum wiedererkennt, lesen können sie also nur diejenigen, die sie schon mal gesehen haben und eine Erklärung gehört haben. So wie ich“, sprach Barry nun. „Hier steht Ragch'Hanachastan, der Eid eines menschlichen Soldaten.“

Für einen Moment schüttelte Thea den Kopf, dann ließ sie ihre Waffe sinken und fragte: „Was bedeutet das genau? Und woher weißt du das?“

„Weil ich dabei war“, gab er zu und klang müde. „Ich war damals dabei an Halloween vor 29 Jahren, als diese Glyphe zum allerersten Mal in ein Emblem geprägt wurde. Verdammt, ich habe diesen Mist organisiert, weil ich nicht wusste, was sie vorhatten.“

Die Musik aus dem Schankraum war hier zu hören, aber alles wurde von Amaltheas laut pochendem Herzen überlagert, sogar beinahe Barrys leises, wütendes Kichern, ehe er kopfschüttelnd meinte: „In gewisser Weise bin ich also dein Vater, wenn auch nicht dein leiblicher.“

„Was soll das?“, grollte sie, denn sie hatte genug von diesem Gequatsche, sie wollte endlich Antworten. Notfalls würde sie die auch aus Barry herausprügeln.

Als hätte er das geahnt, hob er abwehrend seine Hände und erklärte: „Ich wurde „gebeten“, also mit dem Tod bedroht, eine Schwangere zu finden, die genau an Samhain ein Mädchen zur Welt bringen würde. War gar nicht so einfach, aber ich habe sie gefunden. Deine Mutter. Sie ... war noch zu müde von der Geburt, als dass sie sich hätte wehren können und mal ehrlich, gegen die Shunan-Bastarde? Selbst als einer der beiden mich festgehalten hat, war sie chancenlos. Aber sie hat gekämpft wie eine Wilde, wollte dich nicht hergeben. Hat ihr aber nicht geholfen ...“

Für einen Moment war er still und Amalthea glaubte fast, Schuldgefühle in den ausdruckslos schwarzen Facettenaugen zu sehen, aber sie war zu schockiert, um irgendwas zu tun als ihn weiterhin anzustarren.

„Die beiden Arschlöcher haben dir den Soldateneid aufgezwungen, deshalb haben sie dich vor ein paar Tagen auch zur Hälfte in einen Hasen verwandelt, weil du ja, wie sie behauptet haben, ihr ‚Eigentum‘ wärst. Vollidioten, ihnen hätte klar sein müssen, dass du das nicht mit dir machen lässt“, meinte Barry schulterzuckend. „Aber sie wollten ja damals schon nicht hören. Ich habe ihnen gesagt, dass es eine blöde Idee ist und deine Mutter hat sie noch damals verflucht.“

Immer noch schockiert, aber nun auch neugierig hob Amalthea eine Augenbraue und Barry kicherte düster: „Oh ja, das hat damals auch mir Angst eingejagt. Keine Ahnung, ob sie eine Hexe war oder sonst was, aber sie hat ihnen prophezeit, dass sie es bereuen würden, Hand an dich gelegt zu haben. Und das haben sie schon einen Moment später.“

Barry atmete tief durch, wobei seine Tracheen mehr pfiffen als sonst, also hatte sie zuvor mit ihren Tritten wohl die ein oder andere gebrochen, dann erklärte er: „Der Ältere der beiden hat deine Mutter noch im Krankenbett getötet, hat ihr einfach den Schädel abgeschlagen."

Amalthea hatte sich nie für sentimental gehalten, aber als er das sagte, sackten ihr beinahe die Knie weg. Allerdings klappte sie wirklich zusammen, als Barry fortfuhr: „Ich habe keine Ahnung, wie das möglich war, aber das Muster, in dem ihr Blut an der weißen Wand klebte … da war plötzlich ein Schriftzug. ‚Die Gebundene wird sich erheben und die Unterdrücker den brechenden Eid mit gleicher Münze bezahlen lassen.' Ich träume heute noch manchmal davon."

„Gleicher Münze …", murmelte Amalthea, als Halira eben diese Formulierung aufgefallen war. Langsam sah sie auf in Barrys Augen, der sie unruhig fragte: „Was meinst du, Thea?"

„Sie haben beide den Kopf verloren", erwiderte sie trocken, aber nur, um ihr Zittern zu überspielen. Verdammt, sie war doch sonst kein kleines Mädchen mehr, aber jetzt saß sie zitternd am Boden.

Zischend strömte Luft durch Barrys Tracheen und er murmelte etwas, das Thea nicht verstand. Schwungvoll stand sie auf und zwang sich dazu, aufrecht zu bleiben, als sie fragte: „Was wollten diese Arschlöcher von mir, wozu wollten sie mich mit diesem verdammten Eid zwingen?"

Barry zögerte, also donnerte sie wütend: „Wozu, Barry?"

„An deinem 29. Geburtstag solltest du ihrer beider Kinder empfangen", sprach er schließlich und Amalthea fiel die Kinnlade hinab.

„Das können sie vergessen!", rief sie dann grollend. „Selbst, wenn sie noch am Leben wären, niemals!"

„Das hätte sie nicht interessiert“, gab er zu bedenken. „Je mehr du dich gewehrt hättest, desto besser hätten sie es gefunden, glaub' mir, Thea.“

Kopfschüttelnd tigerte sie durch das Büro, immer auf und ab. Ihr war viel zu heiß und sie musste hier raus. Aber vorher brauchte sie alle Antworten, musste sichergehen, dass sie alles wusste.

„Trotzdem, das können sie vergessen“, wiederholte sie durch zusammengebissene Zähne. „Ich habe sie erledigt.“

„Ja, hast du. Genau deswegen hab ich dich darum gebeten. Und du hast es ihnen mit gleicher Münze zurückgezahlt“, meinte Barry leise. „Ich weiß nicht, was gruseliger ist. Die Vorstellung, dass sie hätten Erfolg haben können, oder dass deine Mutter recht hatte.“

„Gibt's sonst noch was?“, wollte sie von dem Insektendämon wissen und starrte ihn an, wobei ihr Atem viel zu schnell ging. Das war alles verdammt noch mal viel zu viel und viel zu abgedreht, verflucht noch mal!

„Zwei Dinge“, meinte Barry und erhob sich mühsam, allerdings machte Thea sich nicht die Mühe, ihm zu helfen. „Erstens, hier hab ich was für dich.“

Damit humpelte er zu einem Schrank, der offenbar voller Dokumente war und reichte ihr einen Umschlag, der mit ihrem Namen beschriftet war.

„Hier“, sagte er schlicht. Aber sie schoss zurück: „Was ist das?“

Barry schmunzelte traurig, ehe er sagte: „Alles, was von deiner Mutter übriggeblieben ist.“

Wortlos steckte Amalthea den Umschlag in ihre Hosentasche, schließlich war in den Armyhosen genug Platz und sie beschloss, später nachzusehen. Wenn sie Ruhe hatte und … sich traute. Wie verflucht peinlich, das auch nur zu denken …

„Zweitens“, durchbrach Barry ihre Gedanken und sie war versucht ihn ein weiteres Mal zu treten, als er eine Hand schwer auf ihre Schulter legte. „Pass auf dich auf, Thea. Normalerweise sind nur wenige Dämonen mit Menschen kompatibel, nahezu keine. Aber die Shunan-Brüder haben zumindest behauptet, dass diese Glyphe es jedem Dämon ermöglichen würde, dir ein Kind anzuhängen. Deshalb haben sie das Ding auch in ihrem Emblem, weil sie damit angeben wollten. Das heißt aber, dass jeder Dämon, der die Glyphe lesen kann, auch weiß, dass er am kommenden Samhain die Chance hat, ein Kind zu zeugen. Wer weiß, was sie damit vorhaben. Also … pass auf dich auf, ja? Ich will nicht, dass du einem von denen in die Hände fällst.“

„Das können sie vergessen“, grollte Amalthea bloß und wandte sich abrupt ab.

Sie ließ den Käfer einfach stehen, denn sie musste hier raus, jetzt sofort.

Jeden traurigen Idioten, der ihr im Weg stand, schob sie zur Seite, wobei sie kaum mitbekam, dass sie zu viel Kraft anwandte und einen Kerl sogar so heftig in seinen Barhocker stieß, dass dieser splitterte. War auch unwichtig.

Amaltheas Kopf war vollkommen leergefegt, sie wusste absolut nichts zu sagen, noch nicht mal etwas zu denken. Ihre Füße bewegten sich von selbst, als sie erst den Pub verließ und dann ziellos über die Straße wanderte. Auch Halira war ungewohnt schweigsam, ebenso schockiert und ungläubig wie sie selbst auch. Verdammt, sie hatte sich für robuster gehalten, aber im Moment wusste sie nicht mal, wo sie war, geschweige denn, wo sie ihr Motorrad abgestellt hatte.

„Scheiße“, zischte Amalthea leise und rieb sich die Stirn. Ihr Kopf war leer, fühlte sich so an, als würde er über ihren

Schultern schweben. Sie konnte nicht denken, wusste nicht, was sie mit all der Information anfangen sollte.

Halira meldete sich leise zu Wort und schlug ihr vor, dass sie erst einmal heimfahren und dort dann den Umschlag von Barry öffnen sollten. Schon fast hysterisch kicherte Thea daraufhin, denn sie wusste nicht, was sich in diesem Umschlag befinden konnte, aber die Worte des miesen Mistkäfers jagten ihr Angst ein. Ja, *Angst*, ihr! Nicht zu fassen …

Ihre Wut auf ihn und sich selbst klärte ihre Gedanken zumindest so weit, dass sie Haliras Einwand als gar nicht mehr so blöd befand und sich von ihr zeigen ließ, wo sie das Motorrad geparkt hatte. Wie zur Hölle hatte sie das vergessen können?

Kopfschüttelnd stand sie vor ihrer Maschine und atmete tief durch, um sich zu sammeln, da warnte ihre Spinne sie. Wovor genau, das wusste sie nicht, aber Amalthea wich geschickt aus, allerdings einen Tick zu spät.

Der schwere Hieb einer Faust, der ihre Schläfe in einem Abwärtshaken hätte treffen sollen, erwischte ihre Schulter, was aber auch verschissen weh tat. Zornig fauchte sie den Angreifer an und beglückwünschte ihn schon jetzt zynisch zu seinem Todestag. Er hatte sich wirklich den falschen Zeitpunkt ausgesucht, sich mit ihr anzulegen.

Aus reinem Instinkt heraus trat Amalthea nach dem Idioten und traf sein Schienbein mit ihren schweren Stiefeln. Jeder normale Mensch wäre jetzt vor Schmerz auf einem Bein auf und ab gehüpft und hätte es ihr leichtgemacht, ihn über den Haufen zu schießen, aber das … war verdammt noch mal ein Wendigo. *Shit* …

Amalthea wich den Hieben der Kreatur aus, so gut sie es konnte, aber sie geriet schnell in Bedrängnis. Warum zur Hölle griff sie ein Wendigo mitten in San Francisco auf offener Straße an?

Die Dämonen hatten sich noch nicht öffentlich gezeigt, lebten, so gut es ging, im Verborgenen. Und diese Art Dämon konnte man wirklich nur im Keller verstecken.

Sie konnte einem weiteren Hieb der geballten Faust nur knapp ausweichen und Übelkeit stieg in ihr auf, als sie den charakteristischen Geruch wahrnahm, der verwesende Leichen umgab ... und eben Wendigowak. Sie wich den zu Fäusten geballten Klauen des Viehs aus, das bereits Schaum vor dem Mund hatte, in dem scharfe, widerlich verfärbte Zähne standen und von dem die Haut zurückgezogen war, als fletschte es den lippenlosen Mund auch noch. Warum auch immer, aber genau jetzt fielen ihr Bens Worte wieder ein. Dass diese Viecher so geworden waren, weil sie Kannibalen gewesen waren. Und jetzt verzehrten sie sich so sehr nach menschlichem Fleisch, dass sie mitunter sogar frische Gräber plünderten. Mit ihrer mangelnden Zahnhygiene sicher mitunter ein Grund, warum sie so erbärmlich nach Tod stanken.

Als wäre der Gestank nicht übel genug, der Amalthea nach Luft schnappen ließ, musste dieses Ding auch noch immens stark sein. Das war jeder Wendigo und sie hatte auch schon zwei von ihnen erledigt, aber es war nicht einfach gewesen. Und unvorbereitet würde es noch mal schwieriger werden.

„Such dir einen anderen Snack!“, schrie sie dem Vieh entgegen, woraufhin es wütend brüllte und den absolut fauligen Atem in ihr Gesicht blies. Das allein reichte fast aus, um Amalthea umkippen zu lassen, sie sah bereits Sterne, aber hielt sich aufrecht, schaffte es sogar, ihre Pistole zu ziehen und abzudrücken. Aber sie verfehlte den Wendigo. Und dieses Drecksvieh hatte den Nerv, sie auszulachen!

„Wehr' dich, so viel du willst", lachte es trocken und seine Stimme klang so rau wie zerfallendes Pergament. „In einer Woche und neun Monaten kann ich mir immer wieder voller Genuss einen Happen von dir holen und dennoch das Kind mein nennen."

„Red' keinen Scheiß", fuhr sie das Ding an, aber erneut lachte es bloß und als Amalthea wiederum feuerte, traf sie auch.

Ein gellendes Brüllen erhob sich in der Nacht, die bald der Morgendämmerung weichen würde, und ihr Triumph war nur von kurzer Dauer. Schwindel erfasste sie, was sie dem Gestank zuschrieb, bis der Schmerz einsetzte. Erst dann begriff sie, dass der Wendigo sie mit einem gezielten Faustschlag einmal quer über die Straße geschleudert hatte.

Es schien zwar kein Knochen gebrochen zu sein, aber ihr Körper fühlte sich trotzdem an wie Blei. Halira schrie sie an, dass sie wach bleiben musste, aber Amalthea fielen die Augen zu, obwohl sie den Wendigo auf sich zu stapfen sah und das widerliche Ding bereits seine verfaulenden Klauen voller kranker Vorfreude ableckte.

Mit letzter Kraft stemmte sie sich auf ihre Knie und verschoss ihr Magazin, leerte es zur Gänze, aber obwohl jeder Schuss traf, war es doch nicht genug und sie hatte es gleich gewusst. Trotzdem sprang sie schnell auf ihre Füße, wobei es objektiv betrachtet wohl eher ein ungeschicktes Stolpern gewesen war, und eilte davon, allerdings war auch das nur ein Humpeln.

Etwas traf sie hart im Rücken, die Faust des Wendigo. Das war ihr verdammtes Ende. Nein, der würde sie am Leben halten und … *Nein!* Sie hatte zwar schon mit vielen Idioten geschlafen, aber die hatte sie sich wenigstens selbst ausgesucht!

„Kampfeswillen …“, lachte der Wendigo hinter ihr, viel zu dicht hinter ihr. „Das gefällt mir, mach nur.“

Amalthea lief weiter, nur darauf bedacht, fortzukommen, allerdings traf sie ein weiterer Schlag des Wendigo, diesmal genau auf die Schläfe und ihr wurde sofort schwarz vor Augen. Ihr Kopf war nun wirklich leer und sie nahm zwar noch etwas wahr, aber es war alles vollkommen verschwommen und undeutlich.

War das ein Reißen? Hoffentlich nicht ihre Kleidung oder gar ihr Fleisch. Halira versuchte, ihr etwas zu sagen, aber sie verstand ihre Vertraute nicht mehr, es war zu anstrengend. Schmerz war einfach überall, explodierte aber vor allem in ihrem Kopf und Amalthea wusste, sie würde innerhalb von zwei Stunden gewiss wieder laufen können … aber die Zeit würde sie nicht haben. Sie war verloren.

Stille trat ein, die sich hartnäckig durch das konstante Rauschen in ihren Ohren schlich. Sie wollte sich bewegen, rührte sich aber, trotz aller Bemühungen, keinen Millimeter. Es ging einfach nicht …

Allerdings kam Leben in sie, als sie spürte, wie sie angehoben wurde. *Nein, der Wendigo!*

Strampelnd kämpfte Amalthea mit dem letzten bisschen Kraft, das sie noch hatte, um ihr Leben, allerdings half es nichts, sie konnte dieses Vieh nicht abschütteln.

„Shh, ganz ruhig, tu dir nicht weh“, erklang da eine dunkle, warme Stimme, die sie kannte, aber nicht zuordnen konnte. Aber Halira beruhigte sich ein wenig, ihre Gedanken ergaben beinahe wieder Sinn …

„Beruhige dich, ja, so ist's gut", murmelte diese Stimme noch mal und Amalthea wusste bloß, dass sie jemand trug. „Keine Sorge, ich hab' dich, Prinzessin."

Dieses letzte Wort beruhigte sie mehr als alles davor, obwohl sie nicht verstand, wieso. Aber es war auch egal, denn alles versank in Dunkelheit, die ihr endlich den verfluchten Schmerz nahm.

Kapitel 6

Neue Erkenntnisse … wenn auch wenige

Amalthea erwachte von dem unangenehmen Gefühl, das Sonnenstrahlen in zwar geschlossenen, aber müden Augen bewirkten. Ja, verflucht, sie wollte weiterschlafen und diese blöde Sonne hinderte sie daran. Was musste die auch schon aufgehen, jetzt schon?

Wenigstens waren ihre Wunden verheilt, das spürte sie deutlich, allerdings kamen ihre anderen Sinne nur langsam wieder in Schwung. Die Augen wollte sie ja nicht aufmachen, jedenfalls noch nicht jetzt, also verließ sie sich auf die anderen.

Haliras Nähe spürte sie, allerdings schlief die Spinne noch, hatte sie sich ja auch mal verdient. Erst, als Amalthea wusste, dass Halira sicher war, überlegte sie weiter und stellte fest, dass sie in einem weichen, sauberen Bett lag, in eine frisch riechende Decke gewickelt. Okay, das war definitiv *nicht ihr* Bett …

Außerdem hörte sie jemanden hinter sich atmen und erst jetzt, viel zu spät, fielen ihr gleich mehrere Dinge auf einmal auf. Erstens, wer auch immer da war, hatte einen warmen und festen Arm um ihren Bauch geschlungen … und sie war nackt. *Er* auch. Und zumindest ein Teil von ihm war schon wach. Zweitens, sie war nicht mehr auf der Straße vor Barrys Pub, wo der verdammte Wendigo sie …

Sofort war Amalthea hellwach und scherte sich keinen Deut mehr um die Sonne, sondern riss ihre Augen auf und wirbelte in dem Bett herum. Ihre Muskeln protestierten, denn wiewohl ihre Wunden verheilt waren, das Vieh hatte verdammt fest zugeschlagen und die Prellungen waren noch da, bestimmt war sie blau und grün überall.

Ebenso wie ihre Muskeln sich über die plötzliche Bewegung beschwerten, tat es auch der Kerl neben ihr … und Amalthea glaubte ihren Augen nicht. Sie hätte ja fast mit dem Wendigo gerechnet, halb sogar mit Barry oder Ben … aber da lag Luis. Und schlief.

Er grummelte im Schlaf und zog sie einfach noch enger an seine Brust. Für einen Moment dachte sie, dass es wenigstens schön warm war hier, aber sofort trat sie nach dem verdammten Mistkerl. Er zuckte zusammen und riss ebenso seine Augen auf, allerdings knurrte er gleich darauf wie der Werwolf, der er auch war und der lose um Amalthea geschlungene Arm spannte sich an. Gleich darauf packte Luis grob ihre Handgelenke und rollte sich über sie. Uff, der war verdammt schwer.

„Runter von mir, du Flohschleuder!“, fauchte Thea ihn an, aber Luis blinzelte sie einmal an, dann aber breitete sich langsam ein Grinsen auf seinen Lippen aus und anstatt sie freizugeben, hatte dieser Hund nichts Besseres zu tun als sich genüsslich an ihr zu reiben und ihr dabei in so eindeutiger begehrlicher Art in die Augen zu sehen, dass sogar ihr warm wurde.

„Ich denke nicht, Prinzessin“, murmelte Luis rau und widerwillig musste Thea zugeben, dass diese raue und tiefe, noch leicht verschlafen klingende Stimme, zusammen mit seinem Geruch und der Wärme seines Körpers sie wirklich nicht kalt ließ. Als er sich dann auch noch zu ihr beugte und sie seinen Atem an ihrem Hals fühlen konnte, nur einen Moment, bevor er seine Lippen auf ihre Haut drückte, weich, lockend und eindeutig viel zu verführerisch, konnte Amalthea ein leises, zufriedenes Seufzen nicht länger unterdrücken.

Leise drang Luis' Lachen an ihr Ohr und sie spürte seine Zunge warm und feucht über die empfindliche Haut ihres Halses schnellen. Nicht wirklich nachdenkend, weil es ohnehin egal war, drängte Amalthea sich an ihn und hörte ihn leise grollen, allerdings klang es kein bisschen wütend, sondern extrem aufgeheizt. Dass er sich tatsächlich kaum noch beherrschen konnte, bekam sie gleich darauf zu spüren. Luis ergriff mit den schlanken, aber kräftigen Fingern einer Hand ihre beiden Handgelenke und drückte sie über ihrem Kopf in die Matratze, während er seine noch größer gewordene Härte an ihr rieb, genau dort, wo er offensichtlich hinwollte.

Seine nun freie Hand legte sich beinahe schon grob um Amaltheas Oberschenkel, sodass sie seine Kraft spürte und das leichte Kratzen der Schwielen an seinen Händen, wie auch seine Fingernägel. Seine warme Zunge war immer noch an ihrem Hals und blieb auch dort, während seine Hand auf Wanderschaft ging.

Luis stemmte sich hoch, um seine Hand warm und fest über Theas Bauch streichen zu lassen, wobei er sein Becken wieder an ihrem rieb. Ja, es war angenehm, aber als seine Finger sich nach ihren Brüsten ausstreckten, riss Amalthea eine Hand aus seinem Griff und fasste in sein dunkles Haar, ballte ihre Hand zur Faust, sodass sie ihm wehtun musste. Offensichtlich tat sie es, aber es störte ihn kein bisschen, denn Luis presste sich mit einem kehligen Stöhnen noch enger an sie.

Mit einem Schnauben schob Amalthea ihn von sich, diesmal mit solcher Kraft, dass sie ihn herumwirbelte und er auf dem Rücken zu liegen kam. Um ihn daran zu hindern, sie gleich wieder in die Matratze drücken zu wollen – und nur deshalb, davon versuchte sie sich selbst zu überzeugen – rollte sich Amalthea über ihn und drückte ihn ihrerseits in die weißen Laken.

Luis' Brust hob und senkte sich schnell, was verdammt sexy aussah, aber obwohl sie auf seinen Hüften saß, immer noch nackt, und er sie begehrlich anlächelte, zischte sie ihm zu: „Vergiss es, so leicht bin ich auch wieder nicht zu haben."

„Ach ja?", fragte er mit einem Grinsen und setzte sich mit einem Ruck auf, was sie aus dem Gleichgewicht brachte, also zog Luis sie rasch wieder in seine Arme, wobei er seine Lippen auf ihre drückte. Überrascht und das nicht nur negativ, keuchte Thea einen Moment, was dieser Mistkerl sich sofort zunutze machte, um seine Zunge in ihren Mund zu schieben. Jedem anderen Idioten hätte sie die jetzt vermutlich abgebissen, aber er war doch tatsächlich geschickt.

Trotzdem riss sie sich los und ballte eine Hand zur Faust, ehe sie diese in sein Gesicht donnerte. Zumindest versuchte sie es, aber Nahkampf war noch nie ihre Spezialität gewesen, also fing ein kampferprobter Werwolf wie er ihre Hand auf. Grinsend leckte Luis über ihr Handgelenk, ließ sie dabei aber nicht einen Moment aus den Augen.

Wütend starrte Thea ihn an und schließlich gab er sie frei. Sie versetzte ihm einen Schubs, der ihn zurück auf das Bett warf, allerdings lachte er, während sie rasch aufstand und sich in die Decke hüllte. Ein bisschen Anstand hatte sogar sie im Leib.

Er allerdings nicht, denn er erhob sich, so nackt und erregt, wie er war, was er natürlich zur Schau stellen musste.

„Kannst du dir nicht was anziehen?“, herrschte Amalthea ihn an. Doch Luis lachte bloß: „Gefällt dir jetzt plötzlich nicht mehr, was du siehst?“

„Hat es nie“, schoss sie zurück und er tat schockiert, schlug sich theatralisch beide Hände auf die nackte Brust und fragte in weinerlichem Ton: „Heißt das, du hast mir nur etwas vorgemacht, die ganze Zeit?“

„Mach dich nicht lächerlich, du Arsch“, knurrte Amalthea, aber Luis lachte bloß und schlich geschmeidig auf sie zu, wobei er ihr zuraunte: „Mach du dich nicht lächerlich, Prinzessin. Hätte dir nichts davon gefallen, hättest du mich gleich erwürgt, anstatt mich zu küssen.“

Grollend starrte sie ihn an, aber er lachte bloß und schnappte sich dann dunkelrote Boxershorts, wohl um ihr einen Gefallen zu tun. Tat er aber nicht damit. Denn wiewohl er nun endlich wenigstens etwas anhatte, musste Amalthea ihn trotzdem noch anstarren … es war einfach zu verlockend anzusehen, wie seine kräftige Muskulatur selbst bei kleinen, lockeren Bewegungen arbeitete.

Wütend ballte Thea ihre Hände derart stark zu Fäusten, dass sich ihre Fingernägel schmerzhaft in ihre Handflächen bohrten.

„Möchtest du ein Frühstück, Prinzessin?“, holte Luis’ fröhliche Frage sie aus ihren Gedanken und sie verfluchte ihn für seine gute Laune früh morgens. „Wie wär’s mit Schinken und Ei?“

„Erst will ich Antworten“, erklärte sie ihm grummelnd und er nickte überraschend ernsthaft, setzte sich wieder aufs Bett, allerdings übertrieben breitbeinig, sodass ihr Blick in seinen Schritt fiel, verdammt. Anscheinend war alles an ihm wach …

Kopfschüttelnd sah Amalthea auf, aber sein Grinsen sagte ihr, dass Luis ihren Blick bemerkt hatte, also knallte sie ihm gleich wütend eine Frage an den Kopf: „Wo ist meine Spinne?“

Sie fühlte Halira, aber sie konnte ihre Vertraute nicht sehen.

„Da drin“, ließ er sie wissen und deutete auf einen Schuhkarton, der auf dem Nachtkästchen stand. „Sie hat mich ganz schön übel gebissen, als ich dich ausgezogen habe.“

„Gut so!“, zischte Amalthea daraufhin, aber Luis grinste bloß und meinte, „Was denn, hätte ich dich schmutzig und nach Wendigo stinkend in mein Bett legen sollen? Nein, das wollte ich nicht, aber in mein Bett solltest du schon, also musste ich dich erst einmal waschen.“

Vielleicht sollte sie ihm danken dafür, das schoss ihr wahrlich durch den Kopf, aber sie verwarf den Gedanken gleich wieder. Stattdessen ging sie zu dem Karton und hob vorsichtig den Deckel ab. Als sie sah, was darin war, sah sie Luis missbilligend mit hochgezogenen Augenbrauen an. Der zuckte die Schultern und verteidigte sich: „Was hätte ich tun sollen? Sie wollte nicht in den Schuhkarton, sondern ins Bett, aber da will ich echt keine Spinne haben, sorry. Also hab' ich ihr mein Hemd als Decke gegeben. Sie ist reingekrabbelt, alle sind glücklich.“

Schnaubend lachte sie über diese Worte und schob den weißen Stoff behutsam zur Seite, bis sie Halira fand. Diese krabbelte gleich auf ihre Hand und Amalthea fühlte sich besser, jetzt, wo sie ihre beste Freundin wiederhatte.

„Sie ist deine Vertraute“, stellte Luis fest und sie musterte ihn fragend. Halira war … einfach da, war es immer schon gewesen.

„*Bruja*“, murmelte Luis leise und sie schnauzte ihn an: „Was soll das denn heißen, zur Hölle?“

„Hexe“, antwortete er gleich und grinste langsam. „Nur Hexen haben Vertraute, also musst du eine Hexe sein, *bruja*, wie meine Nana sagen würde.“

„Von mir aus …“, brummte Amalthea, schließlich war das totaler Mist, sie war keine Hexe.

Luis stand auf und trat näher an sie heran, sodass sie an ihren nackten Schultern, die nicht von dem Laken bedeckt waren, bereits seine Wärme fühlen konnte, dann fragte er leise, nahe an ihrem Ohr: „Wie ist ihr Name?“

Dabei streckte er eine Hand nach Halira aus, berührte sie aber nicht, sondern hielt respektvollen Abstand. Sie waren beide überrascht und Halira wusste nicht, wie sie auf diesen Mann reagieren sollte. *Dann sind wir schon zwei*, dachte Amalthea zynisch, da tappte ihre Vertraute langsam an ihrem Arm nach oben und tatsächlich Luis' Hand entgegen. Kurz bevor sie ihn berührt hätte, hielt Halira inne, doch er entschuldigte sich ungekannt respektvoll: „Ich hatte keine Ahnung, was du bist. Perdóname.“

Und wieder hatte dieser Scheißkerl es geschafft, sie beide zu verwirren. Dass Luis so dicht hinter ihr stand, war auch nicht hilfreich, also fauchte Amalthea: „Kannst du dich nicht ordentlich anziehen?“

„Wozu?“, grinste er anzüglich. „Ich hab' letzte Nacht zwei Garnituren Kleidung eingebüßt, beide deinetwegen. Also wozu mich in deiner Nähe überhaupt anziehen, wenn ich meine Sachen eh nur verliere.“

„Hättest du wohl gern“, murrte sie und er gab zurück: „Ja, in deiner Nähe nackt sein, das hat was. Schließlich hast du ja im Moment auch nichts an.“

Amalthea funkelte ihn wütend an, aber der verdammte Hund grinste bloß. Schien ihm wohl im Gesicht festzustecken an diesem Morgen.

Mies gelaunt, weil es noch früh war und der Typ ihr schlichtweg auf die Nerven ging, murrte Thea ihn an: „Schön, dann bleibt eben nackt, aber ich will meine Sachen wieder haben."

„Tut mir leid, Prinzessin, das geht nicht", meinte Luis und so stemmte sie eine Hand wütend in die Hüfte, während sie mit der anderen die Decke festhielt. „Deine Sachen waren sowas von verdreckt, da hab ich sie in die Waschmaschine gepackt."

Was?! Nein ... alles, bloß das nicht ...

„Was?!", schrie sie ihn daraufhin an und er fuhr tatsächlich zusammen, allerdings versuchte Halira sie zu beruhigen, aber das war ihr scheißegal. Der Brief war noch in ihrer Hosentasche!

„Beruhig' dich, Prinzessin", bat Luis, aber sie fauchte ihn an und schrie: „Nein, verdammt!"

Thea ging auf ihn los, schlug nach ihm, obwohl sie nicht recht wusste, was das bringen sollte, aber ihr war danach. Allerdings schnappte sich Luis ihre Handgelenke und hielt sie fest, ihr Rücken fest an seine Brust gepresst und obwohl sie sich wehrte und sonst eigentlich bisher fast jeden Mann hatte umhauen können, der verfluchte Werwolf hatte kein Problem damit, sie festzunageln. Und Halira machte keine Anstalten ihn auch nur schief anzuschauen!

Stattdessen redete die Spinne in Gedanken immer noch auf Thea ein und bat sie ebenfalls, sich zu beruhigen, aber darauf hatte sie keine Lust. Der Brief!

„Ganz ruhig, ich habe genau auf die Etiketten geschaut, ich werd's schon nicht verwaschen", sprach Luis grinsend und sie rammte ihm den Ellbogen in die Rippen dafür, was ihn gerade mal ächzen ließ, dann drückte er sie noch fester an sich, dass ihr fast die Luft wegblieb, und flüsterte an ihrem Ohr: „Außerdem habe ich deine Taschen vorher ausgeleert, nachdem *tu confidenta*, deine Vertraute, einfach nicht von deiner Hose weg wollte.“

„Danke, Halira“, murmelte Amalthea leise und es störte sie nicht einmal, dass Luis nun ihren Namen kannte, ebenso wenig wie sie seine Nähe noch störte, sie ließ sich sogar erleichtert gegen diesen Mistkerl sinken.

„Liegt alles auf dem Tisch, Prinzessin. Und ich habe nichts davon genauer angesehen, okay?“, ließ Luis sie leise wissen und sie nickte, immer noch erleichtert, dass der verdammte Umschlag nicht zerstört war. Allerdings konnte Thea sich noch immer nicht erklären, warum sie sich so sehr um das blöde Ding sorgte. Bisher hatte sie doch auch nie interessiert, woher sie gekommen war. Ja, das Waisenhaus war scheiße gewesen, aber ansonsten hatte sie das nie gekümmert, also warum jetzt plötzlich?

Kopfschüttelnd fuhr sich Thea durch ihr rotes Haar, stellte fest, dass der Undercut mal wieder erneuert gehörte, da merkte sie wie Luis’ Hand frech über ihren Bauch wanderte und sich dann tatsächlich unter die Decke schlich. Schnaubend rammte sie ihren Ellbogen erneut in seine Rippen und er lachte, ließ sie aber gehen.

„Ich will trotzdem was zum Anziehen!“, fuhr sie ihn an und Luis nickte, ehe er sich immer noch grinsend erkundigte: „Ich kann dir eine Boxershorts und ein T-Shirt von mir anbieten, einverstanden?“

Thea grollte unzufrieden, aber nur, weil ein Teil von ihr die Idee gut fand, schließlich würde sie dann ihn riechen können, ohne es ihn wissen zu lassen. Wie bescheuert war der Gedanken denn?

„Du hast so etwas Normales wie ein T-Shirt?“, zog sie ihn stattdessen auf. „Wer ständig mit Hemden herumläuft, einen tuntigen goldenen Ohrring trägt und in ‘nem Pub Wein trinkt, dem hätte ich das nicht zugetraut.“

„Sag’ ja nichts Schlechtes über den Ohrring, verstanden?“, knurrte Luis, aber sie lachte ihn bloß aus.

„Ich hol’ dir was zum Anziehen“, murrte der Werwolf dann und stapfte davon, wobei sie ihn auf Spanisch fluchen hörte. Flüche erkannte sie in nahezu jeder Sprache.

Sofort ging Amalthea zu dem Tisch, auf dem ihre Sachen lagen und schmunzelte, als sie sah, dass alles ein unordentlicher Haufen war. Genauso lagerte sie ihren Scheiß auch daheim. Der Gedanke, dass sie was gemeinsam hatten, gefiel ihr nicht, aber Halira amüsierte sich köstlich, weshalb sie diese stumm anfuhr, endlich den Mund zu halten. Allerdings fand die Spinne das erst so richtig witzig. Scheiße, ihre seltenen Anflüge von Humor waren mitunter echt nervig.

Ein rascher Blick sagte ihr, dass alles noch da war, Luis hatte also wirklich nichts weggenommen. Gut, warum sollte er auch …

Theas Blick fiel auf den zerknitterten, früher vielleicht mal weiß gewesenen Umschlag, den Barry ihr gegeben hatte mit den Worten „Alles, was von deiner Mutter übriggeblieben ist.“

Ihre Finger zitterten und so ergriff sie die Decke fester, sodass ihre Finger schon beinahe wehtaten.

„Hier, Prinzessin“, ließ Luis’ Stimme sie zusammenschrecken und sie wirbelte herum, ihre Faust geballt und in einem kraftvollen Schlag auf dem Weg zu seiner Nase.

„Hey, immer langsam!“, rief er, sichtlich überrascht, aber er fing ihre Faust trotzdem mühelos auf und drehte sie erneut herum, sodass sie schon wieder an ihn gelehnt in seinen Armen war.

„Lass mich los“, grollte sie, aber der Typ hielt sie schon wieder fest und sprach fest: „Du ziehst dich jetzt an und dann liest du diesen Brief. Du musst wissen, was da drin steht.“

Amalthea riss sich los, wobei sie fast über die Kleidung stolperte, die er geholt hatte und die nun zu ihren Füßen lag, da fragte sie ihn lauernd: „Was soll das heißen?“

Sie hasste es, Befehle zu bekommen, aber der klang doch ernsthaft so, als wüsste er, was in dem Umschlag war.

„Meine Ohren sind gut, Prinzessin“, erklärte Luis und nickte zu den Unterlagen, die Barry ihr gegeben hatte. „Eine geschlossene Tür und Musik halten mich nicht davon ab zu hören, worüber sich zwei Personen im nächsten Zimmer streiten. Und ihr wart nicht gerade leise, Barry und du.“

Ihr stand der Mund offen, fassungslos und scheiß wütend.

„Du hast was?“, knurrte sie ihn an, doch als Luis bloß blinzelte, stapfte sie zu ihm. „Du hast echt gelauscht, du Arsch?“

„Nein“, erklärte er, unterbrach sich allerdings selbst mit einem Grinsen. „Na ja, nicht wirklich, aber ich habe auch nicht extra weggehört.“

Amalthea hatte gute Lust, auf ihn loszugehen, aber sie wusste, dass sie im Nahkampf gegen ihn sowieso den Kürzeren ziehen würde, und außerdem war es ohnehin nicht zu ändern. Trotzdem war sie wütend und interessanterweise auch verletzt.

Das war vollkommen bescheuert, sie verstand nicht, warum sie das so sehr traf, aber es gefiel ihr nicht, dass er nun wusste, was man ihr als Säugling angetan hatte, welches miserable und entwürdigende Schicksal man ihr zugedacht hatte. Bei diesem Gedanken regte sich Halira und ja, Thea musste ihr recht geben: Es störte sie, dass es so dermaßen entwürdigend war.

Sie war ja vielleicht blöd, impulsiv und hatte mehr Fehler, als sie aufzählen wollte, aber sie war verdammt noch mal ihr eigener Herr! Niemand bestimmte über sie! Und wenn einer dämlich genug war, es zu versuchen, würde er das mit dem Leben bezahlen.

„Ich hätte nicht gedacht, dass er dir so etwas sagt", meldete sich Luis zu Wort und Thea schnaubte wütend, aber er klang doch ehrlich zerknirscht. „Du kannst dir mein dämliches Gesicht nicht vorstellen, als ich endlich kapiert hatte, was der Käfer da gesagt hat."

„Doch, kann ich", schoss Thea zurück, aber gleich grinsten sie beide. Allerdings wurde sie schnell wieder ernst und fragte: „Du hast es also verstanden? Dann erklär's mir, verdammt noch mal, ich bin nämlich noch immer nicht dahinter gestiegen, was diese ganze Scheiße soll!"

„Das hab ich auch noch nicht verstanden", gab Luis leise zu und sie schüttelte den Kopf, aber er nickte wieder zu dem Brief und schlug vor: „Sieh rein. Je mehr du weißt, desto eher hast du die Chance den ganzen Mist zu durchblicken."

Seufzend sah Thea zu dem Umschlag, aber sie wusste wirklich nicht, wie der ihr dabei helfen sollte. Halira sagte ihr, dass jede Information über ihre Mutter entscheidend sein konnte, aber das wusste sie selbst – sie wollte es sich bloß nicht eingestehen …

„Und je mehr wir wissen, desto mehr können wir meiner Nana sagen", riss Luis' Stimme sie aus ihren Gedanken. Sie fauchte: „Was?! Wie zur Hölle kommst du auf die Idee, dass ich dir auch nur irgendwas davon sagen würde?"

„Weil du meine Hilfe brauchst“, erklärte er selbstsicher und Thea war danach, ihm eine Kugel in den Fuß zu jagen dafür, vor allem, weil er recht hatte. Und er wusste das auch, denn er zog sie nicht auf, sondern meinte es verdammt ernst.

„Ich kenne jemanden, der mehr über Dämonen und Pakte weiß als jeder andere. Zumindest, soweit ich weiß“, versicherte Luis ihr. Aber sie schnaubte bloß: „Und wer soll das sein?“

„Meine Nana“, gab er zurück, doch als sie ihn bloß mit erhobenen Augenbrauen musterte, setzte er nach. „Meine Großmutter.“

Thea schnaubte und zischte dann giftig: „Sicher doch. Wie blöd bist du eigentlich? Was soll mir eine tattrige, alte Schachtel schon sagen können?“

Bevor sie wusste, was geschehen war, lag Thea am Boden, was sie allerdings erst begriff, als sie sich übel den Kopf am harten Parkett schlug. Luis kauerte über ihr, das Gesicht von Wut verzerrt und der Griff seiner großen Hände schon brutal. Jetzt erst erkannte Thea, dass er vorher noch zart zugepackt hatte, jetzt aber in seinem Ärger seine ganze Kraft einsetzte.

Sie spannte sich an und sammelte Kraft, um ihm gehörig in die Eier zu treten, da glitt er ebenso schnell wieder von ihr herunter, wie er sie zu Boden gedrückt hatte.

„*¡joder!*“, knurrte Luis und sah sie dann wieder an, wobei er zwar noch heftig atmete, aber Schuld stand in seinen goldbraunen Augen, als er bat: „Perdóname. Aber sag’ so etwas nie wieder über meine Nana.“

„Ja, hab’ ich verstanden“, gab Thea zurück, ehrlich schockiert und ihr Herz klopfte noch zu laut. Noch einmal entschuldigte er sich und reichte ihr dann die Hand, um ihr aufzuhelfen. Sein Griff war nun wesentlich sachter, fast so, als traute er sich nicht mehr zuzupacken. Also grub Thea ihre Fingernägel grob in seine Haut und er lächelte sie noch mal an.

Dann bückte er sich nach der Kleidung und reichte sie ihr. Wortlos schnappte sie sich das graue T-Shirt und rote Boxershorts, wobei sie schwören könnte, dass es Seide war. Mit erhobener Augenbraue sah sie zu Luis, der die breiten Schultern zuckte mit einem Grinsen.

Thea zog sich das Shirt über und ließ dann die Decke fallen, schließlich war der graue Stoff genug, bis sie auch rasch in die Shorts geschlüpft war. Verwundert strich sie über den Stoff, denn das war wohl echt Seide … und ziemlich angenehm.

„Was soll ich sagen?“, lachte Luis. „Man gewöhnt sich an bestimmte Dinge, wenn man als Sohn des Alpha-Paares aufwächst. Und das legt man dann auch nicht ab, wenn man das Rudel verlässt.“

Stirnrunzelnd sah sie auf, da biss sich der große Mann in die Unterlippe und verschränkte seine kräftigen Arme, als hätte er zu viel gesagt. Dann murrte er: „Sieh's als Entschädigung, weil ich etwas über deine Vergangenheit weiß.“

Thea grinste ihn an, aber das Lächeln erstarb gleich wieder, als sie den Umschlag ansah. *Scheiße*.

In Gedanken fluchend überlegte sie, was sie tun sollte, bis sie schließlich den Kopf schüttelte und murrte: „Scheiß drauf.“

Dann ließ sie sich auf den hölzernen Stuhl plumpsen und riss den Umschlag auf, wobei es ihr eigentlich hätte peinlich sein sollen, wie sehr ihre Finger zitterten, aber dafür hatte sie gerade keinen Nerv. Hastig zog sie gerade einen einzigen Zettel aus dem Umschlag, vergilbt und dünn, sodass man dem Papier die 29 Jahre schon deutlich ansah. Lange Sekunden starrte Thea das Ding an, bis sie verstand, dass es aus der Krankenhausakte ihrer Mutter stammte. Es war der Beleg, oder wie immer das hieß, der ihre Geburt dokumentierte.

Hektisch und ohne wirklich etwas zu erfassen, huschten ihre Augen über das Papier und sie brauchte lange, um die wenige Information aufzunehmen, die sie entnehmen konnte: Rachel Thoran, 19 Jahre alt, hatte am 31. Oktober 1994 um 17:59 ein gesundes Mädchen zur Welt gebracht, 49cm groß, 3657 Gramm schwer. Vater unbekannt.

Ihre Mutter hatte auch niemanden angegeben, der im Notfall zu verständigen gewesen wäre. Kein Wunder, wenn Barry was machte, dann ordentlich, also hatte er gewiss eine Schwangere ausgeforscht, die niemand vermissen würde. Es sollte Amalthea nicht einmal wundern, wenn ihre Mutter eine drogensüchtige Hure gewesen wäre, denn die verschwanden tagtäglich und kein Hahn krähte nach ihnen.

Erst ganz zum Schluss sah sie zu dem Feld, in dem der Name des Kindes eingetragen war, *ihr* Name: Amalthea Cera Thoran.

Sie hatte einen zweiten Vornamen. Und wow, man hatte sie im Waisenhaus noch nicht mal angelogen, was ihren Namen anging, sie hieß tatsächlich Amalthea Thoran. Doch das war's, mehr nicht, nichts weiter war in dem Umschlag. *„Alles, was von deiner Mutter übriggeblieben ist."*

Diese Worte hallten in Amaltheas Kopf wider und plötzlich ging ihr auf, was Barry damit gemeint hatte: Alles andere war fort. Die Leiche ihrer Mutter, alle Unterlagen, die sie beide betrafen, jegliche Hinweise, dass Rachel Thoran jemals existiert hatte. Barry und die Shunan-Bastarde hatten ihre Mutter *ausgelöscht*, alles von ihr.

Es war lächerlich, denn sie kannte diese Frau nicht, wusste nichts über das Mädchen namens Rachel Thoran, das am Tage ihrer Geburt gestorben war, nachdem sie Thea zur Welt gebracht hatte, aber das Papier in ihrer Hand zitterte und als Thea es wieder auf den Tisch legte, kitzelte sie etwas an ihrer Wange. Eine Träne …

Die tiefe Stimme von Luis drang an ihr Ohr, da er irgendetwas murmelte, aber sie verstand ja kein Wort Spanisch. War vermutlich auch egal.

„Amalthea“, sagte er schließlich ihren Namen und sie sah auf. Gleich wollte sie den Kopf wieder senken, doch da war es zu spät. Luis wischte eine Träne fort und bemühte sich um ein Lächeln, aber es misslang.

„Das ist nicht viel, aber vielleicht reicht es“, murmelte er dann und sie schüttelte schnaubend den Kopf, als ein durchdringendes Piepsen ertönte. Es war beschämend, aber sie fuhr zusammen und Luis strich ihr über ihren Rücken, wobei er leise lachte, ehe er erklärte: „Das war die Waschmaschine. Wir stopfen deine Sachen noch rasch in den Trockner, dann gibt’s Frühstück. Und dann fragen wir meine Nana, was sie von all dem hält.“

Thea atmete tief durch, aber mal ehrlich, welche Chance hatte sie schon? Sie war am Ende, brauchte irgendjemanden, der ihr mehr sagen konnte. Und wenn es seine Großmutter konnte, warum dann zu Hölle nicht? Dann müsste sie zwar mehr Zeit mit ihm verbringen, aber eigentlich war das auch nicht so schlecht …

„Du hast was von Schinken mit Ei gesagt, oder?“, schaute sie grinsend zu Luis hoch, der ihr mit einem Finger über ihre feuchte Wange strich und meinte: „Ganz genau. Orangensaft dazu?“

„Igitt“, protestierte Thea daraufhin und schlug seine Hand fort, ehe sie orderte: „Kaffee, schwarz.“

Er lachte und bot an: „Mach’s dir bequem, Prinzessin, ich kümmere mich um alles. Möchtest du dein Frühstück im Bett?“

Der Fröhlichkeit in seiner Stimme nach zu urteilen, dachte er an was ganz anderes als Schinken mit Ei, also gab Amalthea zurück: „Krieg deinen Schwanz wieder unter Kontrolle, du Arsch!“

Sein dunkles Lachen erklang volltönend durch das große Zimmer, in dem sie sich befanden, das er aber nur zur Hälfte durchquert hatte. Amalthea konnte sich nicht dagegen wehren, auch zu grinsen.

Es würde anstrengend werden, mit ihm unterwegs zu sein, aber hoffentlich lohnend. Vielleicht sogar, wie sie sich mit musterndem Blick auf seinen Hintern dachte, in mehr als einer Hinsicht.

Kapitel 7

Verbündete

„Verdammt, geh’ ran …“, brummte Amalthea ungehalten und wippte unruhig mit ihren Füßen auf und ab, sah an ihnen vorbei durch die Windschutzscheibe hinaus auf die Landschaft, durch die sie gerade fuhren. Sie hatte sich ja dagegen gewehrt, dass sie mit Luis’ Jeep irgendwohin in die Pampa zu seiner Großmutter fahren würden. Der blöde Hund hatte sich aber stur gestellt und mit einem charmanten Lächeln so lange herum argumentiert, dass Thea im Endeffekt einfach nachgegeben hatte, um ihre Nerven zu schonen.

Dass Luis deshalb breit und äußerst selbstzufrieden gegrinst hatte, hätte sie eigentlich kommen sehen müssen, aber na ja … er hatte zumindest so weit recht, dass er den Weg zu seiner Nana kannte, sie nicht. Aber es hatte sie dennoch ziemlich angepisst, dass sie jetzt mit ihm für verschissene 40 Minuten in diesem kleinen Käfig sein sollte, der sein Auto war.

Wobei, eigentlich war der Jeep ja doch geräumig … Und es half auch nicht, dass sein Autoradio verdammt gute Heavy Metal-Songs spielte, denn das zeigte ihr nur ein weiteres Detail, das sie gemeinsam hatten, und das gefiel ihr gar nicht.

Ebenso nervte es, dass Halira sich die ganze Zeit scheckig lachte, diese Verräterin. Und Ben hatte nicht auf ihre kurze

Mail vor gut einer halben Stunde reagiert und ging jetzt nicht mal ans verdammte Telefon …

„Schwing deinen Arsch endlich zum Handy, du Mistkerl!“, fauchte sie, als erneut die Mailbox ansprang und starrte ihr eigenes Telefon wütend an.

„Ärger im Paradies?“, feixte Luis und sie schoss ihm einen hasserfüllten Seitenblick zu, was ihn lachen ließ. Dann jedoch starrte er übertrieben aufmerksam auf die Straße und fragte sie: „Mal ehrlich. Ist dieser Ben dein Alter, oder was?“

„Was geht dich das an?“, grollte Amalthea in ihrer Wut auf Ben und erntete zur Antwort bloß ein tiefes, kehliges Knurren von Luis, während sie erneut die Nummer des Antiquitätenladens wählte. Tagsüber lief man wenigstens nicht Gefahr, Horace an die Strippe zu kriegen, denn da schlief dieser wie tot, schließlich war er das auch.

Blöd war nur, dass Ben um die Zeit auch meistens noch schlief und wenn Amalthea ehrlich war, dann war elf Uhr morgens auch wahrlich keine Zeit um schon wach zu sein. Alles Luis' Schuld …

„Geh' endlich ran oder ich schwör'dir …“, murmelte Thea leise, da wurde endlich abgenommen.

„Antiquitäten Carter und Söhne, was kann ich für Sie tun?“, ertönte Bens schwer verschlafene Stimme und Thea fauchte: „Deine Mails checken! Und mir endlich mal die Nummer deines Handys geben, damit ich mich nicht mit deinem Großvater rumschlagen muss.“

„Thea!“, rief Ben erfreut und sie verdrehte die Augen, als er urplötzlich wach zu sein schien. „Schön, wieder von dir zu hören.“

Stumm zählte sie bis drei, um ihn nicht anzufauchen, aber verdammt, so schwärmerisch verliebt, wie der geklungen hatte, hätte er es verdient gehabt. Hatte ihm ihre letzte Begegnung nicht gezeigt, dass sie einige Nummern zu groß für ihn war?

Scheinbar nicht, aber ihn jetzt runterzuputzen würde Thea nicht helfen. Also bemühte sie sich zumindest um Ruhe, aber ihre Stimme klang harsch, als sie wissen wollte: „Also, was ist jetzt?"

„Womit?", murmelte Ben leise und Thea konnte ein entnervtes Schnauben nicht zurückhalten, ehe sie ihn doch anfuhr: „Deine Mails und deine Handynummer! Jetzt sofort!"

„Jawohl", kam es hastig zur Antwort und Thea musste grinsen. Sie konnte sich zwar nicht an ihre Nacht mit Ben erinnern, aber wenn er im Bett auch so brav auf Kommandos hörte, wäre das ja fast eine Wiederholung wert.

Sie hörte ihn durchs Haus tapsen und konnte sich wirklich bildlich vorstellen, wie er gerade aussehen musste, vermutlich hatte sie ihn geweckt und er war jetzt vollkommen zerzaust, zerknautscht und noch im Halbschlaf. Die Vorstellung war ja fast niedlich.

„Ben?", fragte sie, als er lange Zeit geschwiegen hatte, und da schreckte er hörbar auf: „Ja, Thea?"

„Hol' dir einen Kaffee, sonst pennst du mir wieder ein", riet sie ihm beinahe fürsorglich, aber doch ungeduldig.

„Ja", stimmte er einsilbig zu und diesmal schüttelte sie den Kopf, wie gehorsam er war. Konnte dieser Mann echt schon erwachsen sein? Und wie sollten sie eine Nacht zusammen verbracht haben, wenn er offensichtlich weder Schwanz noch Eier besaß?

Ihr schoss durch den Kopf, dass Luis da ganz anders war und obwohl Halira sich köstlich amüsierte, sah Thea aus dem Augenwinkel zu dem Werwolf auf dem Fahrersitz. Verdammt, was musste der in diesen geschniegelten Hemden auch so gut aussehen?

Er wandte ihr den Kopf zu und der Blick in seinen goldbraunen Augen war eindeutig viel zu zufrieden mit sich selbst, da hob er auch noch eine Augenbraue und lächelte auf diese ach so charmante Art, die bestimmt die Herzen all der stöckelnden Tussis höher schlagen ließ. Blöd nur, dass es bei ihr gerade auch wirkte. Scheiße …

Schnell sah sie weg und Halira amüsierte sich immer noch auf ihre Kosten, was Thea aber ignorierte. Sollte sie doch.

Am anderen Ende der Leitung hörte sie die Kaffeemaschine laut gurgeln und auch, wie Ben tief einatmete. Offenbar hatte ihn allein der Geruch von Koffein schon wacher gemacht, denn er erkundigte sich: „Womit kann ich dir denn helfen, meine Liebe?“

Hatte sie sich eben verhört? Kopfschüttelnd wies sie ihn an: „Lies’ die Mail und sag’ mir alles, was du darüber weißt.“

„Worüber?“, fragte er nach. Aber Thea fauchte, jedes Wort betonend: „Steht in der Mail!“

„Ich kann weghören, wenn du nicht willst, dass ich euer Liebesgeflüster mitanhöre“, scherzte Luis, aber sie wussten beide genau, dass er das verdammt noch mal sicher nicht tun könnte, allein schon seiner Ohren wegen, aber auch wegen seiner Neugier.

„Nun gut“, murmelte Ben leise. Und eindeutig verletzt, weshalb Thea versöhnlicher erwiderte: „Tu es einfach, ja? Bitte.“

Scheiße, wieso hatte sie das noch mal getan?

„Für dich gern“, erwiderte Ben und Thea schlug sich hart vor die Stirn. Spitze gemacht, Thea, du Volltrottel! Luis neben ihr lachte und meinte dann: „Zehn Minuten noch, Prinzessin, dann sind wir da.“

Mit einer nachlässigen Geste zeigte sie ihm, dass sie ihn verstanden hatte, da hörte sie Bens erstaunte Frage: „Warum möchtest du etwas über Hexen wissen?“

Was bitte ließ ihn glauben, dass sie ihm das jetzt bis ins Detail erklären konnte, wenn sie schon nicht mal das Wort hatte aussprechen wollen? Immerhin wollte sie den Hund neben sich nicht wissen lassen, dass seine Worte sie verunsichert hatten. Konnte sie selbst eine Hexe sein?

„Ben“, sprach sie warnend, da ging ihm offensichtlich ein Licht auf: „Kannst du nicht frei sprechen?“

„Ganz genau“, stimmte Thea zu und sofort erklang seine Stimme erneut, diesmal voller Sorge: „Bist du in Ordnung, Thea? Ist irgendetwas geschehen?“

Eine ganze Menge, aber das würde sie ihm nicht sagen. Stattdessen gab sie zur Antwort: „Nein, aber es ist wichtig. Also, schieß' los.“

Sie hörte Ben tief durchatmen, ganz so, also würde er zu einer langwierigen Abhandlung anheben, also schnitt sie ihm gleich das Wort ab: „Kurz und bündig, Ben. Du hast fünf Minuten, nicht mehr.“

„In Ordnung“, gab er zurück und sie hörte, wie er einen Schluck Kaffee trank, ehe er erklärte. „Es ist unbekannt, wozu Hexen genau in der Lage sind, denn sie üben sich in strenger Geheimhaltung. Großvater könnte dir vielleicht mehr sagen, denn er … nun, er war einmal mit einer Hexe … ähm … *bekannt*, sozusagen.“

Ein Lächeln glitt über Amaltheas Lippen, als er sich doch echt fast daran verschluckte, dass Horace eben mal eine Hexe gevögelt hatte. Und wenn schon.

„Und weiter?“, wollte sie wissen, da räusperte sich Ben knapp und fuhr dann fort: „Jede Hexe hat eine sogenannte *familiaris*, eine … Vertraute, um eine Übersetzung zu bemühen. Das ist ein Wesen, das ihr beisteht. Wie genau, das ist ebenfalls unbekannt, aber in der Literatur gibt es Hinweise, dass diese *familiares* meist Tiere sind, Katzen, Schlangen, mitunter Hunde oder …“

„Spinnen?“, fragte sie nach, Ben unterbrechend, der einen Moment schwieg, dann aber zugab: „Meist sind es Kreaturen, denen auch in der Phantastik und den Mythen besondere Kräfte nachgesagt werden. Also ja, möglicherweise auch Spinnen.“

Scheiße … Thea bemerkte Luis’ fragenden Blick, aber beachtete ihn kein bisschen, sondern wandte sich wieder an Ben: „Was kannst du mir noch sagen?“

„Ich bedaure, Thea, nicht viel“, gab er zerknirscht zu. „Wenn du mir etwas mehr Zeit gibst, stelle ich dir eine Abhandlung zusammen, aber ich kann dir nicht viel mehr sagen ohne ausgiebige Recherche. Nur so vieles: Was Hexen alles bewirken können, ist unklar. Es gibt noch viele, oft unerklärliche Dinge, die Hexen zugeschrieben werden. Sowohl Gutes wie auch Böses, wenn man denn diese klischeebehafteten Begriffe nutzen möchte.“

Mit gerunzelter Stirn hakte sie nach: „Was soll das denn heißen?“

Ein leiser Laut kam über Bens Lippen, den sie mittlerweile intensivem Grübeln zuordnen konnte, also überlegte er seine Worte wohl sorgfältig, ehe er sprach: „Erinnerst du dich an den schweren Ausbruch der Pest in Wien?“

Nein, verdammt, sie wusste ja noch nicht mal, wo dieses Kaff sein sollte … Aber Ben erwartete das offenbar, denn er fuhr fort: „Den Ausbruch der Pest schrieb man damals einer Hexe zu und diese Ansicht hat sich in einschlägiger Literatur auch bis heute gehalten. Allerdings wird auch von vielen Göttinnen in der keltischen und generell der nordischen Mythologie angenommen, dass sie eigentlich Hexen waren. Viele davon waren Heilkundige oder besonders geschickt in einigen Dingen. Da niemand zu sagen weiß, was die Magie einer Hexe vollbringen kann, könnte all das Magie gewesen sein. Es ist auch gut möglich, dass die Hexen selbst nicht wissen, wozu sie fähig sind, bis ihnen etwas Bestimmtes gelingt. Es tut mir leid, Thea, aber ich weiß es wirklich nicht genauer."

„Shit", fluchte sie, denn das hatte Luis' Vermutung weder bekräftigt noch widerlegt. Ach, verdammt!

„Schon gut, Ben. Was schulde ich dir?", schloss Thea ihre Unterhaltung. Doch sie musste allerdings erstaunlich lange auf eine Antwort warten, ehe diese dann zögerlich doch kam: „Du … könntest einmal tagsüber vorbeikommen, vielleicht zum Tee gegen vier Uhr?"

Ihr Stirnrunzeln vertiefte sich und Thea setzte sich auf in dem breiten Sitz des Jeeps, kam gerade zum Sitzen, da sie zuvor ihre Füße auf dem Armaturenbrett gehabt hatte. Das war doch nicht sein Ernst?

„Ben, hast du dir nicht gemerkt, was ich dir gesagt habe?", fragte sie nach, denn sie war eigentlich überzeugt gewesen, dass ihn das abgeschreckt hätte.

„Doch", antwortete er zögerlich. „Aber … ich würde mich dennoch freuen."

Thea schüttelte breit grinsend den Kopf, denn sie hatte ihm so viel Mumm und Hartnäckigkeit eigentlich gar nicht zugetraut. Aber gut, das musste belohnt werden, zumindest etwas.

„Okay, ich überleg's mir", gab sie zurück und hörte ihn erleichtert ausatmen, dann schickte sie nach, „Gib mir deine Handynummer und ich melde mich, sobald ich Zeit habe."

Vielleicht war es fies, ihn derart zu manipulieren, aber sie wollte sich nie wieder mit seinem blutsaugenden Vorfahren herumplagen müssen.

„Gern“, sprach Ben und shit, seine Stimme war nur noch ein erfreutes, gehauchtes Flüstern, das irgendeine Erinnerung in Thea wachrief, aber sie konnte sie nicht wirklich abspulen. Dann war sie wohl auch nicht so wichtig.

Ben gab ihr die Nummer durch und sie bat Halira, sich die auch zu merken. Dann legte sie wortlos auf und sah sich um.

Sie waren in hügeligem, bewaldetem Land und Thea hatte keine Ahnung, wo genau sie waren, bis es ihr ein Hinweisschild verriet, nach dem Luis einbog.

„Mount Diablo?“, grinste sie geringschätzig. „Was noch Hirnrissigeres ist deiner Verwandtschaft nicht eingefallen?“

Luis knurrte warnend, ehe er scharf antwortete: „Meine ganze Familie wohnt hier, Prinzessin. Immerhin ist da ein ziemlich großer, ziemlich einsamer Park rund um diesen Berg. Viel Land, um frei zu laufen.“

„Jaja, ihr braucht ja euren Auslauf, ihr Hunde“, feixte sie zur Antwort und Luis schnaubte genervt, ehe er das Lenkrad übertrieben fest anpackte, sodass der Kunststoff bereits protestierend knackte, da grollte er: „Du hast meine Frage nicht beantwortet, Prinzessin.“

„Hä?“, machte Thea wenig eloquent, was auch Halira beanstandete, aber es war ihr egal, bis ihre Spinne, ihre Vertraute, laut dem Werwolf neben ihr, sie an seine Frage erinnerte, ob sie mit Ben zusammen war.

„Doch, hab’ ich“, gab sie zuckersüß zurück. „Das geht dich nichts an.“

Er schoss ihr einen raschen, eindeutig wütenden Blick zu und Thea musste daraufhin breit grinsen. Oh ja, es machte

Spaß, diesen Hund ein wenig zu quälen. Auch, wenn sie genau wusste, dass sie früher oder später die Rechnung dafür würde zahlen müssen.

„Ich will es aber trotzdem wissen“, beharrte er, allerdings interessierte Thea das kein bisschen. Also zuckte sie bloß die Schultern und obwohl es Halira schwer gegen den Strich ging, schoss sie zurück: „Schön für dich. Ich sag's dir aber trotzdem nicht.“

„Ich nehme das als ein Ja, also läuft da was“, vermutete Luis, aber sie schnaubte bloß zur Antwort, sich im Stummen kringelig lachend, wie er sich drüber aufregen konnte, dass er was nicht erfuhr. War der Flohteppich eifersüchtig, oder was?

Thea sah aus dem Fenster des Jeeps und kniff die Augen zusammen, da Luis darauf bestanden hatte, dass sie alle Fenster sperrangelweit offen ließen, also fegte der Fahrtwind durch das Auto.

Sie war noch nie so weit von Frisco weg gewesen, wozu auch? Sie kannte die Stadt wie ihre eigene Wohnung und sie hatte dort alles, was sie brauchte, und es gab ausreichend Aufträge, die ihr genug Geld einbrachten, um nett zu leben. Wozu also fortgehen? Und wohin überhaupt?

Zwar würde Thea es ihm gegenüber nicht zugeben, aber die Gegend, in die Luis sie geführt hatte, sah wirklich nett aus.

„Ich werde es schon noch rausfinden“, grollte er neben ihr und Thea warf ihm einen zweifelnden Blick zu, den er mit einem plötzlichen, breiten Grinsen erwiderte. „Wart's nur ab, Prinzessin, irgendwann hab' ich dich soweit.“

„In deinen Träumen“, fauchte sie ihn an und sofort zeigte ihr der Hund neben ihr, dass diese Antwort eine blöde Idee gewesen war. „Was denn, habe ich so laut gestöhnt im Schlaf?“

Dass er schneller fuhr, als es die Geschwindigkeitsbegrenzung erlaubte, war Thea scheißegal, sie schlug Luis kräftig mit ihrer geballten Faust gegen seinen Oberarm, aber es hätte sie ernsthaft gewundert, wenn sie ihm damit echt Schmerzen zugefügt hätte. Nein, er lachte bloß keck, aber sie ließ sich doch von ihm nicht verarschen, sondern gab zurück: „Keine Ahnung, was du ihm Schlaf gemacht hast. Deine Gesellschaft war derart öde, dass ich wie tot geschlafen habe."

Einen Moment war es still, bis auf das Gitarrenriff, das aus dem Autoradio kam, dann lachte Luis bellend.

„Okay, du bist nicht auf den Mund gefallen", freute er sich. „Aufmüpfig, das gefällt mir. Dich bändigen, wird ein Spaß."

„Den du nur genießen könntest, wenn du diesen Scheiß auch überlebst", schoss Thea zurück, als er rechts einbog und auf eine Schotterstraße wechselte, die in einen Wald führte. „Was ich allerdings stark bezweifle."

„Wir werden sehen, Prinzessin", versprach Luis dunkel, allerdings war es keine Drohung, es klang mehr danach, dass er sich darauf freute, es auszuprobieren. Und ihm schwebte sicherlich sowas vor wie das, was sie heute früh in seinem Schlafzimmer getan hatten … und mehr.

Thea schnaubte bloß und würdigte das keiner Antwort. War auch gar nicht notwendig, denn kaum hatte sie Luis einen wütenden Blick zugeworfen, hielt dieser den Jeep an. Hastig sah sie sich um, denn der Idiot war doch wirklich mitten im Wald stehen geblieben.

Sofort schlug Theas Instinkt Alarm und sie spannte sich kampfbereit an, schließlich würde sie auch einem Werwolf in den Arsch treten, wenn dieser glaubte, sie hier, in seinem Gebiet überwältigen zu können.

Doch zu ihrer Überraschung schwang sich Luis behände aus dem Jeep und erklärte: „Wir sind da, Prinzessin."

Kopfschüttelnd sah sie sich erneut um und bemerkte erst jetzt das Haus, das halb hinter den ganzen Bäumen versteckt lag. Wer wohnte denn so abgelegen? Blöde Frage, Werwölfe natürlich, wer denn sonst?

Sie standen im wahrsten Sinne des Wortes mitten im Wald. Kein Wunder, dass Luis einen Jeep besaß, obwohl er in San Francisco wohnte.

Er lächelte sie an und wies einladend zu der Hütte, aber Thea war gar nicht wohl bei dem Gedanken und Halira auch nicht. Na, wenigstens waren sie sich einig.

Zur Sicherheit prüfte Thea durch einen raschen Griff an ihre Hosentasche, ob ihre Waffe auch immer noch dort war, wo sie die Waffe gelassen hatte. Erst dann setzte sie sich in Bewegung und ging dicht hinter Luis auf die halb verborgene Tür zu.

Er klopfte nicht an, sondern betrat das Haus einfach, etwas, das Thea auch getan hätte. In dem einfachen Vorraum, der mit schweren, dunklen Möbeln aus Holz eingerichtet war, schlug ihr sofort der Duft von Kräutern und Brot entgegen und sie rümpfte überrascht die Nase, während Luis mit geschlossenen Augen tief und genüsslich einatmete und sich dann über die Lippen leckte.

„Hola, Nana!", rief er in das stille Haus hinein und sogleich antwortete ihm eine Stimme auf Spanisch. Luis schnappte sich mit einem freudigen Lachen Theas Hand und zog sie hinter sich her durch das Haus, so geschwind, dass sie kaum die Zimmer wahrnahm, die sie durchquerten.

„Was soll der Scheiß?", beschwerte sie sich, aber der Werwolf interessierte sich kein bisschen für ihr Gemecker. Und

Halira kicherte sich scheckig in der Seitentasche ihrer Cargohose.

Als Luis endlich stehen blieb, stolperte Thea noch einen Schritt in die Küche hinein, in die er sie gezogen hatte, dann entriss sie ihm fauchend ihre Hand und sah sich um. Der Geruch von frisch gebackenem Brot war hier am stärksten und es war heiß durch den Backofen, in dem die Brote gerade aufgingen. An dem kleinen Küchentisch saßen zwei Personen, ein junger Mann, der kaum 20 Lenze zählen konnte, wenn sie richtig schätzte, und er betrachtete getrocknete Kräuter mit einer alten Frau.

Allerdings schätzte Thea sie bloß als alt ein, weil sie wusste, dass sie hier Luis' Großmutter besuchten. Ansonsten hätte sie nie ‚alt' zu dieser Frau gesagt. Sie erhob sich geschmeidig von dem dunklen, hölzernen Stuhl, auf dem sie saß und stützte sich dabei zwar auf der Tischplatte ab, allerdings wirkte das mehr wie eine Gewohnheit als eine Stütze, die sie tatsächlich bräuchte.

„Hola, pichón", begrüßte sie liebevoll den großen Mann neben Thea, der locker zwei Köpfe größer war als sie und doppelt so breit. Denn seine Großmutter war schmal und sehnig, die Arme dünn, aber kräftig und keinen Deut lasch in dem ärmellosen, hellbraunen Kleid mit einem einfachen Schnitt, das weich um den schlanken Körper der alten Frau spielte. Das Einzige, was an ihr etwas üppiger war, das waren ihre Hüften, die sich selbst unter dem losen Kleid etwas abzeichneten und um die der lange grauweiße, geflochtene Zopf ihrer Haare mit dem Schwung ihrer Bewegung flatterte.

Thea war vollkommen überrascht, denn sie hatte eine alte tattrige Schachtel erwartet, aber nicht … das. Jetzt verstand sie auch, warum Luis so sauer geworden war, als sie schlecht von seiner Nana geredet hatte, denn der Ton, in dem die beiden miteinander sprachen, sagte Thea deutlich, dass jeder für den anderen durch die Hölle gehen würde und wieder zurück. Und das, obwohl sie kein Wort Spanisch verstand, und keine Ahnung hatte, was eine Familie bedeutete.

Halira erinnerte sie vorsichtig an ihre Tränen, als sie den letzten Beweis für die Existenz ihrer Mutter, Rachel Thoran, in Händen gehalten hatte. Thea wollte es nicht hören.

Als sich Luis' Großmutter an sie wandte, zuckte sie beinahe zusammen und als sie kein Wort verstand, erwiderte sie ungewohnt freundlich: „Tut mir leid, aber ich verstehe kein Spanisch."

„No?", wunderte sich die alte Dame und Thea runzelte missmutig die Stirn, als sie sich fragend zu Luis umdrehte und ihm so schnell Worte an den Kopf knallte, dass Amalthea noch nicht mal erraten konnte, wo sie die einzelnen Worte hätte trennen können. Die beiden unterhielten sich angeregt auf Spanisch und es erschien ihr, als würden sie eine Diskussion führen.

Sie sah zwischen den beiden hin und her, dann zu dem jungen Mann, der sich mittlerweile auch erhoben hatte. Er strich sich durch das kurze, schwarze Haar und hob dann mit einem Blick aus blauen Augen seine Schultern, als wollte er sagen: Ich verstehe sie ebenso wenig wie du.

Damit wurde es ihr zu bunt und Thea mischte sich fauchend ein: „Ich hab keine Ahnung, was hier abgeht, aber scheiße noch mal, ich brauche eine Erklärung!"

Luis' Großmutter musterte sie von oben bis unten, dann grinste sie verschmitzt und wandte sich an ihren Enkel, wobei sie den Kopf beinahe in den Nacken legen musste, ehe sie schon wieder Spanisch mit ihm sprach.

Ein leises Knurren entwich Theas Kehle, da wurde ihr bewusst, dass Luis sie anstarrte, nicht wütend, nicht amüsiert, sondern seltsam eindringlich. Dann wiederholte er ein Wort, das seine Großmutter mit einem Nicken zu ihr gesagt hatte, wobei er die Laute auf seiner Zunge rollte, als würde er sie kosten wie den Wein, den er offenbar so gern trank: „Querida."

Irgendwie lief es Thea da gleichzeitig warm und kalt den Rücken runter, aber sie konnte den Blick nicht abwenden. Verdammt, was sollte das?

„Also", riss die Stimme seiner Großmutter sie aus ihrer Starre. „Mi pichón meinte, du brauchst Hilfe mit einer Glyphe und ihrer Bedeutung. Was kann ich tun?"

„Mir erklären, was der ganze Scheiß soll", grollte Thea und Luis runzelte warnend die Brauen. Wenn er ihr damit sagen wollte, dass sie nicht fluchen sollte, konnte er das aber schnell wieder vergessen.

„Ich werde mehr Informationen brauchen", kicherte die alte Dame und nickte Thea auffordernd zu. „Zeig sie mir."

Kurz zuckte ihr Blick zu Luis und dem Jungen, der noch in der Küche war, sich aber unauffällig im Hintergrund hielt, da meinte die alte Frau: „Mach dir um Dylan hier keine Sorgen, der Junge weiß sich zu benehmen. Mein Enkel zwar nicht, aber der weiß ja, wie du aussiehst, auch, wenn es eine eher delikate Stelle ist. Also los, zeig sie mir."

Thea runzelte sauer die Stirn, während Halira sich amüsierte, ihr dann allerdings doch mal was Nützliches sagte: Die Alte war eine Hexe. Und Dylan besaß auch Macht, wenn auch weit weniger.

Scheiße, sie war echt in eine Hexenküche gestolpert.

Und außerdem war Luis' Großmutter vermutlich auch noch ein Werwolf, was ihre Gesundheit erklären dürfte und einfach nahe lag, wenn sie mit dem Sohn des hiesigen Alphapaares verwandt war. Grandios …

„Komm schon, Prinzessin“, forderte Luis sie grinsend auf. „Sonst hast du die lange Fahrt mit mir völlig umsonst überstanden.“

Schnaubend lachte sie zur Antwort und zog dann einfach den Saum des grauen T-Shirts hoch. Ja, sie trug noch immer sein Shirt, aber nur, weil es zu warm war für ihren Rollkragenpullover, aus keinem anderen Grund …

Als sie den Stoff über ihre Brüste hochschob, um ihr Brustbein freizulegen, hatte Dylan natürlich nicht das Benehmen, sie nicht anzustarren, aber offen gestanden hätte Thea sich auch Sorgen um die geistige Gesundheit des Burschen gemacht, wenn er die Chance hatte, eine Frau halbnackt zu sehen, und diese nicht genutzt hätte, um sie anzustarren. Oder sie hätte gewusst, dass er eben lieber mit Jungs spielte. Beides okay.

Der Gedanke ließ sie grinsen und kurz fragte sie sich, ob er vielleicht bi sein könnte? Aber es beunruhigte sie trotzdem, dass drei Personen jetzt auf ihre Titten starren mussten.

„Meine Augen sind hier oben“, knurrte Thea, aber Nana gab unbeeindruckt zurück, „Deine Glyphe aber nicht.“

Luis lachte kurz auf, aber Dylan hatte durch ihre Rüge den Anstand, sich diesmal wenigstens wirklich das schwarze Zeichen auf ihrer Haut anzusehen.

„Ragch’Chastan“, murmelte die alte Frau und sah dann auf in Theas Gesicht. „Und doch nicht Ragch’Chastan. Und dabei doch.“

Sie blinzelte mehrmals auf die Alte hinunter, denn jetzt war sie komplett irre geworden. Dylan kam nun näher, seine Stirn gerunzelt und Thea erkannte, dass der Junge die Glyphe nun wirklich eindringlich anstarrte und überlegte.

„Was siehst du, chico?“, wollte Nana von ihm wissen und es klang wie eine Prüfung. Der Junge leckte sich nervös die Lippen, kratzte sich am Hinterkopf und führte dann seine Hand zu Thea.

„Was glaubst du, was du da tust?“, fragte sie ihn trocken und er zuckte zusammen, was Luis lachen ließ, wie auch seine Nana grinste, aber Dylan wurde rot, wobei er stammelte. „Entschuldigung. Aber … ich kenne diese Glyphe, sie war in einem Buch von Nana irgendwo. Darf ich?“

„Benimm dich“, scherzte Thea, als sie ihm zunickte. Er versprach eifrig: „Ja.“

Dann berührte er ihr Brustbein, zog mit warmen Fingern die Glyphe nach, so als würde er bei einem Wort jeden Buchstaben einzeln nachzeichnen, denn er sprach dabei leise: „Ragch’… Hanachastan.“

„Ja, das hab ich schon mal gehört“, gab Thea ihm recht und zog sich wieder an, wobei Dylan sich wieder aufrichtete und ihr diesmal in ihr Gesicht sah. „Der Eid eines menschlichen Soldaten. Die Details würd’ ich dir aber gern ersparen, Kleiner, das könnte ein bisschen zu viel für dein unschuldiges Gemüt sein.“

Sie zwinkerte ihm zu, als er verunsichert seine Augenbrauen hochzog, aber Tatsache war, dass sie es nicht vor allen hier ausbreiten wollte. Es war so schon demütigend genug.

„Es ist eine seltene Glyphe, beinahe einzigartig“, erklärte Nana gerade, was Amalthea ihre Stirn runzeln ließ, ehe sie hektisch nachfragte. „Beinahe? Heißt das, es gibt noch mehr Frauen mit dieser Glyphe? Noch mehr, die … diesen Zweck erfüllen sollen?“

Sie rechnete einfach damit, dass Luis sein Schandmaul nicht hatte halten können. Und sie behielt recht, denn die Alte nickte ernst und erklärte: „Es gab mehrere wie dich, aber du warst die Erste. Und soweit ich weiß, die Einzige, die überlebt hat."

Thea blieb der Mund offenstehen. Was zur Hölle sollte das denn heißen?

Nana wandte sich an Luis und Thea war ernsthaft erstaunt, dass sie nicht Spanisch sprach: „Du sagtest, eine Spinne namens Halira würde sie begleiten? Wo ist sie?"

Luis nickte ihr beruhigend zu, aber das half nicht. Allerdings war Halira wohl gespannt darauf, die Bekanntschaft der alten Hexe zu machen, denn sie krabbelte schneller, als Thea sie seit langem gesehen hatte, aus der Tasche heraus, ihr Bein hoch und über das graue Shirt hoch, bis Nana sie entdeckte.

„Ah, hier. Du fühlst Ambrose' Gegenwart, nicht wahr?", sprach die Alte an Halira gewandt und lachte dann auf. „Du wurdest entdeckt, Ambrose. Komm her, mein Freund!"

Bei diesen Worten kam mit einem leisen Zischen eine Schlange unter dem Tisch hervor und Nana hob das hellbraune Tier hoch, über dessen gesamten Rücken sich eine Zeichnung aus Rhomben in Weiß und Braun zog. Die Schlange wand sich um den Arm der alten Hexe und sofort kamen Thea wieder Bens Worte in den Sinn: Vertraute von Hexen waren meist Tiere wie Katzen oder Schlangen … Sie stand echt vor einer verdammten Hexe!

Nana führte die Schlange, die sie Ambrose genannt hatte, näher zu Thea und sie verstand erst nach einem auffordernden Nicken von Nana, Luis und sogar Dylan wie auch Haliras Drängen, dass sie dasselbe mit ihr tun sollte. Also nahm sie ihre Spinne auf ihre Hand und hielt diese zu der Schlange.

Die beiden starrten einander an, dann klatschte Halira ihm eine mit einem Vorderbein und zog sich zurück. Nana kicherte und wandte sich dann an Thea: „Sie können einander wohl nicht leiden.“

Ja, das hatte sie an Haliras unflätigem Gefluche schon gemerkt. Sie fluchte sonst nie.

„Vielleicht ist es mit Zenia besser?“, mutmaßte Dylan und wie auf sein Kommando hüpfte eine pechschwarze Katze auf den Küchentisch.

„Hey!“, beschwerte er sich, aber die Katze sah ihn bloß an, obwohl ihr bewusst war, dass sie nicht auf den Küchentisch durfte, aber das war ihr herzlich egal. Thea wusste das, fühlte es, aber sie runzelte die Stirn, als sie die Gefühle der Katze wahrnehmen konnte, fast so wie Haliras. Nicht ganz so klar, aber doch eindeutig. Und Halira freute sich, denn Zenia war ihr sofort sympathisch.

Dylan tauschte einen verwirrten Blick mit Thea, aber sie konnte ihn nur ebenso überrascht ansehen.

„Das … hab ich noch nie gefühlt“, murmelte der Junge langsam. Luis erklärte ihm scherzend: „Ja, Amalthea hat diesen Effekt.“

Stirnrunzelnd schoss sie ihm einen wütenden Blick zu, den er mit einem Grinsen erwiderte, dann aber ging sie zu der schwarzen Katze und sofort richteten sich die gelben Augen auf sie. Besser gesagt auf Halira, die ebenfalls Zenia fixierte.

Dylan trat auch zu seiner Katze und streichelte diese, als Thea ihre Spinne zu ihr brachte und sie beide spürten, dass ihre Vertrauten sich mochten, denn sie lächelten sich gleichzeitig an. Verrückt …

„Bruja“, sagte Luis dunkel und samten, es klang stolz, aber seine Großmutter brach diesen Stolz, indem sie düster erklärte: „Nicht mehr, pichón. Tu querida hat alle Magie eingebüßt.“

Thea schloss gequält die Augen, obwohl sie den Grund dafür nicht benennen konnte. Irgendwie tat es trotzdem weh, bestätigt zu bekommen, was sie eigentlich schon immer gewusst hatte. Sie besaß keine Magie.

„Wie?“, fragte Dylan und war eindeutig schockiert, die Augen weit aufgerissen, da trat die Alte zu ihnen und legte eine Hand auf die Schulter ihres Schülers, denn genau das musste Dylan sein, wie Thea nun verstand, die anderen Hand legte sie auf ihre Schulter und erklärte ihr: „Diese Glyphe hat dir alles genommen bis auf wenige, einfache magische Fähigkeiten. Du konntest eine Vertraute zu dir rufen, Halira. Und gemeinsam könnt ihr Magie wirken. Allerdings ist es nicht so, dass sie dir dabei hilft, sondern deine wenige, verkümmerte Magie erlaubt es ihr, ihre ganz eigene Magie zu wirken.“

„Und was heißt das?“, fragte Thea und hasste sich dafür, wie erstickt ihre Stimme klang. Auch Dylan merkte das und nahm tröstend ihre Hand, was sie sich sogar gefallen ließ. Und selbst seine verdammte Katze wusste es, denn Thea spürte genau, wie abfällig Zenia nun von ihr dachte und ihrem Besitzer einen Blick zuwarf, der nur bedeuten konnte: „Ich bitte dich, sie ist furchtbar.“

Genau diese Verachtung ließ Thea lachen und sie überwand diese Schwäche, weshalb sie der Katze anerkennend zunickte, aber diese wandte bloß angewidert den Kopf ab. Allerdings meinte sie es nicht so, das konnte Halira ihr sagen. Es war echt verdammt verwirrend, die Gefühle von zwei Tieren zu teilen …

Nach einigem Zögern beantwortete Luis’ Großmutter ihre Frage, allerdings nicht sonderlich zufriedenstellend: „Ich weiß es nicht genau. Zumindest kannst du keine Magie wirken und damit darfst du auch nichts über unser Wissen erfahren.“

„Aber …“, mischte Dylan sich ein, wollte sie wohl verteidigen, doch Nana schnitt ihm das Wort ab: „No! Du kennst unsere Gesetze.“

„Ja“, gab er sich leise geschlagen und senkte den Kopf, da stupste Thea ihn an, was ihn aufsehen ließ: „Hey, dafür kann ich mit Knarren und Scharfschützengewehren umgehen, mit den richtig großen Wummern. Und sogar mit Sprengstoff. Kannst du überhaupt schon Autofahren oder allein aufs Klo?“

„Ja!“, verteidigte Dylan sich nun brüsk selbst, dann aber begann er langsam zu grinsen, als seine Katze sich nun gemeinsam mit Halira köstlich amüsierte.

„Ich kann dir kein Wissen anbieten“, wandte Nana sich wieder an Thea und sie sah über die Schulter zu der alten Frau. „Aber du bist eine von uns und deine Magie wurde dir entrissen. Was auch geschieht, du genießt unseren Schutz.“

Sie war überrascht, um vollkommen zu untertreiben. Dann aber packte Thea heiße Wut und sie drehte sich vollends zu Luis’ Großmutter um, wobei sie knurrte: „Ist dir eigentlich klar, worauf du dich da einlässt?“

Braune Augen musterten Thea und es lief ihr kalt den Rücken hinab, als Nana nichts anderes tat, als sie anzusehen. Auch Halira wurde unruhig und sogar Zenia, als hätte die Katze die alte Hexe noch niemals so gesehen.

„Ja“, antwortete sie dann schlicht. „Ich gebe einer Schwester das Versprechen, sie vor Unrecht zu schützen. Mehr muss ich nicht wissen.“

Thea war vollkommen baff und konnte erst einmal gar nichts darauf sagen, sondern Nana bloß anstarren.

„Ich auch nicht. Ich werde dir helfen“, versprach auch Dylan hinter ihr und das ließ ihren Kragen platzen. Thea wirbelte zu ihm herum, schnappte sich den Kragen seines verwaschenen, blauen T-Shirts und grollte: „Ich wurde beinahe von einem Wendigo durchgenommen, Kleiner. Du hast keine Ahnung, was dieses bescheuerte Versprechen bedeutet. Es könnte dich dein verdammtes Leben kosten!“

Dylan zitterte in ihrem Griff und starrte sie aus angstvoll aufgerissenen Augen an, da spürte Thea eine Berührung. Sie ließ den Jungen fallen und drehte sich rasch um, doch ihre geballte Faust wurde nur wiederum aufgefangen von Luis.

„Ganz ruhig, Prinzessin“, bat er sie eindringlich und als sie auch mit ihrer zweiten Hand nach ihm schlug, schnappte er sich auch diese. „Du und tu confidenta sind nicht länger allein. Find' dich damit ab.“

Sie runzelte die Stirn, aber Halira drängte sie dazu, dieses Angebot anzunehmen. Scheiße, sie würde vermutlich niemals wieder etwas Ähnliches bekommen, also sollte sie es wohl. Aber sie wollte nicht.

„Ich kann unser Wissen nicht mit dir teilen, aber lass mich dir etwas sagen, das Hexen von Dämonen gelernt haben“, riss Nanas Stimme sie aus ihrer Verwirrung und Thea fixierte sie mit blitzenden Augen. „Wenn der Eid präzise formuliert ist, und mi pichón hat da so etwas erwähnt, dann kann er auch nur unter diesen Bedingungen erfüllt werden. Wenn diese Konstellationen verschwinden, erlischt der Eid.“

Thea glaubte zu wissen, was das bedeuten konnte, aber erst Haliras eifriges Zustimmen bestätigte ihre Vermutung: Wenn ihr 29. Geburtstag vorüber wäre, dann wäre auch der Eid ein für alle Mal gegessen. Sie lachte bitter und schnaubend, wobei sie scherzte: „Spitze, dann muss ich mich ja nur noch eine Woche vor notgeilen Dämonen retten.“

Luis und seine Großmutter tauschten einen Blick, dann nickte die alte Frau und ließ Thea wissen: „Ich werde ein paar

Schwestern anrufen, denn unser Netz ist auch in San Francisco dicht. Wir werden dich schützen."

Mit einem Kopfschütteln schnaubte sie noch mal und fluchte dann: „Das ist doch alles eine verfahrene Scheiße."

„Kannst du laut sagen, Prinzessin", stimmte Luis ihr grinsend zu, erntete dafür aber einen bitterbösen Blick seiner Nana. Der duckte sich doch ernsthaft wie ein kleiner Junge, der ein schmutziges Wort gesagt hatte. Der Gedanke ließ Thea ebenfalls schmunzeln, dann meinte sie: „Na gut, ich muss eine Woche überstehen, wird schon werden, was?"

„Ja, bestimmt", antwortete Dylan vorsichtig und sie konnte nicht anders, sie grinste ihn an. Irgendwie war er wie Ben, nur nicht ganz so verschüchtert. „Und wenn alles vorbei ist, dann könntet ihr uns ja wieder besuchen. Zenia und ich werden hier sein."

„Und solltet euch auf eure Lehre konzentrieren", mahnte Nana ihn, aber Thea verdrehte bloß die Augen. Dylan hingegen sah schuldbewusst zu Boden. Sie musste dem Jungen einfach ein wenig in seiner Rebellion helfen, das konnte ja keiner mit ansehen, wie die Alte ihn traktierte. Also bat sie Halira, ihre Handynummer an Zenia weiterzugeben, also von ihr zu ihrer Spinne, von dieser zu seiner Katze und von dieser an Dylan. Ein bescheuerter Umweg, aber wenn es ihm half …

Thea konnte genau spüren, wie misshandelt Zenia sich fühlte, als sie etwas derart Banales tun sollte, aber ihre unterschwellige Freude verriet sie. Auch die verdammte Katze freute sich auf ein Wiedersehen und sie konnte das Fellknäuel gut verstehen.

Als Zenia ihm die Botschaft überbrachte, riss Dylan verblüfft die Augen auf, aber Thea grinste bloß verschmitzt und wackelte auffordernd mit ihren Augenbrauen. Er verstand, aber jeder Idiot hätte an der Aufregung in seinem Gesicht gesehen, dass sie soeben etwas ausgeheckt hatten. Na, wenn schon, sollte es die Alte doch erfahren, auch egal.

Halira merkte sich auch Dylans Handynummer und Thea grinste seiner Lehrmeisterin übermütig zu. Die musterte sie aus schmalen Augen und legte den Kopf schräg. Ja, sie hatte was mitbekommen, na und?

„Gracias, Nana“, bedankte sich Luis und nahm seine Großmutter in den Arm, ganz so, wie er es zuvor getan hatte. Sie unterhielten sich noch auf Spanisch, aber Thea wartete nicht, sondern ging voraus zu dem Jeep.

Mitten im Wald konnte sie Zenia immer noch spüren und es verwirrte sie nach wie vor. Wie diese ganze Scheiße hier …

„Wolltest du ohne mich verschwinden?“, erkundigte sich Luis grinsend hinter ihr und schepperte dann mit den Schlüsseln. „Du wärst nicht weit gekommen.“

„Denkst du?“, schoss sie zurück und drehte sich nun doch zu ihm um, ihre Hüfte an die Motorhaube gelehnt und die Arme vor der Brust gekreuzt. „Ich kann Autos kurzschließen, Flohschleuder.“

Er lachte bellend und trat zu ihr, wobei er grinsend einen Stoffbeutel hochhielt und verriet: „Nanas selbstgebackenes Brot. Das beste Frühstück, das es gibt.“

Damit sperrte er den Jeep auf und legte seine Beute hinein, da erkundigte Thea sich feixend: „Dann kannst mir ja etwas davon mitgeben, wenn du mich jetzt in meine Wohnung bringst.“

„No“, grollte er und hatte sich Theas Handgelenke schneller geschnappt, als sie ihn hätte wegschubsen können. „Du bleibst bei mir.“

„Sicher nicht“, schnappte sie und sie rangelten ein wenig, beinahe hätte sie es geschafft, ihr Knie zwischen seine Beine zu rammen, doch Luis wich ihr aus und klemmte Thea zwischen der Motorhaube und seinem Körper ein, wobei er ihre Arme hinter ihrem Rücken verschränkte. Halira überlegte, wie sie eingreifen sollte, aber zu Theas eigenem Erstaunen hielt sie ihre Vertraute davon ab. Das hier war zu interessant …

Luis atmete schwer aus Wut und bohrte seinen Blick in ihren, ehe er seine Stirn sanft an Theas lehnte. Er hielt sie noch fest, allerdings nicht mehr so unnachgiebig wie zuvor, und murmelte einige Worte auf Spanisch, darunter auch dieses eine Wort, das er zuvor in der Küche seiner Großmutter in diesem seltsamen Ton gesagt hatte.

Dann schlug er seine Augen auf und versprach ihr ernst: „Ob du willst oder nicht, bis zu deinem Geburtstag hast du einen ständigen Begleiter. Mich. Ich werde schlafen, wo du schläfst, essen, wo du isst und wenn es nötig ist, gehe ich sogar mit dir shoppen, aber ich lasse dich nicht allein.“

„Sehe ich aus, als würd’ ich gern shoppen gehen?“, motzte Thea und er lachte, wobei er sie endgültig losließ.

„Nein, aber ich wollte meinen Standpunkt deutlich machen“, grinste Luis und ergriff dann ihre Hand, die sie ihm sofort wieder entziehen wollte, doch er ließ es nicht zu. „Und versuch ja nicht, mich abzuhängen. Ich finde dich, egal wo.“

„Was macht dich da so sicher?“, hakte Thea trocken nach, halb verärgert, halb erregt von diesem Versprechen, das ebenso gut eine Drohung hätte sein können. Statt gleich zu antworten, grinste Luis schief und lehnte sich dann nahe zu ihr, ehe er hörbar tief einatmete. Wie ein Spürhund, der eine Fährte aufnahm. Und vermutlich hatte er auch genau das gerade getan.

„Ich finde dich“, versprach er bloß erneut und zog an ihrer Hand, bis er einen Kuss darauf drücken konnte, ohne sie dabei aus den Augen zu lassen. Nun entriss Thea ihm ihre Hand aber wirklich und er lachte bloß leise. Scheiße, der konnte bestimmt ihren Herzschlag hören, Mist …

„Fahren wir!“, verlangte sie und Luis antwortete: „Wie die Prinzessin befiehlt.“

Grummelnd schwang Thea sich in den Jeep und knallte die Tür zu, denn sie wusste ja noch nicht einmal, wie sie die Fahrt zurück nach Frisco mit ihm überstehen sollte. Wie dann erst die ganze nächste Woche?

Kapitel 8

Blut

„Nein! Und dabei bleibt es“, grollte Luis sie gerade an, aber das interessierte Thea nicht im Geringsten. Der Scheißkerl sollte tun, was er wollte, aber nicht mit ihr!

„Das entscheidest nicht du“, gab sie fauchend zurück, ohne sich zu ihm umzudrehen, und griff erneut zu ihrem Notebook, um den gerade per Mail hereingeflatterten Auftrag der Agentur anzunehmen, immerhin waren das zwar alles sesselfurzende Arschlöcher, aber sie zahlten gut.

Ihre Finger waren noch nicht einmal bei der kleinen Tastatur, da klappte Luis ihren heißgeliebten PC einfach grob zu. Halira zuckte mental zusammen, denn sie wusste, was folgen würde, aber Luis offensichtlich nicht, dieser Idiot.

Blitzschnell sprang Thea von ihrem Stuhl auf, sodass die Rückenlehne aus Holz sich zwangsläufig mit ihrer Ecke in Luis’ ach so geheiligte Region rammte. Und während er noch durch den plötzlichen Schmerz einen Schritt zurücktrat, ging Amalthea auf ihn los. Aber dieser Arsch schnappte sich trotz seiner Überraschung problemlos ihre Handgelenke. Scheiße, sie war einfach keine Nahkämpferin!

Auch egal, wütend, wie sie war, trat Amalthea nach seinen Füßen, um ihn zu Fall zu bringen, aber als Luis tatsächlich auf einmal mit seinem Rücken auf ihrem Küchenboden lag und sie rittlings auf ihm, hatte sie irgendwie das Gefühl, dass er das freiwillig gemacht hatte. Scheißkerl!

„Fass nie wieder meinen Computer an! Kapiert?“, fauchte sie ihn an und bohrte ihre Finger grob in seine Schultern. Aber der verdammte Werwolf unter ihr grinste bloß: „Schon gut, Prinzessin. Wie hätte ich ahnen sollen, dass dir das Ding so heilig ist?“

„Fragen?“, gab sie zynisch zurück und schlug ihre Faust mit mehr Nachdruck als notwendig gegen seine Schulter, allerdings bezweifelte Thea ernsthaft, dass er das richtig gespürt hatte. Mistkerl …

Sie stand wieder auf, um den Auftrag doch noch anzunehmen, aber sie kam nicht weit. Luis hakte seine Hände in ihre Kniekehlen und mit einem Ruck hatte er sie wieder auf seinen Hüften sitzen, wobei ihre Knie reichlich unsanft gegen die staubigen Fliesen des Bodens krachten.

„Autsch, spinnst du?“, meckerte sie, aber er verschränkte ihre Hände hinter ihrem Rücken und hatte nichts Besseres zu tun als ihr durch ein Heben seiner Hüfte deutlich zu machen, dass seinem kleinen Freund ihre Rangelei reichlich Spaß machte. Der hatte sie doch nicht alle …

„Was denn?“, knurrte sie scherzend. „Gleich hier, auf dem Küchenboden? Ich hätte dir mehr Stil zugetraut, Spanier.“

Luis unter ihr lachte und drückte sich noch mal gegen ihre Mitte, wobei die Jeans nun doch ein wenig voller schien als zuvor, dann vergrub er eine Hand in ihren roten Haaren und flüsterte rau: „Das hier wäre ja nur der Anfang, querida.“

Scheiße, wieso ließ diese Stimme sie zittern? Halira gab ihr hilfsbereit eine Antwort, aber Thea kannte sie selbst, sie wollte sie bloß nicht wahrhaben. Also verdrängte sie die aufkommende Lust und stemmte sich hoch, beide Hände auf Luis' kräftiger Brust abgestützt, wobei sie murmelte: „Arschloch."

Zu seinem eigenen Glück ließ er sie gehen und auch zu ihrem. Ein Mädchen hatte nun mal auch Bedürfnisse und das letzte Mal, dass Thea sich so richtig ausgetobt hatte in irgendeinem Bett, war einfach schon viel zu lange her. Aber der Idiot würde das sicher nicht kriegen. Er wäre danach vor lauter aufgeplustertem Ego gar nicht mehr auszuhalten.

Erst, als Thea wieder zu ihrem Notebook gehen wollte, ging ihr auf, dass er schon wieder dieses eine spanische Wort benutzt hatte. Im Stillen fragte sie Halira, ob sie es kannte, aber ihre Vertraute verneinte. Wenn sie gewusst hätte, wie man es schreibt, hätte sie es längst selbst nachgeschlagen, aber das wusste sie nicht. Und es nervte sie, also zischte sie Luis zu: „Was soll der Mist eigentlich heißen?"

Er stand gerade von ihrem Küchenboden auf und strich sich das weiße Hemd glatt, das schon wieder viel zu dünn und zu eng war, sodass sie verdammt genau seine Brust sehen konnte, die sie eben noch gefühlt hatte.

„Was meinst du?", fragte er, als wüsste er es ernsthaft nicht, dann aber grinste er. „Du meinst das Wort ‚querida'? Oh, glaub' mir, Prinzessin, das findest du schon noch raus."

„Arschloch", wiederholte sie und setzte sich erneut zu dem PC, aber plötzlich lag Luis' große Hand darauf.

„Finger weg, sofort", zischte sie. Aber er beugte sich über sie und erwiderte stur: „Nein. Du wirst keine Aufträge annehmen, bis dein Geburtstag vorbei ist. Das wäre viel zu gefährlich."

„Du kannst mich mal!", fuhr sie ihn an. Großer Fehler, sie hätte wissen müssen, dass er grinsend darauf antworten würde: „Gern doch."

Seine Stimme klang viel zu sehr nach einem aufgeheizten Brummen, wie der Ton, den er in seinem Bett angeschlagen hatte. Allerdings verfehlte er auch jetzt seine Wirkung nicht, denn dieses Angebot war doch … verlockend.

„Hör' mir mal zu, du Flohschleuder", verlangte sie grollend von ihm und bohrte ihren Blick in seinen. „Das hast du nicht zu entscheiden. Ich nehme Aufträge an, wenn es mir passt, nicht, wenn du dein Okay gibst."

Damit drehte sich Thea wieder zu ihrem PC um, aber Luis langte nach ihren Handgelenken und fing beide in dem Griff einer Hand, dann legte er die andere in ihren Nacken und zwang sie, wenn auch sachte, dazu, sitzend zu ihm aufzusehen. Das konnte er vergessen.

Also trat Thea nach ihm, aber Luis zog sie auf ihre Füße, auf ihre Zehenspitzen gar, sodass es verdammt schwierig wurde, weiterhin nach ihm zu treten.

„Sei nicht so verdammt stur", knurrte er und sie gab ihre lächerlichen Versuche, weiterhin nach ihm zu treten mit einem wütenden Schnauben auf. Schließlich war Luis einfach um verdammt vieles stärker als sie. Da wurde sein Griff deutlich sanfter. „Es ist zu gefährlich, Prinzessin. Was, wenn dich wieder ein Wendigo überrascht? Wenn es gleich ein paar sind? Nein. Wenn du mit deinem Geld nicht auskommst, dann helfe ich dir, schließlich zahlt die Agentur gut, aber ich lasse dich sicher nicht allein da hinaus. Vergiss es, du hast jetzt für den Rest deines 28. Lebensjahres einen Schatten. Mich."

Thea knirschte mit den Zähnen, denn sie wusste, er hatte recht. Ohne ihn wäre sie längst in den Klauen des Wendigos gewesen, hätte weit weniger Ahnung von der verdammten Glyphe und hätte auch nie erfahren, dass sie mal eine Hexe gewesen war. Gut, das erklärte noch immer nicht ihre kleinen

Hörner und bisher hatte sie ohne das Wissen um ihre Mutter und den ganzen anderen Scheiß auch ganz gut gelebt … aber er hatte dennoch recht. Trotzdem wollte sie ihm das sich nicht unter die Nase reiben!

Also starrten sie sich an, beide nicht bereit, auch nur einen Millimeter von ihrem Standpunkt abzurücken, und Thea fühlte genau, wie Halira sich in Gedanken am liebsten ein Vorderbein gegen ihre achtäugige Stirn geklatscht hätte. Aber sie ignorierte ihre Vertraute, die es sich hinter dem warmen Lüfter des Notebooks bequem gemacht hatte. Stattdessen starrte sie weiter in dieses Goldbraun, das sie mittlerweile schon viel zu gut kannte, weil sie einfach schon zu oft in Luis' Augen gesehen hatte.

Langsam schlich sich ein Lächeln auf seine Lippen, ehe er sich diese leckte und ihren Kopf dann mit festem, aber nicht groben Griff an ihrem geflochtenen Zopf nach hinten zog. Thea wusste genau, was er vorhatte, aber aus irgendeinem Grund wollte sie das sogar zulassen.

Luis' Blick ließ sie nicht los, zuckte nur einmal kurz zu ihren leicht geöffneten Lippen, ehe er so nahe war, dass sie seinen Atem fühlen konnte, dann schloss er die Augen. Scheiße … das sollte nicht passieren, aber gerade wollte sie es auch nicht verhindern.

Das gnadenlose Gitarrenriff ihres Klingeltons ließ sie beide auseinanderschnellen.

Luis fluchte auf Spanisch, aber Thea konnte nicht anders, sie lachte. Vor allem, als sie sah, wer sie da gerade anrief.

„Hallo, Ben!“, hob sie mit übertriebener Freude ab und sah Luis genervt das Gesicht verziehen. Es machte einen Heidenspaß, diese Flohschleuder zu ärgern!

„Hallo, Thea“, begrüßte Ben sie ebenfalls erfreut, aber er klang auch noch ruhiger und unscheinbarer als sonst. Außerdem hatte er sie noch nie von seinem eigenen Handy aus angerufen. Es musste irgendwas los sein, also fragte sie gleich nach: „Was ist passiert, Ben?“

„Nichts“, gab er gleich erschrocken zurück. Amalthea murrte leise, da erklärte er: „Aber ich habe ein wenig recherchiert, seit wir gestern Morgen über Hexen gesprochen haben. Ich … habe neue Erkenntnisse gewonnen, sowohl über Hexen als auch die Glyphe. Bitte komm her, Thea, das musst du dir ansehen.“

Verdammt, das klang ernst, selbst für Ben klang das viel zu ernst.

„Okay …“, gab sie gedehnt zurück und hörte ihn erleichtert ausatmen. „Aber ich muss dich warnen, ich nehme einen *Freund* mit. Geht nicht anders.“

Luis grinste schief, als sie das Wort „Freund“ derart fauchend aussprach, dass selbst Ben kapiert haben musste, sie meinte es völlig anders.

„Das sollte keine Umstände machen“, gab er tonlos zurück, also hatte er wohl gar nichts verstanden, außer, dass sie nicht allein sein würden, und das störte ihn offensichtlich. Ja, Thea auch, denn Ben konnte man wesentlich leichter kontrollieren als Luis. Das war auch der einzige Grund, Tee trinken oder „Tee trinken“ wollte sie mit dem kühlen, zerstreuten Briten auch nicht unbedingt.

„Gut, wir sind in ein paar Minuten da“, kündigte Thea an. Ben verabschiedete sich mit den Worten: „Bitte beeile dich. Es ist wichtig, Thea.“

Scheiße, der klang viel zu besorgt für ihren Geschmack. Sie steckte das Handy rasch wieder ein und hob Halira hoch, die bereits an die Tischkante gekrabbelt war, ebenso besorgt wie sie.

„Komm, wir müssen los“, ordnete sie Luis an und ging schon voraus. Aber der Werwolf fragte grollend: „Zu deinem Schätzchen Ben?“

„Du kannst ja auch hierbleiben“, bot sie ihm mit einem breiten Grinsen an, weil sie genau wusste, er würde es sicher nicht tun, da knurrte er auch schon warnend. Kopfschüttelnd lachte Thea, als sie routiniert ihre Pistolen überprüfte und beide einsteckte, denn der übergroße Hund war ja wohl wirklich eifersüchtig. Meine Güte, wie niedlich. Wenn der Ben kennenlernte, würde er diese Eifersucht sofort ablegen … oder den Scholaren in der Luft zerfetzen. Letzteres kam nicht in Frage, Thea brauchte Ben noch.

Sie schloss ihre Tür ab, fühlte sich allerdings seltsam ohne die Schlüssel zu ihrem Motorrad. Allerdings hatte Luis auch gestern schon darauf bestanden, sie zu fahren. Bitte, sollte er, dann konnte sie immerhin noch telefonieren, während sie die paar Minuten zu Ben fuhren. Hauptsache, er zog nie mehr sowas ab wie gestern Abend.

Kopfschüttelnd polterte Thea die Treppen im Hausflur hinab und erinnerte sich während ihres Weges zur Eingangstür an den gestrigen Abend. Luis hatte doch glatt darauf beharrt, dass sie nicht mehr zu Barry ins Pub fahren würden und dass sie wieder bei ihm in der Wohnung in seinem Bett schlafen sollte. Das hatte sie ihm gleich ausgetrieben, aber dann hatte er doch ernsthaft erwartet, dass er bei ihr im Bett schlafen würde. Beides natürlich *vollkommen* ohne Hintergedanken. Das hatte er vergessen können und nach einigem Gerangel hatte er sich dann doch mit der Couch zufriedengegeben, wenn auch grummelnd.

Als sie in den Jeep stiegen, dachte Thea an das Frühstück, das er dann mittags mit dem wirklich verdammt köstlichen

Brot seiner Großmutter hergerichtet hatte. Und auch, wenn es das beste Frühstück seit Jahren gewesen war, weil sie sich nie lange mit Essen aufhielt, so war es doch reichlich seltsam gewesen, von einem halbnackten Spanier in der eigenen, kargen Küche bekocht zu werden. Zumal der auch noch kochen konnte … verdammte Flohschleuder!

„Was ist denn los, Prinzessin?“, riss seine Stimme sie aus ihren Gedanken und Luis warf ihr einen kurzen, besorgten Seitenblick zu, während er durch das von den Straßenlaternen erleuchtete Viertel fuhr. „Dein Schätzchen hat zwar ernst geklungen, aber er hat ja noch nichts Beunruhigendes gesagt, oder?“

„Was zum …“, fluchte sie, dann verzog Thea das Gesicht. „Du und dein verdammtes Gehör.“

„Gute, alte, spanische Werwolfsgene, Prinzessin“, gab Luis scherzend zurück. „Aber mal im Ernst, was beschäftigt dich?“

„Was lässt dich glauben, ich würd’s dir erzählen?“, schoss sie zurück und Luis seufzte tief, als hätte er nichts anderes erwartet. Wenn er sie auch nur ein bisschen kannte, konnte er auch nichts anderes erwartet haben.

„Ich bekomm’s schon noch raus“, versprach Luis ihr düster, als er den Jeep schwungvoll, aber gekonnt in eine enge Kurve lenkte, den Hügel hoch zu Bens Straße. „Spätestens, wenn du dich unter mir windest und mich anbettelst, dann sagst du mir alles.“

Thea warf ihm einen entnervten Seitenblick zu, dann erwiderte sie trocken: „Nur, um das mal klarzustellen, du Flohteppich. Wenn, ja, also nur wenn denn jemals überhaupt, dann liege ich oben.“

Luis gluckste dunkel und samten, dann biss er sich auf die Lippe und murmelte: „Dein Wunsch soll mir Befehl sein, querida.“

„Da, schon wieder!“, fuhr sie ihn an, aber Luis grinste bloß genüsslich, ohne etwas zu erwidern. Schön, ihn anschweigen konnte sie auch. Und wenn er dachte, er könnte sie ärgern, dann musste er eben lernen, dass sie es noch viel besser konnte. Halira war der gleichen Ansicht und so gab ihre Vertraute ihr ohne weitere Aufforderung gleich Dylans Handynummer durch, als Thea ihr Telefon gezückt hatte.

„Wir sind ja gleich da, du musst ihn wirklich nicht anrufen“, murrte Luis und umklammerte das Lenkrad ein bisschen fester.

„Doch, muss ich“, gab Thea unbeeindruckt zurück und konnte sich ein Grinsen nicht verkneifen. „Aber ich rufe ja gar nicht Ben an.“

Als sie das sagte, schoss er ihr einen wütenden Blick zu und sie hielt sich das Handy ans Ohr. Dylan ging gleich beim zweiten Klingeln dran.

„Hey, Thea!“, freute er sich. „Ich hätte nicht gedacht, dass du so früh anrufst.“

„Was soll ich sagen, ich musste dich anrufen, Schätzchen“, gab sie grinsend und wirklich übertrieben süßlich zurück, sodass sie selbst schon fast Zahnweh hatte. Und so, wie Luis mit den Zähnen knirschte, würde er es sicherlich bald haben.

„Äh … okay“, murmelte Dylan und räusperte sich leicht verunsichert, was Thea breit grinsen ließ. „Weshalb rufst du an? Wollt ihr bald wieder vorbeikommen? Zenia gibt’s zwar nicht zu, aber sie würde Halira gern wiedersehen … autsch!“

„Hat sie dir grade eine gewischt?“, wollte Thea kichernd wissen. Dylan antwortete grummelnd: „Ja. Das war fies.“

„Aber sie hat es genossen“, gab sie zurück und erst da merkte sie, dass sie tatsächlich die Genugtuung der Katze fühlte.

„Thea, spürst du das auch?“, wollte Dylan wissen. Sie schluckte und murmelte vorsichtig: „Ja, ich glaub schon.“

Lange Zeit herrschte Schweigen zwischen ihnen und Luis sah immer öfter zu ihr herüber, anstatt sich auf die Straße zu konzentrieren. Gut, die war kurz vor Mitternacht so gut wie leer, aber trotzdem …

„Das ist … seltsam. Ich muss Nana danach fragen", sagte Dylan völlig verdattert. Thea gab zurück: „Ja, mach das, aber sag' mir vorher in welchem Buch du meine Glyphe schon einmal gesehen hast."

Sie hörte genau, wie Dylan nachdenklich die Wangen aufblies und dann langsam, ziemlich sicher grübelnd, seinen Atem entließ, ehe er antwortete: „Es tut mir leid, aber da muss ich erst nachsehen. Ich schick dir eine Nachricht, ist das okay?"

„Ja, aber beeil dich", gab Thea grantig zurück, denn sie hätte Ben zu gern sofort unter die Nase gerieben, dass ein einfacher Lehrling ein Buch gelesen hatte, das er nicht kannte. Denn hätte Ben es gekannt, hätte er gewusst, dass die Glyphe drin war, und hätte es auch sofort wiedergefunden, obwohl die Bibliothek so verschissen riesig war.

„Aber trotzdem, wann kommt ihr wieder vorbei?", hakte Dylan nach und Thea zuckte die Schultern, sich des Blickes von Luis bewusst, der mittlerweile doch längst wissen musste, mit wem sie da sprach. Aber da er immer noch wenig begeistert wirkte, strapazierte sie seine Nerven einfach ein bisschen. Rache war schließlich süß und wurde am besten eiskalt serviert, wie Vanilleeis.

„Ich werd' sehen, was ich tun kann, Schätzchen, aber morgen …", begann Thea mit einem gehässigen Grinsen in Luis' Richtung, dann aber kam der Antiquitätenladen in Sicht. Sie verstummte augenblicklich. Die Tür stand offen. Die Tür stand *nie* offen, *nie*.

„Ich ruf dich zurück!“, rief sie schnell und steckte das Handy weg, während Luis, von ihrer Hektik angesteckt, den Jeep blitzschnell zum Stehen brachte. Noch bevor der Wagen wirklich stillstand, sprang Thea hinaus auf die Straße und hetzte zu dem Laden, beide Schusswaffen im Anschlag.

Seine schweren Schritte verrieten Thea, dass Luis dicht hinter ihr war, aber das kümmerte sie kein bisschen. Sie rannte, so schnell sie konnte, beschleunigte die Schritte aber noch, als sie einen schmerzerfüllten Schrei aus dem Laden vernahm. War das Ben gewesen?

Der Anblick, der sich ihr bot, war vollkommene Verwüstung. Die alten, staubigen Möbel im Verkaufsraum waren größtenteils zertrümmert, ebenso wie einige der Bücherregale zerstört waren. Inmitten des Chaos prügelten sich gleich zwei Typen mit Horace, der sich jetzt einen Dreck drum scherte, dass jeder Idiot ihn als Vampir hätte erkennen können. Die Reißzähne deutlich zu sehen, die Lippen gefletscht kämpfte er mit beiden.

Scheiße, das waren keine Menschen, das sah Thea sofort. Egal, alles und jedes starb, wenn man nur genug Blei in es pumpte. Also zog sie beide Waffen durch und jagte jedem der beiden eine Kugel in den Hinterkopf. Aber scheiße, die standen noch.

Und Horace fauchte wie wild, als er das Blut roch. Luis stürmte an ihr vorbei und vollführte einen Tanz mit seinem Dolch, der für jeden Menschen tödlich gewesen wäre, aber die beiden Scheißkerle behaupteten sich ernsthaft gegen einen Vampir und einen Werwolf. Scheiße!

Thea hatte in dem engen Raum fast keine Möglichkeit, die zwei Idioten zu treffen, wenn sie dabei nicht riskieren wollte, auch Luis oder Horace zu erwischen. Also wartete sie auf eine Gelegenheit und sah sich dabei um. So blöd es klang, aber als sie Ben in einer Ecke des Raumes kauern sah, durch den Kampf von der Treppe abgeschnitten, schlug sie sich zu ihm durch und stellte sich schützend vor ihn.

„Bleib, wo du bist!“, befahl sie ihm zischend und nutzte jede Gelegenheit, die sich bot, um die beiden Angreifer doch noch zu treffen. Dabei erhaschte Thea auch einen guten Blick auf das Gesicht des einen … und wäre beinahe erstarrt, ehe sie ihm eine Kugel zwischen seine schlitzförmigen Augen jagte.

Schlangendämonen … sie waren leise, effizient und verdammt schwer totzukriegen. Die idealen Assassinen, wenn man einen Mordauftrag wirklich ernst meinte. Und irgendwer hatte es auf Ben abgesehen.

Das wurde Thea klar, als sie dem Dämon gerade die zweite Kugel in seine Stirn jagte, aber diese verdammte Regenerationsfähigkeit der Schlangendämonen ließ ihn das ohne Weiteres wegstecken. Dass Horace sein kurzes Taumeln nutzte, um ihm mit seinen Vampirfängen die Kehle rauszureißen, überlebte er aber nicht.

Thea hörte den Vampir gurgelnd das dunkle Blut der Schlange saufen, aber sie zielte auf den zweiten, der noch immer eine Gefahr war. Luis bedrängte ihn gleichzeitig mit dem Dolch und schlitzte ihm gekonnt dennoch nur die Wange auf, denn das Vieh war schnell im Ausweichen, aber es spritzte eine Fontäne dunklen, stinkenden Blutes gegen das Bücherregal. Aber das hielt ihn nicht auf. Im Gegenteil, der verfluchte Wichser floh!

Eine ganze Salve schoss Thea ihm nach, aber er beantwortete diese bloß mit seiner eigenen. Allerdings war er zu blöde, sie zu treffen, denn jede Kugel ging daneben.

„Was zur Hölle war das?!", schrie sie Horace an, Adrenalin immer noch durch ihre Adern rauschend, obwohl sie Schießereien gewohnt war. Der Vampir drehte sich zu ihr um, sein gesamtes Gesicht über und über bespritzt mit dem im Halbdunkel des Ladens fast schwarzen Blut der Schlangendämonen.

„Danke für Ihren Beistand, Lady Amalthea", bedankte er sich, aber Thea schnaubte bloß und setzte an, ihm die gleiche Frage noch mal an den Schädel zu knallen, wenn er offensichtlich zu lahm in der Birne war, sie beim ersten Mal zu verstehen. Der Vampir blähte die Nasenflügel und atmete tief ein. Klar, er roch Blut, mehr als genug.

„Die Schlangen schmecken nicht und wenn du versuchst mich auszusaugen, haben wir ein Problem", drohte Luis ihm grollend und wies mit dem Dolch auf Horace, doch da richtete dieser seinen Blick auf Thea. Nein, hinter sie …

„Ben!", rief sie, noch bevor sie sich umgedreht hatte, und ging hinab auf die Knie, denn der Freund lag zitternd und keuchend auf dem Boden, von Krämpfen geschüttelt. Er blutete – er blutete wie ein abgestochenes Schwein und der dunkelgrüne Wollpulli war schon beinahe schwarz von seinem eigenen Blut, das warm über seine Brust rann. Thea konnte in der kühlen Luft des Ladens fühlen, wie seine Wärme ausstrahlte, und sie rutschte zu ihm, scherte sich nicht um Horace, der auch zu seinem Enkel wollte, sondern hob Bens Kopf auf ihren Schoß.

„Scheiße …", fluchte sie, als sie das klaffende Loch in seiner Brust sah, knapp über dem Herzen … wenn es nicht mittendrin war. „Ben, Scheiße, hörst du mich?"

„The … ea …", versuchte er sich an Worten, hustete aber bloß Blut, und zwar viel zu viel davon.

„Lassen Sie mich zu ihm!“, forderte Horace. Thea wich nicht von Bens Seite, sondern nickte dem Vampir bloß zu: „Was immer du tun willst, tu es.“

„Und wenn er ihn zum Vampir macht?“, grollte Luis und schritt drohend auf Horace zu, der ihn rasend vor Wut anfauchte, sich dann aber wieder Ben zuwandte.

„Mir egal!“, schrie Thea ihn an und war selbst verwundert, dass sie Tränen in ihren Augen spürte. „Es ist mir scheißegal!“

Trotzdem tauschte sie einen Blick mit Horace, der sofort den Kopf schüttelte: „Nein. Es wird uns noch näher aneinander binden, aber er wird nicht das Monster werden, das ich bin.“

Thea musste zugeben, dass sie erleichtert war, aber im Augenblick wäre es ihr wirklich egal gewesen, er sollte bloß leben …

Horace biss sich selbst tief in sein Handgelenk und so wie das Blut sprudelte, hatte er unter Garantie die Pulsader erwischt. Es sprudelte zwar nicht richtig, nicht so, wie es aus einem Menschen hervorgeschossen wäre, aber es rann überhaupt, was bei einem Toten doch erstaunlich war.

„Trink, Kind“, flüsterte der alte Vampir und hielt sein Handgelenk an Bens Mund. Dieser wurde von einem Krampf geschüttelt und Thea glaubte, zu fühlen, dass er starb. Halira bestätigte ihr dies, denn sie spürte seine schwindende Essenz. Ben lag im Sterben.

„Bleib hier“, bat sie ihn flüsternd und streichelte seine Wange mit dem blonden Strubbelbart sanfter, als sie je irgendetwas getan hatte. „Wir wollten doch Tee trinken. Und du musst mir unbedingt noch sagen, was wir in dieser einen Nacht damals getan haben, ich kann mich nämlich nicht erinnern, aber ich will es wissen. Hörst du, Ben, das musst du mir noch sagen.“

Was interessierte sie im Moment die Glyphe? Scheiß drauf, aber ihr einziger Freund konnte nicht einfach so wegen eines Querschlägers draufgehen.

„Thea …“, hörte sie sein leises, unglaublich schwaches Murmeln und alles in ihr verkrampfte sich. Sie hatte Ben nie für stark gehalten, sondern immer für schwächlich, aber ihn so zu sehen … es nahm ihr den Atem, obwohl sie nie gedacht hätte, dass es möglich wäre.

Sie nahm seine zitternde Hand, die nicht in der Lage war, den Druck ihrer Finger zu erwidern, aber er trank. Thea fiel ein ganzes Felsmassiv vom Herzen, auch, wenn sie wusste, dass Horace' Blut in seinem Kreislauf ihn für lange Zeit noch viel enger an seinen Vorfahren binden würde. Aber Ben würde leben …

Durch das Rauschen in ihren Ohren hörte sie Luis' Stimme hastig Worte sprechen, die sie erst nicht verstand, bis er sich neben sie stellte und das aufkommende Schweigen durchbrach, in dem sonst nur Bens keuchende Atemzüge zu hören waren: „Der Krankenwagen wird bald hier sein. Dir würd' ich empfehlen, dann weit weg zu sein, Vampir.“

Horace nahm seinen Blick nicht von Ben, nickte jedoch harsch und erhob sich dann. Er war kleiner als Luis und bei weitem nicht so breitschultrig, aber beide waren sie eindrucksvolle Gestalten. Allerdings interessierte Thea sich nicht für die beiden, sie hielt weiterhin Bens Hand und atmete auf, als der den Druck ihrer Finger zögerlich erwiderte.

„Ich danke Ihnen, Ihnen beiden“, sprach Horace und verbeugte sich tief vor Luis. Der verzog erst das Gesicht, dann erwiderte er die respektvolle Geste und gab zurück: „Und ich danke dir für deinen Umgang mit Bens Leben. Ihn zu verwandeln, wäre einfacher gewesen.“

„Vielleicht. Jedoch nicht richtig“, erwiderte Horace fest. Luis nickte zustimmend: „Nein. Unser Leben ist das höchste Gut, das wir besitzen und doch ist es nur geliehen. Wir müssen sorgsam damit umgehen.“

Scheiße, bald würden die beiden noch Bruderschaft trinken.

„Horace“, lenkte Thea seine Aufmerksamkeit auf sich. „Lass die Schlange hier verschwinden und finde die zweite, dieses Arschloch. Ich will ihren Kopf sehen, ein paar sehr blutige Meter von ihrem Körper entfernt.“

Der alte Vampir musterte sie kühl, dann aber fauchte er einmal, seine Fänge entblößt, und hauchte: „Mit dem größten Vergnügen.“

Thea nickte ihm zu und wandte sich dann wieder um zu Ben, der immer noch schwach war. Er war auch nicht mehr bei Bewusstsein, aber er atmete, sie konnte es fühlen und spürte auch durch Halira, dass seine Essenz jetzt dunkler war, verdorben durch das Blut des Vampirs, aber auch stärker als zuvor, wieder näher an den Lebenden. Was aber noch lange nichts hieß.

Sie schaute erst auf, als Luis sich neben sie kniete und dabei sah sie, dass Horace schon längst weg war.

„Sollen wir … irgendwas sichern?“, erkundigte sich Luis bei ihr, während er sich sein Hemd auszog und es fest auf Bens Wunde drückte. Verdammt, der weiße Stoff wurde viel zu schnell viel zu rot …

Erst verspätet fiel Thea seine Frage wieder ein und sie verneinte, wobei ihre Stimme zwar wieder normaler, aber immer noch von Tränen erstickt klang: „Nein, nicht nötig. Hier ist alles doppelt und dreifach durch Magie gesichert. Hab’ selbst mal einen Mechanismus zu spüren gekriegt.“

Luis lachte schnaubend, wurde aber beinahe von den Sirenen des Krankenwagens übertönt, als er sofort sagte: „Komm, Prinzessin. Die sollten uns hier nicht sehen."

„Aber …", widersprach sie, allerdings ließ Thea es gleich wieder sein, denn er hatte ja recht. Je weniger die hier rumschnüffeln konnten, desto besser. Vorsichtig legte sie Bens Kopf wieder auf den Boden und flüsterte ihm zu: „Ich sehe später nach dir."

Dann zog Luis sie auch schon harsch auf ihre Füße und ließ ihre Hand nicht los, während sie zusammen aus dem Laden liefen und sich in Sichtweite versteckt hielten.

Minuten vergingen, in denen das Team aus dem Wagen sprang, in den Laden stürmte und drinnen Rufe durcheinandergingen. Bis sie nach endlosen Minuten wieder herauskamen, Ben auf einer Trage zwischen ihnen. Er wurde in den Krankenwagen geschoben und weg war er.

Thea hatte kaum auf das Treiben geachtet, sondern hatte versucht, sich wieder zu beruhigen, aber vergebens. Adrenalin rauschte durch Amaltheas Adern, aber es gab ihr nicht den Kick, den sie spürte, wenn immer sie aus einer Schießerei zwar vielleicht verletzt, aber lebend und damit als Sieger herausgekommen war. Nein, stattdessen fühlte sie sich einfach wie ausgekotzt. Ihr Herz raste, ihre Finger zitterten unkontrolliert und ihr war schlecht.

Schwer legte sich eine kräftige Hand auf Theas Schulter und sie drehte sich zu dem Kerl um, bereit, ihm mit ihrer geballten Faust eine volle Breitseite zu verpassen. Doch er fing ihre Faust ab und erst da wurde ihr klar, dass es Luis war, der sie nun bat: „Beruhige dich, Prinzessin. Er ist im Krankenhaus, wir können jetzt nichts mehr für ihn tun. Nur hoffen und beten."

Thea schnaubte wütend, denn verdammt, ja, sie hatte eine Scheißangst um Ben, aber deshalb würde sie sicher nicht anfangen zu beten.

„Wenn Ben was gefunden hat, dann ist es noch dort. Los!“, befahl sie Luis und drehte sich abrupt um, stapfte auf den Antiquitätenladen zu. Aber eine warme Hand schloss sich um ihren Oberarm und hielt sie sachte, aber entschieden zurück.

Fauchend fuhr sie herum zu dem verdammten Werwolf neben ihr, doch der ließ sich davon wie immer nicht beeindrucken und zog sie einfach wortlos an seine nackte Brust. Für einen einzigen Moment erlaubte Thea es sich, die Wärme und den Halt zu genießen, und sie schloss die Augen. Sie wollte es nicht zugeben, aber es war … angenehm.

Allerdings war sie bisher auch verdammt gut ohne ihn zurechtgekommen!

Fauchend stieß sie Luis mit solcher Kraft und Wut von sich, dass er mit seinem nackten Rücken gegen die Hauswand hinter ihm prallte, aber es kümmerte Thea einen Dreck, ob er sich dort seine Haut aufschürfte, sie ging endlich zu dem Laden, um ihn zu durchsuchen.

Luis' schwere Schritte hinter ihr sagten ihr, dass er ihr folgte, aber sie ignorierte ihn. Der verfluchte Typ verwirrte sie und das konnte sie nicht gebrauchen, jetzt nicht, nie!

Als sie den Laden von Horace betrat, bot sich ihr ein Anblick von noch weit mehr Chaos. Überall auf dem Boden lagen Spritzen, aufgerissene Verpackungen … Überreste von allen möglichen Dingen, die den Sanitätern hatten helfen sollen, Ben zu retten. Thea wusste nicht einmal, ob er noch lebte oder zumindest überleben würde, sie starrte bloß wie taub auf den schwarzen, feuchten Fleck am Boden, die Lache aus Bens Blut.

„Wo sollen wir anfangen zu suchen?“, erkundigte Luis sich sachlich bei ihr, aber sie konnte ihm keine Antwort geben, schließlich wusste sie das genauso wenig wie er. Und Luis verwirrte sie, das machte es nicht leichter, denn eigentlich wollte sie ihn loswerden.

Plötzlich schnitt Haliras Gedanke so gestochen scharf durch ihren verwirrten Verstand, dass sie glaubte, die Worte ihrer Vertrauten tatsächlich hören zu können: „Willst du das wirklich?“

„Keine Ahnung“, presste Thea zwischen zusammengebissenen Zähnen hervor.

„Okay, dann nimm du dir das obere Geschoss vor, scheinst dich hier ja auszukennen. Ich sehe mich hier um“, schlug Luis vor, denn er hatte ihren Fluch wohl für eine Antwort gehalten. Der sanfte Ton, in dem er gesprochen hatte, nervte sie, denn sie wusste jetzt genau, dass er sie nur aus dem Erdgeschoss wegbekommen wollte, weg von dem Blutfleck. Aber scheiße, sie war kein kleines Mädchen und genau das würde sie ihm jetzt auch sagen!

„Paket für Amalthea Thoran!“, gellte eine schrille Stimme durch den kühlen, dunklen Laden und sie wirbelten beide herum zur Tür. Dort stand ein Mann, gewiss nicht größer als Thea und obwohl er schlank war, konnte sie doch eindeutig sehen, dass er trainiert war und bestimmt wesentlich stärker, als er aussah.

„Was is’ jetzt, Süße? Schwing’ deinen Hintern her, das Paket lebt noch. Noch!“, ertönte wieder diese schrille, quietschende Stimme und Thea musterte den Neuankömmling aus zusammengekniffenen Augen. Er war kein überaus großer Kerl, aber dass er so reden sollte, kam ihr doch seltsam vor.

„Hatte ich dir nicht gesagt, du solltest schweigen?“, sprach nun tatsächlich er selbst und seine Stimme war so samten, satt und tief, dass sie Thea direkt in ihre Knochen schoss und dort vibrierte. Er hatte die Worte an eine Waffe in seiner Hand gerichtet, aber so viel sie auch von Knarren verstand, eine solche hatte sie noch nie gesehen.

Das Ding hatte die verzerrte Schnauze eines Hundes, war auch entsprechend straßenköterblond und besaß vier stechend gelbe Augen.

„Ja. Na und, wen interessiert schon, was du gesagt hast?“, gab die Knarre schrill und knarzend zurück, was ihren Besitzer leise seufzen ließ, ehe das Ding anfügte, „Also, was ist jetzt? Wir haben auch nicht die ganze Nacht Zeit.“

Bei diesen Worten schüttelte der Mann kurz seinen Kopf, dann verpasste er einem dunklen Bündel, das zu seinen Füßen lag, einen Tritt mit seinen schweren, eisenbeschlagenen Stiefeln und kickte es damit durch den halben Raum näher zu Thea. Erst, als es auf seinem Rücken zum Liegen kam, erkannte sie es. Der zweite Schlangendämon.

Der Typ, der ihn hergebracht hatte, trat zu ihm, wobei seine Schritte erstaunlich leise waren, stellte einen Fuß schwer auf die Brust des Dämons und lehnte sich absichtlich mit seinem vollen Gewicht auf die Rippen des Viehs, wobei er ihm leise zuflüsterte: „Du wirst ihr alles sagen, was sie wissen möchte.“

Der Schlangendämon zischte einmal kurz feindselig, da lehnte sich der Mann noch fester gegen ihn, bis der Dämon verstummte. Dann sah Theas neuer bester Freund zu ihr, strich sich seine schlohweißen Haare aus den Augen und nickte ihr zu.

Sie spürte, dass sich ein fieses Grinsen auf ihre Lippen legte, aber sie genoss es.

„Gib’ mir den Dolch“, forderte sie Luis auf und streckte ihm ihre Hand entgegen. Gleich lag sein Dolch kühl in ihrer

Handfläche und sie spürte das vertraute Gewicht einer Waffe ebenso wie den weichen, edlen Stoff, der um das Heft geschlungen war.

Langsam trat sie auf den Dämon zu, der von dem Kerl mit der seltsamen Waffe und den fast schneehellen Haaren und Augen immer noch am Boden festgehalten wurde. Dabei zog sie betont langsam ihre Pistole mit der Rechten, zielte auf seine Stirn und fragte: „Wer hat dich geschickt?"

Der Dämon schwieg. Kein Wunder, Schlangendämonen waren, entgegen ihrem Ruf, verdammt loyal. Einmal bezahlt, gingen die Kerle eher drauf, als ihre Auftraggeber zu verpfeifen.

Gerade spielte Thea mit dem Gedanken, dem Dämon eine Kugel in sein Knie zu jagen oder doch lieber dorthin, wo wirklich jeder Mann einen Schwanz hatte, da hob der Kerl neben ihr seinen Stiefel von der Brust des Schlangendämons. Dieser versuchte sofort aufzustehen, wurde allerdings von einem brutalen Stiefeltritt gegen sein Maul sofort wieder auf die Bretter geschickt. Thea glaubte sogar, Knochen brechen gehört zu haben.

„Scheiße, Mann, James, der wird gleich gar nichts mehr sagen, wenn du ihm die Fresse eintrittst!", beschwerte sich die Waffe in seiner Hand, aber er ignorierte sie und sah den Dämon mit schräg gelegtem Kopf an. Thea sah in den geschlitzten Augen, wie er überlegte, aber dennoch beharrlich schwieg.

Kommentarlos richtete James daraufhin seine Waffe auf die Stirn des Dämons, doch die Knarre sprach sehr wohl und beschwerte sich lautstark: „Jaja, jetzt soll's Edgar wieder richten, was? Ich schwör' dir, Alter, irgendwann beiß' ich dich dafür in den Arsch!"

James gluckste dunkel für einen Moment und erwiderte trocken: „Tu das.“

Daraufhin grunzte die Waffe einmal genervt, dann aber ließ sie ihre Zunge hervorschnellen und klatschte sie auf die Stirn des Dämons.

Thea war derart überrascht, dass sie auch zusammenzuckte, und hörte Luis scharf Luft holen, aber die Gegenwehr des Dämons erstaunte sie noch viel mehr. Der Schlangendämon warf sich hin und her in blanker Panik.

Aber was auch immer James und Edgar vorhatten, Thea würde sicher nicht zulassen, dass diese Schlange davonkam, also ließ sie ihre Pistole einfach fallen und packte mit eisernem Griff den Hals des Dämons, um ihn am Boden zu halten.

Eigentlich hatte sie, so wie er sich herumgeworfen hatte, mit mehr Gegenwehr gerechnet, aber erst, als sie sich seine ungelenken Bewegungen ansah, während Edgar tatsächlich an der schuppigen Stirn nuckelte, wurde ihr klar, warum der Dämon sich nicht verbissener wehrte in seiner Panik. James musste ihm jeden einzelnen Knochen in seinen Gliedmaßen gebrochen haben, noch bevor er ihn hierhergeschleppt hatte.

Edgars Zunge löste sich mit einem schmatzenden Geräusch von der Stirn des Dämons, der daraufhin schwer atmend liegen blieb, aber die Waffe spuckte rotzend aus und fluchte: „Mann, die schmecken echt scheiße!“

„Hast du, was wir benötigen?“, erkundigte sich James ungerührt. Edgar schmatzte, als müsse er einen scheußlichen Geschmack loswerden, dann gab er genervt zurück: „Ja, sicher doch. Aber der Volltrottel hier weiß selbst nicht, wer ihn geschickt hat. Er weiß nur, dass der Typ, der ihn und seinen Bruder engagiert hat, was gegen die Shunan-Bastarde hatte und von ihrem Abkratzen schwer profitiert. Aber mal ehrlich, wer nicht?"

Thea musste schmal grinsen, als sie das hörte, denn ja, wer nicht?

„So scheiße, wie sie schmecken, denken sie auch", beschwerte Edgar sich gerade. „Alles, was er noch weiß, ist, dass es dem Typen aber auch nicht gepasst hat, dass die beiden Bastarde jetzt aus dem Weg geräumt sind."

„Kann der sich vielleicht mal entscheiden?", grollte Luis. Daraufhin grunzte Edgar bloß abfällig, aber Thea murmelte: „Und wieso deshalb Ben töten?"

„Weil der Scholar zu viel weiß", erklärte James leise und unberührt. „Er sollte sterben, weil er dich hätte warnen können."

Thea stand der Mund offen, aber ja, er hatte recht, das ergab Sinn. Schlecht wurde ihr von der Vorstellung aber trotzdem irgendwie.

„Hast du eigentlich eine Ahnung, wovon du da redest?", knurrte Luis und stapfte zu James. Obwohl er zu dem Werwolf aufsehen musste, erwiderte er vollkommen unbeeindruckt: „Ja."

Es war verrückt, aber Thea musste grinsen, denn der Kerl hatte Mumm. Luis grollte tief in seiner Kehle wie der verdammte Wolf, der er war, und ballte seine Fäuste drohend, was sie mal so gar nicht verstand und auf seine genetisch bedingte Überdosis Testosteron schob.

„Jetzt komm mal wieder runter, Großer!", maulte Edgar schrill. „Nana hat uns geschickt."

„Qué?", hakte Luis nach, Überraschung in seinen Zügen. Da stöhnte die Waffe übertrieben und forderte: „Los, James, heb' mich mal hoch!"

Der hob erst stumm eine weiße Augenbraue, tat seiner Waffe dann allerdings den Gefallen, sodass Luis und Edgar auf Augenhöhe waren.

„Wenn das ein ‚Hä?‘ sein sollte: Deine Nana hat uns angeheuert, dass wir auf deine Süße aufpassen. Haben wir hiermit getan, also Feierabend!“

„Nicht ganz“, korrigierte James ihn. Edgar schielte mit einem Augenpaar nach hinten zu ihm und motzte: „Spielverderber.“

Luis starrte der Waffe in ihre Augen, dann sah Thea genau, wie sich seine Nasenflügel blähten.

„Wenn du noch länger an mir rumschnüffelst, beiß’ ich dich“, drohte Edgar. Zur Antwort grinste Luis übertrieben und provozierte ihn: „Versuch es.“

Edgar schnappte wirklich nach ihm, aber James hielt die Waffe fest in der Hand, weswegen sie nicht weit kam. Allerdings hielt sie das nicht ab.

Mit einem verzerrten Bellen sperrte Edgar das Maul weit auf und Halira spürte die Magie, noch ehe Luis gegen die Wand in seinem Rücken krachte. Das kleine Vieh hatte ihn einfach weggeschleudert.

„Das reicht!“, entschied James immer noch ruhig, aber eindeutig ungehalten. „Du weißt, was dir dafür blüht.“

„Hey, Mann, mach mal halblang, das kann ni…“, beschwerte sich Edgar, wurde allerdings rasch dadurch abgewürgt, dass James ihn Schnauze voraus in ein Hüftholster steckte.

„Maulkorb mal anders“, brummte Thea beeindruckt. James trat inzwischen zu Luis, half ihm wieder auf die Füße und bat höflich: „Verzeiht sein Benehmen, er ist ein wenig eigen, aber sehr nützlich.“

„Kann ich mir vorstellen“, murmelte der Werwolf grummelnd und rieb sich den Hinterkopf, den er sich wohl übel angeschlagen hatte.

Hinter ihnen ertönte ein leises Zischen und Amalthea war sofort zur Stelle, drückte dem wieder erwachenden Schlangendämon den Dolch in ihrer Hand gegen seine Kehle.

„Keinen Millimeter, Drecksack“, fauchte sie ihn an und sah nur aus dem Augenwinkel, dass beide Männer neben sie traten. Luis hob ihre Waffe auf, während James kühl erklärte: „Er hat sein Leben verwirkt, als er dich angegriffen hat, während Edgar und ich dich beschützt haben.“

Luis grollte bei dieser Aussage, aber Thea gab nichts darauf, sie starrte weiterhin in die geschlitzten Augen des Dämons, während der Mann neben ihr fortfuhr: „Jetzt liegt sein Leben in deiner Hand.“

„Nicht mehr lange“, murmelte Thea bloß, dann rammte sie die Klinge des Dolches mit aller Kraft in seinen Hals. Sie durchdrang mühelos schuppige Haut, Muskeln und Sehnen, spürte selbst bei seiner Wirbelsäule bloß einen leichten Ruck, als sie diese zerbrach, dann wurde der Dolch bereits von dem dunklen Parkettboden des Ladens gestoppt. Der Schlangendämon hatte nicht einmal mehr Zeit gehabt, einen letzten, gurgelnden Atemzug zu holen.

„Los, wir suchen, was Ben für mich hatte, dann gehen wir“, entschied Thea. Luis nickte knapp, dann sah er auf die Leiche hinab und meinte: „Wir sollten ins Krankenhaus fahren, sobald wir können.“

Was er nicht sagte, war, dass Ben schon tot sein könnte, wenn sie zu spät dran wären, aber sowohl Thea als auch Halira verstanden das sofort. Sie nickte zur Antwort, da mischte sich Edgar ein. Er hätte es zumindest gern, aber sie verstand nur gemurmelte, von dem Leder des Holsters erstickte Laute. Doch James erklärte ohne Umschweife: „Dann fahrt gleich. Ich räume hier auf und sage euch, was immer ich über Hexen oder die Glyphe finde."

Thea schüttelte nur mit einem Schnauben den Kopf, denn es wunderte sie kein bisschen, dass James so gut Bescheid wusste, Nana hatte ihm offensichtlich wirklich alles erzählt. Sie nickte dem Jäger zu, denn nichts anderes konnte er sein, dann sah sie zu Luis, der langsam nickte und meinte: „Komm, Prinzessin, ich fahr' dich zu ihm."

Dabei klang er unendlich müde. Aber es kümmerte Thea für den Moment nicht im Geringsten. Sie wollte Ben sehen, gesund und munter.

Kapitel 9

Nachtwache

„Scheiße …“, fluchte Amalthea ungehalten. Sie zitterte am ganzen Leib, ihr war kalt, dabei war es eine warme Nacht. Ihr Herz raste immer noch. Ihre Hände zitterten. So sehr, dass sie kaum in der Lage war, den Pappbecher mit schwarzem Kaffee zu halten, den Luis ihr vor einiger Zeit in die Hand gedrückt hatte. Das Zeug war ohnehin scheußlich gewesen, aber jetzt war das Gesöff auch noch kalt.

Wie lange hatte sie hier gesessen und Löcher in die Luft gestarrt? Halira teilte ihr aufmerksam mit, dass es inzwischen mehr als eine halbe Stunde war. Shit, so kannte sie sich selbst gar nicht.

Sie hatte die ganze Zeit ernsthaft zitternd und nutzlos auf einem dieser hässlich grünen Plastikstühle verbracht, sich an einem elenden Pappbecher festgehalten, als hinge ihr Leben davon ab. Luis hatte die ganze Zeit beim Schwesternzimmer gestanden. Sie hatte noch nicht einmal mitbekommen, was er mit den Krankenschwestern gesprochen hatte, und es war ihr auch scheißegal gewesen. Aber so ging es nicht weiter!

Wütend stürzte Thea den letzten, widerwärtigen Rest kalten Kaffees hinunter und schleuderte den Becher dann von sich, dass er mit einem dumpfen Klappern gegen die Wand schlug. Dort wurde er durch den Aufprall zusammengestaucht und hinterließ einen dunklen Fleck, der ziemlich auffiel. Egal, denn es gab ihr ein kurzes Gefühl von Befriedigung. Besonders dann, als die Schwestern sie anstarrten, als hätte sie den Verstand verloren.

„Sie sehen ja, wie schlecht es ihr geht“, ertönte da Luis’ Stimme bittend und Thea runzelte wütend die Stirn. Sprach der Vollidiot etwa über sie?

„Bitte, nur ein paar Minuten, nur, damit sie weiß, dass es ihm gut geht. Er ist doch … ihr Verlobter“, schickte er leise nach und sie hörte sein Zögern genau, konnte es aber nicht verstehen, scherte sich auch nicht darum. Wozu auch?

„Tut mir leid, Sir, aber das kann ich nicht machen“, entschuldigte sich die junge Schwester, vor der er stand. Thea schloss für einen Moment grollend die Augen. Sie hatte es doch wirklich nicht nötig, diese Tussen um Erlaubnis zu fragen. Wenn sie Ben sehen wollte, dann würde sie das auch ohne diese Schnepfen gebacken bekommen!

„Lass gut sein, Judith“, meldete sich da eine ältere Krankenschwester zu Wort. Sie hatte eindeutig viel mehr Erfahrung auf dem Buckel, der sich schon unter ihrem Kittel abzeichnete: „Es gibt ein paar Ausnahmen von der Regel. Diese junge Dame ist eine.“

Was sollte das denn heißen? Wenn es eine Beleidigung gewesen war, würde Thea ihr aber ordentlich eins überziehen! Halira beschwor sie im Stillen, bloß die Schnauze zu halten, da winkte die alte, rundliche Krankenschwester sie heran: „Kommen Sie, Miss. Ich kann Sie für ein paar Minuten zu ihrem Schatz lassen, aber er braucht Ruhe. Dass er schnell gesund wird, das wird ja auch in Ihrem Sinne sein.“

Verwirrt schüttelte sie den Kopf, da lächelte die Krankenschwester auf eine Art, die vielleicht nett gemeint war, aber in Thea weckte sie nur den Wunsch, irgendetwas – oder irgendjemanden – zu zerfetzen, doch Luis nickte auffordernd zu der Schwester. Allerdings war es erst Halira, die sie restlos davon überzeugen konnte, dass er es geschafft hatte. Sie durfte einen Moment zu Ben.

Irgendwie müsste sie sich bei ihm bedanken, aber darauf verschwendete Thea im Moment keinen einzigen Gedanken. Sie folgte der Schwester und hätte sie am liebsten überholt, da öffnete diese schon eine Tür und sagte: „Fünf Minuten."

„Jaja", murmelte sie nur rasch. Das ließ die Schwester kichern und so hakte sie wütend nach: „Was?"

„Nichts weiter, meine Liebe", erwiderte sie mit einem Grinsen. „Aber Doctor Harrons hat mir erzählt, dass er noch nie jemanden erlebt hat, der mit einer kollabierten Lunge so verbissen um sein Leben gekämpft hat wie Ihr Verlobter Mister Carter. Kein Wunder. Er wollte zu Ihnen zurück."

Thea runzelte ihre Stirn, da schickte die Krankenschwester mit einem Schmunzeln nach: „Hätte der Junge es gewagt zu sterben, Sie hätten ihm gehörig den Hintern versohlt."

Das ließ sie kurz lachen, ehe Thea bestätigte: „Oh ja, das hätte ich."

„Fünf Minuten, nicht mehr. Er hat zwar gekämpft wie ein Löwe, aber er braucht die Ruhe", trichterte ihr die Schwester nochmals ein, aber Thea gab nicht viel darauf. Sie winkte nur knapp, um zu zeigen, dass sie ihre Worte gehört hatte. Allerdings interessierten die sie nicht.

Die Schwester schloss die Zimmertür hinter sich. Dann war Thea mit Ben allein. Plötzlich wollte sie aber überall sein, nur nicht hier.

Er lag vollkommen kraftlos auf dem Krankenhausbett, seine Hände auf der weißen Decke. Seine Haut war wirklich Ton in Ton mit der weißen Bettwäsche. Er war unglaublich blass, selbst für seine Verhältnisse und vollkommen hilflos. Thea hatte gedacht, dass es schwer gewesen wäre, vorhin im Laden in seinem leeren Zimmer gestanden zu haben mit dem überraschenden, schneidenden Gedanken, dass es vielleicht für immer so leer bleiben würde. Aber Ben so zu sehen, schnürte ihr wirklich die Kehle zu. Auch, wenn es absolut lächerlich war.

„Reiß' dich zusammen, Volltrottel", zischte Thea ungehalten und ging dann zu dem Bett hinüber, zog sich den Plastikstuhl heran, der genauso widerlich war wie der draußen, nur eben in Weiß. Sie ließ sich darauf plumpsen, sprang aber sofort wieder auf. Sie wollte echt nicht hier sein.

Aus Ben hingen verdammt viele Schläuche, die zu noch mehr Maschinen führten. Deren monotones, schrilles Piepen machte Thea irre, obwohl sie wusste, dass ja alles in Ordnung war, solange das Piepen so eintönig blieb. Aber jemand hatte Ben angegriffen. Ihretwegen.

Klar, sie war nicht verantwortlich, immerhin hatte irgend so ein Bastard die Schlangendämonen auf ihn gehetzt, aber scheiße, sie *fühlte* sich verantwortlich.

„Ich finde ihn", versprach sie Ben düster und schob vorsichtig ihre Hand unter seine. „Ich finde diesen Scheißkerl und dann mach' ich ihn platt. Sowas macht der nie wieder."

Würde er als Toter nämlich nicht mehr können.

Thea musterte den immer noch schlafenden Ben, obwohl sie das eigentlich nicht wollte. Schlief er überhaupt oder war er noch in Narkose? Sie hatte keinen blassen Dunst.

Halira bot an, sich die Krankenakte anzusehen. Also streckte Thea sich, zupfte das dünne, ebenso blasse Papier aus der

Halterung am Ende des Bettes und legte es auf ihren Schoß. Ihre Spinne krabbelte aus ihrem T-Shirt hervor, aber Thea achtete nicht auf ihre Vertraute, sondern sah wieder zu Ben.

Die Schwester hatte doch gesagt, seine Lunge wäre kollabiert, was Halira gerade auch in der Akte entzifferte. Also sah Thea zu der Stelle, wo die Kugel sein Fleisch zerfetzt hatte. Jetzt lag ein dicker Verband darüber und es war nicht einmal Blut zu sehen. Das war gut, oder?

Wütend biss sie sich auf die Zunge, dass sie ihr eigenes Blut schmeckte. In diesem zittrigen, ängstlichen Zustand war sie echt zu nichts zu gebrauchen. Außerdem hatte sie bis eben nicht gewusst, dass sie dazu fähig war, sich ernsthaft Sorgen um jemanden zu machen. Schöne Scheiße.

Unwillkürlich griff Thea wieder nach Bens regloser Hand. Die war etwas kühl, aber immerhin atmete er selbstständig. Er hatte nicht einmal einen Schlauch im Hals, sondern nur allerlei Kanülen in den Armen und Handrücken, von denen eine zu einer Blutkonserve führte, AB positiv.

Für einen Moment atmete Thea tief durch, dann sah sie in Bens Gesicht und grummelte: „Verdammt, wach auf. Du schuldest mir noch ein paar Informationen."

Sie konnte nicht einmal sich selbst davon überzeugen, dass sie das ernst meinte. Klar, sie wollte wissen, was er über die Glyphe herausgefunden hatte, aber vor allem wollte sie sehen, dass er okay war. Sein blutsaugender Vorfahr musste doch wenigstens irgendwas richtig gemacht haben …

„Mach schon, ich hab' nur fünf Minuten und die sind gleich vorbei", setzte Thea drauf. Keine Reaktion. Klar doch, weshalb sollte er auch darauf reagieren?

Halira hatte inzwischen die kurze Krankenakte gelesen und so steckte Amalthea diese zurück an ihren Platz, aber auf die

Frage, wie es um Ben stand, wollte ihre Spinne nicht antworten.

„Ach, doch so harmlos?“, fragte sie also zynisch, denn wenn Halira ihr nichts sagen wollte … dann war das übel. Schnaubend ballte Thea die Fäuste, um sich wieder in den Griff zu kriegen. Und hatte dabei prompt vergessen, dass ihre Hand ja immer noch Bens hielt.

„Shit!“, fluchte sie, denn sie wollte ihm wirklich nicht noch eine gebrochene Hand verpassen. Aber irgendwas musste sie getan haben, denn er stöhnte im Schlaf schmerzerfüllt. Moment, was?

Ein ungläubiges Grinsen schlich sich auf Theas Lippen und es wurde breiter, als Haliras Aufregung ihr bestätigte, dass Ben gerade tatsächlich aufwachte. So schnell nach einer Not-OP! Unfassbar … aber erfreulich, ganz und gar.

„Hey“, begrüßte sie ihn, als er blinzelnd die Augen aufschlug. Aber er verschloss sie gegen das grelle Licht gleich wieder und murmelte kaum hörbar: „Thea?“

„Ja, was dachtest du denn? Der Teufel?“, scherzte sie und tippte sich an die Krempe des Schlapphuts, unter dem ihre kleinen Hörner verborgen waren. „Vergiss es, Kumpel, so schnell stirbst du mir nicht weg.“

Er schmunzelte leise mit geschlossenen Augen und Thea konnte fühlen, wie er versuchte, ihre Hand fester in seiner zu halten, aber er war geschwächt. Das hielt ihn allerdings nicht davon ab, sich plötzlich komplett zu versteifen und dann aufgeregt aus dem Bett aufstehen zu wollen.

„Spinnst du?“, zischte Thea ihm zu und drückte ihn wieder auf das Bett zurück. So sanft, dass seine frische Wunde hoffentlich nicht wieder aufgehen würde, aber doch so grob, dass er kurz stöhnte und sich damit die Lektion wohl merken würde.

„Was sollte das?“, fragte sie ihn wütend. „Wenn du dir das Loch in deiner Brust wieder aufreißt, während ich hier bin, bringt die Schwester mich um.“

Aber Ben achtete nicht auf ihre Worte, wie so oft, wenn ihn etwas anderes beschäftigte. Er versuchte erneut, aufzustehen, aber Thea hielt ihn zurück und fragte: „Was soll das? Was willst du denn?“

„Meine Hose“, brachte er nach einem Räuspern ein raues Flüstern zustande. Thea lachte, dann schüttelte sie den Kopf, was Ben verwirrt die Stirn runzeln ließ, also machte sie ihm zischend klar: „Vergiss es, du bleibst hier. Wir haben dir nicht den Arsch gerettet, damit du dich aus dem Krankenhaus entlässt und vor der Tür verblutest.“

Ben blinzelte mehrmals, dann aber hoben sich seine Augenbrauen in einer Erkenntnis.

„In meiner Hosentasche ist ein USB-Stick“, erklärte er dann ruhig, seine Stimme immer noch heiser, aber Thea war trotz seiner bemitleidenswerten Erscheinung gerade danach, ihn zu schütteln. Stattdessen starrte sie in seine Augen und fragte ihn fauchend vor Wut: „Was willst du jetzt mit dem Ding?“

„Darauf befinden sich die Informationen, die ich für dich recherchiert habe“, antwortete Ben eingeschüchtert und wich zurück, als wolle er in dem flachen Kissen des Krankenhausbettes verschwinden. Amalthea hingegen war zuerst überrascht, dann sauer, dann allerdings erleichtert und so konnte sie ein Grinsen nicht zurückhalten. Kopfschüttelnd gluckste sie, denn verflucht noch eins, was war das alles für eine verrückte Scheiße.

„Thea“, sprach Ben sie leise an, aber ernster als sonst schon, also schaute sie zu ihm, da flüsterte er. „Es ist wichtig. Ich habe dir einen Termin mit jemandem ausgemacht, der dir vielleicht helfen kann. Der USB-Stick …“

„Ist wichtig, ja“, unterbrach Thea ihn ungerührt. „Aber ich werd ihn schon finden. Du aber ruh’ dich aus, kapiert?“

Er sah ihr lange in die Augen und sie könnte schwören, er war drauf und dran, ihr zu widersprechen.

Also kam sie ihm mit einer Drohung zuvor: „Keine Widerrede. Wenn du aufstehst, sorge ich dafür, dass du liegen bleibst.“

Überraschung zeigte sich in Bens fahlem Gesicht, aber Thea achtete nicht mehr auf ihn, sondern sah sich um. Viel gab es zwar nicht zu sehen in dem kargen Zimmer, gerade einmal ein Fenster auf den betonierten Innenhof, eines auf den Flur draußen, ein Stuhl, auf dem sie saß und einen kleinen Fernseher, den Ben vermutlich nie einschalten würde. Dann aber sah sie eine kleine Plastiktüte auf dem Nachtkästchen neben seinem Bett und darin ein paar Dinge, die verdächtig nach Bens Habseligkeiten aussahen. Also stand Thea rasch auf, was ihren Freund vor Überraschung zusammenzucken ließ, dann beugte sie sich über ihn hinweg zu dem Kästchen und schnappte sich die Tüte, um deren Inhalt zu sichten. Viel war’s ja nicht.

„Hier“, meinte Thea kurz angebunden und hielt Ben seine Brille entgegen, aber als er sie nicht nahm, schaute sie auf. Er starrte mit zusammengekniffenen Augen auf ihre Hand, konnte aber wohl nicht erkennen, was sie da hochhielt.

„Scheiße, Ben, du bist blind wie ein Maulwurf!“, brummte sie, dann klappte sie das Gestell auf und setzte ihm die Brille auf die Nase, wobei sie selbst beeindruckt war, dass sie ihm dabei nicht seine Augen ausgestochen hatte.

„Danke, Thea“, gab er bloß dankbar zurück, also hatte er die Stichelei wohl einfach ignoriert, auch egal. Thea griff wieder in die Plastiktüte, zog Bens Handy heraus, seinen Schlüsselbund, auf dem genau zwei Schlüssel waren, ein Etui mit einer Füllfeder und einen Kuli. Seltsame Mischung, genauso seltsam wie ihr Besitzer.

„Da ist kein Stick drin", ließ sie ihn wissen. Ben zuckte zusammen und stotterte: „Aber da muss … ich …"

Er beugte sich vor, legte sich aber gleich wieder mit einem schmerzerfüllten Stöhnen zurück und sprach durch zusammengebissene Zähne: „Der Speicherstick ist in dem Kugelschreiber, unter der Kappe am hinteren Ende."

„Aha", brummte Thea zur Antwort und zog die Kappe ab, ehe sie tatsächlich eine USB-Schnittstelle erkannte. „Woher hast du denn sowas?"

„Das war ein Geschenk von Großvater", murmelte Ben müde und Thea wunderte es nicht, dass Horace solche seltsamen Geschenke machte. Vermutlich war der Füller genauso von ihm …

„Bitte lies die Zusammenstellung genau, Thea", bat Ben sie leise und als sie zu ihm sah, deutete er mit einer matten Geste auf den Kuli in ihrer Hand. „Es ist wichtig. Dein Termin … ist morgen Abend in Chinatown … bei … bei …"

Das Sprechen fiel ihm schwer und er atmete rasselnd, also sagte Thea: „Halt die Klappe, steht ja alles da drin. Ich krieg's schon raus."

Schlimmstenfalls würde sie Luis dazu verdonnern, Bens langatmige Ausführungen durchzuackern und sich derweil einen Kaffee gönnen, einen guten, starken, schwarzen, so, wie Kaffee sein sollte. Nicht wie die Abwaschbrühe hier im Krankenhaus.

Ben nickte zustimmend und ließ sich mit einem Seufzen in das Kissen sinken, die Augen zu und sein Atem angestrengt, aber stetig. Er war okay. Jetzt erst kapierte Thea langsam, dass er wirklich über den Berg war und bevor ihr Hirn in der Lage war, ihr Mundwerk zu stoppen, gab dieses leise von sich: „Ich bin echt verdammt froh, dass du noch da bist."

Und ihre Hand hatte sie auch nicht unter Kontrolle, denn die legte sich auf Bens, ohne, dass Thea das eigentlich gewollt hatte. Mist!

Kurz musterte Ben ihre verschränkten Hände, dann hob er den Blick zu ihr. Nicht gut, der würde wieder irgendwas da rein interpretieren, was gar nicht da …

Das Klicken der sich öffnenden Tür rettete Thea und sie spürte Haliras mentales Kopfschütteln, ignorierte es aber.

„Tut mir wirklich leid, Miss, aber das waren schon mehr als fünf Minuten, Sie …", begann die ältere Krankenschwester, die Thea vorher hereingelassen hatte. Dann stockte sie und keuchte aufgeregt, ehe sie stammelte: „Ich glaub's ja nicht."

Sie musste einfach lachen und sah kurz zu der alten, molligen Frau, die dann mit einem Grinsen zu ihr sagte: „Gerade eine Not-OP überstanden und springt auf von den Halbtoten, nur weil seine Lady ruft. Miss, Sie haben Ihren Verlobten wirklich gut erzogen."

„Allerdings", gab Thea zurück und wandte sich dann zu Ben, der sie mit großen Augen anstarrte. Oh, ja, er wusste ja nichts von ihrer ‚offiziellen Beziehung'. Also formte sie mit den Lippen die Aufforderung: „Spiel mit!".

Ob er sie auch verstanden hatte, wusste sie nicht, aber da er zumindest viel zu baff war, um der Schwester zu widersprechen, sollte ihr das fürs Erste reichen.

„So beeindruckt ich von Ihren Erziehungsmethoden bin, aber Sie müssen jetzt gehen", setzte die Schwester erneut an, freundlich, aber doch irgendwie nervig, fand Thea. „Wie gesagt, kann ja nur in Ihrem Interesse sein, wenn er bald wieder ‚einsatzfähig' ist."

Diese schmutzige Andeutung hatte sogar Ben kapiert und wurde sofort hochrot im Gesicht. Amalthea hingegen starrte die Krankenschwester mit einem genervten Blick in Grund und Boden. Aber verdammt, das interessierte die kein Stück. Die grinste einfach weiter. Und damit war sie Thea doch irgendwie sympathisch.

„Ja, okay, ich bin ja gleich weg", gab sie sich geschlagen und sah wieder zu Ben, der immer noch ihre Hand hielt und nun, als sie gehen wollte, etwas fester zupackte. Sein Griff war immer noch lasch, aber er wollte sie offenbar nicht gehen lassen.

„Lass mich los", forderte Thea ihn auf, doch er schüttelte bloß stumm den Kopf, so schwach, dass man es kaum sehen konnte. Seufzend beugte sie sich zu ihm hinunter und zupfte seine Finger einzeln von ihrer Hand, was wirklich keine Schwierigkeit war. Ben sah sie daraufhin verletzt an und shit, diesmal wirkte dieser verdammte Dackelblick.

„Ich komm dich wieder besuchen", versprach sie ihm also und fügte dann flüsternd an. „Ich habe eine Schriftrolle gefunden, die dich schützen wird. Halira und ich kümmern uns schon darum."

Er nickte zwar, aber da war immer noch Schmerz in seinen braunen Augen. Die Krankenschwester hinter ihr räusperte sich leise, was Thea die Augen verdrehen ließ. Aber gleichzeitig kam ihr eine Idee, wie sie sich schnell losreißen konnte. Ohne dass Ben noch groß jammern würde, denn dazu würde er einfach viel zu überrumpelt sein.

Halira wollte sie davon abhalten und ja, berechtigterweise, denn es war eine blöde Idee. Aber effektiv. Also setzte Thea sie einfach um, ohne auf Haliras vehementen Protest zu hören oder auch ihre eigenen Gedanken, dass es bescheuert war, und beugte sich zu Ben. In letzter Sekunde schwenkte sie um und drückte ihm einen Kuss auf seine Wange anstatt mitten auf seine leicht geöffneten Lippen.

Er war offensichtlich schockiert, klar, war sie ja auch und Halira erst, aber Thea wunderte vor allem, dass es kein bisschen unangenehm war. Trotzdem zog sie sich lieber schnell zurück, bevor er noch irgendetwas tun konnte. Gerade als Thea zurückweichen wollte, drehte er den Kopf, um sie zu küssen. Na, wunderbar. Wie genau war sie noch auf diese blöde Idee gekommen? Egal, zu spät.

„Pass auf dich auf", knallte sie Ben an den Kopf, der sie mit offenem Mund anstarrte, dann rauschte sie an der Schwester vorbei und verließ fluchtartig das Zimmer, wobei Thea die Tür hinter sich zuknallte.

„Shit", fluchte sie mit geschlossenen Augen und Halira stimmte ihr mit Nachdruck zu, was sie bloß grummeln ließ. Thea trat sich geistig in den Arsch, damit sie jetzt endlich wieder normal funktionieren würde, und schlug die Augen auf. Nur um direkt in Luis' Augen zu sehen.

Sie zuckte zusammen, weil er sie überrascht hatte, dann aber gleich noch mal, weil er sich mit schon schmerzhaft festem Griff ihre Oberarme schnappte und sie mit dem Rücken gegen die nächste Wand drängte.

„Lass mich los, du Bastard!", zischte sie ihn an, aber er antwortete nicht, sondern drückte sie bloß mit der ganzen Länge seines Körpers gegen die Wand, zwängte sie ein, sodass Thea fest an seine Brust gedrückt wurde. Sein Herz raste wie verrückt und er atmete schwer. Hatte der in der Zwischenzeit einen Marathon hingelegt oder was?

Wütend starrte Thea ihn an und hatte gute Lust, ihm ein Knie zwischen seine Beine zu rammen. Dann sah sie das zornige Funkeln in seinen Augen. Was hatte er denn jetzt schon wieder?

„Was läuft da?“, grollte Luis. Sie traute ihren Ohren nicht.

„Drehst du jetzt komplett ab?“, fragte sie ihn bloß und schüttelte den Kopf. „Lass mich los, du Arschloch.“

„Nein“, war seine einfache Antwort, aber das konnte er vergessen. Thea trat nach ihm, allerdings zwängte Luis sie daraufhin nur noch enger zwischen seinem Körper und der ehemals weißen Wand ein. Wenn der so weitermachte, würden sie gleich durch die bröckelnde Wand brechen und wieder bei Ben im Zimmer stehen.

„Ich muss es wissen“, raunte Luis und ließ ihren Blick dabei nicht los. „Also sag’ es mir. Läuft da etwas?“

Für einen Moment war Thea sprachlos, aber als Luis seinen Griff etwas lockerte, nutzte sie ihre Chance und riss sich los. Dabei fauchte sie: „Das geht dich einen Scheißdreck an!“

Sie hörte ihn angestrengt durchatmen, als er die Augen schloss, was Thea bloß dazu nutzen wollte, ihn endlich wegzuschieben. Aber genauso gut hätte sie das mit einem Haus versuchen können, so wenig bewegte sich der Kerl. Sie war ja wirklich nicht schwach, aber gegen zwei Meter Werwolf mit ach so guten, alten, spanischen Genen konnte sie einfach nicht anstinken.

Immer noch ihren Blick haltend flüsterte er nur ein einziges Wort: „Bitte.“

Was? Thea glaubte, sich verhört zu haben. Und offenbar sah man ihr das auch an, denn Luis grinste schief und hatte gewiss einen seiner bescheuerten Sprüche auf der Zunge. Dann aber erstarb das Lächeln langsam, bis nur noch ein kleines Heben seiner Mundwinkel zu sehen war. Er fügte ungewohnt sanft an: „Ich muss es einfach wissen, Prinzessin. Schließlich habe ich keine Lust, mir vergeblich Hoffnungen zu machen."

Sie war ja selten um Worte verlegen, aber dieser Mistkerl hatte es soeben geschafft, sie sprachlos zu machen.

„Was?", fragte Thea also nur, da lachte Luis dunkel, ehe er eine Hand an ihre Wange hob und sie leise wissen ließ: „Ich will bloß wissen, wie das Spiel steht. Aber ich werde gewinnen, egal, wer noch mitspielt. So leicht gebe ich nicht auf. Und auch wenn du mir weiß Gott wie viel verschweigst, eines weiß ich mit Sicherheit: Ich will dich. Und nur dich. Glaub' es oder nicht, Prinzessin, aber ich weiß, dass du es bist. Die Eine."

Thea brachte nicht mehr zustande, als ihn sprachlos anzustarren. Es tröstete sie ein wenig, dass Halira auch nicht mehr vollbrachte. Der hatte sie doch nicht mehr alle!

„Red' keinen Scheiß …", fauchte sie ihn an und schlug seine Hand zur Seite. Da versicherte Luis ihr voller Ernst: „Das tue ich nicht."

Sie öffnete gerade den Mund, um ihm eine äußerst kaltschnäuzige Erwiderung an den Kopf zu knallen, da leckte Luis sich einmal über seine Lippen und raunte dann dunkel: „Te deseo, querida."

Die eben erst weggeschobene Hand lag sofort wieder an Theas Wange und auch, wenn sie die spanischen Worte nicht verstanden hatte, die Art und Weise, wie Luis seine Hüften gegen ihre Mitte drückte, ließ sie spüren, was er gemeint hatte. Unmissverständlich.

Thea wusste nicht, ob sie ihn verprügeln sollte … oder ihn auf der Stelle in eine Besenkammer schleifen. Dieser Gedanke überraschte Halira und zugegebenermaßen auch sie selbst, denn sie wusste nicht, woher er kam. Aber abstreiten ließ er sich auch nicht, als der verdammte Spanier vor ihr sie nun anlächelte und diese eindeutige Bewegung noch mal vollführte. Er legte seine Hand in ihren Nacken, kam immer näher, immer noch ein Lächeln auf seinen Lippen. Mist …

„Sucht euch ein Zimmer!", ertönte ein schrilles Keifen und so wenig Thea diese blöde Knarre vermisst hatte, so dankbar war sie Edgar nun dafür, dass er sie gestört hatte. Luis war zusammengezuckt, aber er gab sie nur langsam frei und grollte dabei leise, eindeutig sauer. Na und?

Weil er einfach zu langsam zurückwich, schubste Thea ihn fort und wandte sich James zu. Der stopfte seine Waffe nun mit Nachdruck noch ein Stück tiefer in das Holster und daraufhin war ein ersticktes, aber schmerzerfülltes Keuchen von Edgar zu hören.

„Bitte verzeih", bat der drahtige, weißhaarige Mann sie. „Ich wollte euch keinesfalls stören."

So cool und unberührt, wie er das sagte, hätte sie fast selbst geglaubt, Luis hätte ihr nur gerade was übers Wetter erzählt. Wie konnte der verdammte Kerl so ruhig bleiben? Und wie der verfluchte Werwolf so eine Wirkung auf sie haben, dass ihr immer noch das Herz pochte? Shit!

„Kein Problem", brummte Thea bloß. James nickte und erkundigte sich mit Blick zu Bens Krankenzimmer: „Wie geht es deinem Freund?"

Luis knurrte ungehalten, aber sie ignorierte ihn und gab zurück: „Er ist ziemlich geschwächt, aber schon wieder wach."

Für einen Moment hoben sich James' Augenbrauen in Verwunderung, dann sah er wieder vollkommen unbeteiligt aus.

Aber Thea scherzte: „Nicht schlecht, was? Vielleicht kann sein Großvater doch wenigstens etwas."

In Gedanken war sie verdammt froh, dass Horace da gewesen war, aber das sollte er nicht mal um hunderttausend Ecken erfahren können. Trotzdem sah sie durch das Fenster in Bens Zimmer, wo er gerade von der älteren Schwester scheinbar ordentlich ausgequetscht wurde, wie er denn schon aufwachen hatte können. Tja, wenn die wüsste …

James riss sie aus ihren Gedanken, indem er ihr anbot: „Wenn du bereit bist zu gehen, werde ich dich gern zu deiner Wohnung begleiten."

„Wie bitte?", hakte Luis zornig nach und Thea prustete los. Das war ja wohl nicht ihr Ernst! Edgar murmelte irgendwas, aber sie verstand seine Worte nicht, allerdings kam ihr ein Gedanke. Halira schüttelte darüber den Kopf. Aber das hatte Thea noch nie davon abgehalten, ihre bescheuerten Ideen auch umzusetzen.

„Sehr gern!", antwortete sie also flötend auf James' Angebot und wandte sich dann mit einem Grinsen an Luis, den sie einteilte. „Du kannst doch inzwischen auf Ben Acht geben."

Dem Werwolf fiel die Kinnlade herab und es war ungemein befriedigend zu wissen, dass sie nun ihn sprachlos gemacht hatte.

„Bitte, dann komm", lud James sie ein. Noch ehe sie einen Schritt getan hatte, schnappte sich Luis ihr Handgelenk und grollte: „So haben wir nicht gewettet, Prinzessin."

„Nein, haben wir nicht", gab sie zu und starrte ihm wütend in seine Augen. „Wir haben gar nicht gewettet, Flohschleuder."

Damit hatte sie ihn wirklich auf die Palme gebracht, sie wusste es und Halira hielt es für dämlich. War es vermutlich auch, aber Spaß machte es trotzdem.

„Auch ich kann über die Genesung deines Freundes wachen“, bot James an und Thea hätte ihm am liebsten eine geknallt. Vor allem, weil sich langsam und viel zu selbstzufrieden ein Grinsen auf Luis’ Lippen legte. Und noch bevor sie etwas dazu sagen konnte, wandte er sich an den Mann hinter ihr: „Das ist ein ausgezeichneter Vorschlag. Unter deiner Aufsicht kann ja nichts schiefgehen.“

Amalthea atmete einmal tief durch, aber sie würde dem verdammten Hund sicher nicht die Genugtuung geben, ihn auch noch sehen zu lassen, wie unangenehm es ihr war, ihn auch diese Nacht ständig um sich zu haben. So schlimm war seine Gegenwart ja eigentlich auch gar nicht. Allerdings machte gerade das sie so verdammt nervig. Aber auch das würde sie ihn nicht wissen lassen.

Also erwiderte sie sein Lächeln, aber es war eher ein Zähnefletschen, das wusste sie. Dann machte sie auf dem Absatz kehrt und stapfte zu James, der sie bloß ausdruckslos ansah. Shit, der Trottel wusste vermutlich nicht einmal, in welche Scheiße er sie da geritten hatte. Sie könnte sich wehren, aber wozu streiten? Es galt, Ben zu beschützen. Also fragte sie nach einem Blick, der sie davon überzeugte, dass sie allein in dem Flur waren: „Kannst du Schutzzauber von einer Schriftrolle wirken?“

James legte seinen Kopf schräg wie ein großer Kater, dann erklärte er: „Ja. Allerdings sind Edgars Zauber ebenfalls sehr effektiv. Ich werde Barrieren rund um sein Zimmer legen und bei ihm bleiben. Wenn du dennoch unsere Hilfe benötigen solltest, ruf’ mich an. Jederzeit.“

Mit diesen Worten hielt er ihr eine Visitenkarte entgegen und Thea steckte sie einfach ein, ohne sie auch nur anzusehen. Dann nickte sie James knapp zu und ging. Sie scherte sich nicht, wo er blieb oder ob Luis ihr folgte. Sie hörte ihn schwer seufzen, aber verdammt, sie hatte weder den Nerv dafür noch Lust dazu sich mit seinen Sorgen zu befassen, ihre eigenen waren schlimm genug.

„Wir fahren zu mir“, entschied Luis leise, als sie das Krankenhaus verließen und wieder in die Nacht hinaus traten.

„Was?“, fragte Thea nach. „Wieso?“

Klar, damit er sicheren Boden unter den Füßen hatte …

„Wer weiß, wie viele Dämonen wissen, wo du wohnst? Nein, du schläfst bei mir“, antwortete er daraufhin und ging einfach weiter zu seinem Jeep. Thea folgte ihm, aber nur, um ihn mit dem Gesicht voran auf seine Kühlerhaube zu knallen.

Aber Luis lenkte den Schwung geschickt um und schnappte sich ihre Handgelenke, verschränkte mit einem genervten Stöhnen ihre Arme hinter ihrem Rücken. Das tat er verdammt gern.

Nun stand sie direkt vor dem Kühlergrill, ihre Knie unangenehm gegen den Jeep gepresst und ihre Beine zwischen Luis', der für einen Augenblick knurrte, dann aber leise sprach: „Du kannst das Bett gern für dich allein haben. Mein Ständer wird mich zwar umbringen, aber das Risiko geh' ich ein. Allerdings wirst du mich nicht los, bis dein Geburtstag vorbei ist, das kannst du dir gleich abschminken, Prinzessin.“

Thea runzelte die Stirn, aber sie hatte darauf keine Antwort. Sie kannte ihn zwar nicht übermäßig gut, aber es war ihm ernst, das war klar. Halira konnte auch nichts wahrnehmen, das auf Täuschung hingedeutet hätte.

„Lass mich los“, zischte sie also, weil Amalthea sonst nichts zu sagen wusste. Luis gab sie sogleich frei. Allerdings nahm er ihre Hand in seine und sprach ungewohnt sachte: „Komm, du brauchst Schlaf. Du bist fix und alle.“

Das war sie tatsächlich, der Tag mit ihm war anstrengend gewesen, aber Ben beinahe zu verlieren, steckte ihr erst recht tief in den Knochen.

„Ja“, war alles, was Thea erwiderte, denn zu mehr fühlte sie sich nicht in der Lage. Sobald sie aber im Jeep saß, fiel ihr der USB-Stick wieder ein und sie sagte: „Wir müssen morgen nach Chinatown. Ben hat mir irgendeinen Termin ausgemacht. Steht alles da drin.“

Mit einer matten Geste zeigte sie Luis den Kuli und als er den Wagen startete, fragte er nach: „Soll ich mir das Zeug ansehen?“

Thea hatte nur ein müdes Schulterzucken für ihn übrig, was ihn leise lachen ließ, dann fuhr er auch schon an. Das gleichmäßige Brummen machte sie wirklich schläfrig.

„Gute Nacht, querida“, hörte sie leise Luis’ Stimme und wollte gegen diesen verdammten Spitznamen protestieren. Allerdings waren ihr da bereits die Augen zugefallen.

Kapitel 10

Verwandtschaft

Als Amalthea von dem Duft frischen Kaffees erwachte, fühlte sie sich wie plattgewalzt. Sie hatte echt geschlafen wie ein Stein und nicht das Geringste mitbekommen. In Gedanken tastete sie nach Halira, spürte deren Gegenwart irgendwo hier in Luis' Wohnung und damit war sie fürs Erste zufrieden, mehr musste sie nicht wissen.

Also drehte sie sich um, schlang die Decke eng um ihren Körper und kuschelte sich wieder in das weiche Bett. Sie konnte nicht anders, als tief einzuatmen und ihren Atem mit einem wohligen Seufzen wieder zu entlassen. Kaffee und ein Bett, das nach Luis roch … Shit!

Grummelnd verbarg sie ihr Gesicht im Kopfkissen, das ja gleich noch mehr nach diesem verdammten Werwolf riechen musste. Und das, obwohl der Scheißkerl gestern Abend widerstandslos sein Lager auf der Couch bezogen hatte und sie allein im Bett geschlafen hatte.

Verflucht. Der Kerl bedeutete ihr was.

Wütend auf sich selbst ballte Thea ihre Hände zu Fäusten, dass es schon beinahe weh tat, aber leider, die Erkenntnis blieb. Dieser blöde Kerl, der einfach in ihr Leben stolziert war, würde sich keinesfalls so leicht wieder daraus streichen lassen. Nein, dafür hatte er gesorgt mit seinem Blick, seinen Berührungen, seiner Stimme … und seiner Fürsorge.

Sie hörte Halira in ihrem Kopf lachen, aber das machte ihre Lage nur noch schlimmer. Das beeindruckte die Spinne aber gar nicht, die lachte weiter. Verräterin!

„Guten Morgen, Prinzessin“, ertönte Luis’ Stimme hinter Thea und schon spürte sie diesen verdammten, angenehm warmen Schauer über ihren Rücken laufen. Shit.

Sie war sich sicher, dass er direkt neben dem Bett stand und roch sowohl ihn als auch den Kaffee nun stärker als zuvor. Trotzdem murrte sie ungehalten ins Kissen: „Wenn es noch nicht mal 12 ist, hau’ ich dir eine rein.“

Dunkel erklang sein ihr mittlerweile vertrautes Glucksen und Halira kringelte sich nun vor Lachen, weil Thea im Halbschlaf und ohne Koffein ihre verfluchten körperlichen Reaktionen auf diesen Hund einfach nicht im Griff hatte. Und Halira spürte ganz genau, was sich zwischen Theas Beinen tat bei dem Gedanken, dass sie nicht viel trug und Luis neben dem Bett stand, keine zwei Meter entfernt …

„Keine Sorge, es ist schon fast sieben Uhr, du hast also deinen Schönheitsschlaf bekommen“, scherzte Luis und Thea grummelte bloß, was ihn jedoch eindeutig grinsend fortfahren ließ. „Sieht man ja auch gut.“

„Pass mal auf …“, grollte sie und drehte sich im Bett zu ihm um, allerdings wich ihre Wut, als sie die Augen aufschlug und ihn ansah. Luis kauerte neben dem Bett, eine große Tasse dampfenden Kaffees in seiner Hand, ein Lächeln auf seinen Lippen, wie immer … und Halira auf seiner Schulter.

„Was zur Hölle tust du da?!“, fauchte Thea ihre Spinne an. Aber Luis antwortete mit einem Grinsen: „Ich bringe dir Kaffee, damit du mich nicht gleich zerfleischst, wenn ich dich wecke, um dir zu sagen, dass ich Frühstück gemacht habe."

Verdammt, der war echt stolz auf sich, so dick aufgetragen zu haben, aber im Moment kümmerte Thea das reichlich wenig, sie grollte bloß: „Nicht du!"

Mit diesen Worten fixierte sie Halira, die ihr Bestes tat, unschuldig dreinzuschauen. So gut eine große Vogelspinne das eben konnte.

„Du meinst tu confidenta?", erkundigte sich Luis und sprach dann mit einem zufriedenen Lächeln. „Sie ist irgendwann in die Küche gekrabbelt. Hat mir einen Heidenschreck eingejagt, aber dann sind wir zusammen die Unterlagen von deinem Freund Ben durchgegangen. Und wir haben zusammen gekocht!"

Nun sahen sich die beiden auch noch an und Thea wusste, die hatten sich gegen sie verschworen.

Außerdem wusste sie beim besten Willen nicht, wie man mit einer Spinne gemeinsam kochen sollte. Halira gab ihr gleich hilfreich Auskunft: Luis hatte sie gefragt, was Thea gern aß und sie hatte mit einfachen Gesten Ja und Nein geantwortet. Unfassbar ... die hatten sich wirklich verschworen!

„Also los, komm, die Pizza sollte bald fertig sein", riss Luis sie aus diesen düsteren Gedanken.

„Pizza?", hakte Thea nach und verfluchte sich im Stillen selbst dafür, dass sie so begeistert klang, aber verdammt, Pizza und Kaffee? Ein besseres Frühstück gab es nicht!

„Ja, Pizza", bestätigte Luis mit einem schon wieder viel zu selbstzufriedenen Grinsen. Im Moment störte es Thea nicht so sehr, wie es das sollte, denn sie hatte Hunger. „Halira war sehr hilfreich und hat mir gesagt, womit ich sie belegen soll."

Mit verengten Augen musterte sie ihre Vertraute, diese Verräterin, aber die setzte bloß wieder ihre Unschuldsmiene auf und tat unbeteiligt, während sich Luis amüsierte: „Mal ehrlich; Prinzessin, wer isst schon Salami und Ananas auf einer Pizza?“

„Ich!“, gab Thea vollkommen unbeeindruckt zurück und rollte sich aus dem Bett. Kaum hatte sie die Beine über den Rand geschwungen, schnappte sie sich die Tasse Kaffee aus Luis’ Fingern und wollte ihn eigentlich hinabstürzen, aber sie hielt inne. Verdammt, wieso roch dieser Kaffee so gut?

„Glaubst du wirklich, ich würde dir die geheime Zutat verraten?“, scherzte Luis und Thea runzelte wütend die Stirn. Wie hatte er ihre Gedanken so einfach erraten können? Da schlug er mit einem verschmitzten Grinsen vor: „Wir könnten ja verhandeln. Ich biete dir das Geheimnis meines Kaffees inklusive Lieferservice ans Bett … für einen Kuss von dir.“

„Du bist aber billig zu haben“, schnaubte Thea bloß als Antwort. Sie trank einen Schluck des wirklich verdammt guten Kaffees, da lachte Luis: „Okay, Prinzessin, wenn dir dieser Preis zu niedrig angesetzt ist, wie wäre es dann damit: Geheimrezept und Lieferservice gegen einen festen Platz in deinem Bett?“

Thea sah ihn über den Rand der Tasse an und stellte fest, dass da immer noch dieses Grinsen klebte, also wollte sie es wegwischen und meinte trocken: „Vergiss es.“

Tatsächlich fiel sein Lächeln in sich zusammen und das war leider bei weitem nicht so befriedigend, wie sie gehofft hatte. Außerdem war Halira jetzt sauer, na spitze!

„Abgesehen davon …“, schickte sie also nach, ohne recht zu wissen, weshalb: „Wenn du dich unter mir windest und mich anflehst, dich endlich kommen zu lassen, verrätst du es mir auch so."

Luis sie mit offenem Mund an und Thea nutzte diesen Moment, um sich in Gedanken aufs Übelste zu beschimpfen. Dann aber breitete sich ein Grinsen auf seinen Lippen aus und er zwinkerte ihr zu: „Damit hast du garantiert recht!"

Lachend beugte Luis sich zu ihr und Thea hielt sich an der schwarzen Tasse fest, als wäre diese eine Waffe. Mann, wie bescheuert.

„Allerdings musst du eines bedenken, querida", raunte er ihr dann zu und kam immer näher. „Wenn du unter mir liegst, dich windest und mich anbettelst, bekomme ich den Platz in deinem Bett auch ohne meinen Teil der Abmachung zu erfüllen."

Thea konnte sich nicht dagegen wehren, dass diese dunkle Stimme ihr ebenso warm und angenehm im Magen brannte wie der Kaffee. Trotzdem schoss sie zurück: „Dafür müsstest du dir diesen Platz erst mal erkämpfen, sonst wird dieses Szenario nichts."

Luis' Augen wurden daraufhin schmal, aber sie schob ihn bloß unbeeindruckt von sich und kippte den restlichen Kaffee hinunter, ehe sie aufstand.

Thea streckte sich genüsslich, wobei das graue T-Shirt hochrutschte und etwas mehr von der roten Boxershorts zeigte. Ja, *dieses* graue Shirt und *diese* rote Boxer, *seine*. Sie waren immerhin bequem …

Als sie eine Bewegung hinter sich hörte und gleich darauf Hände an ihrer Hüfte fühlte, spannte sie sich sofort kampfbereit an, aber da Halira sie nicht warnte und sie gleich darauf merkte, dass es Luis war, entspannte sie sich wieder. Der Trottel war zwar stärker als sie, aber tun würde er ihr nichts.

Allerdings konnte er sie problemlos festhalten und genau das tat er jetzt auch, einen Arm um ihre Taille geschlungen und die andere Hand fing ihre Handgelenke ein. Verdammt! Sie sollte endlich aufhören, den Idioten zu unterschätzen!

„Diesen Platz zu kriegen, wird ein langer Kampf, wohl wahr“, gab Luis zu, flüsterte dann aber so nahe an Theas Ohr, dass sie seine Lippen an ihrer Haut fühlte. „Aber er ist schon längst entschieden.“

„Ach ja?“, knurrte sie, zumindest hätte sie es gern, aber scheiße, selbst für sie klang es mehr nach einem Schnurren. Schließlich war es zwar nervig, nicht das Sagen zu haben, aber irgendwie war es auch mal nett, einen Mann zu haben, den sie nicht einfach so herumschubsen konnte … irgendwie.

„Si, querida“, bestätigte er bloß leise und ihr lag eine kaltschnäuzige Erwiderung auf der Zunge, weil er schon wieder diesen blöden Namen benutzt hatte. Aber diese Erwiderung blieb ihr im Hals stecken, als er seine Lippen in einem heißen und eindeutig hungrigen Kuss auf die Haut unterhalb ihres Ohres drückte. Thea atmete scharf ein, als Luis sie leicht biss, aber verdammt nein, nicht weil es unangenehm gewesen wäre …

Ein durchdringendes Piepsen ließ sie zusammenfahren wie ein kleines Mädchen an Halloween.

„Shit“, zischte sie sauer und hörte gleichzeitig Luis’ enttäuschtes Stöhnen. Er lehnte seine Stirn an ihre Schulter, dann erklärte er: „Das ist das Backrohr, die Pizza ist fertig.“

„Was machst du dann noch hier?“, scherzte Thea und war selbst erstaunt, dass ihre Stimme nicht verriet, wie sehr ihr Herz gerade galoppierte. Scheiße, vermutlich konnte er es ohnehin hören.

„Los, verschwinde schon in die Küche!“, forderte sie ihn grinsend auf. „Wenn du mein Frühstück verkokelst, brauchen wir über den Platz in meinem Bett gar nicht mehr zu diskutieren."

Gleich im nächsten Moment biss Thea sich auf die Zunge, denn das hatte ja mal ganz anders geklungen, als sie es geplant hatte. Und bei Luis war es genau falsch angekommen, das zeigte deutlich sein Lachen, das durch seine Brust rumpelte. Ebenso, dass er sie noch ein bisschen fester an sich zog, bevor er tatsächlich in die Küche ging. Mit Halira immer noch auf seiner Schulter … Verräterin!

Grummelnd zog Thea sich die Sachen an, die sie gestern einfach auf den Boden hatte fallen lassen, fand sie nun aber ordentlich zusammengelegt auf dem Nachtkästchen vor. Luis musste ihr Zeug schon wieder gewaschen haben, der Spinner.

Bevor sie das Schlafzimmer verließ, überprüfte sie noch, ob ihre Pistolen auch da waren, wo sie sein sollten. Ja, alles paletti. Dann schnappte sie sich die Tasse und gesellte sich zu Luis in die Küche, wo sie sofort auf die Kaffeemaschine zusteuerte. Sie goss sich erneut ein und schnupperte an dem schwarzen Gold, da hörte sie Luis lachen: „Vergiss es, Prinzessin, da kommst du nicht dahinter. Mein Geheimnis hat seinen Preis."

Sie verdrehte bloß die Augen und setzte sich mit Kaffee bewaffnet an den Tisch, wo ein Stapel Papier lag. Neugierig zog sie diesen heran und Luis sah über die Schulter zu ihr, schnitt dann aber weiterhin die Pizza auf, während er sie wissen ließ: „Das ist die Ausarbeitung deines Kumpels. 50 Seiten."

„Autsch", brummte Thea bloß und beschloss, sich Bens Essay erst reinzuziehen, wenn sie noch was anderes als Kaffee im Magen hatte. Luis gluckste bloß und stellte ihr dann einen Teller unter die Nase mit einem eckigen Stück Pizza. Wer schnitt Pizza schon eckig auf?

Halira gab ihr die Antwort und sprang von seinem Arm hinunter auf den Tisch. Da wandte Thea sich an ihn: „Du hast die Pizza selbst gemacht?“

„Klar“, zuckte er mit den Schultern, als wäre das nichts Besonderes, schickte dann aber grinsend nach. „Wenn ich Tiefkühlpizza kaufe und meine Mama erfährt davon, bringt sie mich um.“

Thea schnaubte und stichelte dann: „Soso, du bist als ein Mamasöhnchen.“

Dann schnappte sie sich ihre Pizza und biss hinein. Wow, die war verdammt gut …

„Sicher doch!“, gab Luis lachend zur Antwort und schnappte sich ebenso seine Pizza, ehe er mit einer unzufriedenen Grimasse erklärte. „Glaub ja nicht, dass es als Sohn des Alphapaares reicht, nicht mehr Zuhause zu wohnen …“

Thea zog bloß fragend eine Augenbraue hoch, da zuckte er die Schultern und scherzte: „Zerbrich dir aber bloß nicht dein hübsches Köpfchen, Prinzessin. Vermutlich will sie gar nicht wissen, was wir hier so treiben.“

Daraufhin wackelte er auch noch anzüglich mit seinen Augenbrauen und Thea war versucht, ihm irgendwas an den Kopf zu knallen, ließ sich aber von der Pizza besänftigen. Scheiß auf Tiefkühlpizza, das hier war wesentlich besserer Stoff!

Luis lehnte sich ihr gegenüber genüsslich in seinem Sessel zurück und das zeigte Thea nur, dass auch er mitbekommen haben musste, wie gut zumindest seine Kochkünste bei ihr ankamen.

„Schmeckt's?“, fragte er auch noch so verhasst selbstzufrieden. Thea gönnte ihm diesen Triumph sicher nicht und meinte bloß: „Besser als trockenes Brot.“

Allerdings konnte sie ihn damit nicht beleidigen, er lachte bloß dunkel und lächelte sie weiterhin an. Na, sollte er doch.

„Hast du dir das Zeug wirklich durchgelesen? Alles?“, fragte sie ihn und nickte zu dem Stapel Papier von Ben, während sie einen Schluck Kaffee nahm.

„Ja …“, stöhnte Luis auf und sie konnte nicht anders, sie kicherte. Scheiße, sie konnte sich gut vorstellen, in welchem geschwollenen Ton Ben seine Abhandlung verfasst hatte, schließlich kannte sie ihn nun doch schon ein paar Jahre. Mit ein Grund, warum sie sich diesen Scheiß nicht hatte antun wollen.

„Und? Was steht drin?“, fragte sie um einen Bissen Pizza herum. Luis plusterte sich erst einmal die Wangen auf und seufzte: „Was steht nicht drin? Die Farbe meiner Boxershorts allerhöchstens.“

„Schwarz“, riet Thea, bevor sie ihr Mundwerk aufhalten konnte. Luis grinste schelmisch und meinte dann: „Fast. Willst du's rausfinden?“

Nette Vorstellung, Luis nur in Boxershorts, aber dennoch gab sie zurück: „Nein, ich will wissen, was da drin steht.“

Er atmete durch, dann fing er an: „Eins muss man diesem Ben lassen, er ist gründlich. Er hat einiges über Hexen zusammengetragen, noch viel mehr über die Glyphe und Eide zwischen Menschen und Dämonen, etwas über die unterschiedlichsten Dämonen und sogar Theorien über deine Herkunft.“

Theas Hand zuckte zu ihren kleinen Hörnern, ohne dass sie es hätte verhindern können. Sie hatte sie erst in der Pubertät bekommen, damals, als sie schon ein paar Jahre lang in Barrys Obhut gewesen war. Er hatte ihr auch nicht sagen können, warum sie die hatte, und lange Zeit war es ihr auch scheißegal gewesen … aber jetzt wollte sie es wissen.

„Und was sind das für Theorien?“, fragte sie rau, scherte sich aber nicht großartig darum, dass Luis ihre Anspannung bemerken würde. Er hatte schon Schlimmeres von ihr gesehen.

„Einige“, gab er schulterzuckend zu, biss noch mal von seiner Pizza ab und erklärte dann weiter. „Er ist sich nur sicher, dass du von einem Dämon abstammst, das war’s aber auch schon.“

„Besten Dank“, murmelte Thea, denn darauf war sie auch allein gekommen.

„Aber der Rest ist ziemlich informativ. Wenn auch langatmig“, holte Luis sie aus ihren düsteren Gedanken zurück. „Das meiste, das er über Hexen herausgefunden hat, stammt wohl aus den Annalen seines Großvaters, oder was auch immer Horace für ihn ist. Scheinbar gab es da mal eine Hexe im Bett des alten Vampirs.“

„Ja, weiß ich. Was Interessantes dabei?“, wollte Thea die Sache abkürzen und Luis zuckte die Schultern. Ganz nebenbei schnappte er sich ihre Tasse und füllte sie ungefragt wieder mit Kaffee, richtete sich auch einen und meinte: „Nicht wirklich. Klar, sie können Zauber wirken, aber nur mit ihren Vertrauten zusammen und eigentlich weiß man gar nicht, was sie alles können.“

Daraufhin brummte Thea nur etwas Unbestimmtes und Luis stellte ihr ihren Kaffee hin, wobei er meinte: „Hätte ich dir aber auch sagen können, schließlich verrät sogar Nana uns ‚Nichtwissenden‘ zumindest so viel. Und dir erst recht.“

Sie hob eine Augenbraue, sagte aber nicht mehr dazu, sondern wechselte das Thema: „Was ist mit der Glyphe?“

„Da wird’s hässlich“, gab Luis zähneknirschend zu und als sie ihm auffordernd zunickte, musste der blöde Mistkerl Zeit schinden, indem er ach so theatralisch Kaffee trank.

„Mach schon!“, forderte Thea ihn harsch auf. Er schindete weiter Zeit, indem er da das Gesicht verzog, dann erklärte er: „Ben muss echt alles durchforstet haben, was es gibt. Er hat sogar Quellen dazu geschrieben, aber was soll's. In der Kurzfassung sieht es so aus: Es gibt keine Möglichkeit, diesen Eid zu brechen. Entweder, er wird erfüllt oder er erlischt mit der Zeit. Wenn's wahr ist, dann musst du nur deinen Geburtstag überstehen und alles ist in Butter.“

Thea wollte diese Frage nicht stellen, wollte die Antwort eigentlich auch gar nicht wissen. Aber sie musste, also zwang sie sich dazu und ärgerte sich, wie dünn ihre Stimme dabei klang: „Und wenn was schiefgeht?“

Was genau das heißen würde, wussten sie beide. Trotzdem überraschte es Thea doch, dass Luis die Hände zu Fäusten ballte und tief in seiner Kehle grollte bei der Vorstellung. Seine Stimme klang immer noch mehr wie ein Knurren, als er letztlich sprach: „Dann kann an Samhain jeder beschissene, dahergelaufene Dämon einen Treffer landen!“

Keine nette Vorstellung.

Luis lachte schnaubend, wohl um sie beide zu beruhigen, und schickte mit einem schiefen Grinsen nach: „Ansonsten solltest du dich aber trotzdem vor ein paar Dämonen und sonstigen Viechern in Acht nehmen. Alles, was mit Menschen kompatibel ist, kann auch so Vater werden. Werwölfe zum Beispiel.“

Thea funkelte ihn aus schmalen Augen an, doch er grinste bloß weiterhin. Das war ihr zu blöd, also fragte sie ihn: „Was hat Ben noch geschrieben?“

Er sah sie weiterhin lächelnd an und antwortete erst verzögert, dann aber mit einem verschmitzten Grinsen: „Er hat dir einiges zusammengestellt über verschiedenste Dämonen. Wo ihre Schwachstellen liegen, wie man sie am besten bekämpft, was an ihnen gefährlich ist … Der ganze Mist eben. Und er hat sogar Werwölfe drin."

„Lass mich raten", feixte Thea. „Gefährlich sind ihre Kochkünste und ihre Schwachstelle befindet sich zwischen ihren Beinen, wie bei jedem Mann?"

Luis lachte schallend, dann aber runzelte er die Stirn und meinte: „Hey, so schlecht ist meine Pizza auch nicht."

„Hab' ich auch nie behauptet", gab Thea zurück, erklärte es aber nicht weiter. Doch Luis murmelte ernst: „Du solltest es lesen. Verdammt viel davon stimmt. Sogar zu viel für meinen Geschmack."

„Ben ist eben gut", gab sie schulterzuckend zur Antwort und Luis verzog das Gesicht. Dann jedoch drehte er sich zur Uhr an der Wand um und meinte: „Komm, Prinzessin, wir sollten los. Dein Termin in Chinatown ist in einer halben Stunde."

„Aha", brummte sie unbeeindruckt. Da bot Luis grinsend an: „Du kannst dir gern ein Stück Pizza als Proviant mitnehmen."

Das ließ Thea sich nicht zweimal sagen. Angezogen war sie ja schon und ihr Haar war schnell geflochten, damit fehlten nur noch ihre Stiefel und sie war bereit zum Aufbruch. Mit der Pizza in der Hand und Halira in ihrer Hosentasche verließ Thea die Wohnung und steuerte bereits auf den Aufzug zu, ehe sie sich doch eines Besseren besann. Wer wusste schon, was Luis in einer kaum 2 mal 2 Meter-Kabine so einfallen würde, Termin hin oder her?

Nein, dafür hatten sie keine Zeit – und eigentlich wollte sie das ja auch gar nicht, wie sie sich mehrmals vorsagte - also nahm Thea die Treppe, ohne auf Luis zu warten. Als er auf der Straße neben ihr stand, fragte sie ihn: „Wohin gehen wir eigentlich?“

Shit, sie verließ sich viel zu sehr auf diesen Typen! Und er hatte die Antwort ja auch prompt parat: „Nach Chinatown zu einem Apotheker namens Ha … Hui … ach, keine Ahnung, irgend so ein chinesischer Zungenbrecher halt, aber die Adresse hab ich hier notiert.“

Thea warf einen Blick auf den kleinen Fetzen eines Zettels und nickte, denn sie kannte den Weg dorthin, auch, wenn sie nicht oft nach Chinatown ging. Es war nicht weit, also ging sie einfach los, gleichzeitig mit Luis, der sich immer wieder umsah, um irgendwelche Gefahren zu erkennen. Sie wusste, dass er genau das tat, denn sie tat es auch.

Es waren noch viele Menschen unterwegs, denn die Rushhour war noch nicht einmal zur Gänze vorbei, und die Straßen waren erleuchtet von den zahlreichen Straßenlaternen. Kein Dämon würde es hier an sie heranschaffen, das wusste sie, aber Chinatown war da … anders. Was auch immer dieses verdammte Viertel an sich hatte, Thea fühlte sich unwohl, sobald sie in seine Nähe kam, und konnte dieses Gefühl erst wieder abstreifen, wenn sie wieder weit weg war. Es war immer schon so gewesen.

„Kennst du die Adresse?“, erkundigte sich Luis und holte sie damit aus ihren Gedanken. Thea brauchte einen Moment, bis sie zurückgab: „Ich weiß, wo das ist, aber nicht, was dort ist. Eine Apotheke halt. Trotzdem, könnte alles sein.“

„Allerdings“, grollte Luis daraufhin. Zur Antwort lachte sie, während sie um eine Ecke bogen: „Was denn, glaubst du, Ben liefert mich ans Messer?“

Luis sah sie wortlos von der Seite an, aber in seinen Augen lag unterdrückte Wut. Dieser Spinner glaubte das doch nicht wirklich?

Nun selbst sauer verpasste Thea ihm einen Schlag gegen seine Schulter, obwohl sie wusste, dass er Luis nicht im Geringsten weh tun würde.

„Hey!", beschwerte er sich trotzdem. Da erwiderte Thea ungehalten: „Du kannst über Ben denken, was du willst, aber glaub' ja nicht, er würde Scheiße bauen! Dafür ist er viel zu genau."

Luis blieb plötzlich stehen und so starrten sie sich mitten auf dem Bürgersteig durchdringend an, nur noch eine Gasse von dem Tor nach Chinatown entfernt. Thea verengte ihre Augen, denn sie hatte keine Ahnung, was dieser Werwolf nun schon wieder hatte, da legte er den Kopf schief und nickte dann. „So ist das also."

Damit ging er einfach weiter und Thea war für einen Moment zu baff, um ihm zu folgen. Dann aber holte sie ihn ein und schnappte sich seine Schulter, ihn grob zu sich drehend. „Wie ist was, Flohschleuder?"

Er grinste schief und erklärte dann mit einem Schulterzucken: „Ich schätze meine Nana, du schätzt ihn."

„Verdammt richtig!", stimmte Thea zu und sein Grinsen wurde breiter. Bis Luis sichtlich höchstzufrieden mit sich selbst einen Schritt zu ihr trat und ihr zuflüsterte: „Du schätzt ihn, aber mehr ist da nicht."

Dieser Scheißkerl hatte echt den Nerv, sowas rauszuhauen und dann mit einem fröhlichen Grinsen auf der Fresse weiter zu stolzieren! Thea war viel zu überrascht, schon wieder, als dass sie gleich hätte reagieren können. Trotz Haliras mehrfacher Aufforderung, endlich weiterzugehen, stand sie immer noch da, wie bestellt und nicht abgeholt, als Luis sich zu ihr umdrehte und feixte: „Was denn, hast du Wurzeln geschlagen, querida?"

„Halt's Maul!", fauchte sie ihn an und eilte mit großen Schritten an ihm vorbei. Zum Teufel mit ihm, sie hatte Halira, ein paar Schriftrollen und ihre Waffen dabei, sie brauchte ihn nicht. Gerade eben wollte sie Luis wirklich loswerden. Schließlich lachte der Bastard auch noch!

Schwungvoll bog Thea um die Ecke und sah vor sich das kunstvolle Tor aufragen, das den Eingang nach Chinatown markierte. Und verdammt, sie konnte das Viertel schon riechen. Sojasauce, überall Sojasauce in der Luft, durchsetzt mit Bratfett und Knoblauch. Thea verzog angewidert das Gesicht, denn irgendwie ließ ihr dieser Geruch die Galle aufsteigen.

„Was ist denn, Prinzessin?", fragte Luis grinsend nach. „Sag' bloß, asiatisch auf Pizza hält dein sensibler Magen nicht aus?"

„Mistkerl …", grollte sie schwach und versuchte, den Geruch zu ignorieren, aber vergebens.

„Die Restaurants hier sind wirklich gut", ließ Luis sie vergnügt wissen. „Wir könnten mal hier essen gehen."

„Du würdest ja echt alles runterschlingen, Wolf", würgte Thea hervor. Obwohl sie eigentlich gar nicht reden wollte. Ihr Gegenüber meinte lachend: „Auch wieder wahr. Mal ehrlich, Hühnerfußsuppe hat schon was."

Allein bei dem Gedanken drehte sich ihr der Magen um und sie musste sich einen Moment an einem nun leeren Marktstand abstützen, an dem tagsüber aberhunderte, zum Teil echt seltsame Waren angeboten wurden, schließlich lagen die Schilder mit chinesischer und englischer Aufschrift noch herum. Und obwohl sie in irgendwas Klebriges gefasst hatte, klammerte Thea sich verzweifelt fest, um nicht einfach auf peinlichste Art vornüber zu kippen. Scheiße, ihr war schlecht. Und auch, wenn sie in Chinatown immer Übelkeit befiel, so verdammt beschissen hatte sie sich noch nie gefühlt.

„Amalthea?“, sprach jemand sie an und erst etwas verspätet und mit Haliras Hilfe ging ihr auf, dass es Luis war. „Verdammt, Prinzessin, was ist los mit dir?“

Seine Stimme war voller Sorge und sein Griff fest, als er ihre Schultern fasste, um sie aufzurichten, aber Thea schob ihn weg.

„Das ist Chinatown …“, murrte sie und versuchte, die weißen Mäuse vor ihren Augen irgendwie zu verscheuchen. „Hab’ ich immer hier.“

„Und wieso sagst du nichts?“, wollte Luis wissen, aber zur Antwort brummte sie nur unwillig, atmete beherrscht durch und richtete sich dann auf. Mit gestrafften Schultern knallte sie ihm an den Kopf: „Weil es bald wieder vorbeigeht. Aber ich komme eben nicht gern her, also bringen wir’s hinter uns.“

„Bin dafür“, sprach er leise und schaute sie prüfend an, bis sie entnervt schnaubte. Weit konnte diese blöde Apotheke ja nicht mehr sein …

„Da ist es“, meinte Luis und legte eine Hand auf ihre Schulter, um sie zu führen, allerdings streifte Thea diese gleich wieder ab. Shit, sie wollte nicht auf ihn angewiesen sein. Gut, in seiner Wohnung wäre das jetzt was anderes gewesen …

Noch bevor sie diesen durch und durch bescheuerten Gedanken beenden konnte, stieß sie übertrieben grob die Tür auf, sodass die Klingel darüber hysterisch bimmelte. Ein alter Chinese hinter einem schmalen, abgewetzten Tresen blickte sie über seine Teeschale hinweg an und für einen Moment sah Thea, wie er überrascht die weißen, buschigen Brauen runzelte. Dann jedoch änderte sich etwas in seiner Haltung und er stellte den Tee ab, erhob sich mit einer theatralischen

Verbeugung und begrüßte sie mit einem ausgeprägten chinesischen Akzent: „Guten Abend, die Herrschaften. Was kann ich für Sie tun? Ein Mittelchen für den He…“

„Lass den Touristenscheiß!“, fuhr Thea ihm harsch dazwischen. Der blöde Akzent nervte sie und all die Kräuter und … *Dinge* in den aberhunderten Gläsern in den Regalen stanken nach allerlei Zeug, das sie nicht so genau wissen wollte. Also zog sie ihren geflickten Schlapphut vom Kopf, wobei sie ihre Hörner für einen Moment entblößte, dann erklärte sie dem Chinesen: „Ben Carter hat einen Termin für mich vereinbart.“

Wiederum änderte sich die Haltung des Chinesen auf einen Schlag. Er ging nicht mehr gebückt, sondern stand aufrecht vor ihnen, legte das falsche, geschäftstüchtige Grinsen ab und erwiderte in perfektem, akzentfreiem Englisch: „Dann bitte, kommen Sie, Miss Thoran.“

Thea grollte bloß zur Antwort, während Luis sie überrascht musterte, auf ihren vernichtenden Blick hin aber bloß die Schultern zuckte und ihr folgte.

„Tee?“, bot der alte Mann ihnen an. „Feinster Bittergurkentee aus meiner Heimat.“

„Dafür sind wir nicht hier“, fauchte Thea. „Und verdammt, ich habe weder Zeit noch Lust auf diesen Mist! Was weißt du?“

„Prinzessin, das war unhöflich“, wies Luis sie mit einem schiefen Grinsen hin.

Thea schnappte: „Mir scheißegal, du Arsch. Ich will Antworten und ich will sie gleich!“

Luis sagte nichts dazu, schließlich sollte er ihre charmante Art ja bereits kennen, aber Halira war es, die mit Nachdruck betonte, dass Thea viel zu sauer reagierte. In Gedanken fuhr sie auch ihre Vertraute an, dass dieser verdammte Hund es nicht anders verdient hätte … und genau da fiel auch ihr auf, dass irgendetwas ganz und gar nicht stimmte. Scheiße …

Für einen Moment wurde Thea schwarz vor den Augen und sie musste sich irgendwo festhalten, allerdings war nur Luis in der Nähe. Der hielt sie jedoch fest, einen Arm eng um ihre Hüfte geschlungen und sie an seine Brust gedrückt, während er sie zu einem Stuhl führte und sich erkundigte: „Thea, was ist los mit dir?"

„Sie spürt den Bann", erklang die Stimme des alten Mannes, als wäre es das Selbstverständlichste auf der ganzen, verschissenen Welt.

„Wie bitte?", hakte Luis nach und auch wenn sie keine Ahnung hatte, wovon der alte Apotheker sprach, sie nickte, denn es fühlte sich richtig an. Irgendwie …

„Eines nach dem anderen, junger Mann. Wer sind Sie?", wollte der Alte wissen und Thea war versucht, ihm seinen verdammten Tee ins Gesicht zu schütten. Aber es kostete sie schon alle Kraft, überhaupt aufrecht sitzen zu bleiben. Luis antwortete, aber er ließ sie dabei nicht einen einzigen Augenblick los: „Ich bin Luis Alvarez y Mendez und das ist Amalthea Thoran, wie Sie wohl bereits wissen. Was ist mit ihr los?"

„Ihr könnt mich Harry nennen, meinen tatsächlichen Namen bekommt ihr Amerikaner ohnehin nicht zustande", erwiderte der alte Chinese vollkommen ungerührt. „Spanier", verbesserte der Werwolf ihn gleich, aber auch das kümmerte ihn kein bisschen, er stand einfach auf und ließ sie hier sitzen. Thea konnte es nicht glauben, Luis aber wohl auch nicht, denn er grollte: „Was soll d…?"

Er verstummte mitten im Satz und Thea sah zitternd auf. Er war vollkommen steif geworden, denn er hatte einen

Dolch an der Kehle. Sie hatte nicht die geringste Ahnung, woher der Typ gekommen war, der nun hinter Luis stand, aber scheiße, mit der Waffe konnte er sicherlich umgehen.

Harry sprach rasch ein paar Worte in seiner Sprache und schon war die Klinge fort. Luis wirbelte herum, da fügte er an: „Verzeiht meiner Enkelin, sie achtet gewissenhaft auf mich."

Luis war offensichtlich baff, dann aber nickte er der zierlichen Chinesin zu und murmelte: „Ja, hab' ich gemerkt."

„Geduldet euch, ich hole nur eine Arznei für Miss Thoran. Freundet euch doch solange an, ja?", meldete Harry sich fröhlich zu Wort. Nicht mal annähernd halb so fröhlich stellte sich seine Enkelin vor: „Ich bin Mei, aber ihr könnt May sagen."

Um ehrlich zu sein, hatte Thea nicht den geringsten Unterschied zwischen diesen beiden Namen gehört, aber was machte das schon?

„Freut mich", brachte Luis hervor, aber der Sarkasmus entging Thea nicht, obwohl sie sich wirklich mies fühlte. May verzog sich wieder in die Ecke, in der sie vorhin wohl Wache gehalten hatte, und Thea dachte zynisch bei sich, dass sie so sicher keine Freunde werden würden, da kehrte Harry zurück. Er hielt einen Mörser in der Hand, der Stößel noch in dem Gefäß und was auch immer er da hatte, es stank bestialisch. Theas Magen rebellierte, aber Halira spürte irgendetwas, das sie ganz hibbelig machte.

Luis verzog auch angewidert das Gesicht und hielt sogar eine Hand vor Mund und Nase, da leerte der Alte etwas Öl in den Mörser und forderte sie auf: „Trink das."

„Sicher nicht", mischte sich Luis sofort ein und trat auf Harry zu, allerdings hatte er postwendend wieder einen Dolch an der Backe.

„Schon gut“, brummte Thea und nahm die schwere Schale, schließlich hatte ihre Vertraute nichts dagegen, also würde es schon passen. Zu ihrer Schande musste Harry ihr helfen, weil sie den Mörser kaum allein halten konnte, aber sie würgte das bitter schmeckende Öl hinunter und trank dann auch noch widerstandslos die angebotene Tasse Tee. Die schmeckte zwar auch beschissen, aber besser als dieses komische Zeug.

Überraschend schnell fiel ihre Übelkeit und Schwäche von Thea ab und sie fühlte sich wieder wohl, also scherzte sie: „Es geht mir besser, Harry, aber ehrlich, wenn das pulverisierte Tigerpimmel oder so waren, versohl’ ich dir trotzdem den Hintern.“

Der alte Chinese kicherte leise, aber seine wohl echt verklemmte Enkelin machte einen Schritt in Theas Richtung.

„Nein, keine Sorge, das war nicht darin. Aber sonst so ziemlich alles, was meine Apotheke hergibt“, erklärte Harry belustigt. Thea schüttelte den Kopf, dann hakte sie nach: „Warum?“

„Weil du hier nicht erwünscht bist, Kind“, meinte er kurz angebunden. Sie glaubte, sich verhört zu haben: „Was?“

Er lachte leise und setzte sich seufzend wieder ihr gegenüber, ehe er fortfuhr: „Nun, weniger du bist unerwünscht als dein Blut. Du stammst aus einer Dynastie, die vor Jahrhunderten aus China vertrieben wurde. Dieser Bann wirkt auch in Chinatown, überall, wo China lebendig ist, denn er schützt unser Volk. Was du zuvor gespürt hast, waren die Auswirkungen dieses Bannspruches.“

Thea stand der Mund offen und ihre Finger zuckten zu ihren Hörnern, was Harry nicken ließ. Sie stammte wirklich von einem Dämon ab … und er wusste von welchem! Und außerdem hatte er das vorher schon gewusst!

„Warum sagst du mir das erst jetzt?“, grollte sie wütend und lehnte sich zu dem alten Chinesen. „Du Mistkerl, das hätte mich umbringen können!“

„Hätte es nicht“, verneinte er ungerührt. Dann meinte er noch: „Abgesehen davon war ich mir nicht sicher, ob du tatsächlich aus dieser Dynastie stammst. Nun aber ist der Beweis erbracht, zweifelsfrei.“

Na, toll, dass wenigstens er sich darüber freuen konnte …

„Sei froh, dass deine Mutter ein Mensch war“, fügte er ernst an. „Wäre dein Vater in unser Land eingedrungen, er wäre auf der Stelle gestorben.“

„Nett“, kommentierte Thea unbeeindruckt. „Aber sicher effektiv. Warum genau ist meine Verwandtschaft hier unten durch?“

Harry strich sich durch den schütteren Spitzbart an seinem Kinn, den er wohl auch nur wegen der Touristen so stutze, und erklärte dann: „Ich kann dir nicht alles sagen, denn das würde zu lange dauern und Bennet hat mich vorgewarnt, dass du ungeduldig bist.“

Thea lachte, aber im Stillen dankte sie Ben. Wenn Harry auch nur annähernd so langatmig erzählen könnte wie er, hatte Ben ihr mit dieser Warnung vermutlich das Leben gerettet. Oder ihm …

„Dann gib mir die Kurzfassung“, forderte Thea ihn mit einem Nicken auf, schließlich wollte sie ohnehin nicht mehr. Harrys Blick zuckte einen Moment zu Luis und als wäre es ihm ein Zeichen gewesen, setzte er sich auf den Stuhl neben sie, wobei er einen besorgten Blick in ihre Richtung warf. Shit, fehlte ja nur noch, dass er ihre Hand nahm …!

„Jeder weiß, dass in der Mythologie unseres Landes Drachen vorkommen, das muss ich ja wohl nicht einmal einem

Spanier erklären." Thea gefiel, wie trocken und doch nachdrücklich der Alte Luis damit eins reinwürgte und dieser verengte auch prompt die Augen, aber das kümmerte Harry kein Stück. „Allerdings ist es nicht ganz so bekannt, dass die Zahl neun eine wichtige Rolle spielt. Drachen vereinen Teile von neun Tieren in sich und sie zeigen neun wichtige Stellen in ihrem Körperbau. Außerdem beherrschen sie Wasser und Wetter."

An dieser Stelle machte er eine lange Pause, sodass Thea der Geduldsfaden riss: „Und? Was soll das heißen?"

Er strafte sie mit einem Blick, den man sonst wohl nur ungeduldigen Kleinkindern zuwerfen würde, aber es war ihr egal, sie wollte nur Antworten.

„Einmal, vor vielen Jahren, gab es einen Drachen, der die Eigenschaften von zehn Tieren in sich vereinte, zehn Merkmale aufwies. Niemand weiß, woher er kam, doch er war nicht aus China, das stand fest. Er dachte, dies würde ihn über alle anderen erheben."

Thea tauschte einen Blick mit Luis, der auch nicht mehr zu kapieren schien als sie selbst, dann aber hüpften seine Augenbrauen nach oben, im gleichen Augenblick, in dem Halira mental dieselbe Geste vollführte. Klar, nur Thea blieb mal wieder auf der Strecke, scheiße!

„Was?", fauchte sie in die Runde. Sie hatte es als letzte noch immer nicht kapiert, also erklärte Harry mit einem tiefen Atemzug: „Dieser Drache trägt den Namen ‚Blutdrache', denn er hat in seinem Bestreben, der Herrscher über alles zu werden, viel Blut vergossen. Die anderen Drachen ließen sein Wüten nicht lange bestehen und er wurde schwer verletzt, vertrieben und verbannt. Doch seine Magie, die ihm mehr erlaubt, als ein menschlicher Verstand jemals zu begreifen imstande sein könnte, hat ihn gerettet. Er lebt, doch er kann nicht nach China, den Ort, an dem er einst hatte herrschen wollen, ebenso wenig wie seine Nachfahren."

Langsam begann eine Vermutung in Thea zu reifen und sie runzelte nachdenklich die Stirn, aber scheiße, das konnte doch nicht wahr sein. Harry seufzte schwer und murrte dann, unzufrieden mit ihr: „Kind, es gibt mehrere Gründe, warum man dich hier die ‚Prinzessin des Blutes' nennt."

„Wie?", hakte sie nach, denn diesen Mist hatte sie ja noch nie gehört.

„Madre de Dios …", flüsterte Luis überrascht und verdammt, jetzt griff er wirklich nach ihrer Hand. Thea entzog ihm diese sofort und war schon drauf und dran, noch mal eine Erklärung zu verlangen, da gab Halira ihr diese stillschweigend. Aber das konnte sie noch weniger glauben. Mit offenem Mund starrte sie Harry an, der langsam nickte, aber sie quetschte eine Frage hervor: „Welche Gründe sind das?"

Harry schüttelte nun den Kopf: „Die Glyphe, von der Bennett gesprochen hat, muss durch ein Opfer in dich gebrannt worden sein, ein Opfer des Blutes. Dämonen wollen dich finden, denn sie können durch dich ihr Blut weitergeben … und du bist ein Kind des Blutes."

Sie verstand ihn wohl, aber sie wollte es immer noch nicht glauben.

„Daddy war also ein Drache, oder wie?", scherzte sie, hörte aber selbst, wie nahe an der Hysterie ihre Stimme klang. Allerdings nur, weil ein Teil von ihr das doch glaubte. Scheiße, nein. Thea schob den Mist beiseite und stand auf, tigerte in dem kleinen Raum auf und ab und fluchte aufs Derbste. Ruckartig blieb sie stehen, starrte Harry an und zählte an ihren Fingern ab, wobei sie sämtliche seiner Versuche, sie zu unterbrechen, einfach niederredete: „Ich bin also ein Halbdrache, eine verkappte Hexe, die an ihrem Geburtstag von zwei dämonischen Arschlöchern zweckgewidmet wurde, ich wurde von einem Insektendämon großgezogen, von einem alten Schotten ausgebildet, von dem ich nicht mal weiß, *was* er war außer ein Hutfetischist und jetzt … Scheiße, nein, so viele beschissene Zufälle *kann* es gar nicht geben, du verarschst mich!"

Harry schüttelte den Kopf, als hätte sie das Offensichtliche nicht gerafft. Luis sah sie lange an, irgendetwas in seinen Augen, das zwischen Unruhe und Sicherheit schwankte, ehe er flüsterte: „Vielleicht war das alles kein Zufall, querida."

„Das waren mit Sicherheit keine Zufälle!", erklärte Harry nachdrücklich, indem er seine Faust auf den Tisch hieb und fixierte dann Thea. „Denkst du, ein Jahrhunderte alter Drache überlässt es dem Zufall, mit welcher Frau er ein Kind zeugt? Nein. Du warst geplant, alles in deinem Leben war geplant."

„Ach ja?", hakte Thea nach, wobei Wut sie flutete, die sie bisher nicht gekannt hatte, sodass ihr Herz raste und sie keuchte. „Weißt du was? Die können mich mal kreuzweise. Scheiß auf meine verlorene Magie, auf diesen beschissenen Soldateneid! Ich mach da nicht mit und es ist mir scheißegal, wem ich damit ans Bein pisse. Auch, wenn es Daddy ist!"

Thea atmete schwer in ihrem Zorn, aber Halira unterstützte sie, das konnte sie fühlen. Und als sich auf Luis' Lippen ein stolzes Grinsen ausbreitete, schüttelte Harry kichernd den Kopf.

„Was?!", knurrte sie. Harry brauchte Zeit, seine Belustigung niederzuringen, dann erklärte er: „Deinem Vater hätte diese Ansprache sicherlich gefallen."

„Toll, freut mich für ihn", murrte Thea, da horchte Luis plötzlich auf. Er versteifte sich, legte den Kopf schräg und sprang gewandt auf. So schnell hatte sie ihn seinen Dolch noch nie ziehen sehen, aber auch ihre Waffen waren in ihren Händen, bevor sie nachdachte, denn, wie ihr jetzt aufging, sie vertraute ihm blind. Auch May war bewaffnet und stieß sofort zu ihnen, aber nicht, um sie beide anzugreifen, sondern sie sah aus dem Fenster. Und fluchte gleich mal derb auf Chinesisch.

Da sie sich dann auch noch in derselben Sprache an ihren Großvater wandte, schob Thea sie zur Seite und sah selbst nach. Allerdings konnte sie im ersten Moment auch nur fluchen: „Scheiße!“

Dann aber wandte sie sich an Luis, der allerdings gleich dicht hinter ihr stand, um auch aus dem Fenster zu sehen: „Mach dich bereit, das sind locker zwölf Malacies-Dämonen.“

„Mist“, fluchte nun auch Luis. Sie konnte ihm nur zustimmen: „Ja, ich hoffe, dein Zahnstocher hier ist gewetzt.“

„Hier“, erklang Mays Stimme und sie drückte dem Werwolf noch einen Dolch in die Hand. „Nimm die Schmetterlingsklingen, ich nehme das Dao.“

„Vergiss die Taschenmesser“, schnaubte Luis und legte auch seinen Dolch weg, ehe er begann sein Hemd aufzuknöpfen. Theas Blick blieb einen Moment an seiner Brust hängen und verdammt, das musste ihm natürlich auffallen. Zu ihrer Beruhigung schaute auch May etwas genauer hin, obwohl die sonst ja gar keine menschliche Regung hatte erkennen lassen. Sie schaffte es erst, etwas zu sagen, als Luis seinen Gürtel öffnete: „Was …?“

„Lass ihn, Mei“, meinte ihr Großvater ungerührt. „Er ist selbst eine Waffe.“

„Allerdings!“, scherzte Luis und wackelte anzüglich mit den Augenbrauen, was Thea lachen ließ, aber sie hustete gleich darauf, denn beißender Rauch strömte in ihre Lunge. Hatten die Scheißkerle etwa das Haus angesteckt?

Hektisch sah sie sich um und entdeckte Harry, der über eine Schale voller glimmender Kräuter gebeugt einige Worte murmelte. Sie wollte ihn nicht unterbrechen, aber langsam würden sie sich den Dämonen entgegenstellen müssen, denn die Hornklingen, die sie statt Händen an ihrem zweiten Paar Armen besaßen, konnten auch durch Beton schneiden. Das Haus war also keineswegs sicher.

Ein lautes Fauchen ertönte von draußen und obwohl Thea sicher war, dass es nicht von den Malacies stammte, zuckte sie zusammen. Doch Harry erklärte: „Die Fuu-Löwen werden uns helfen."

„Wer?", hakte Thea nach, da bekam sie ihre Antwort. Mit schweren Schritten trat ein massiger goldener Körper durch die Türöffnung und sie erkannte eine der beiden Statuen, die vor dem Haus Wache gehalten hatten. Shit, sie hatte die Viecher überall schon gesehen, wo es auch nur entfernt eine Verbindung zu China gab, aber sie hätte nie gedacht, dass sie tatsächlich Wachen wären.

Die Statue, die sie nur entfernt an einen Löwen erinnerte und mehr an einen Hund, legte ein goldenes Bündel in Harrys Arme, einen Welpen, der zuvor unter ihrer Tatze gewesen war, wie bei fast jeder dieser Statuen. Der alte Chinese verbeugte sich, wie es auch der Fuu-Löwe tat und sprach: „Ich wache über dein Kind, wie du über die meinen wachen wirst. Danke."

Damit wandte der Löwe sich um und fixierte mit einem leisen, metallisch nachhallenden Grollen die Eingangstür. Harry drängte: „Sie wird hier bleiben, doch ihr Gefährte stellt sich den Dämonen. Hier, nehmt das und helft ihm!"

Damit drückte er seiner Enkelin ein paar Dinger in die Hand, die Thea nicht erkannte, aber sie scherte sich auch nicht groß drum, sie stürmte mit May nach vorn und ignorierte Luis' missmutiges Knurren. Der wollte wohl, dass sie hierblieb, aber sie würde sich sicher nicht vor diesen Mistkerlen verstecken, sondern kämpfen. Sie war keine leichte Beute und das sollten diese Idioten auch endlich mal kapieren.

Sie hörte ihn brüllen und wusste, dass seine Verwandlung eingesetzt hatte, denn Halira fühlte die Macht, die von ihm ausging. Thea ignorierte das und sobald sie und May durch die Tür waren, leerte sie gleich einmal zwei Magazine in die Malacies, die mit ihren Klingen auf den Fuu-Löwen losgingen, ihm aber erstaunlich wenig anhaben konnten. Chinesisches Handwerk war wohl doch nicht so schlecht wie sein Ruf …

Ein dunkelbrauner Schatten sprang an ihr vorbei und obwohl sie wusste, dass es Luis war, erkannte sie ihn erst, als er sich mit seinen klauenbewährten Händen einen der Dämonen schnappte, indem er diesem einfach seine Krallen zwischen die Rippen schlug und ihn mit sich riss. Dann zerfetzte er den armen Teufel in der Luft, bevor der wusste, wie ihm geschah.

Für Thea zählte bloß, dass es nun einer weniger war, auf den sie sich konzentrieren musste, und so wandte sie sich gleich dem Nächsten zu. Malacies waren auch wirklich ekelhafte Viecher. Einer kam auf sie zugelaufen, was ein hässliches Plätschern und Schmatzen ergab, denn diese Typen lebten eigentlich am Meeresgrund.

Sie lud schnell nach und lief zur Seite, darauf bedacht, Luis und May Raum zu geben, ebenso wie dem Fuu-Löwen, aber shit, der schaffte sich seinen Raum selbst. Mit nur einem Prankenhieb fegte er gleich zwei der Dämonen von den algenbewachsenen Beinen, sodass sie mit einem überaus feuchten Klatschen auf den Boden geworfen wurden und auf diesem schlitternd eine Spur aus Algen, Wasser und Blut hinterließen. Aber die Viecher waren zäh, wie sie erneut feststellte, denn die gerade erst niedergeworfenen Dämonen sprangen behände wieder auf. Der wahnwitzige Einzelkämpfer, der nun schon so nahe bei ihr war, dass er seine Klingen in ihre Richtung schwingen konnte, ließ sich von einer Kugel auch nicht stoppen. Verdammt, Ben hatte ihr doch gesagt, wo die ihren Schädel hatten …

Ein lauter Knall lenkte sie für einen Moment ab, den Malacies allerdings auch und mehr Zeit brauchte May nicht. Mit einem raschen Streich ihrer gebogenen Klinge teilte sie das Vieh einfach in der Mitte durch, schnitt sogar durch die Hornklinge, was wirklich nicht allzu einfach war.

„Gutes Werkzeug!“, rief Thea ihr zu und grinste für einen Moment, doch die Chinesin drehte sich rasch um und ging schon auf die nächsten los.

Ein lautes Brüllen ließ Thea aufsehen.

Luis stand umringt von vier der Malacies und schlug mit seinen Klauen nach ihnen, aber allein konnte er sich nicht gegen alle verteidigen. Und May eilte zu dem Fuu-Löwen, der selbst mit sechs von den Mistkerlen nicht die geringsten Probleme hatte, abgesehen davon, dass er sie bisher nicht hatte zerschneiden oder zerbeißen können. Das war aber das einzig Effektive gegen die Viecher, denn ihr Inneres bestand nur aus fauligen Algen und fing Schläge ab. Zumindest rochen sie so und der salzig-faulige Gestank zwickte Thea in der Nase.

Sie verschoss ein weiteres Magazin, um Luis zu helfen, aber das beeindruckte die Malacies wenig, schließlich versumpften die Kugeln irgendwo in dem Algentümpel. So waren ihre Schusswaffen nutzlos.

Fluchend stopfte Thea eine wieder in ihr Oberschenkelholster und kramte in ihrer Hosentasche nach einer Schriftrolle, allerdings merkte sie gleich, dass sie dafür keine Zeit hatten. *Luis* hatte keine Zeit dafür.

„May, hilf mir!“, rief sie und zu ihrem Glück reagierte die zierliche Chinesin und ließ den Fuu-Löwen mit seinen nunmehr vier Dämonen allein. Als May zu ihr sah, nickte sie zu dem brüllenden Werwolf, der schon einige Schnitte davongetragen hatte, sich aber verbissen wehrte mit Klauen und Zähnen und zwei Metern wütendem Werwolf. Aber das würde nicht reichen.

May stimmte ihr wortlos zu und rannte zu einem Sonnenschirm, der vor dem Restaurant neben der Apotheke ihres Großvaters stand. Was sie damit wollte, ging Thea erst auf, als die Chinesin rasch den eigentlichen Schirm fortriss und ihr dann ein Ende der langen Stange hinhielt. Thea schüttelte ungläubig den Kopf, denn das konnte ja nie klappen, aber sie mussten Luis helfen.

Als der gerade ein weiteres, schmerzerfülltes Brüllen ausstieß und Halira sie zum Handeln drängte, dachte sie nicht weiter darüber nach und schnappte sich die Stange. Sie war bei Weitem nicht so schwer, wie sie gedacht hatte, aber trotzdem lief sie gleichzeitig mit May los.

„Luis, runter!“, schrie sie ihn an und er starrte sie schwer keuchend für einen Augenblick an, sein Fell schon von Blut verklebt, dann aber sprang er über die gedrungenen Gestalten der Malacies hinweg und landete einige Meter weiter neben

Thea. Nun schoben sie die Stange in rasantem Tempo zu dritt gegen die vier Dämonen und rannten diese einfach um.

Das würde sie nicht lange aufhalten und Thea spürte bereits, wie das schwere Metall in die Körper hineingedrückte wurde. Sie würden nicht viel Zeit haben, aber sie brauchten auch nicht lange.

May schnitt mit ihrem Dao quer durch die Schultern des einen, der daraufhin formlos zerfloss, Luis rammte gleich bei zwei Malacies seine Krallen grob in die Gegend, wo man bei einem Menschen das Kinn vermutet hätte, und riss mit einem tiefen, vibrierenden Knurren ruckartig daran, sodass je ein feuchter Klumpen Fleisch und Algenmasse fortgeschleudert wurde. Da anschließend die Bewegungen der beiden Dämonen verebbten, war das wohl tödlich gewesen. Thea trat nach dem Bauch des Dämons neben ihr und erst, als sie einen Widerstand spürte, wurde ihr klar, dass sie ganz automatisch nach dem Nervenzentrum des Viehs gesucht hatte.

Sie zog ihren nun schlammigen Stiefel zurück und jagte eine Kugel in das feucht glänzende, weiße Etwas im Bauch des Dämons, das aussah wie Fischlaich, woraufhin der Malacies ebenfalls einging.

May rief dem Fuu-Löwen etwas zu, das Thea nicht verstand, da es Chinesisch war, aber als der daraufhin seine goldenen Pranken tief in den Bauchhöhlen der übrigen Dämonen versenkte, war klar, was sie ihm gesagt hatte.

Schwer atmend trat Thea einen Schritt zurück und wandte sich an May: „Keine schlechte Idee."

„Gutes Werkzeug", erwiderte diese und lächelte doch tatsächlich schmal. „Carbonfaser verstärkter Regenschirm."

Sie wusste ehrlich nicht, ob die Kleine sie verarschte oder das echt ernst meinte.

Ein heiseres Bellen ließ sie zu Luis sehen und als er sich wieder zurückverwandelte, wurde ihr erst klar, wie schwer er eigentlich verletzt war. Sein Fell verlor rasant an Fülle und Länge, wurde wieder zu den eher unscheinbaren Härchen, die jeder Mensch besaß und seine Lefzen wieder zu den Lippen, die Thea auch schon auf ihrer Haut gespürt hatte. Seine Augen hingegen, die von Gelb wieder zu dunklem Goldbraun wechseln würden, waren geschlossen und er stützte sich nackt, keuchend und von Schnitten und seinem eigenen Blut übersät auf dem Boden ab, wobei er abgehackt hervorbrachte: „Eins muss man dir lassen, Prinzessin des Blutes, an deiner Seite wird das Leben mit Sicherheit nicht langweilig."

„Wenn du nicht auf dich aufpasst, könnte es auch verdammt kurz werden!", fuhr sie ihn an. Daraufhin sah Luis zu ihr hoch und grinste, der verdammte Schalk blitzte in seinen Augen. „Das wollen wir natürlich nicht, immerhin hattest du ja noch gar nichts von mir."

„Ich hab schon lange genug!", grollte sie zur Antwort, doch sie wussten beide, dass es nicht der Wahrheit entsprach. Also streckte sie ihm die Hand hin und zog ihn hoch.

Bloß nicht hinsehen, Thea … zu spät. Und als ihr Blick erst mal auf seinen Schritt gefallen war, wollte er da so schnell nicht wieder weg.

„Prinzessin, du kannst dich gern daheim satt sehen", scherzte Luis und ihr Kopf ruckte hoch. „Oder auch anders satt werden."

Wieder dieses anzügliche Wackeln seiner Augenbrauen, aber sie ignorierte es und antwortete: „Du stinkst nach Algen."

„Leider", gab er zurück. „Deshalb will ich auch erst mal duschen. May?"

Sie nickte knapp und sagte: „Fragt Großvater. Ich werde mit dem Löwen die Spuren vernichten."

„Dann viel Spaß", wünschte Thea ihr zähneknirschend, denn es konnte nicht angenehm sein, diesen stinkenden Haufen Algen wegzuräumen, aber genau das hieß es jetzt, für May jedenfalls.

Luis war schon auf halbem Weg zur Apotheke, da geriet er ins Wanken und es war tatsächlich Thea, die nun einmal ihn stützte.

„Gracias, querida", flüsterte er ihr schwach zu und stützte sich schwer auf ihre Schultern. Sie schleppte ihn ins Haus und rief nach Harry, dann aber erkundigte sie sich bei Luis: „Wie schwer bist du verletzt?"

Er schnaubte bloß, während Harry entweder fluchte oder betete, als er ihn erblickte, dann antwortete Luis: „Nichts, was eine Dusche, ein Glas guten, alten Orujo de hierbas und eine Nacht an deiner Seite nicht heilen könnten."

„Spinner", murrte sie. Und fragte dann Harry: „Wo ist das Bad?"

Er nickte in eine Richtung und ging dann voran, aber Luis löste sich von ihr und meinte mit einem schiefen Grinsen: „Danke, querida, aber das kann ich allein. Und obwohl ich dich ja sonst gern in die Dusche mitnehmen würde, im Moment hätten wir da nicht viel Spaß."

„Verschwinde schon, du Arschloch", stieß Thea ihn voran und schüttelte den Kopf. Trotzdem erwischte sie sich dabei, wie sie zu dem unordentlichen Haufen Kleidung ging, den Luis vor seiner Verwandlung hinterlassen hatte und alles aufsammelte. Grinsend stellte sie fest, dass seine Boxershorts tatsächlich schwarz war, wie sie heute Abend geraten hatte. Halira schüttelte gedanklich den Kopf, da legte Thea die

Kleidung und seine schwarzen Sneakers vor die Tür zum Bad.

Mit einem Seufzen lehnte sie sich gegen die Wand daneben und atmete tief durch. Wenn das die nächsten drei Tage und an ihrem Geburtstag auch so gehen sollte wie heute, würde sie vielleicht noch in Alcatraz um Asyl ansuchen müssen …

„Du solltest ihn suchen“, ertönte Harrys Stimme aus dem Halbdunkel des Zimmers, das der weibliche Fuu-Löwe gerade mit dem Welpen im Maul verließ.

„Wen?“, fragte Thea nach und zog eine Augenbraue hoch.

Der alte Chinese sah sie zweifelnd an, dann gab er zur Antwort: „Den Blutdrachen. Bennet wollte mir nicht sagen, was es mit der Glyphe auf sich hat, aber er hat mir verraten, dass Dämonen versuchen werden, deiner habhaft zu werden. Der Blutdrache wird nicht zulassen, dass sein Besitz von anderen in Anspruch genommen wird.“

Thea verengte die Augen und fauchte dann: „Ich bin *niemandes* Besitz und mein eigener Vater kann mich mal, wenn er glaubt, jetzt auftauchen zu müssen und irgendwas zu melden zu haben!“

Harry schüttelte den Kopf und starrte sie an, ehe er sagte: „Manchmal muss man sein Schicksal akzeptieren, Prinzessin des Blutes.“

„Ich werde aber sicher nicht das Schicksal akzeptieren, das die Shunan-Bastarde mir vor fast 29 Jahren zugedacht haben!“, grollte sie zur Antwort. Es war sinnlos, mit einem alten Mann zu diskutieren, der glaubte, sein Mehr an Lebenserfahrung würde ihn die gesamte Weisheit sehen lassen. Hölle, Thea ließ sich von niemandem etwas sagen, aber von ihm schon gar nicht.

„Hier“, sprach Harry dennoch und händigte ihr einen zusammengefalteten Zettel aus. „Solltest du dich anders entscheiden, kannst du hier vielleicht einen Hinweis finden.“

„Sicher nicht“, gab Thea zurück, aber sie wusste selbst, wie bescheuert das klang, wenn sie gleich darauf den Zettel in ihre Hosentasche steckte. Noch dazu in die Tasche, in der Halira hockte. Dort landete nur wichtiges Zeug.

Harry lächelte schmal und verbeugte sich, ehe er rückwärts das Zimmer verließ. Eine Augenbraue erhoben, blinzelte Thea mehrmals, denn wie der auf den Sohlen aus dem Zimmer gerutscht war … das hatte ja wie Ehrerbietung gewirkt. Nein, verdammt, genau das war es gewesen!

„Glaub' ja nicht, ich würde dich suchen“, brummte sie, obwohl Harrys Worte und vor allem sein Verhalten sie doch neugierig gemacht hatten. Was machte es schon? Sie hatte auch gut ohne einen Vater gelebt.

Halira protestierte, aber Thea scherte sich nicht darum. Stattdessen dachte sie noch einmal über all das nach, was der alte Chinese ihr heute verraten hatte, aber so recht glauben konnte sie es noch immer nicht. Klar, sie hatte eindeutig Magie gespürt und ihr war echt kotzübel gewesen, bevor er ihr irgendein Öl eingeflößt hatte … aber nur weil irgend so ein Bann bei ihr wirkte, sollte sie das Kind eines Drachen sein?

Ihre Hand zuckte schon wieder zu ihren Hörnern und sie nahm den Hut ab, um sie zu berühren. Der geflickte Schlapphut war ein Geschenk ihres Lehrmeisters gewesen. Der Kerl war Schotte gewesen, ihr damals als Teenager alt erschienen und es hatte sie kein Stück interessiert, wer er genau gewesen war. Aber nun fragte sie sich, was sie alles nicht wusste. Und wie viel von dem Zufall war.

Als das Rauschen der Dusche verstummte, schob sie diese Gedanken beiseite, denn sie würde sie heute nicht mehr ergründen. Stattdessen würde sie Luis ins Bett stecken, den Rest der Pizza verdrücken und Bens Essay lesen. Vielleicht ergab sich ja dabei etwas. Wenn nicht, würde sie zumindest danach gut schlafen, so langweilig, wie es sein würde.

Luis öffnete die Tür zum Bad schwungvoll und Thea sah bewusst in die andere Richtung, als sie ihn wissen ließ: „Deine Sachen liegen da."

„Danke, Prinzessin", sprach er mit einem hörbaren Grinsen. „Wie nett, dass du dich so sehr um mich kümmerst."

Verdammt, der wollte auch alles falsch verstehen!

„Ich wollte bloß verhindern, dass du nackt durch die Gegend läu…", begann Thea und machte dabei allerdings den Fehler, sich zu ihm umzudrehen. Zugegeben, er war auch ein netter Anblick, aber vor allem wunderte sie sein Zustand.

„Heilt ihr Viecher alle so schnell?", fragte sie ihn verdattert. Ja, er war grün und blau geprügelt, aber das war's auch. Luis verzog das Gesicht und während er sich anzog, erklärte er brummend: „Nein, wir *Werwölfe* heilen nicht alle gleich schnell, gibt verschiedenste Einflussfaktoren. Der Sohn des Alpha-Paares zu sein, hat also auch seine Vorteile."

Er lächelte sie an bei diesen Worten und knöpfte sein Hemd zu, ohne sich um die Schnittwunden zu scheren, denn die bluteten nicht mehr, es war sogar nur noch eine wirklich zu sehen. Die anderen waren allerdings zu formidablen Blutergüssen geworden.

„Die blauen Flecken sind morgen sicher noch da", gab er Auskunft, also hatte er Theas langen Blick auf seine Brust wohl als sorgenvoll interpretiert anstatt als notgeil, wie er eigentlich gewesen war. „Ganz so schnell geht es dann doch wieder nicht. Mir tut alles weh und das sicher für die nächsten zwei Tage."

Thea schüttelte rasch den Kopf, um ihren Verstand zu klären, und drehte sich um, als Luis gerade in seine Sneakers schlüpfte, wobei sie stichelte: „Zu blöd, dass wir zu Fuß da sind, sonst hätte ich dich jetzt fürsorglich heimfahren können."

„Vergiss es", erwiderte Luis mit einem Grollen, das wohl nur zur Hälfte gespielt war. „Wenn, dann würde trotzdem ich fahren. Obwohl ich mich kaum auf den Beinen halten kann."

Sie schüttelte schnaubend den Kopf und brummte: „Du würdest uns beide an die nächste Hauswand kleben."

Luis meldete sich nicht zu Wort, was Thea als Zustimmung nahm und so verließ sie die Apotheke, schließlich war von Harry nichts zu sehen. Von den Malacies allerdings auch nicht mehr. May war verschollen und die beiden Fuu-Löwen standen an ihren Plätzen, als hätten sie nie einen Schritt getan.

Thea blinzelte überrascht, zuckte dann allerdings die Schultern und ging voran. Auch wenn sie den Bann nicht mehr spürte, sie mochte Chinatown nicht. War wohl ein Instinkt.

Kaum hatte sie den Platz vor der Apotheke verlassen, spürte sie einen leichten, aber deutlichen Funken durch sie gehen und sie wusste, dass Magie im Spiel war. Sie hatte soeben eine Barriere durchschritten, die wohl die durch die Straßen strömenden Touristen von dem Kampf hatte fernhalten sollen. Gewitzte Bastarde.

Luis hinter ihr stöhnte einmal schmerzerfüllt und sie drehte sich zu ihm um, wobei Thea lachen musste. Das gefiel ihm gar nicht und verletzte wohl seinen männlichen Alpha-Wolf-Stolz, seinem wütenden Blick nach zu urteilen. Aber wie er da verkrampft humpelte in dem Versuch, den starken Mann zu markieren, war einfach zum Schreien komisch.

„Komm her, du Held“, forderte sie ihn grinsend auf und als er keine Anstalten machte, ihren Befehl zu befolgen, schnappte Thea sich einfach seinen Arm und legte ihn um ihre Schultern. „Sonst kommen wir nie heim.“

Sie biss sich gleich auf die Zunge, denn sie hatte doch echt seine Wohnung als ‚Heim‘ bezeichnet. Luis hielt die Klappe, also war es ihm nicht aufgefallen. Was allerdings bedeuten musste, dass er einfach zu viel hatte einstecken müssen.

„Mach bloß nicht schlapp, ich warne dich!“, zischte Thea ihm zu und hörte sein Lachen, wie sie es auch spürte. „Tragen kann ich dich nicht, aber ich bring dich gern ins Bett.“

Verdammt, *das* hatte er mitbekommen.

„Ach ja, querida?“, hakte Luis nach und zog sie näher zu sich. „Dann kommst du also mit in mein Bett?“

„Mund zu oder ich schlage dich K.O. und schleife dich irgendwie in deine Wohnung!“, drohte sie ihm. „Und lasse dich gleich hinter der Tür liegen.“

Wieder lachte er, blieb dann allerdings tatsächlich stumm bis auf die Bitte: „Dann lass uns gehen.“

Mehr sagte er nicht, bis sie bei ihm angekommen waren und Thea musste zugeben, dass es einerseits angenehm war, ihr andererseits seine bescheuerten Kommentare aber auch fehlten. Und als er sich brummelnd in sein Schlafzimmer verzog und dabei schon seine Kleidung verstreute, konnte sie nicht anders, als dämlich zu grinsen, denn irgendwie war er niedlich.

Zur Strafe für diesen Gedanken schnappte sie sich gleich darauf Bens Essay.

Kapitel 11

Bande (Teil 1)

Amalthea hatte schon ihre vierte Tasse Kaffee intus, obwohl Halira versucht hatte, sie davon abzuhalten. Na, erfolglos. Immer noch drehte sie den blöden Zettel zwischen den Fingern, den Harry ihr gestern in die Hand gedrückt hatte. Sie wusste nicht, ob sie ihn lesen oder wegschmeißen sollte.

Wütend auf sich selbst schnaubte sie und würgte den inzwischen kalten Kaffee herunter, der bei Weitem nicht so gut schmeckte wie Luis'. Aber hey, wenigstens hatte sie es gebacken bekommen, sich einen Kaffee zu kochen!

„Was soll ich machen mit diesem Scheiß?", murrte Thea und warf den Zettel achtlos auf den Tisch, an dem sie saß, beförderte ihn direkt vor Haliras Vorderbeine. „Was soll ich mit diesem Mist, hm?"

Hätte sie es gekonnt, ihre Vertraute hätte die Schultern gezuckt, das fühlte sie genau. Verdammt, sie wusste wirklich nicht weiter. Thea hatte den blöden Zettel ja noch nicht einmal gelesen! Und eigentlich wollte sie ihn auch gar nicht auffalten, denn sie brauchte die Information ja nicht. Oder?

„Verdammt, wo ist der blöde Hund, wenn man ihn braucht?!", knurrte Thea und stand abrupt auf. Sie wollte nicht mehr warten. Wenn Luis noch nicht munter war, dann würde sie ihn jetzt eben aus den Federn scheuchen. Entschlossen hielt sie auf das Schlafzimmer zu und machte sich darauf gefasst, dass ein schläfriger Luis sie was Unverständliches murmelnd zu sich ins Bett ziehen würde. Stattdessen öffnete er die Tür, als sie gerade nach der Klinke greift.

„Äh …“, machte Thea unüberlegt und verfluchte sich selbst dafür, auch weil Halira ihr gleich ein hämisches Grinsen ins Gesicht klatschte.

„Hey, Prinzessin“, begrüßte Luis sie noch etwas schläfrig, verzog dann aber gleich das Gesicht. „Ich hoffe, du hast schon gefrühstückt.“

„Ja“, gab sie unbeeindruckt zurück. „Kaffee!“

Seine Miene verfinsterte sich noch weiter und der Werwolf grollte: „Das ist kein Frühstück!“

„Für mich schon“, erwiderte sie trocken, nur um ihn zu reizen. Luis schob sie zur Seite und murmelte im Vorbeigehen: „Blödsinn. Du bekommst jetzt ein richtiges Frühstück.“

Dass er das sagte, sich aber nicht zu ihr umdrehte, sondern tatsächlich in die Küche ging, war Thea Anzeichen genug. Mit dem stimmte doch was nicht. Eigentlich hatte sie erwartet, dass er jetzt irgendeine dreckige Anspielung raushauen würde, aber nichts da, er ging wirklich in die Küche.

„Was zur …?“, stammelte Amalthea überrascht, dann schüttelte sie den Kopf und setzte sich schon in Bewegung, bevor Halira ihre Sorge um den Werwolf äußern konnte.

„Was ist los mit dir?“, fragte sie Luis. Aber der wandte sich nur halb zu ihr um, wobei er grummelnd fragte: „Was soll sein?“

Jetzt reichte es Thea. Ob er dabei war, ihr gerade Frühstück zu machen – Pfannkuchen wohl – war ihr egal, sie schnappte sich seinen Arm und drehte ihn grob zu sich herum.

Er fluchte kräftig auf Spanisch und zuckte doch echt zusammen, als hätte sie ihm damit Schmerzen zugefügt. Und erst da begriff Thea, dass sie das wohl wirklich getan hatte.

„Zieh das T-Shirt aus“, verlangte sie von ihm. Zunächst trat Überraschung in seine Züge, dann ein schmutziges Grinsen, aber Amalthea schnitt ihm sofort das Wort ab. „Krieg’ bloß keine Ideen! Weg damit.“

„Mierda …“, murmelte Luis und schloss die Augen, dann aber atmete er durch und zog sich mit einem Ruck das schwarze Shirt über den Kopf. Thea hätte ihn wohl sowieso angestarrt, denn dieser Spanier nur in roten Boxershorts war ein Anblick, aber es waren die Blutergüsse, von denen sie nicht die Augen lassen konnte. Luis war über und über bedeckt mit großflächigen Blutergüssen, die wirklich in den schillerndsten Farben erstrahlten. Von grünlichem Schwarz über Tiefblau bis hin zu Gelb war einfach alles vertreten.

„Was zum …?“, brachte Thea nur hervor und sah abwechselnd in Luis’ angewidert verzogenes Gesicht und auf seinen malträtierten Oberkörper. Ohne es zu bemerken, streckte sie die Hand nach der schlimmsten Prellung aus und legte ihre Finger an seine Seite, dorthin, wo gestern noch ein tiefer Schnitt geklafft hatte. Von dem war nichts mehr zu sehen, aber er zuckte trotzdem zusammen. Nur versuchte der Trottel, seinen Schmerz zu überspielen: „Hey, pass auf, Prinzessin, in bin kitzlig.“

„Einen Scheiß bist du“, fauchte sie ungehalten und deutete auf seine Prellungen. „Ich dachte, ihr Viecher heilt so schnell? Was ist das dann?“

„Wir *Werwölfe* heilen schnell!“, verteidigte er sich harsch. „Jeder andere Mann wäre tot gewesen!“

In dem Moment, als Luis das sagte, wurde es auch Thea klar. Wäre er kein Werwolf, er hätte den gestrigen Abend nicht überlebt …

„Perdóname“, bat er sie und nahm ihre Hände in seine, an denen Thea Schwielen fühlte, ähnlich wie an ihren eigenen, die vom Betätigen ihrer Handfeuerwaffen herrührten, aber doch anders. Und eigentlich viel zu angenehm.

„Ich … brauche Ruhe, wenn ich so schwer verletzt wurde“, erklärte sich Luis zögernd und strich ihr eine Haarsträhne hinter ihr Ohr. „Dann bin ich verwundbar und so verdammt schwach, dass ich mich einfach nur verkriechen möchte. Ich wollte nicht, dass du mich so siehst.“

„Blödmann!“, zischte Thea ihm zu, hielt sich aber im letzten Moment davon ab, ihn zu schlagen, denn ihr fiel ein, dass sie ihm diesmal wahrlich weh tun könnte damit. Aus irgendeinem Grund erschien ihr das nicht mehr erstrebenswert, nicht wie in jener Nacht, als sie sich kennengelernt hatten. Verdammt, sie erlaubte dem Idioten ja sogar, ihre Hand zu halten!

Bei dem Gedanken befreite sie ihre Finger gleich, wenn auch nicht grob, dann doch entschieden. Luis seufzte leise.

„Hier, zieh’ dich wieder an, das hält ja keiner aus“, maulte sie, um ihre Gedanken zu überspielen. Der Werwolf vor ihr brauchte einen Moment, dann gluckste er verhalten und gab zurück: „Ach was, gib’s zu, querida, du hast bloß Sorge, dass du dich nicht mehr beherrschen könntest.“

„Und ich dich dann umbringe?“, scherzte sie. „Ja, könnte passieren.“

Nun lachte er und wandte sich wieder dem halbfertigen Frühstück zu. Während Luis geschäftig mit allerlei Zeug hantierte, das nicht allzu oft in ihrem eigenen Kühlschrank zu finden war wie etwa Milch oder Eier, starrte Thea den gefalteten Zettel an, der immer noch am Tisch lag und sie anklagend anschaute. Halira wunderte sich sehr über dieses Gefühl, aber verdammt, das tat Amalthea selbst ja auch. Schnaubend holte sie sich noch einen Kaffee, zumindest wollte sie das, aber die Kanne war leer.

„Ach, shit“, fluchte sie verhalten, aber es klang weniger wütend als einfach müde.

„Was ist denn?“, erkundigte sich Luis in einer fürsorglichen Art, die in Thea den Wunsch weckte, ihm eine reinzuhauen. Das war einfach ein Reflex.

„Kaffee ist aus“, meckerte sie und erntete schon wieder ein Lachen. Zornig funkelte sie ihn an, aber das Lächeln, das Luis ihr zuwarf, war kein hämisches. Ja, sie konnte es einordnen, aber wenn sie ehrlich war, wollte sie das nicht. Stattdessen zog sie ihn auf: „Und da du für's Kochen zuständig bist und ich für's Denken, mach neuen!“

„Immer gern“, gab er grinsend zurück und machte sich ans Werk. „Wenn du mich so lieb bittest.“

Sein gespielt beleidigter Sarkasmus ging an Thea verloren, sie war nicht in Stimmung für Scherze. Luis' Laune hingegen schien sich deutlich verbessert zu haben. Als Thea sich wieder schmollend dem blöden Zettel widmete, flüsterte Halira ihr stichelnd zu, dass vielleicht einfach ihre Gegenwart das Gemüt des Werwolfs erheitert hatte. Dafür bedachte sie ihre Vertraute mit einem vernichtenden Blick, von dem sich die Spinne aber kein Stück beeindrucken ließ. Halira ging aber noch weiter.

Sie schob den gefalteten Zettel über die Tischplatte zu Thea in einer eindeutigen Geste. Auf die stumme Frage nach ihrer Meinung, ob sie den Informationen des alten Chinesen folgen sollten, gab sie doch echt zur Antwort, Thea sollte Luis danach fragen.

„Hast du sie noch alle?“, platzte es aus ihr heraus und sie starrte ihre Vertraute an. Luis drehte sich nun wieder am Herd stehend zu ihr um: „Was? Ich werfe Pfannkuchen schon seit ich fünf bin, ich kann das.“

„Nicht du!“, murrte Thea und sah wieder zu dem Zettel, ehe sie ihn sich einfach fix von der Tischplatte schnappte und ihn Luis hinhielt.

„Was soll ich damit, Prinzessin?“, erkundigte er sich und stapelten ganz nebenbei einen weiteren Pfannkuchen auf einen kleinen Turm. Thea biss sich auf die Lippe, denn sie kam sich blöd vor dabei, aber trotzdem antwortete sie: „Lies ihn. Und dann sag mir, ob die Info den ganzen Ärger wert ist, den ich schon investiert habe.“

Luis grinste schief, dann nahm er ihr den Zettel ab und legte ihn auf die Arbeitsplatte, wobei er sagte: „Jetzt mach ich dir erst mal Frühstück, dann schau ich mir das an.“

„Na gut“, murrte Thea über das Gluckern der Kaffeemaschine hinweg und verfluchte sich selbst. Sie hatte sich einfach nicht entscheiden können, aber nun wartete sie ungeduldig darauf, dass dieses Ding endlich fertig wurde. Luis' Stimme riss sie aus ihren trüben Gedanken: „Hier, dein Frühstück.“

Minuten mussten verstrichen sein und Thea hatte bloß Löcher in die Luft geschaut. Das ärgerte sie auch, denn offenbar hatten ihr die verdammten letzten Tage doch schon mehr zugesetzt, als sie zugeben wollte.

Luis reichte ihr Besteck und den Ahornsirup, wobei er wie zufällig ihren Rücken berührte. Wie glaubte der Trottel, ihr das als Zufall verkaufen zu können?

Gar nicht, das konnte er nicht, und sein Grinsen verriet ihr, dass er es auch gar nicht erst versuchen würde. Thea brummte etwas, aber nur, um sich davon abzuhalten, sein Lächeln zu erwidern. Ihr Magen übernahm den Rest, denn der knurrte laut, als sie die Pfannkuchen roch und so machte sie sich über dieses Frühstück her.

„Hm“, brummte Luis irgendwann und Thea sah auf, wobei sie feststellte, dass er seine Portion nicht angerührt hatte, sondern stattdessen mit verschränkten Armen den Zettel anstarrte, den Harry ihr gestern gegeben hatte. Er hatte ihn aufgefaltet.

„Und?“, hakte sie nach und machte sich nicht die Mühe, ihre Aufregung zu verbergen. Der verdammte Werwolf kannte sie ohnehin schon viel zu gut, was machte da noch ein Detail mehr? Sie wunderte sich zwar selbst über den Gedanken, aber es störte sie wirklich nicht.

„Was steht da?“, drängte sie ihn, als er stumm blieb und den Zettel anstarrte, genauso, wie sie es ein paar Stunden zuvor getan hatte. Luis sah zu ihr, Unruhe in seinen goldbraunen Augen, als er sagte: „Angel Island.“

„Mehr nicht?“, fragte sie ungläubig nach und langte nach dem Fetzen Papier, plötzlich begierig, das Scheißteil in ihre Finger zu kriegen.

„Nein, mehr nicht“, bestätigte Luis düster und Thea knurrte vernehmlich. Das war doch alles vollkommen dämlich. Trotzdem hörte sie sich sagen: „Ach was, scheiß drauf. Ich geh da hin.“

„No“, erklärte Luis entschlossen.

Aber Thea gab unbeeindruckt zurück: „Noch mal, du Mistkerl, das hast du nicht zu entscheiden.“

„Vielleicht nicht“, grollte er daraufhin und schnappte sich ihre Handgelenke, wobei Luis sie näher zu sich zog. „Aber ich werde dich sicher nicht in eine Falle laufen lassen, denn ob du's gemerkt hast oder nicht, mir liegt was an dir."

Thea befreite ihre Hände mit einem Ruck aus seinem Griff, aber Luis legte blitzschnell seine Finger an ihre Wangen, zog sie noch näher zu sich, sodass ihre Nasenspitzen sich beinahe berührten und Thea seinen Atem fühlen konnte, als er sprach: „Ich lasse dich mit Sicherheit nicht allein dahin gehen. Und ich bin bis morgen außer Gefecht. Also bleib hier."

Thea starrte in seine Augen, immer noch wütend, aber sie wusste, wenn er sie weiterhin so ansah, würde sie diesen Zorn blöderweise nicht aufrechterhalten können.

„Bitte", flüsterte Luis ihr nun zu und - *puff!* - weg war ihr Ärger. Allerdings zog er sie noch ein wenig näher und fügte rau an: „Wir könnten uns ja hier einen gemütlichen Tag machen, nur du und ich."

„Ich dachte, du wärst außer Gefecht gesetzt?", stichelte Thea und er grollte leise, was sie verdammt noch mal doch irgendwie anmachte. Als er daraufhin selbstzufrieden grinste, wusste Amalthea, dass ihm das auch klar geworden war, und diese Überheblichkeit ließ sie im Zorn hastig zurückweichen, wobei sie unbeeindruckt erklärte: „Auch egal, ich schau mir Angel Island trotzdem an."

Sie war leider bei Weitem nicht so unbeeindruckt, wie sie tat, also stand sie rasch auf, um sich fortzudrehen. Aber Luis folgte ihr, umfing wieder einmal viel zu schnell ihr Handgelenk und sagte fest: „Nicht allein."

Thea grinste übertrieben zuckersüß und antwortete: „Aber du bist ja ach so schwer verletzt und musst dich ausruhen. Ich kann das schon allein."

Selbst wenn sie eigentlich zugeben musste, dass seine Gegenwart beruhigend war, schließlich stand ihr 29. Geburtstag noch bevor. Jetzt ging es ihr einfach darum, ihn zu nerven.

„Nicht allein“, wiederholte er eindeutig sauer, also hatte Thea ihr Ziel erreicht.

Da schlug Luis vor. „Ruf James an.“

„Was?“, hakte sie nach, denn sie hätte eher mit dem Ausruf „Oh, rosa!“ gerechnet als damit.

„James“, erklärte der Werwolf ihr mit Nachdruck. „Er hat dir angeboten, dass du ihn jederzeit anrufen kannst, also tu es. Er soll dich begleiten.“

„Er achtet auf Ben!“, gab Thea hitzig zurück. Doch Luis beeindruckte das nicht, er zuckte die Schultern: „Vielleicht kann er Ersatz finden, vielleicht nicht. Versuch es wenigstens oder wir werden den Rest des Tages mit Streit verbringen. Du magst darauf stehen, ich nicht. Also ruf ihn an.“

Thea funkelte ihn stattdessen an, knurrte dann aber missmutig und zückte tatsächlich ihr Handy. Verdammt, wenn ihr vor einer Woche jemand gesagt hätte, dass sie sich von einem Hund herumschubsen lassen würde, sie hätte den Volltrottel Schädel voran in den Boden gerammt. Jetzt würde sie sich am liebsten selbst in ihren Arsch beißen.

Sie fand seine Visitenkarte rasch und tippte die Nummer immer noch grummelnd ein.

„Ja?“, meldete er sich schon nach einem halben Klingeln. Klebte der am Handy?

Sie sprach ohne Umschweife: „Amalthea hier. Luis hat sich gestern vermöbeln lassen und kann mich nicht begleiten, besteht aber darauf, dass ich nicht allein fortgehen darf. Hättest du Lust auf einen Trip nach Angel Island?“

Sie ließ James aber gar nicht erst zu Wort kommen, sondern fuhr gleich fort: „Aber du kannst ja nicht, du achtest auf Ben.“

„Horace ist seit gestern hier, er ist sicher“, gab James kühl zurück und Thea hob eine Augenbraue. Eigentlich sollte es sie nicht wundern, dass der alte Blutsauger höchstpersönlich auf seinen Enkelsohn oder was auch immer achten wollte. Luis grinste ihr zu, als wolle er ihr an den Kopf knallen: „Hab’s dir ja gesagt“, also schlug sie halbherzig nach ihm.

„Okay, dann ist das abgemacht“, meinte sie und verdrehte die Augen. James hingegen fragte ganz sachlich: „Wo bist du?“

„Bei Luis, dem Spinner“, murrte sie zur Antwort, denn sie war wütend, trotzdem gab sie James die Adresse rasch durch. Er verabschiedete sich mit den Worten: „Ich bin gleich da.“

Und dann legte er einfach auf.

„Bastard“, murrte Thea mit Blick auf das leise vor sich hin tutende Handy, dann warf sie Luis einen Blick zu und fragte ihn fauchend. „Jetzt zufrieden?“

„Fast“, scherzte er und trat näher zu ihr, wobei er flüsterte. „Aber ich bin sicher, du weißt, was mir noch fehlt.“

„Ja schon, aber du hattest noch nie Eier, wie soll ich dir da welche besorgen?“, feuerte Thea eine Spitze gegen ihn ab und sie verfehlte ihr Ziel nicht. Luis verengte die Augen und fragte: „Hast du gestern nicht genau hingesehen?“

Oh verdammt, sie konnte sich schon denken, welche Richtung dieses Gespräch nehmen würde. Halira wollte sich am liebsten ihre Gehörgänge zukleben, wie auch Thea das gerade irgendwie wollte, aber nur, weil sich allein der Gedanke an das, was Luis ihr jetzt vermutlich anbieten würde, schon viel zu verlockend anfühlte.

Der trug auch schon sein keckes Grinsen auf den Lippen und holte Atem, um ihr einen schmutzigen Witz hinzuknallen, sie sah es genau … da klopfte es an der Wohnungstür.

„Mierda!“, fluchte Luis und grollte noch ein paar weitere spanische Flüche, während er zur Tür ging und murrte. „Wenn das nicht *wirklich wichtig* ist …“

Thea konnte nicht anders, sie kicherte und linste neugierig hinter ihm her. Sobald er die Tür geöffnet hatte, prallte er zurück und fragte: „Wie kommst du denn hierher?“

„Amalthea hat mich angerufen“, erwiderte James vollkommen ruhig. Nun war es an ihr, ebenfalls vollkommen verdattert zu fragen: „Vom Krankenhaus her hättest du mindestens zehn Minuten gebraucht! Warst du in der Nähe, oder was?“

„Begrüßt man so die zwei Kerle, die einem den Arsch gerettet haben?“, mischte sich Edgar ein, der an James’ Hüfte in einem Holster hockte, das ihm doch tatsächlich das Reden erlaubte. „Auch wenn es ein wirklich niedlicher Hintern ist.“

„Pass auf, was du sagst“, grollte Luis und winkte James trotzdem. „Komm rein.“

Thea runzelte die Stirn, denn er hatte ihre Frage nicht beantwortet, aber war ja auch egal.

„Ich muss nur noch in meine Stiefel, dann bin ich fertig“, sagte sie zu James und der nickte knapp. Aber als Luis die Tür wieder schloss, meckerte seine Waffe: „Bist du sicher? Ihr Weiber braucht doch immer ewig, bis ihr euch geschminkt habt!“

„Schweig“, forderte James ihn auf, geduldig, aber deutlich.

Edgar allerdings murrte knarzend: „Ich denk ja gar nicht dran!“

Sein Besitzer schüttelte daraufhin den Kopf und wies einladend auf die Tür, aber Luis hielt sie zurück: „Willst du nicht erst fertig frühstücken, Prinzessin?“

„Wird überbewertet“, gab Thea schulterzuckend zurück, ihre Hand bereits nach ihren Stiefeln ausgestreckt. Aber er hakte nach: „Nicht mal einen Kaffee, *meinen* Kaffee?“

Verdammt, der grinsende Mistkerl wusste, wie er sie zu ködern hatte!

„Kaffee, dafür!“, rief Edgar unerwartet kurz, aber bekannt schrill.

„Du kannst auch einen haben“, lud Luis auch James ein, der dankbar nickte und so machte er sich daran, Kaffee zu verteilen. Die erste Tasse reichte er Thea, die ihren gleich schwarz schlürfte. Aus einer rosa Tasse, verdammte Scheiße, das hatte er mit Absicht gemacht! Dann gab er die zweite an James und fragte: „Milch oder Zucker für dich?“

„Nur Zucker“, gab der knapp zurück. Noch bevor er hätte fragen können, wie viel Zucker, fluchte Edgar lauthals: „Scheiße, nein, das Zeug ist ja nicht trinkbar, so wie du es vergewaltigst!“

James würdigte das keiner Antwort, aber Thea war jetzt neugierig. Als Luis dem Besucher die Zuckerdose reichte, war sie erst erstaunt, dass er sowas überhaupt besaß. Dann aber starrte sie ungläubig, als James allen Ernstes *acht* Löffel Zucker in seinen Kaffee tat. Acht.

„Siehst du, was ich meine, Süße?“, regte Edgar sich auf. „Das macht er immer. Ekelhaft! Kaffee ist am besten schwarz, du Volltrottel!“

„Da muss ich ihm zustimmen“, grinste Thea und prostete James dennoch zu, der nur mit einem leichten Lächeln den Kopf neigte. Seine Waffe agierte ebenso wortlos wie er, aber dafür weitaus überraschender. Edgar ließ seine Zunge hervorschnellen und schnalzte sie geräuschvoll gegen Theas Tasse … woraufhin der Kaffee doch echt verschwand. Der Bastard trank durch ihre Tasse, das gab's ja gar nicht!

„Wie oft muss ich dir noch sagen, dass du das nicht tun sollst?“, fragte James mit einem vorwurfsvollen Blick, aber

Edgar verdrehte bloß seine vier Augen und trank weiter ihren Kaffee. Das war einfach zu komisch, Thea lachte.

James nickte ihr zu wie im Dank, rügte aber trotzdem seine Waffe: „Dennoch, tu das nur bei deinem eigenen Getränk."

Edgar ließ seine Zunge laut schmatzend von ihrer Tasse schnellen und beschwerte sich: „Hab' ich einen Kaffee gekriegt? Nein, also kannst du mich mal."

Thea nutzte die Zeit, um ihren verbliebenen Kaffee hinunterzustürzen, und wandte sich dann an James: „Wir können."

Luis wirkte nicht glücklich, als der wortkarge, weißhaarige Typ zur Tür nickte, also murrte sie: „Ist mir egal, ob es morgen regnet, ich esse trotzdem nicht auf."

Das entlockte Luis ein warmes Lächeln und nachdem sie Halira in eine Hosentasche hatte krabbeln lassen, bestand der Werwolf aus irgendeinem Grund darauf, sie zur Tür zu begleiten. Thea war sich seines Blickes ein bisschen zu sehr bewusst, während sie sich ihre Stiefel schnürte und drehte sich nur widerwillig zu ihm um. Aber Luis sah gar nicht sie an, sondern befahl James: „Pass auf sie auf."

Sie hob eine Augenbraue und zischte dann: „Ich bin anwesend, Flohschleuder."

„Mach dir mal keinen Kopf, Großer", schwatzte Edgar dazwischen und höhnte. „Ich werde ein Auge auf die Süße haben."

Sowohl Luis als auch sie schossen der ungewöhnlichen Waffe gleichzeitig einen vernichtenden Blick zu, doch er grinste daraufhin nur und zeigte seine weißen, scharfen Zähne.

„Wenn du das tust, wirst du dieses Auge verlieren", erklärte James ihm kühl mit einem Blick schneidend und kalt wie Eis. Doch Edgar zeigte sich unbeeindruckt: „Was denn? Willst du mir drohen, du Hosenscheißer?"

„Nein“, gab er zurück. „Ich weise dich lediglich darauf hin, was Amalthea mit dir tun wird. Wenn sie gnädig ist.“

Es gefiel ihr, dass er das so sah, und so grinste sie, allerdings schnaubte sie gleich darauf, als Edgar sich erneut zu Wort meldete: „Na, das werden wir ja noch sehen. Und ein Auge wäre sie vielleicht sogar wert.“

„Arschgeige“, murrte sie trocken, was James mit einer hochgezogenen Augenbraue kommentierte, dann aber verließ er die Wohnung. Thea folgte ihm, wurde aber von Luis zurückgehalten.

„Verdammt, was …?“, grollte sie, als er sie zu sich umdrehte, aber dieser verfluchte Werwolf hatte seine ganz eigene Art, sie ruhigzustellen. Seine Finger um ihr Handgelenk gelegt zog er sie näher, während seine andere Hand fest ihren Nacken umspannte. Dann drückte Luis ihr einen kurzen, weichen Kuss auf ihren Mund.

Gleich darauf wich er zurück, wenn auch nur ein winziges Stück und raunte ihr zu: „Komm heil wieder zurück, querida.“

Nun hatte er es zu weit getrieben, Thea schlug ihn, scheiß auf die Prellungen. Luis krümmte sich stöhnend zusammen, lächelte sie aber trotzdem wieder an, der bescheuerte Mistkerl, als sie fauchte: „Was zur Hölle sollte das, du Arsch?“

„Ich muss doch sicherstellen, dass du nicht mit dem weißhaarigen Typen durchbrennst“, gab er schmunzelnd zur Antwort. Thea knurrte: „Und du denkst, das hilft dir?“

„Ja“, gab er ernst zu und fügte an, „jetzt hattest du nämlich einen Vorgeschmack auf das, was du hier verpassen würdest.“

„Arschloch!“, knallte sie ihm an den Kopf. Da ertönte von draußen Edgars Stimme: „Hey, wenn ihr euch eh nicht trennen könnt, hättet ihr uns nicht anrufen brauchen, da hättet ihr auch einfach gleich rumvögeln können!“

„Kein schlechter Vorschlag“, befand Luis grinsend. Thea schubste ihn mit aller Kraft fort und rauschte zur Tür hinaus, knallte diese hinter sich zu, sodass sie fast James’ kurze Standpauke an Edgar überhört hätte: „Schweig …“

„Oder was?!“, mokierte sich die Waffe, aber als ihr Besitzer ihr bloß einen langen Blick zuwarf, erwiderte er muffig: „Jaja, schon gut.“

„Lasst uns verschwinden!“, fluchte Thea ungehalten und James folgte ihr einfach zur Tür hinaus. Sie war scheiß wütend, sogar Halira war sauer, aber irgendwie konnten sie beide sich nicht lange über Luis ärgern. Trotzdem – oder gerade deshalb – verdrängte sie den Gedanken an den Werwolf schnell und erkundigte sich bei dem schlanken Mann neben ihr: „Bist du mit dem Wagen da?“

Er zögerte einen Moment, dann antwortete James: „Ich … habe keinen.“

„Wie zur Hölle bewegst du dich dann durch Frisco?“, wollte sie wissen. Er zuckte die Schultern und erwiderte trocken: „Cable Cars?“

Sie kicherte kopfschüttelnd, hakte aber nach: „Und wenn du einmal weitere Strecken hast, wie legst du die zurück?“

„Anders“, war seine gesamte Antwort und er sah einen Moment zur Seite, ehe er seinen Blick auf sie richtete. In der Nacht, in der Ben angegriffen worden war und danach im Krankenhaus hatte sie nicht groß darauf geachtet, aber jetzt fiel ihr auf, wie hell seine Augen eigentlich waren. Sie konnte nicht mal die Farbe genau bestimmen, aber vermutlich war es ein helles Braun. Sehr hell allerdings.

Kurz schüttelte sie den Kopf, dann nickte sie zu ihrem Motorrad und sagte: „Gut, dann fahre ich.“

James folgte ihr kommentarlos, fragte auch nicht nach einem Helm, aber sie hätte auch gar keinen für ihn gehabt. Thea stellte nur sicher, dass ihr Hut fest auf ihrem Kopf saß, damit ihre Hörner verborgen blieben, dann startete sie die Maschine und fuhr los.

Es gab nicht wirklich Gelegenheit sich zu unterhalten, während der Fahrtwind ihnen um die Ohren pfiff, aber sie wollte auch gar nicht reden, sondern genoss es, endlich mal wieder selbst fahren zu können. Thea schlängelte sich geschickt durch den Straßenverkehr, doch bei einer roten Ampel, an der sie aus einer Laune heraus doch mal stehen blieb, beschwerte sich Edgar röchelnd: „Scheiße, Süße, bei deinem Fahrstil wird einem ja kotzübel.“

Halira beschwerte sich in ihrem Kopf, dass es wohl kaum ein Fahrstil, sondern eher schwere Körperverletzung war, aber Thea kicherte bloß schelmisch, denn sie hatte ihr Motorrad vermisst. James sagte nichts, aber es wunderte sie auch nicht.

Leider war der Weg zum Hafen nicht allzu weit und so musste Thea zu ihrem Bedauern bald wieder absteigen.

„Scheiße, na endlich. Zwei Meter mehr und deine Jeans wär’ vollgekotzt gewesen, Alter“, jammerte Edgar und verdrehte die Augen. Dem hatte sie es ordentlich gegeben! Allerdings war Halira auch nicht glücklicher als der seltsame Köter in Knarren-Form. James bedachte seine Waffe nur mit einem kurzen Seitenblick, dann folgte er Thea, die zielsicher auf eine der Fähren zusteuerte. Immerhin war alles angeschrieben, also war es wirklich nicht so schwer, die passende Schlange zum Anstellen zu finden.

„Warte hier, ich hol' uns Tickets", wies sie James an. Aber der meinte daraufhin: „Nein."

Jetzt fing der auch schon an wie Luis!

„Was?", hakte sie nach, doch er sah sie bloß unbeeindruckt aus seinen verdammt hellen Augen an.

„Hör' mal, ich hab dich nicht mitgenommen, damit du Arsch mich jetzt rumkommandierst!", beschwerte sie sich und es war ihr scheißegal, dass ein paar der Passanten sie empört anstarrten, immerhin schaffte ihr violett-gelber Schal allein es schon, dass sie auffiel, sollten die Idioten ruhig gaffen.

„Nein, hast du nicht", gab James ihr kühl recht und überwand die Distanz zu ihr, starrte in ihre Augen, die genau auf ihrer Höhe waren, und sprach ruhig. „Aber du hast uns angerufen, damit wir dich beschützen. Genau das werden wir tun."

„Einen Scheiß hab' ich", brummte Thea, beließ es aber dabei, denn mit dem Typen konnte man nicht einmal vernünftig streiten, so ruhig, wie der immer blieb. Also sagte sie: „Schön, dann kommst du eben mit."

Damit schnappte sie sich den Lenker ihres Motorrads und steuerte damit auf die Fähre zu. Davor war eine kleine Bude und darin ein Kaugummi kauendes Mädel mit künstlichen Fingernägeln, das gelangweilt fragte: „Ja?"

Thea war echt versucht, ihre Faust durch die Scheibe zu schlagen, die Kleine an ihren blond gefärbten Haaren zu packen und gegen eben jene Scheibe zu donnern. Aber sie ließ es sein, denn dann würde ihre Hand tagelang nach Haarspray stinken und kleben, also bestellte sie einfach die Tickets und bezahlte ihres, dann machte sie sich schon auf den Weg und ließ James schauen, wie er mit der Kleinen zurechtkam. Als sie sich umdrehte, hörte sie noch, wie die Tussi allen Ernstes mit ihm zu flirten versuchte.

Sobald James sich dann an einem etwas abgelegenen Fleck der Fähre zu ihr an die Reling gesellte, fragte sie ihn schmunzelnd: „Rennen dir die Frauen überall nach?“

„Ja!“, knurrte Edgar. „Und glaubst du, er würde mich auch mal ranlassen? Nein. Ich darf nicht mal zusehen! Warum hast du dir die Kleine nicht gekrallt?“

„Sie ist nicht mein Typ“, gab James zurück, so trocken und desinteressiert, dass Thea einfach lachen musste. Edgar hingegen war kein bisschen begeistert, er kreischte fast: „Und was zur Hölle ist dann dein Typ? Sukkuben oder was?“

James schenkte ihm daraufhin einen vernichtenden Blick, aber Amalthea war neugierig geworden: „Sukkuben, echt? Ich weiß nicht …“

„Sie haben … ihre Vorzüge“, murmelte James leise. Mit hochgezogener Augenbraue sah Thea ihn an und er verzog keine Miene. Dann aber grinste er langsam und sie brach in schallendes Gelächter aus.

„Was ist daran so witzig?“, wollte Edgar wissen, aber sie konnte es ihm nicht erklären, wusste es selbst nicht. „Verdammt, lasst mich mitlachen.“

„Diesmal nicht, sorry, Kumpel“, neckte Thea ihn und daraufhin schnappte die Waffe nach ihr. Sie grinste, aber James zog Edgar aus dem Holster und starrte ihn durchdringend an. Obwohl seine Stimme ruhig war, erkannte Thea die glimmende Wut darin: „Genug.“

Damit steckte er Edgar wieder weg, aber er schwieg trotzdem. Neugierig lugte Thea an seine linke Hüfte und sah dort zwei Holster, eines, das offen war, und das andere, in dem Edgar nun tief und fest steckte.

„Du hast zwei Holster, aber eine Waffe“, stellte sie grinsend fest.

„Ja“, gab James Auskunft und sie glaubte, den Hauch eines Grinsens zu erkennen. „Eines, wenn er reden darf und eines, wenn er nervt.“

„Verstehe.“ Sie lachte, als der Motor der Fähre röhrend zum Leben erwachte und sie sich in Bewegung setzten mit dem vertrauten und angenehmen Brummen eines Schiffes, das auf See war. Sie atmete die frische Gischt ein und fragte mit noch geschlossenen Augen: „Interessiert dich gar nicht, warum wir nach Angel Island fahren?“

Sie hörte Edgar etwas brummen, völlig unverständlich durch seinen Maulkorb, den Holster. Aber James’ leise Worte hörte sie auch über das Dröhnen der Maschinen deutlich: „Ich bin nur hier, um dich zu schützen. Aber eine Information werde ich nicht ausschlagen.“

Sie grinste, dann sah sie ihn wieder an und erklärte ihm: „Luis und ich waren in Chinatown. Schon mal dort gewesen?“

Eine schlohweiße Augenbraue hob sich fragend, doch gleich war seine Miene wieder ausdruckslos. Verdammt, eigentlich hatte Thea gehofft, ihm mit dem abrupten Themenwechsel wenigstens irgendeine Regung zu entlocken, aber Fehlanzeige. Der Typ war bestimmt ein Cyborg ohne Emotionschip, befand sie schmunzelnd und wollte schon weiterreden, als er doch noch darauf einging: „Nein. Ist es wichtig?“

„Ob du dort warst?“, hakte sie nach und er nickte knapp. „Nein, kein Stück. Aber ich *darf* dort nicht hin, denn mein Vater wurde von dort verbannt.“

Nun *endlich* trat ehrliche Überraschung auf seine Züge. Allerdings bestand die gerade einmal daraus, dass er *beide* Augenbrauen hob.

„Wie auch immer“, befand Thea mit einem Schulterzucken. „Der alte Chinese, der mir das gesagt hat, hat mir auch die Info gegeben, dass es hier auf Angel Island vielleicht einen Hinweis darauf gibt, wo er sein könnte. Du weißt schon, Vater-Tochter-Gespräch."

James schürzte die Lippen und starrte einen Augenblick aufs Meer, dann richtete er seinen Blick auf Thea und wollte wissen: „Was haben wir von ihm zu erwarten?"

„Das fragst du mich?", lachte Thea. „Keine Ahnung! Er ist mein Vater, er ist angeblich ein Drache, der irgendwie aus zehn Tieren besteht … Mehr weiß ich nicht. Und es klingt nach ziemlicher kranker Scheiße, wenn du mich fragst."

„Allerdings", erwiderte ihr Begleiter daraufhin trocken, sagte aber ansonsten nichts mehr dazu. Um ehrlich zu sein, gefiel es Amalthea, dass James so still sein konnte. Obwohl es sie normalerweise nervte, wenn es allzu ruhig war und deshalb bei ihr damit zu jeder Tages- und Nachtzeit Heavy Metal in ordentlicher Lautstärke lief. Aber bei ihm war es in Ordnung, es war eine angenehme Stille. Ein bisschen wie die Stille, bevor man den Abzug einer Waffe betätigte.

Allzu lang hielt sie es aber trotzdem nicht aus und so hakte sie noch mal nach: „Aber jetzt sag's mir, wie bewegst du dich durch Frisco, wenn du kein Auto hast?"

James sah einen Moment zu ihr, wobei er ihr doch ehrlich ein schmales Lächeln zeigte, dann schweifte sein Blick über die Möwen und das Meer vor ihnen und er murmelte: „Anders."

„Komm mir nicht dem Scheiß", forderte sie ihn kichernd auf. „Und die Cable Cars vergiss auch mal ganz schnell. Also, wie?"

„Auf meine eigene Art", gab James bloß zurück und Thea wusste, sie rannte gegen eine Mauer. Was musste der eiskalte Kerl auch so stur sein? Edgar hätte seine vorlaute Fresse schon längst nicht mehr halten können, aber der war ja ruhiggestellt. James atmete tief durch und mit Blick auf das Meer verriet er ihr nur so viel: „Ich bin viel zu Fuß unterwegs. Und Schiffsfahrten sind selten, aber angenehm.“

„Aha“, machte sie trocken, schwor sich aber im Stillen, dass sie irgendwann noch dahinterkommen würde, wie er so verdammt schnell vom Krankenhaus zu Luis’ Wohnung hatte gelangen können. Aber das würde warten müssen, denn die Fähre legte an und so schob Thea das Motorrad wieder an Land.

Kapitel 11,5

Bande (Teil 2)

Die Touristen und wenigen Arbeiter um sie herum zerstreuten sich schnell, denn sie wussten ja, wohin sie wollten, zumindest annähernd. Thea hingegen hatte keinen Schimmer, wohin sie eigentlich sollte. Klar, Angel Island war klein, aber auch nur im Vergleich zu San Francisco. Wenn man allerdings die Nadel im Heuhaufen suchte …

„Wir müssen ins Zentrum“, ließ James sie wissen und sah in der trüben Herbstsonne in das Innere der Insel.

„Was?“, fragte sie ihn völlig verdattert, woraufhin Halira die Worte hilfreich für sie wiederholte, allerdings hatte sie ihn wohl verstanden, es bloß nicht kapiert. Wusste ihre Vogelspinne auch, wollte sich aber für den miesen Fahrstil rächen.

„Zur Mitte der Insel“, erklärte James und sah ihr in die Augen, als wäre es vollkommen normal, dass er so eine Info raushauen konnte, ohne überhaupt alle Details zu kennen. Er atmete durch und sah sich um, aber die ganzen Touristen waren schon längst weg, also verriet er Thea: „Hier ruht Magie, alt und mächtig. Ich kann sie fühlen.“

Amalthea runzelte die Stirn und fragte Halira im Stillen, ob sie auch etwas fühlte, doch die verneinte. Seltsam …

Dann zuckte sie jedoch die Schultern und erklärte: „Okay, steig auf, wenn dein Sinn für Magie wie ein Kompass funktioniert, sollte das ja kein Problem sein."

„Ich werde dich führen", gab James zurück und sie verdrehte die Augen, startete das Motorrad aber, sobald es durch sein Gewicht hinter ihr einsank, dann brauste sie los.

Sobald sie die Cafés und Restaurants hinter sich gelassen hatten, war Angel Island wirklich eine Einöde. Ja, das Grün war üppig, aber es war keine Sau zu sehen weit und breit. Die Straßen waren auch nicht unbedingt die Höhe, also konnte Thea auch nicht so schnell fahren, wie sie es wollte. Vor allem dann nicht mehr, als James ihr ein ums andere Mal Anweisungen gegeben hatte, wohin sie fahren sollte. Die Mitte der Insel hätte sie auch allein gefunden, aber da er Magie spürte und sie nicht, verließ sie sich ausnahmsweise auf ihn.

Und so seltsam es war, sie vertraute ihm wirklich. Verdammt, eigentlich sollte sie das stören, aber auch das tat es nicht. Halira war mindestens so überrascht wie sie selbst darüber, aber es war nun mal so. Scheiße, wenn sie die Woche bis zu ihrem Geburtstag überlebte, würde sie echt nichts mehr wundern!

„Links", wies James sie ruhig an und Thea folgte der ‚Straße', allerdings war es bloß noch ein Trampelpfad, die ausgelatschte Erde unter so viel Gras verborgen, dass man sie kaum noch erahnen konnte.

„Sicher?", fragte sie ihn missmutig. Aber er gab bloß zurück: „Ja."

Selbstsicher, knapp und stark. Vielleicht mochte sie genau das so sehr an ihm, obwohl es fast schon überheblich wirkte.

„Stopp", kam gleich seine nächste Anweisung und Thea bremste langsam ab, denn sie hatte keine Lust, von ihrer Maschine geschleudert zu werden wie von einem bockenden Pferd. Als sie standen, nickte James nach rechts und sagte: „Da ist es, vielleicht noch hundert Meter."

„Okay", befand sie und stellte den Motor ab, während James hinter ihr bereits absaß. Thea schwang sich ebenfalls vom Motorrad und schob es mit einem wehmütigen Seufzen in das Waldstück vor ihnen, damit es nicht so sehr auffiel.

„Eine solche Maschine sollte nicht in der Botanik stehen müssen", murrte sie, erntete aber nur ein mentales Kopfschütteln von Halira und einen langen Blick von James. Edgar hingegen, der wieder aus dem Holster geholt wurde, merkte gleich an: „So, wie du fährst, sollte man das Ding am Meeresgrund versenken!"

„Ach was", entgegnete sie vergnügt. „Die paar Schlaglöcher haben doch Spaß gemacht!"

„Spaß?!", fragte die Waffe schrill nach, aber James ging ihn missachtend voraus und Thea folgte ihm. „Spaß? Alter, hast du das gehört?"

„Ja", antwortete sein Besitzer lediglich ruhig und vollkommen unbeteiligt, was Edgar nur noch mehr aufregte, Thea konnte es genau sehen. Sie grinste breit und freute sich darauf, sich ein Wortgefecht mit der Waffe zu liefern, denn mit dem war das wenigstens möglich.

Da spannte Halira sich plötzlich an. Aufmerksam sah Thea sich um, konnte aber nichts entdecken außer James, der vor ihr ging, seine Schultern unter dem schweren Mantel trotzdem eher schmal, aber sie wusste, er war ein drahtiger Kerl und stark. Von ihm drohte keine Gefahr und jeder Dämon, der blöd genug war, sie beide anzugreifen, würde es bitter bereuen.

Noch während sie darüber nachdachte, erklärte Halira ihr, was sie eigentlich gefühlt hatte: Magie. Unmengen davon.

Sie ließ Amalthea für einen Moment daran teilhaben, wie viel Magie diesen Ort flutete und so konnte sie die Schwaden von Macht fühlen, die das Zentrum der Insel umgaben. Sie stolperte überwältigt davon, wie viel Magie hier war, und zu ihrer Schande fiel sie auf ein Knie.

„Thea?“, fragte James nach und war sofort an ihrer Seite, Edgar in seiner Hand und sein wachsamer Blick überall. Sie schüttelte kräftig den Kopf und stemmte sich hoch, nun, da Halira ihr Gespür nicht mehr mit ihr teilte und ihr nicht länger schwindelig war.

„Bist du auf die Schnauze gefallen, Süße?“, neckte Edgar sie und schielte mit einem Auge zu ihr. „Sind dir deine Schuhe zu hoch, oder was?“

„Schnauze!“, herrschte sie die Waffe an und wandte sich an James. „Wie hältst du das aus?“

Er hob fragend eine Augenbraue und steckte Edgar weg, diesmal in das halboffene Holster, da hakte sie genauer nach: „Du hast die Magie schon am Dock gefühlt und hier muss sie verschissen viel stärker sein, Halira hat es mich gerade spüren lassen. Wie hältst du das aus?“

Lange Zeit starrten sie einander in die Augen und schwiegen, dann zuckte James achtlos die Schultern und setzte seinen Weg fort. Einfach so!

„Hey, du Mistkerl!“, fauchte Thea und hetzte ihm nach. „Was zur …?“

Sie verstummte überrascht, als sie in dem Wäldchen plötzlich auf eine Lichtung stießen. Ja, Lichtungen sollten ja ach so romantisch sein, egal, das interessierte sein kein Stück. Aber auf dieser hier war ein … Brunnen. Mitten im Gras war ein Steinkreis ausgelegt, helle, naturbelassene Steine, wie sie aus dem Meer oder einem Fluss gefischt worden sein konnten, waren in einem Kreis angeordnet und umschlossen eine Wasserfläche, die sich leicht im Wind kräuselte.

„Was …“, wiederholte Thea ihre Worte, beendete den Satz allerdings anders, als sie den vorigen geplant hatte, „… ist das?“

James neben ihr straffte die Schultern und murmelte: „Hier ruht Magie, sehr alt und mächtig, vergessen.“

Thea trat an den Brunnen heran, obwohl Halira sie warnte, aber sie musste das sehen. Ihre Vertraute wurde immer nervöser und rollte sich zu einem engen Ball zusammen, die Magie des Ortes unangenehm stark fühlbar für sie. Irgendwie schaffte Thea es, einen Blick auf James zu werfen, aber der war vollkommen unbeeindruckt von der Macht, die hier zu fühlen war.

Er sah sich wachsam um, ganz der Beschützer, den er angekündigt hatte. Thea hörte seine Schritte näherkommen und schließlich standen sie beide vor dem Brunnen. Er war leicht groß genug, dass ein ausgewachsener Mann darin hätte liegen können, aber nicht sehr tief. Wie weit er genau nach unten reichte, konnte sie nicht sagen, denn er war mit reinweißen Steinen ausgekleidet, sodass die Perspektive verschwamm. Noch immer huschten kleine Wellen über die Wasseroberfläche, da die Böen des Meeres auch hier noch Kraft hatten.

„Schräg …“, murmelte sie, hörte aber von James nicht mal ein Brummen als Antwort. Also sah sie zu ihm und fragte: „Wie haben all die Touristen das hier noch nicht entdeckt?“

„Weil Touris dämlich sind?“, schlug Edgar vor, aber sein Witz kam mit atemlosem Zischen aus seinem Maul und seine beiden Augenpaare zuckten wild hin und her im Versuch, alles abzusuchen.

„Ich sehe mich um", murmelte James leise, dann war er schon verschwunden. Thea bekam es erst verspätet mit und fragte überrascht: „Was, wo …?"

Doch er war schon zwischen den Bäumen verschwunden.

„Arschloch", brummte sie missmutig und erkundigte sich im Stillen bei Halira, wie es ihr ging. Die Antwort ihrer Vertrauten kam nur zögerlich und war eigentlich nur der emotionale Ruf: „Ich will weg!"

„Gleich", versprach sie. „Aber das ist …"

Thea brach ab, denn obwohl sie den Brunnen die ganze Zeit überrascht betrachtet hatte, fiel ihr ein Detail erst jetzt auf. Sie hatte kein Spiegelbild darin.

Stirnrunzelnd sah sie genauer hin, führte ihre Hand nahe an die Oberfläche, doch dasselbe … kein Spiegelbild.

Bis auf die Glyphe. Thea starrte die Glyphe an, die sich verschwommen auf der Oberfläche des Wassers spiegelte, denn das konnte nicht sein. Probeweise machte sie einen Schritt zur Seite, doch das Spiegelbild der Glyphe bewegte sich mit ihr. Das Zeichen auf ihrer Brust war zu sehen, aber sie selbst nicht.

„Was zur …", murmelte sie, fand aber keinen Fluch, der dazu passte. Warum genau, wusste sie nicht, aber Thea streckte ihre Hand nach dem Wasser aus. Halira hatte auch nichts dagegen, hätte sie aber vor jeder schädlichen Magie gewarnt, also konnte ja nichts passieren.

„Nicht!", erklang laut James' Stimme und Thea zuckte sogar zusammen.

„Verdammt, ich hab dich noch nie so laut schreien gehört", murrte sie mit klopfendem Herzen. Edgar gab dreckig grinsend zurück: „Glaub' mir, er schreit noch lauter, wenn er wieder mal rumvögelt."

„Schweig“, fuhr James die Waffe an. Doch die beschwerte sich knarzend: „Was? Stimmt doch!“

Daraufhin ignorierte er die Waffe, aber Thea grinste, bis James sie wissen ließ: „In dem Brunnen sind Bannrunen.“

Sie starrte ihn an, sah dann noch einmal ins Wasser. Sie entdeckte nichts. Mehr noch, dachte sie wütend und wandte sich dann wieder James zu, den sie anfuhr: „Und wann und wie genau hast du das gesehen?! Du warst nicht hier.“

„Ich … habe meine Wege“, erwiderte er gedehnt. Das ließ sie ihm nicht noch mal durchgehen. Thea funkelte ihn wütend an: „Pass mal auf, du Spinner, diesen Scheiß kannst du dir sonst wohin stecken! Wie hast du das gesehen?“

James scheute nicht vor ihrem Blick zurück, war auch vollkommen unbeeindruckt und unverrückbar wie ein Felsen, als sie nun auf ihn zutrat. Edgar hingegen schmatze ein paarmal nachlässig und maulte dann: „Verdammt, Alter, dann sag’ es ihr doch. Sonst macht die Braut hier noch einen Aufstand, dass mir morgen noch die Ohren klingeln werden!“

„Schnauze!“, fuhr Amalthea die Waffe an. Im selben Moment grollte James: „Schweig!“

Gleich darauf sahen sie sich beide wieder an und Thea konnte nicht anders, sie grinste: „Na also, da sind wir uns einig.“

„Ja, verschwört euch bloß …“, murrte Edgar, während James schweigend den Kopf neigte. Doch er ließ sie keine Sekunde aus seinem Blick und sie fragte: „Also, wie? Und erzähl’ mir bloß keinen Scheiß, ja?“

James atmete tief durch und rieb sich einen Moment die Stirn, was ihm ein Augenverdrehen von Edgar einbrachte. Dann aber hob er seinen Blick zu Thea, bohrte ihn in ihren und sagte langsam: „Nicht nur du hast Eigenschaften, die man nicht sofort erkennt, auch ich besitze welche. Ihre genaue Natur spielt allerdings keine Rolle."

„Für mich schon!", widersprach Thea heftig und fühlte Wut durch ihre Adern jagen, als ihr Gegenüber bloß seufzte, so, wie man mit einem wehmütigen Seufzen aufhörte, mit einem störrischen Kind zu diskutieren.

„Ich … habe ein Gespür für Magie", begann James leise und zögerlich, wobei seine Augen sich auf den Brunnen richteten. „Die Runen habe ich mehr … gefühlt als gesehen."

Thea hob fragend eine Augenbraue, denn sie glaubte ja, dass er sie anlog, aber sie konnte Halira nicht nach ihrer Meinung fragen. Die war noch immer zu sehr mit der übermächtigen Magie hier beschäftigt.

„Na gut", befand sie schließlich, denn es würde sie nicht weiterbringen, wenn sie sich hier an die Gurgel gingen, aber sie musste ihn einfach reizen. „War das jetzt so schwer?"

Wie erwartet, reagierte James aber kein bisschen darauf und so schüttelte Thea genervt den Kopf. Mit dem Kerl konnte man einfach nicht streiten! Sie hatte es ja wirklich versucht!

„Hier", nickte sie stattdessen zu dem Brunnen, zu dem James sie geführt hatte. „Schau mal rein."

Er legte den Kopf schief in einer Frage, da knirschte Edgar: „Mann, Alter, das wird dich schon nicht umbringen."

Einen mürrischen Seitenblick auf die Waffe, dann tat er wie geheißen. Sobald James neben ihr stand, musterte er die Wasseroberfläche, auf der Thea bereits sah, dass er kein Spiegelbild hinterließ, ebenso wenig wie sie. Allerdings zeichneten sich auch auf seiner Brust Zeichen ab, allerdings nicht schwarz, wie die ihren, sondern silber-weiß wie sein Haar. Was das wohl sein mochte? Jedenfalls nicht ihr Problem.

„Wie …?“, murmelte er leise und stierte in Wasser.

„Keine Ahnung“, gab sie zurück und scherzte: „Aber auch wenn du es noch so lange anstarrst, ich glaube kaum, dass es dir aus Angst seine Geheimnisse verraten wird!“

„Wenn er singt, dann schon!“, witzelte Edgar und bekam dafür einen Klaps auf die Schnauze, die er gleich verzog. Thea grinste kurz, dann beugte sie sich wieder über den Brunnen, obwohl sie wusste, dass sie nicht dahinter kommen würde, warum das Wasser ihnen keine Spiegelbilder zeigte.

„Wenn du noch tiefer reinschaust, wirst du noch eine Selkie!“, ertönte eine Stimme hinter ihr und Thea wirbelte herum, ihre Schusswaffe im Anschlag, bevor sie hatte denken können. Doch dann erkannte sie den Mann, der nun einfach bei ihnen mitten im Wald stand.

„Lachlan!“, brüllte sie überrascht und lief zu dem alten Schotten, der grüßend seinen schwarzen Hut vom Kopf zog und eine Verbeugung andeutete. Doch das war ihr vollkommen egal, sie fiel ihrem Lehrmeister um den Hals. Lachend fing er sie auf und hob sie sogar hoch, dass selbst sie mit ihrer Größe in der Luft strampelte.

Als er sie wieder absetzte, legte Lachlan ihr seine großen, schweren Hände auf die Schultern und sprach lächelnd: „Schön wie eine unter Menschen wandelnde Selkie bist du ja schon, Kleines.“

„Schleimer“, gab sie zurück, aber er lachte bloß. Auch dann noch, als Thea ihre Faust schwer gegen seine Schulter hieb und anklagend fauchte: „Drei Jahre! Wo warst du so lange?“

„Unterwegs“, gab er mit einem schelmischen Grinsen zurück und dabei blitzten die grünen Augen, die sie so oft bei ihren Übungen beobachtet hatten.

„Glaub ja nicht, dass du mir mit der Antwort davonkommst“, murrte Thea, sehr zu seiner Belustigung. Denn Lachlan stupste ihr gegen ihre Nase, wie er es früher auch oft gemacht hatte, und meinte: „Ich musste einige Leute besuchen, andere unterrichten … Du bist nicht meine einzige Schülerin, wenn auch meine liebste.“

„Jaja …“, winkte sie ab, sich plötzlich sehr der Tatsache bewusst, dass James hinter ihr stand, vermutlich bereit, Lachlan jederzeit umzulegen, wenn er irgendwas Blödes versuchen sollte. Und ihr wurde auch bewusst, dass sie sich gerade wie ein kleines Mädchen benahm …

Thea räusperte sich geräuschvoll und trat zurück, wobei sie sagte: „James, das ist mein Lehrmeister, Lachlan.“

„Angenehm“, begrüßte der Schotte nun Theas ernannten Beschützer des heutigen Tages, der nur knapp nickte, aber die ausgestreckte Hand kraftvoll schüttelte.

„Was ist mit mir?“, beschwerte sich knirschend James’ Waffe und Lachlan sah überrascht zu dem Holster. Also fügte Thea schmunzelnd an: „Und das ist Edgar.“

„Interessant …“, kommentierte ihr Lehrmeister mit gerunzelter Stirn. Also schnitt Thea ihm gleich ernst das Wort ab: „Frag nicht.“

Daraufhin lachte er und so schloss sie die kurze Vorstellungsrunde ab: „Lachlan, das ist James, ein Freund.“

„Ein Freund oder dein Freund?“, hakte Lachlan nach, aber sie verpasste ihm sofort eine, denn er hatte sie immer schon gern nach irgendwelchen Liebschaften ausgefragt. Er hatte zwar nie was erfahren, aber trotzdem wollte sie ihm das nicht durchgehen lassen. Allerdings wich Lachlan ihr geschickt aus, wie er es ihr beigebracht hatte. Deswegen hatte sie auch damit gerechnet und ihr Schlag war nur eine Finte gewesen. Der echte Hieb traf.

Lachlan lachte und lobte sie dann: „Sehr gut, Kleines. Aber bitte, vergib doch einem alten Mann, mein Gehör ist nicht mehr das Beste.“

„Wer’s glaubt“, schnaubte sie, denn sein Grinsen sprach Bände.

„Wo kommst du eigentlich her?“, fragte sie ihren Lehrmeister plötzlich, der daraufhin überrascht anhob, etwas zu sagen, aber sie grinste. „Sag’ jetzt ja nicht Schottland, okay?“

Er lächelte milde und erwiderte dann: „Wie gesagt, ich war unterwegs. Und da ich wusste, dass du ohne mich zurechtkommst, habe ich dich allein gelassen. Du konntest dir ja Hilfe verschaffen, wie ich sehe.“

„Schon“, murrte Thea schulterzuckend, beließ es dann aber dabei. Der alte Schotte war immer wieder mal verschwunden, hatte sie mit Barry allein gelassen und war dann wieder aufgetaucht. Meist waren es nicht mehr als zwei Wochen am Stück gewesen, aber was machte es schon? Sie war erwachsen, verdammt. Also sollte sie sich auch so benehmen und so nickte sie zu dem Brunnen vor ihnen und fragte Lachlan: „Was ist das? Erzähl’ mir bloß nicht, du wüsstest es nicht, denn du hast zumindest gewusst, wo er sich befindet. Also?“

Lachlan grinste stolz, also hatte er ihr vorgaukeln wollen, keine Ahnung zu haben, dann aber gab er zu: „Das ist ein Kraftbrunnen, aber zu wem er gehört, das weiß ich wirklich nicht.“

„Was?“, hakte sie nach. Er hob abwehrend die Hände und erklärte: „Aber hier ruht Magie. Und die Bannrunen im Becken sind bloß da, um Feinde fernzuhalten. Hätte der Brunnen euch beide fernhalten wollen, ihr hättet es gemerkt, lange bevor ihr ihn gesehen hättet.“

„Will ich wissen, woran?“, fragte Thea nach, doch ihr Lehrmeister sah sie nur von der Seite an, also schlussfolgerte sie. „Wohl nicht.“

Dann atmete sie tief durch, raufte sich unter ihrem Hut die Haare und knurrte: „Alles umsonst. Hier ist kein einziger Hinweis auf den Blutdrachen, nichts.“

Thea grollte missmutig, da hörte sie James' ungläubige Frage: „Du suchst nach dem Blutdrachen?“

„Du weißt etwas über ihn?“, wollte sie verdattert wissen. Ohne ein Wort schnappte James sich ihren Oberarm und drückte fest zu in seiner Anspannung, wobei er wisperte: „Er ist gefährlich, Thea. Halt dich von ihm fern.“

Sofort ließ er sie los, als hätte er sich an ihr verbrannt, dann senkte er den Kopf und sagte: „Vergib mir, das war unangemessen.“

Sie war sprachlos, allen Ernstes sprachlos. Aus dem Augenwinkel bemerkte sie, dass Lachlan an seine Hüfte gegriffen hatte, bereit, seine Waffe zu ziehen, aber sie starrte blinzelnd James an, der seinen Blick nur langsam wieder zu ihr hob. Dann sprach er zögernd: „Ich … habe Gerüchte gehört, einige Zeichen gesehen, die vor dem Blutdrachen warnen. Darüber hinaus habe ich keine Kenntnisse, die dir behilflich sein könnten.“

„Schon gut“, murmelte sie langsam, immer noch überrascht von James' heftiger Reaktion.

„Hör auf deinen Freund“, riet Lachlan ihr und betonte das *deinen* genug, damit sie seinen Scherz verstand, aber sonst niemand. „Der Blutdrache hat, wie sein Name sagt, viel Blut vergossen. Er ist gefährlich.“

Thea wirbelte zu ihrem Lehrmeister herum und fauchte: „Warum zur Hölle weiß jeder Trottel und sein Hund etwas über diesen Blutdrachen, aber ich nicht?! Verdammte Scheiße, ich bin seine Tochter!“

Sie hörte James hinter sich nach Luft schnappen. Aber sie gab nichts darauf, der Typ hatte schließlich genug eigene Geheimnisse. Lachlan blieb wesentlich ruhiger und grinste: „Hast du einen Familienstammbaum gefunden?“

Das hatte sie immer schon an ihm gemocht, dass er alles ruhig und mit einem Scherz annahm, im nächsten Augenblick aber kämpfen konnte wie ein fleischgewordener Rachegeist aus den Geschichten. Um dann sofort wieder Witze zu reißen. Thea lachte befreit und erwiderte dann: „Ich nicht, aber ein verrückter Apotheker in Chinatown.“

„Du warst in Chinatown?“, fragte Lachlan nach und schon war seine Ruhe wie fortgewischt.

„Äh … ja?“, zuckte Thea ihre Schultern. „War nicht angenehm, aber was soll's. Hab's überlebt.“

Lachlan musterte sie lange, sodass sie schon die Stirn runzelte. Gerade als sie nachhaken wollte, lächelte er leicht und riet ihr: „Das hier ist ein Kraftbrunnen. Egal, wem er gehört, wer immer Wasser davon mit sich trägt, genießt den Schutz des Wassers, wenn es ihn akzeptiert hat. Da du noch unversehrt hier stehst, würde ich dir raten, dir ein Fläschchen mitzunehmen.“

„Aber sicher doch“, erwiderte sie sarkastisch grinsend, doch ihr Lehrmeister meinte es ernst, denn er nickte auffordernd zu dem kleinen Brunnen.

„Okay …“, sprach Thea gedehnt und schüttelte den Kopf, aber schaden konnte es ja auch nicht. Immerhin trug sie ja auch immer noch das kleine Fläschchen mit Salz bei sich, das sie vor Dämonen schützen sollte. Spätestens an ihrem Geburtstag könnte sie jede Hilfe brauchen.

Sie kniete sich an den Rand des Brunnens, da hörte sie ihren Lehrmeister sagen: „Hier, nimm dir auch etwas davon.“

James erwiderte nichts, aber er kniete neben ihr. Erst jetzt fiel Thea auf, dass die leichte Brise von der See noch zu fühlen war, doch der Wasserspiegel bewegte sich nicht mehr. Gerade wunderte sie sich darüber und zog das Fläschchen in ihrer Hand zurück, da lief ein Strahl von selbst hinein. Aufwärts, *gegen* die Schwerkraft.

Bei James neben ihr geschah dasselbe und sie sahen sich überrascht in die Augen. Dann lachte Thea nervös, korkte das Fläschchen zu und stand auf, wobei sie es in dem verschraubbaren Behälter an ihrem Schlüsselbund verstaute.

„Du hättest mich ruhig warnen können, dass Kraftbrunnen auch die Kraft haben gegen …“, sagte sie scherzend zu Lachlan, hielt allerdings inne, als sie ihn nicht sah. Er war verschwunden. Der Mistkerl war einfach klammheimlich gegangen! Schon wieder!

„Arsch …“, grollte sie. Edgar stimmte ihr zu: „Reichlich seltsam war er jedenfalls. Und du als kleines Mädchen direkt niedlich.“

„Ich nehm das mal als Kompliment“, ließ Thea ihn wissen. Doch er erklärte gleich knarzend: „War’s aber nicht. ‚Geiler Arsch!‘ ist ein Kompliment, ‚niedlich‘ ist ’ne Beleidigung.“

„Wie *niedlich* von dir, mir das zu erklären!“, sagte Thea übertrieben zuckersüß und erntete ein dröhnendes Lachen von der Waffe. Sie sah sich noch einmal um, aber Lachlan blieb verschwunden, also fragte sie James: „Du hast ihn aber auch gesehen, oder?“

Er hielt ihr als Beweis kommentarlos das Fläschchen entgegen, das Lachlan ihm ausgehändigt hatte und sie nickte: „Okay, verschwinden wir.“

James sagte nichts dazu, aber es war Thea auch egal, denn verdammt, sie war wütend, scheiß wütend. Da sah sie Lachlan drei Jahre nicht, dann entschloss er sich dazu, sie für gefühlte zwei Sekunden mit einem Auftritt zu beehren und dann das! Arschloch!

Ihr Motorrad bekam ihre Gefühlslage zu spüren, denn sie riss es aus den Fängen der Botanik und fuhr in ihrer Wut wesentlich schneller, als es die Straßen hier eigentlich erlaubten. Und jedes Mal, wenn sie den Behälter an ihrem Schlüsselbund sah, wurde ihre Wut erneut angeheizt.

„Whoa, Süße, mach langsamer!“, jammerte Edgar lautstark. „Willst du uns umbringen?“

„Dich schon“, grollte sie und ignorierte das Gemecker der Waffe für den Rest der Fahrt. Sie waren wesentlich schneller wieder beim Dock angelangt, als sie von dort weg zur Mitte der Insel gebraucht hatten, aber das wunderte Thea eigentlich nicht. Was sie hingegen überraschte, war, dass James rasch abstieg und ihr wortlos bedeutete, sie möge sitzen bleiben.

„Was?“, knurrte sie, denn es war ihr vollkommen egal, dass sie eigentlich nicht wütend auf ihn war. Wenn er dachte, er könnte ihr Befehle erteilen, dann hatte er ohnehin Prügel verdient.

Stumm zog er seine Geldbörse, ein abgegriffenes, schwarzes Lederding und so ließ sie ihn machen, denn sie hatte absolut null Bock sich mit dem Collegejungen an der Kasse rumzuschlagen. Also blieb sie sitzen, den Hut tief ins Gesicht gezogen und erdolchte jeden mit ihren Blicken, der blöd genug war, sie trotzdem anzusehen. Erst, als James mit den Tickets von der Bude fort trat, schob sie das Motorrad auf die Fähre und wartete ungeduldig, bis sie endlich wieder in Frisco wären. Sie hatte wirklich eine Stinklaune.

Halira regte sich langsam wieder in ihrer Tasche, aber das Mitleid ihrer Gefährtin half ihr auch nicht. Missmutig und genervt, ja Scheiße, verdammte, *verletzt*, lehnte Thea sich mit ihren Ellbogen an die Reling und lauschte mit geschlossenen Augen auf das Röhren des Motors, als die Fähre sich endlich in Bewegung setzte. James neben ihr schwieg, Edgar interessanterweise auch, was wohl nur zu seinem eigenen Besten war. Hätte er sie noch einmal genervt, sie hätte ihm die Augen ausgestochen.

Müde seufzte Thea bei dem Gedanken und verwarf ihn, denn sie würde es sicher nicht tun. Sie würde nicht die Wut dafür aufbringen, denn im Moment war sie einfach nur unfassbar müde und enttäuscht.

Sie versteifte sich, als sie eine Hand an ihrem Rücken fühlte, und hätte um ein Haar zugeschlagen, da begriff sie, dass es James war, der seine Finger nun über ihrem Kreuz auffächerte. Es war eine seltsame Geste, aber tröstlich und warm, beruhigend. Eben verdammt seltsam!

Dennoch war Thea ihm dankbar und ließ ihn das durch ein knappes Lächeln in seine Richtung auch wissen, das er mit einem Kopfnicken erwiderte. Mehr Worte brauchten sie nicht und es war angenehm, schräg, aber angenehm, obwohl er nicht Luis war.

James zog seine Hand zurück und Thea versteifte sich, als sie diesen Gedanken wirklich begriff. Verdammt, der blöde Werwolf hatte recht. So angenehm die Gesellschaft dieses kühlen, schweigsamen Mannes war, er war nicht Luis, also wollte sie wieder in dessen Wohnung und würde sicher nicht mit James durchbrennen. Na wunderbar.

Einen Fluch unterdrückend biss Thea sich fest auf ihre Unterlippe, denn sie wusste, wenn sie jetzt wieder bei Luis aufkreuzte, wäre der die nächsten paar Tage vor lauter Stolz nicht mehr zu ertragen. Aber sie *wollte* zurück.

Als die Fähre anlegte, fluchte sie in Gedanken immer noch vor sich hin, brachte sich selbst allerdings nicht dazu, ihren Entschluss zu ändern. Nein, stattdessen hielt sie schon auf die Straße zu, die sie zu Luis' Wohnung führen würde.

„Blöd, dass der Trip nicht mehr gebracht hat, aber ohne dich hätte ich mich vermutlich zu einem Trottel gesucht", wandte sich Thea an ihren Begleiter mit Worten, die einem Danke so nahekamen, wie sie es über sich brachte. James neigte den Kopf in Anerkennung, ehe er sprach: „Ich bringe dich noch zu ihm."

Thea knirschte mit den Zähnen, was Edgar natürlich nicht verborgen blieb, so dämlich wie das Teil grinste. James stieg hinter ihr auf die Maschine und so kam sie ihm zuvor: „Du meinst wohl, ich bringe mich, du bist Ballast."

„Wenn du so willst", antwortete James trocken und sie könnte schwören, dass er wieder dieses schmale Lächeln auf den Lippen hatte. Kopfschüttelnd startete Thea das Motorrad und schlängelte sich zwischen den Autos des frühabendlichen Verkehrs hindurch, erntete Hupen und nachgerufene Beschimpfungen, aber das war doch genau der Spaß an der Sache.

Sobald sie das Motorrad in einer Seitenstraße abgestellt hatte, wollte Thea sich eigentlich von James verabschieden, aber ein Blick in seine Augen und sie hakte nach: „Willst du mich jetzt ernsthaft zur Tür bringen wie ein Teenie seine erste Freundin?"

„Ja und nein", gab er bloß zurück und dabei hoben sich seine Mundwinkel doch tatsächlich, also grinste Thea breit und nickte zu dem Wohnbau. Die Haustür war nicht verschlossen und der Portier nickte ihr grüßend zu, was Thea jedoch ignorierte und stattdessen in ihrer Hosentasche nach den Schlüsseln fischte. Ja, Luis, der Trottel, hatte ihr echt den Ersatzschlüssel gegeben. Selbst schuld …

Sie schloss auf und drehte sich zu James um, aber noch bevor sie etwas sagen konnte, legte er für einen Moment eine Hand auf ihre Schulter und bat sie: „Nimm dich in Acht, Thea."

Überrascht zog sie eine Augenbraue hoch, da erklärte er: „Der Blutdrache ist gefährlich."

„Dachte ich mir schon", gab sie zurück. James schüttelte den Kopf: „Nein. Man hört nur Gerüchte über ihn, aber jedes einzelne ist schlimmer als alles, was man sich über die Shunan-Brüder erzählt hat. Sei vorsichtig."

„Na gut", antwortete sie ihm und scherzte dann. „Ich hab die Shunan-Bastarde kaltgemacht und ich hab Luis und dich, was soll schiefgehen?"

James seufzte leise und resigniert, was sie grinsen ließ, aber Edgar murrte: „Meine Fresse, Süße, wenn du so weitermachst, dreht er noch durch. Hatten wir schon viel zu lange nicht mehr, das wär ein Spaß."

Daraufhin schüttelte James den Kopf, warnte sie aber noch einmal eindringlich: „Gib Acht."

„Ja doch", sagte sie und er rührte sich dennoch nicht vom Fleck, sondern wartete mit vor der Brust verschränkten Armen darauf, dass sie in die Wohnung ging. Also tat sie ihm den Gefallen und lehnte sich dann erschöpft gegen die Innenseite der geschlossenen Tür. Was für ein beschissener Nachmittag das gewesen war.

Halira stimmte ihr zu, denn sie erholte sich nur langsam von der drückenden Magie des Kraftbrunnens. Aber ihre eigenen Kräfte waren so weit zurückgekehrt, dass die Spinne gleich fühlte: Etwas in der Wohnung stimmte nicht. Thea horchte auf und erkannte jetzt Luis' Stimme, da dieser aufgeregt mit jemandem sprach. Auf Spanisch, also verstand sie kein Wort, aber allein die Tonlage ließ sie wissen, dass irgendetwas verdammt im Arsch war.

Thea kickte ihre Stiefel fort, schmiss den Mantel und den Hut in eine Ecke und ging in die Küche, wo Luis immer noch mit jemandem telefonierte. Als er ihre Schritte hörte, ruckte sein Kopf zu ihr und ein wütendes Funkeln war in seinen Augen. Scheiße, der war bereit, irgendjemanden in Stücke zu reißen.

Er sprach rasch und fahrig mit wem auch immer, gestikulierte dabei mit seiner freien Hand, während die andere das Handy umklammerte, das Thea schon Mitleid mit dem armen Plastikgehäuse bekam.

„¡Ya!“, grollte er und dann folgten noch einige rasche Worte, ehe er mit einem Zähnefletschen auflegte. Thea blinzelte, dann warf sie trocken ein: „Ich hab keine Hinweise auf den verdammten Blutdrachen gefunden, dafür aber meinen Lehrmeister, wobei der Arsch mich nach zwei Minuten wieder hat allein dastehen lassen. Mein Tag war also ziemlich beschissen und ich schätze mal, deiner war auch nicht besser.“

„No“, knurrte er und starrte das Handy vorwurfsvoll an, sagte aber nichts.

„Komm schon“, forderte Thea ihn auf und trat näher zu ihm. „Sag's mir.“

Warum sie sich plötzlich für seine Sorgen interessierte, war ihr schleierhaft und Haliras Begründung wollte sie nicht gelten lassen. Trotzdem fragte sie nach. Luis atmete tief durch und steckte sein Handy in die Hosentasche der schwarzen

Jeans, die er mittlerweile trug, dann flüsterte er harsch: „Ich habe ein Problem.“

Sie war versucht, ihm einige blöde Witze an den Kopf zu knallen, so viele, dass sie sich gar nicht recht für nur einen entscheiden konnte. Sie ließ es sein und sah ihn einfach nur an. Luis murmelte einen spanischen Fluch, dann griff er nach ihrer Hand und drückte diese kurz, ehe er knurrte: „Mein Bruder ist verschwunden. Wenn ich ihn nicht bald finde, bringt er noch jemanden um.“

Kapitel 12

Schwarze Schafe

„Noch immer nichts?“, erkundigte Thea sich. Während die Sonne hinter ihnen sich langsam, aber sicher dem Horizont zuneigte und sie damit den Rückspiegel komplett vergessen konnte. Ja, sie fuhr mit Luis’ Jeep. Das allein war Anzeichen genug, dass er vollkommen fertig war. Trotzdem waren sie sicher die letzten 20 Stunden ständig unterwegs gewesen, nur mit den notwendigsten Pausen. Und Thea wusste noch nicht einmal, warum genau. Das allein zeigte schon, wie schlecht es um *sie* stand.

„No“, grollte Luis, der immer wieder ins Spanische verfallen war, ständig Flüche gemurmelt hatte, wann immer sie seinen Bruder schon wieder nicht gefunden hatten. Langsam reichte es Amalthea und so knirschte sie: „Was zur Hölle ist eigentlich los? Warum müssen wir den Idioten suchen?“

Luis’ Blick schoss zu ihr, aber Thea dachte ja nicht daran, sich schlecht zu fühlen: „Hey, wenn du eine 24-Stunden-Schicht schieben musst wegen diesem Scheißer und ich mit dir, dann will ich auch wissen, was Sache ist!“

Nun lachte der verdammte Spanier neben ihr kurz schnaubend, ehe er murrte: „Glaub’ mir, querida, das willst du nicht wissen.“

„Doch!“, widersprach Thea heftig und schlug wutentbrannt auf das Lenkrad, was sowohl Luis als auch Halira ärgerte, aber hey, sie war auch wütend. „Ich suche keinen Hosenscheißer einen ganzen verdammten Tag lang, wenn ich nicht weiß, warum!“

„Ich werde es dir aber nicht sagen, Ende der Diskussion!“, schrie Luis sie an. Das war genug, mehr als genug.

Thea verriss das Lenkrad nach rechts, rumpelte mit dem Jeep über den Schotter am Straßenrand. Sie ignorierte das Hupen der Autos hinter ihnen, die nun an dem Jeep vorbeirauschten, und auch wie Luis sie schon aus vor Zorn blitzenden Augen anstarrte.

„Jetzt hör' mal zu, Flohschleuder“, fauchte sie und drehte sich zu ihm. „Ich kann einen Dreck dafür, dass dein Bruder offenbar ein Idiot ist oder ein Mörder oder was, kapiert?! Und ganz sicher lasse ich mich nicht von dir anbrüllen, nur weil du einen beschissenen Tag hattest!“

Luis seufzte müde und vergrub seinen Kopf in seinen Händen. Er atmete tief durch, ehe er wieder aufsah und Thea in die Augen schaute. Mit dem Welpenblick brauchte er es gar nicht erst zu probieren …!

„Perdóname“, bat er und verdammt, das zog schon wieder. „Ich bin müde, erschöpft und mache mir Sorgen. Aber ich hätte es nicht an dir auslassen dürfen, querida.“

„Ganz genau“, zischte Thea, aber obwohl sie versuchte, ihre Wut am Kochen zu halten, gelang es ihr nicht wirklich. Luis hatte dunkle Ringe unter den Augen und so rutschte ihr raus: „Du siehst beschissen aus.“

„Danke“, murrte er zynisch, grinste aber schief und lehnte sich zu ihr, wobei er leise scherzte. „Du hast auch schon mal besser ausgesehen, Prinzessin.“

Sie lachte tatsächlich darüber und ließ es zu, dass Luis beide Hände an ihre Wangen legte. So zog er sie sachte zu sich, legte seine Stirn gegen ihre und murmelte leise ein paar Worte, die sie aber nicht verstand, schließlich sprach sie nur Englisch.

Der Werwolf neben ihr atmete mehrmals tief durch, rieb seine Stirn an ihrer, wie sie es wirklich von Hunden kannte, dann lehnte er sich zurück, wobei er aber über ihre Wange strich. Diese Geste war … viel zu liebevoll und nett, als dass Thea sie ihm durchgehen lassen konnte. Also wollte sie ihm dafür wirklich eine reinhauen. Stattdessen fragte sie ihn: „Wo kann er noch sein? Irgendwo muss der Idiot ja abgeblieben sein und es wird ja einen Grund geben, warum du ihn suchen sollst. Oder jagt dich deine Familie immer wieder ins Bockshorn?"

„Sie haben mich davongejagt", murmelte Luis leise und sowohl Thea als auch ihre Vertraute horchten auf. Bevor sie nachfragen konnte, sah Luis zu ihr und erklärte nachdenklich: „Ich bin der beste Jäger in unserer Familie, also müssen sie schon alles versucht haben und gescheitert sein. Sonst hätten sie mich nie und nimmer angerufen."

Amalthea glaubte ja wirklich nicht, etwas von Familienzusammenhalt und diesem gefühlsduseligen Mist zu verstehen, aber … So, wie er mit seiner Großmutter umgegangen war, hatte sie eigentlich erwartet, dass sie alle sich jeden Sonntag in der Kirche treffen würden. Wohl nicht.

„Aber Miguel kann nicht weit sein", überlegte Luis laut. Darauf schüttelte Thea den Kopf und fragte: „Wieso nicht? Nur ein Flugticket und jeder Trottel ist über alle Berge."

„Er nicht", grollte er bloß zur Antwort und Thea starrte ihn an, da rückte er seufzend damit heraus. „Wäre Miguel in einer stark bewohnten Gegend aufgetaucht, hätte es schon Verletzte gegeben. Oder Tote. Nein, er ist noch in der Gegend hier irgendwo."

Sie zuckte die Schultern, aber was auch immer dieser Miguel für ein Typ sein mochte, sie war froh, doch noch Silbergeschosse eingesteckt zu haben. Nur für alle Fälle.

„Lass uns zu Nana fahren", entschied Luis müde. „Heute finden wir ihn nicht mehr."

Thea nickte abgehackt und trat das Gaspedal durch, sodass der Motor röhrte wie ein brunftiger Hirsch. Hach, was für ein tolles Geräusch!

Der Werwolf neben ihr warf ihr einen missbilligenden Blick zu, aber sie murrte: „Beruhig' dich, das muss ein Jeep aushalten."

„Ja, schon", gab er grinsend zurück. „Aber ich mache mir ernsthaft Sorgen, was du meinem Baby noch zumuten wirst, wenn du mal richtig mit ihm umgehen kannst."

„Ich *kann* richtig damit umgehen!", empörte sich Thea, woraufhin Luis den Kopf zurückwarf und bellend lachte. Grinsend schüttelte er den Kopf und meinte: „Nein, glaub' mir. Wenn meine Prellungen abgeheilt sind, zeig' ich dir mal, was dieses Baby *wirklich* kann. Du wirst Augen machen, Prinzessin!"

Thea murrte, beließ es aber dabei. Sie folgte den wenigen Richtungsangaben, die Luis ihr zu murmelte, damit sie zu Nanas Haus mitten im Wald, irgendwo im Nirgendwo kommen würden.

„Was willst du eigentlich bei deiner Großmutter?", erkundigte Thea sich. „Kann sie ihn finden, wenn du der ach so tolle Spitzenjäger bist bei euch?"

„Keine Ahnung", gab Luis schulterzuckend zu. „Vielleicht gibt es Magie, die Miguel finden könnte, ich weiß es nicht.

Aber heute möchte ich einfach ein gutes Essen und ein warmes Bett für uns beide."

„Das schmink dir mal schnell ab", knallte sie ihm wie aus Reflex an den Kopf, aber das beeindruckte ihn nicht. Nein, der dreiste Kerl legte sogar noch eine Hand warm und besitzergreifend auf Theas Oberschenkel, zu warm, zu besitzergreifend … viel zu angenehm. Verdammt, das irritierte sie!

Also suchte Thea ihr Heil in einem Scherz unter der Gürtellinie: „Kannst du heute überhaupt schon stehen?"

Sie warf Luis einen Seitenblick zu, der erst überrascht war, dann aber lachte und sich genüsslich und übertrieben breitbeinig zurücklehnte, wobei er versprach: „Du wirst zufrieden sein, mach dir da mal keine Sorgen."

„Jaja", murrte sie, denn seine Hand war immer noch an ihrem Schenkel und verflucht noch eins, der Idiot wollte einen Unfall provozieren, so viel war klar, als er seine Finger über den dünnen Stoff ihrer Cargohose wandern ließ bis zur Innenseite ihres Oberschenkels.

Da kam Thea das Hindernis direkt gelegen, das sie zum Stehenbleiben zwang. Sie machte Luis darauf aufmerksam: „Passiert sowas hier draußen öfter?"

Fragend sah er auf, denn bisher hatte er sie angestarrt. Sie atmete möglichst unauffällig durch. Sein Glucksen ließ sie wissen, dass er trotzdem genau wusste, welche Wirkung er mittlerweile auf sie hatte, aber er überging das zum Glück – seinem Glück – und erklärte: „Ja, alte Bäume können schon mal umfallen oder entwurzelt werden und dann blöd auf der Straße herumkugeln. Das haben wir gleich."

Damit stieg er aus und Thea folgte ihm, um sich die Beine zu vertreten. Es war schon dämmrig und nun, wo sie mitten im Wald waren, war es noch dunkler. Sie hatte keine Probleme damit, in dem Halbdunkel was zu erkennen, der Werwolf mit seinen ach so tollen Genen vermutlich noch weniger. Trotzdem sollten sie den Baum bald von der Fahrbahn kriegen.

Kopfschüttelnd kratzte Thea sich unterhalb ihrer Hörner, denn ihren Schlapphut hatte sie im Auto gelassen. Irgendwas war hier doch faul. Sie war ja echt kein Naturmädchen und ja, stimmte schon, dass selbst alte, kräftige Bäume irgendwann eingehen konnten. Aber es kam ihr doch seltsam vor, dass ausgerechnet der dickste Baum im Umfeld von sicher fünfzig Metern hier auf der Fahrbahn lag … und all die schwächlichen Zahnstocher neben ihm noch standen. Das war kein Sturm gewesen …

„Schaffst du das überhaupt?“, fragte sie nach. Luis schnaubte, ehe er einen Ast des Baumes fest packte und ihr zurief: „Sieh zu und schmachte, Prinzessin!“

Sie verdrehte bloß die Augen, besah sich aber den Stamm genauer, wo der Baum schlichtweg abgebrochen sein musste, während Luis das Ding allen Ernstes allein, verletzt und trotzdem ohne Probleme wegschleifte. Wie stark musste der Spinner eigentlich sein?

Halira hatte gleich ein paar Fakten über Werwölfe aus Bens Essay parat. Die interessierten Thea aber kein Stück als sie auf dem abgebrochenen Baumstamm Kratzspuren entdeckte … jede Menge.

„Hey, sieh dir das a…“, begann sie, verstummte aber sofort, als *etwas* sie brutal zu Boden schleuderte und ihr dabei alle Luft aus den Lungen quetschte. Es ließ sie auch nicht atmen, denn es legte krallenbewährte Hände um ihren Hals und drückte so fest zu, dass sie Sterne sah.

„Thea?!“, rief Luis erschrocken und sie konnte ihn fluchen hören, während sie sich gegen den Werwolf auf ihr wehrte. Da war ein gottverdammter Werwolf auf ihr! Thea trat ihm ihre Stahlkappenstiefel grob ins Kreuz, bockte und schlug wild um sich. Aber er hechelte bloß und sie konnte schwören, Belustigung und Gier in den blitzenden gelben Augen zu erkennen.

Hinter ihr ertönte ein Reißen, das sie mittlerweile problemlos der Verwandlung zu der Halbform zuordnen konnte und gleich darauf ertönte ein wütendes Brüllen, eindeutig Luis. Sie sah seinen tiefbraunen Schatten über sie hinwegfegen und mit ihm verschwand auch das Gewicht des anderen Werwolfs von ihrer Brust.

Keuchend rang sie nach Atem und sprang auf, so schnell sie konnte, allerdings verschwamm ihre Sicht und Thea musste sich auf der Motorhaube des Jeeps abstützen, um nicht in Ohnmacht zu fallen. Dieser verdammte Arsch hatte sie beinahe bis zur Bewusstlosigkeit gewürgt! Das würde er ihr büßen.

Blitzschnell waren ihre Waffen in ihren Händen, aber die beiden Werwölfe kämpften so schnell und gnadenlos miteinander, dass sie vor Theas Augen flirrend verschwammen. Scheiße, so konnte sie nicht schießen. Zwar wusste sie, dass der Wolf mit dem nun offenen, weißen Hemd und der Jeans Luis sein musste, denn der andere trug keine Kleidung, aber sie bewegten sich viel zu schnell, als dass sie einen sauberen Schuss hätte abgegeben können. Das Risiko Luis eine Kugel aus Silber reinzujagen, war einfach viel zu groß. Und wenn das passieren sollte, wäre sie mit seinem Bruder allein und dann wäre sie am Arsch.

Der Kerl musste einfach sein Bruder Miguel sein. Trotzdem hielt sie ihre Waffen auf die beiden gerichtet. Auch wenn sie wusste, dass sie nichts würde ausrichten können, bis die beiden nicht wenigstens etwas langsamer wurden. Doch die zwei schenkten sich nichts. Luis schlug dem anderen gerade seine Fänge tief in die Schulter, was seinen Bruder aufbrüllen ließ und er vergalt es ihm gleich damit, dass er ihm mit seinen Klauen die Seiten zerfetzte, sodass die kläglichen Reste von Luis' Hemd von Blut durchtränkt waren.

Thea hörte ihn vor Schmerz brüllen, war aber machtlos, denn eine Silberkugel würde Luis, geschwächt, wie er im Moment war, vermutlich umbringen. Und trotzdem kämpfte er verbissen, setzte seinen ganzen Körper wie einen Schild zwischen seinen Bruder und sie. Erst jetzt ging Thea auf, dass der Verrückte versuchte, zu ihr zu gelangen, und immer wieder wütend nach Luis schnappte, wenn dieser sich schützend vor sie stellte. Was zur Hölle ging denn hier ab?!

„Genug!", donnerte eine Stimme durch die Schneise, die durch die Straße in das Waldstück geschnitten wurde und sie musste sich die Ohren zuhalten, so laut war dieses Grollen gewesen. Die beiden kämpfenden Werwölfe stoben auseinander, aber Halira ließ sie wissen, dass sie das nicht freiwillig gemacht hatten, sondern von Magie getrennt worden waren. Mächtiger Magie.

So überraschte es Thea nicht wirklich, als hocherhobenen Hauptes Luis' Nana zwischen den Bäumen hervorkam, in ein braunes Leinenkleid gehüllt, barfuß und *stink*wütend. Neben ihr ging ein Mann in einem feinen Anzug, der Luis wirklich verdammt ähnlichsah, aber Thea fielen seine Augen auf. Wo bei ihrem Spanier warm leuchtendes Goldbraun war, lag in den Augen dieses Mann blitzendes, helles Grün. Er sah die beiden Werwölfe kalt an, ehe er gebieterisch knurrte: „Was habt ihr euch dabei gedacht?"

Luis' Bruder knurrte und ging auf den Mann im Anzug los, wurde aber erneut von Nanas Magie zurückgeschlagen und winselte sogar schmerzerfüllt, ehe zwei weitere Kerle als Werwölfe aus dem Wald brachen und ihn sich schnappten. Vor Schreck hatte Thea auf die beiden gezielt, aber ihr schenkte kein Schwein … Wolf hier Beachtung.

Luis senkte das große Haupt und stand wenig später wieder als Mann vor ihr, seine Seiten zerfetzt und blutüberströmt, aber trotzdem konnte Thea seine Rippen durchschimmern sehen. Er biss die Zähne zusammen und sah den Mann neben sich an, ehe er bemüht ruhig, aber dennoch mit unverkennbarer Wut antwortete: „Miguel hat meine Gefährtin angegriffen."

Die kalten, grünen Augen schossen zu dem beschuldigten, braunen Werwolf, der sich im Griff der beiden anderen wand, und sich dann allerdings ebenfalls wieder zurückverwandelte. Thea staunte nicht schlecht, als die drei nun nebeneinanderstanden und eindeutig war, dass sie alle Brüder sein mussten, einer im Anzug, einer in zerfetzter, blutiger Kleidung und der dritte komplett nackt, aber ebenso blutüberströmt. Und dieser kranke Drecksack lachte auch noch!

„Deine Gefährtin?", kicherte er hysterisch. Doch der andere schnitt ihm das Wort ab: „Ruhe, Miguel! Was du getan hast, wird eine Strafe nach sich ziehen. Du weißt, dass die Familie über alles geht. Luis' Gefährtin ist für dich in jeglicher Hinsicht tabu!"

Die Blicke aller wanderten zu Thea und das brachte sie dazu, ihre Waffen auf keinen Fall sinken zu lassen. Als er das sah, grinste Luis schmal, während sein geschniegelter Bruder fragend eine Augenbraue hob. Das brachte sie nur dazu, die Waffen noch deutlicher auf diese Ansammlung zu richten, was ihr ein mentales Kopfschütteln von ihrer Vertrauten, aber ein anerkennendes Nicken von Nana einbrachte.

„Tabu! Alejandro, du Idiot“, knurrte Miguel seinen Bruder an und bäumte sich auf im Griff der beiden Werwölfe. „Deine Gefährtin, Luis? Dass ich nicht lache! Weißt du überhaupt, *was* sie ist?“

„Dein Tod, du Arschloch!“, mischte sich nun Thea ein, aber Miguel lachte bloß bellend und so kalt, dass es ihr unangenehm den Rücken hinablief bei dem Gedanken, dass sie auch ohne Luis auf den Idioten hätte treffen können …

„Es hat dich nicht zu interessieren“, stellte Alejandro unmissverständlich klar. „Sie ist die Gefährtin deines Bruders und außerdem scheint sie mir eine wehrhafte, fähige Frau zu sein. Also in keiner Hinsicht etwas für dich.“

Diese trockene Spitze gegen ihn ließ den nackten, ganz offensichtlich verrückten Werwolf bloß erneut laut auflachen, ehe er Thea ein zähnebleckendes, widerwärtiges Grinsen zeigte und sagte: „Oh doch, sie ist genau richtig für mich! Und glaub' mir, Alejandro, wenn du wüsstest, was sie ist … du hättest deine hübsche kleine Schlampe daheim schnellstens vergessen.“

So schnell konnte Thea gar nicht schauen, hatte ausgerechnet Nana ihm eine gescheuert. Und zwar so derb, dass sein Kopf zur Seite flog, Blut aus seinem Mund spritzte und seine Großmutter leise einige spanische Flüche zischte.

„Du vergisst etwas, Miguel“, erklärte Luis schwer atmend von ihrem Kampf und ganz offensichtlich wütend auf ihn. „Alejandro liebt Estrella. Aber du wirst nie verstehen, was es bedeutet, seine Gefährtin zu lieben.“

Irgendetwas in Thea verkrampfte sich, als Luis ihr nach diesen Worten einen knappen Seitenblick zuwarf. Sein Bruder schnaubte: „Ja, die große Liebe! Was für ein Scheiß.“

„Ruhe“, verlangte Alejandro und nickte den beiden Wachen zu, die Miguel festhielten. „Schafft ihn mir aus den Augen.“

Wiederum lachte er bloß, aber es erfüllte Thea mit Befriedigung, als sie hörte, dass eine seiner Wachen ihm offensichtlich eins über seinen kranken Schädel zog.

Kaum war Miguel außer Sicht, sackte Luis zusammen und sein Bruder stützte ihn. Interessant, hätte Thea dem Anzugfuzzi gar nicht zugetraut. Dieser rief auch gleich: „Nana."

„Si", antwortete diese und trat zu Luis, ehe sie ihm beide Hände über seine blutigen Seiten legte. Bis Amalthea heran war, zog seine Großmutter ihre Finger bereits wieder zurück und sie sah, dass seine Wunden verheilt waren. Verdammt, Hexe zu sein hätte doch echt was für sich gehabt!

„Mi pichón", murmelte die alte Werwölfin nun noch und legte eine Hand in einer sanften Geste an Luis' Wange, ehe sie zurücktrat, um Alejandro Platz zu machen. Dessen Blick richtete sich sofort auf sie und Thea erwiderte ihn ungerührt. Das entlockte ihm ein entschuldigendes Lächeln, mit dem er ihr seine Hand entgegenstreckte: „Ich bin Alejandro, der Zweitgeborene unserer Eltern. Willkommen in der Familie, Amalthea."

Sie war dermaßen platt, dass sie seine Hand einfach schüttelte, ohne groß darüber nachzudenken. Sein Händedruck war kräftig, seine Finger schwielig, aber seine Augen funkelten nun bei Weitem nicht mehr mit Zorn, sondern es lag Erleichterung darin. Fragend sah sie zu Luis, aber der starrte bloß seinen Bruder mit offenem Mund an, ehe er flüsterte: „Gracias."

Alejandro nickte ihm knapp zu, dann aber sprach er mit einem Lächeln: „Ich bin froh, dass er nicht noch mehr anrichten konnte, obwohl bei Weitem genug geschehen ist."

„Mehr als genug!", grollte Luis zur Antwort. Nana nickte düster, wobei sie sagte: „Si. Es wird niemals wieder dasselbe sein."

Grandios, nur Thea hatte keine Ahnung, wovon die alle redeten!

Alejandro nickte traurig und nun war Thea, als hätte er eine Maske fallen lassen, denn er sah plötzlich um vieles bleicher aus. Doch nach nur einem Augenblick hatte er diese wieder aufgesetzt und richtete das Wort an Luis: „Ich soll dir ausrichten, dass Inés, Esteban, Rafael und Marisa ihren Lieblingsonkel sehr vermissen."

Zur Antwort lachte dieser einen Moment und legte eine Hand auf Theas Schulter, um sich abzustützen, denn er lagerte viel Gewicht auf sie. Dann erwiderte er betrübt: „Mir fehlen die Kleinen auch. Wenn ihr Großvater nicht da ist, komme ich sofort."

Daraufhin nickte Alejandro und forderte Luis auf: „Gib gut auf deine Gefährtin Acht. Auch wenn sie so aussieht, als könnte sie das ebenfalls ganz gut allein."

„Verdammt richtig!", knallte sie ihm statt Abschiedsworten hin. Nana sowie Luis lachten, doch Alejandro schüttelte bloß amüsiert den Kopf und befand: „Jetzt weiß ich, warum deine Wahl auf sie gefallen ist."

Was er damit meinte, konnte sie ihn nicht mehr fragen, denn die beiden verschwanden zwischen den Bäumen und waren mit der Nacht verschmolzen, ebenso schnell, wie sie vorhin aufgetaucht waren.

„Was zur Hölle war das denn?", zischte Thea. Luis strich ihr sachte über ihre Wange, dann sagte er scherzend: „Familientreffen der anderen Art. Wir machen sowas selten, aber immer wieder mal."

Damit humpelte er zum Jeep und öffnete den Kofferraum, wo er begann, sich das Blut abzuwaschen, und sogar ein frisches T-Shirt hervorzauberte. Währenddessen beobachtete

Thea ihn und stellte fest, dass er immer wieder zusammenzuckte vor Schmerzen, aber wenigstens waren die tiefen Schnitte nicht mehr zu sehen. Dafür aber noch mehr Prellungen in allen Formen und Farben.

„Du schuldest mir einen riesigen Scheißhaufen von Antworten", stellte sie klar. Luis seufzte müde, ehe er nickte: „Du sollst deine Antworten auch bekommen, querida. Aber lass uns erst heimfahren, ja?"

„Okay", stimmte sie zu, ehe sie darüber hätte nachdenken können und wenn sie es getan hätte, dann hätte sie sicher die Schnauze gehalten. *Daheim* war für Thea schon längst Luis' Wohnung, nicht ihr kleines Kabuff, in dem sie allerhöchstens duschte und schlief. Scheiße, sie hatte sich in nicht einmal einer Woche viel zu sehr an den verdammten Werwolf gewöhnt.

Ein Glück, dass ihm das wohl gerade nicht aufgefallen war. Sonst hätte er ihr garantiert schon drei Witze an den Kopf geknallt in der kurzen Zeit, die sie brauchten, um in den Jeep zu steigen und loszufahren. Sie waren zwar näher an Nanas Haus, aber Thea hatte selbst nach dieser kurzen Begegnung wirklich keinen Bock mehr auf das Rudel von Mount Diablo. Sollten die doch selbst sehen, wie sie mit ihren missratenen Zöglingen klarkamen.

„Krieg ich jetzt endlich meine Antworten?", fragte sie in die Stille des brummenden Jeeps, bekam aber keine Antwort. Ein kurzer Seitenblick sagte ihr, dass Luis eingeschlafen war.

„Großartig", murrte sie halblaut und drehte dann das Autoradio gnadenlos auf. Es startete mitten in einem verdammt lauten Gitarrenriff, aber das kümmerte den Werwolf am Beifahrersitz kein Stück, der schlief weiter wie ein satter, ausgepowerter Welpe. Irgendwie süß …

„Shit!“, zischte Thea bei diesem Gedanken. „Halt bloß die Klappe, ja?“

Ihre Vertraute krabbelte aus ihrer Hosentasche und wenn die Vogelspinne gekonnt hätte, dann hätte sie jetzt sicher ein fettes Grinsen auf ihren Mandibeln gehabt. So reichte es Thea auch, ihre Belustigung zu spüren. Sie knirschte mit den Zähnen, während sie in der Dunkelheit über den Highway bretterte und gab dann zu: „Ja verdammt, du hast ja recht. Ich bin bescheuert. Na und?“

Halira enthielt sich einer Antwort, aber sie lachten beide auf dem Weg zurück nach Frisco. Sie ließ Luis schlafen, denn er sah aus, als könnte er die Ruhe brauchen. Als sie nach nicht einmal einer halben Stunde – er hatte fast 45 Minuten für die Strecke gebraucht – vor seiner Wohnung parkte, stupste Thea ihn an. Zunächst reagierte er nicht. Also rüttelte sie ihn und auf sein schläfriges Murmeln hin erklärte sie ihm: „Komm schon, ich werde dich sicher nicht ins Bett tragen.“

„Warum nicht?“, murmelte er im Halbschlaf und grinste, was auch Thea ein Lachen entlockte, ehe sie ihm klarmachte: „Du bist zu schwer für diesen Scheiß. Also los, schwing deinen Hintern rauf, dann kannst du auch weiterschlafen.“

„Yes, Ma’am“, machte er sich lustig und tat sogar so, als würde er salutieren, aber seine Hand zuckte gerade mal.

„Na komm, du Held“, forderte Thea ihn auf und schloss den Jeep ab. Die Schlüssel behielt sie mal. Es war beschämend, aber als Luis ihr in einer lächerlichen Gentleman-Geste die Wohnungstür aufhielt, brauchte es echt alle verfluchte Beherrschung, die sie hatte, um sich von einem bescheuerten Grinsen abzuhalten.

„Lass mich duschen, dann kannst du jede Antwort haben, die du willst, Prinzessin“, murmelte Luis müde und zog sich schon auf dem Weg ins Bad sein Shirt aus, das auch Blut abbekommen hatte. Bevor er die Tür hinter sich schloss, erhaschte Thea einen guten Blick auf ihn, aber verdammt, ausnahmsweise gaffte sie ihn nicht an. Ja, es wunderte sie selbst, aber sie hatte auf die Prellungen geschaut und überrascht festgestellt, dass die schon fast wieder verheilt waren.

„Scheiße, Hexe müsste man sein", brummte sie und sah dann zu Halira, die mittlerweile auf ihrer Schulter saß. „Kannst du sowas auch?"

Ihre Spinne gab ihr ein gedankliches Schulterzucken, woraufhin Thea befand: „War ja klar. Ach, ich bin echt zu müde für diesen Mist."

Erst jetzt, als die Überraschung und zugegebenermaßen auch der Schreck von Miguels Angriff langsam überwunden war und sie sicher daheim war … wie bescheuert klang das denn?

Thea ballte die Fäuste, aber es blieb dabei, sie empfand es so.

„Scheiß drauf", fluchte sie erschöpft und ließ sich auf die Couch plumpsen. Eigentlich wollte sie auch nur noch unter die Dusche und dann schlafen. Lange, lange und noch länger schlafen. Aufstehen würde sie erst für eine Pizza und schwarzen Kaffee mit Luis' geheimer Zutat.

Kopfschüttelnd grinste Thea nun und spielte für einen Moment doch echt mit dem Gedanken, zu ihm unter die Dusche zu hüpfen, pfeif auf die Folgen. Halira wollte sie davon abhalten mit dem Argument, dass sie doch vorgab, das nicht zu wollen. Thea lächelte bloß zuckersüß und setzte ihre Vertraute auch gegen deren Willen auf dem runden Küchentisch ab.

Aber als sie sich umdrehte, um ins Bad zu schlüpfen, stellte Luis gerade die Dusche ab.

„Spitzentiming“, fauchte sie, aber Halira lachte sich in Gedanken scheckig. Sie warf der Spinne einen bösen Blick zu, sah dann aber zu Luis. Der ließ sich nur in einer dunkelblauen Boxershorts auf die Couch sinken und sah sie aus müden Augen an, ehe er sagte: „So, wie ich dich kenne, willst du alle Details, egal wie hässlich.“

„Verdammt richtig“, murrte Thea. Müde stützte er seinen Kopf in die Hände und seufzte tief, dann aber begann er abwesend: „Wir sind vier Kinder daheim. Ich bin der Älteste, dann Alejandro, Miguel und noch Celia, unser kleiner Stern.“

Bitterkeit klang in seiner Stimme mit, als er von seiner Schwester sprach, aber er ließ Thea keine Zeit, um nachzuhaken: „Miguel war immer schon … seltsam. Papa hat uns gelehrt, auch als Wolf zu jagen und wir alle konnten uns im Notfall so ernähren, sogar Celia, obwohl sie es eklig fand.“

„Ist es auch“, gab sie der ihr unbekannten Spanierin recht. Luis lachte einen Moment humorlos, dann gab er schulterzuckend zu: „Vielleicht. Ich esse auch lieber Nanas Brot oder Paella, aber so war sichergestellt, dass wir nicht verhungern, wenn wir uns einmal verirren sollten. Miguel hat aber nicht bloß das getötet, was er fressen wollte. Es hat mit Kaninchen und Schlangen begonnen … später hat er mit Collegemädchen weitergemacht.“

Thea riss überrascht die Augen auf, denn sie hatte dem kranken Arsch ja einiges zugetraut, aber das traf sie unvorbereitet. Luis schüttelte den Kopf und grollte einen Moment, ehe er ihr erklärte: „Die vier Studentinnen, die vor zehn Jahren bei ihrem Campingausflug am Mount Diablo verschwunden sind, die gehen auf sein Konto.“

Jetzt überraschte es sie nicht mehr, wie Miguel *sie* heute angesehen hatte. Und auch nicht, dass seine Familie ihn unbedingt hatte finden wollen. Aber ein Detail aus Bens Essay fiel ihr ein: „Steht bei einem Rudel nicht irgendeine Strafe darauf?"

„Ja", erwiderte Luis wütend. „Der Tod."

„Dafür sah er mir aber ziemlich lebendig aus", gab sie trocken zurück. Er nickte düster: „Mama wollte keines ihrer Kinder sterben sehen, noch nicht einmal ihn. Und weil Papa ihr trotz seiner ach so hartherzigen Alphaqualitäten vollkommen verfallen ist, hat er Miguel verschont."

„Muss Liebe schön sein", lachte Thea zynisch. Doch sie verstummte, als Luis ernst erwiderte: „Ist sie, glaub mir, querida."

Dieses verfluchte Goldbraun seiner Augen ließ sie nicht eher los, als Luis zur Seite sah und betrübt fortfuhr: „Aber Liebe macht auch blind. So hat Papa nicht gesehen, dass Miguel verloren war und er wollte auch nicht hören. Jetzt weiß er es."

Seine Worte waren immer leiser geworden. Thea traute sich kaum nachzufragen, denn sie wusste sofort, dass Luis vollkommen fertig war wegen dem, was sein Psychopath von einem Bruder nun getan hatte.

„Was ist geschehen?", erkundigte sie sich dennoch vorsichtig, denn sie wusste auch, dass Luis es trotzdem aussprechen musste. Ihm würde es helfen, so gut kannte sie ihn schon. Als er nicht antwortete, reagierte Thea einfach und wunderte sich selbst, als sie ihre Hand auf seine nackte Schulter legte.

„Er hat Celia angegriffen", wisperte er. „Unsere kleine Schwester hat der Mistkerl beinahe getötet. Werwölfin und Tochter des Alphapaares hin oder her, sie wird für den Rest ihres Lebens Narben tragen."

„Ist doch nicht so schl…", wollte Thea widersprechen. Da ruckte Luis' Kopf hoch und er grollte: „Er hat ihr fast das halbe Gesicht zerfleischt und die Knochen darunter zertrümmert!“

Autsch. Die Schmerzen wollte sie sich nicht vorstellen, selbst mit rascher Regeneration musste das die Hölle auf Erden sein.

„Auf seiner Flucht hat er auch noch Mama verletzt, aber, gracias a Dios, bei Weitem nicht so schwer“, erzählte Luis erschöpft. Er fügte dann wütend an: „Ich hoffe, diesmal zieht Papa die Strafe gnadenlos durch.“

„Das würde ich annehmen“, pflichtete Thea ihm bei und als er aufsah, zuckte sie die Schultern. „Du hast selbst gesagt, deine Schwester wäre der Stern der Familie gewesen. Jetzt sollte selbst dein Vater kapiert haben, dass Miguel durchgeknallt ist.“

„Vollkommen“, stimmte Luis ihr düster zu. „Aber für Papa zählen andere Dinge.“

Sie hob bloß fragend eine Augenbraue, da sah Luis mit einem Lächeln in ihre Augen und meinte: „Lass mich dir sagen, warum meine Familie mich rausgeschmissen hat.“

„Ich höre“, gab sie neugierig zurück und setzte sich neben ihn auf die Couch. Nach einem tiefen Seufzen begann er: „Wenn du dieses elends langweilige Essay gelesen hast, weißt du ja, dass die Rudel untereinander die stärksten und fähigsten Sprösslinge der Alphapaare verkuppeln, um starke Kinder zu zeugen und nur ja den Genpool ordentlich zu durchmischen.“

Thea nickte knapp, denn dieses Detail war ihr so bescheuert vorgekommen, dass sie es sich doch glatt gemerkt hatte.

„Tja, ich sollte auch zum Genpool beitragen, hatte aber keine Lust drauf“, erklärte der Werwolf ihr leichthin und Thea staunte nicht schlecht, was ihn lachen ließ. „Ja, genau, meine

Eltern wollten mich verheiraten. Sie war … nett, schön, eine süße, brave Hausfrau, liebevolle Kindernärrin und dabei auch keine schlechte Jägerin. Aber … Estrella ist einfach nicht die Art Frau, mit der ich den Rest meines Lebens verbringen möchte."

„Moment", schüttelte Thea den Kopf. „Estrella wie …?"

„Alejandros Frau, keine Geringere", bestätigte Luis nickend. „Ich sollte sie heiraten, aber auch wenn ich sie wirklich gut leiden kann, ich weiß, dass ich sie nicht lieben kann. Aber mein kleiner Bruder hat sich damals auf den ersten Blick verliebt. Also warum hätte ich eine Frau heiraten sollen, die ich nicht liebe, und damit mich, sie und Alejandro unglücklich machen? Nein, da hab ich beschlossen, sie eben nicht zu heiraten. Hat meinen Eltern gar nicht geschmeckt."

Thea konnte ihn einen Moment nur blinzelnd ansehen, was ihn lachen ließ. Gleichzeitig lag auch Trauer in seinen Augen, als er meinte: „Papa hat mich fortgejagt, denn ich hätte ‚die Familie verraten' oder ähnlichen Bullshit. Mama hat mit ihm mitgezogen und einzig Nana und Celia fanden meine Entscheidung richtig, weshalb ich nur noch mit den beiden Kontakt habe."

„Und Alejandro?", hakte Thea nach. Zur Antwort lachte Luis trocken: „Der verliebte Trottel ist mir dankbar, aber das will ich ihm auch geraten haben. Ehrlich, er liebt sie nach zwölf Jahren und vier Kindern immer noch wie im ersten Moment. Dabei waren sie gerade mal niedliche 17, als sie geheiratet haben. Papa hat's dann doch als Notlösung akzeptiert."

„Na, wenigstens sind die zwei glücklich", befand Thea schnaubend. Luis nickte müde, ehe er wahrlich wie der geprügelte Hund, der er war, zu ihr sah und nach eine Räuspern hervorquetschte: „Miguel hat dich angegriffen, dieses Schwein. Er muss irgendwo von dieser Glyphe erfahren haben, vielleicht sogar durch meine Familie. Wenn dir was passiert wäre …“

„Mir geht's aber gut“, schnitt Thea ihm das Wort ab und scherzte. „Dich hat er wesentlich schlimmer erwischt.“

Luis öffnete den Mund, um zu widersprechen, ließ es dann aber sein und legte stattdessen einen Arm um Theas Schultern, wobei er raunte: „Für dich nehm' ich das gern in Kauf, querida.“

„Hör auf“, wehrte Thea sich halbherzig, aber ließ trotzdem zu, dass Luis sie näher an sich zog und ihr viel zu sanft über ihre Wangen strich.

„No“, murmelte er dann leise. „Mich wirst du so schnell nicht mehr los, Prinzessin. Find' dich besser damit ab.“

Thea wollte ihm einen schlauen Spruch an den Kopf knallen, wurde aber sofort ruhig gestellt, als sie in seine Augen sah. Diese verdammten Augen. Luis lächelte zufrieden, lehnte sich dann zu ihr und drückte einen weichen, liebevollen Kuss auf ihre Lippen.

Dieser kurze Kuss war außer niedlich gar nichts gewesen, aber selbst das reichte, um Theas Selbstbeherrschung restlos zu vernichten. Puff und weg. Mit einem leisen Fauchen stürzte sie sich auf Luis und drängte ihn damit auf der Couch zurück, bis sie auf ihm lag. Dann holte sie sich einen Kuss, wie sie ihn haben wollte, heiß, tief und gierig.

Sie hatte ihn überrascht, das merkte Thea daran, wie er nach Luft schnappte, aber sie nutzte das bloß aus und kostete ihn nun endlich einmal *richtig*. Nach nur einem Moment war auch bei Luis alle Zurückhaltung vergessen und er drängte seine Zunge hungrig in ihren Mund, während sich seine Hände besitzergreifend auf ihren Hintern legten und sich dabei verdammt noch mal viel zu gut dort anfühlten.

Als Thea sich zurückzog, weil sie atmen musste, murmelte Luis unter ihr mit einem ungläubigen Grinsen: „Wow. Du kannst ja rangehen."

„Wart's ab", versprach Thea heiser und mit einem frechen Augenzwinkern. „Das war nur ein Vorgeschmack."

Er lachte unter ihr und es war auf verquere Art *schön, ihm nahe zu sein.* Auch, wenn er gerade nicht allzu glücklich aussah.

Halb verwundert, halb beleidigt hob Thea eine Augenbraue, was Luis schief grinsen ließ, ehe er antwortete: „Wenn wir jetzt weitermachen, wird's für dich auch bei einem Vorgeschmack bleiben, querida. Ich kann einfach nicht mehr. Ich bin fix und alle."

Nun lachten sie beide, dann gab Thea zu: „Ich bin genauso streichfähig, 24-Stunden-Schichten sind einfach scheiße. Ich geh noch duschen, dann falle ich in Ohnmacht."

„Dann geh ich schon mal vor in die Ohnmacht und warte bewusstlos im Bett auf dich", scherzte Luis. Thea verdrehte die Augen: „Tu das, du Spinner."

Damit wollte sie aufstehen, aber Luis hielt sie zurück und bevor sie nachfragen konnte, zog er sie noch mal zu sich hinunter und gab ihr noch einen ebenso weichen Kuss wie zuvor. Trotzdem fühlte er sich anders an, war besser. Und es war verdammt schwer, jetzt wirklich unter die Dusche zu gehen.

Trotzdem zwang Thea sich dazu und bevor sie die Tür hinter sich schloss, hörte sie Luis murmeln: „Komm, Halira, wir gehen schon mal schlafen, ja?"

Jetzt wunderte es sie kein bisschen mehr, dass seine Nichten und Neffen ihn vermissten, wie Alejandro gesagt hatte.

Kopfschüttelnd stieg Thea aus ihrer Kleidung und ließ einfach alles so zu Boden fallen, wie es war. Die Pistolen legte sie fein säuberlich zur Seite, aber ansonsten blieb der verschwitzte Haufen Stoff genau so, wie er gefallen war, ihr doch egal.

Das ganze Bad war noch erfüllt von dem Duschgel, das Luis benutzt hatte und verdammt, sie erwischte sich doch glatt dabei, wie sie tief einatmete. Kichernd wie ein Schulmädchen stieg Thea in die Badewanne und während sie die Dusche anstellte, nahm sie sich vor, hier auch mal ein Bad zu nehmen. Schließlich war die Wanne wirklich bequem und sie liebte es, zu baden, lang, heiß und in viel Schaum.

Seufzend genoss sie das heiße Wasser in ihrem Haar, ehe Thea sich überrascht versteifte und die Augen aufriss. Sie hatte immer schon gern gebadet, war so oft es ging im Meer geschwommen … die chinesischen Drachen beherrschten Wasser und Wetter und ihr Vater war ein Drache.

„Jetzt spinnst du komplett“, motzte sie und verwarf den Gedanken. Als sie fertig war und gerade die Dusche abgestellt hatte, hielt Amalthea jedoch inne. Nachdenklich schürzte sie die Lippen und fixierte dann den kleinen Wassertropfen auf der Brause, der gleich fallen würde. Vielleicht könnte sie ihn ja aufhalten, wenn …

Mit einem lauten Platschen fiel der Tropfen zu seinen Cousins und Cousinen in die Wanne und Thea lachte über sich selbst. Dass sie diesen beschissenen Gedanken auch nur einen einzigen Moment lang für möglich gehalten hatte, zeigte ihr nur, dass sie dringend Schlaf brauchte.

Immer noch grinsend trocknete sie sich nachlässig ab, schüttelte die Haare aus und erspähte dann auf dem halbhohen Kästchen das schwarze T-Shirt, das Luis gestern erst getragen hatte. Kurzerhand schnappte sie sich sein Shirt, zog es über und tapste dann auf nackten Füßen ins Schlafzimmer. Auf dem Weg dorthin fielen ihr schon fast die Augen zu und sie spürte, dass Halira bereits schlief, als sie sich in dem stockfinsteren Raum in das große Bett legte und sich bis zum Kinn in die warme Decke wickelte.

Luis seufzte hinter ihr und zog sie wortlos an seine Brust, seine Arme eng um sie geschlungen. Sie kicherte und scherzte dann: „Gib's zu, du bist kein Werwolf, sondern ein Schmusekätzchen."

Erst als Thea keine Antwort erhielt, wurde ihr klar, dass Luis bereits schlief. Lächelnd schüttelte sie den Kopf, über sich selbst und ihn, dann aber kuschelte sie sich enger an seinen warmen Körper und brummte: „Na wenn schon …"

Kapitel 13

Kapitulation

Amalthea erwachte nur träge und hatte erst mal gar keine Ahnung, wo sie war. Machte aber auch keinen Unterschied, denn die Kissen waren weich, die Decke warm und alles roch verdammt verführerisch nach Luis …

Für einen Moment schreckte sie auf. Dann aber schlich sich ein Grinsen auf ihre Lippen, das zwar komplett dämlich war, aber hey, ihr war gerade wieder eingefallen, was sie gestern auf seiner Couch noch getan hatten. Und auch, was sie noch tun wollte. Jetzt, hier, sofort. Aber der blöde Kerl war nicht da!

Grummelnd richtete sie sich halb auf und sah sich in dem spärlich erleuchteten Zimmer um, wobei ihr Blick auf die Uhr fiel, später Nachmittag. Gerade die richtige Zeit, um aufzustehen, und der verdammte Werwolf war schon aus dem Bett, dabei wollte sie ihn genau hier haben!

Thea sprang aus dem Bett, scheiß drauf, dass sie ihn fast eine ganze Woche hingehalten hatte, sie wollte ihn. Auf nackten Füßen verließ sie raschen Schrittes das Schlafzimmer und hörte ihn gleich lachen: „Komm schon, da gehören Erbsen rein!“

Igitt, sie mochte keine Erbsen und genau das sagte Halira dem Werwolf auch gerade, aber er beharrte darauf: „Ich kann sie nicht einfach weglassen!“

„Doch, kannst du!“, rief Thea und betrat die Küche, in der Luis gerade noch immer nur in Boxershorts gekleidet am Werke war. Als er sie sah, legte er die Packung Lasagneblätter zur Seite und kam mit einem Lächeln zu ihr: „Buenos dias, querida. Na ja, eher buenos tardes.“

Er legte seine Hände an ihre Hüften und zog sie zu sich, immer noch ein zufriedenes Grinsen auf seinen Lippen, die er gleich darauf sachte, aber bestimmt auf ihre drückte. Eigentlich wollte sie ihn ja wegschieben, einfach, weil er aufgestanden war, anstatt sie zu wecken, aber sie verwarf den Gedanken sofort. Was machte es schon?

Stattdessen grub sie ihre Hände in seine dunklen Locken und zog ihn grob zu sich hinunter, denn der Idiot war schon wieder viel zu vorsichtig. Auf vorsichtig und zart hatte Thea aber keinen Bock. Sie ballte ihre Hände zu Fäusten und biss Luis in die Unterlippe, was ihn schmerzerfüllt knurren ließ, aber er konnte ihr nicht weismachen, dass ihm diese raue Behandlung nicht gefiel. Sie spürte eindeutig, wie sich etwas in seinen Boxershorts regte. Außerdem spannten sich seine Finger fester um ihre Hüften, drückten sie gleichzeitig fest an seine Brust und nun war er derjenige, der seine Zunge unnachgiebig in ihren Mund schob. Er zog sich erst zurück, als sie beide keuchten. Beide rangen sie nach Luft, aber sie hörte ihn auch lachen, während er Küsse auf ihrem Hals verteilte.

„Was?“, fauchte sie und zog ihn an seinen Haaren zurück, bis er in ihre Augen sah. In dem verdammten Goldbraun lag ein lüsternes Funkeln, das Thea einen viel zu angenehmen Schauder über den Rücken jagte.

Mit einem Grinsen leckte Luis sich über die Lippen und erklärte ihr: „Du riechst unfassbar gut, jetzt mehr denn je, verboten sexy.“

Sie lachte schnaubend, denn er hatte ja auch einen anziehenden Geruch, aber das zuzugeben klang wirklich bescheuert.

„Ich mein's ernst, querida", sagte Luis und lehnte seine Stirn an ihre, wobei er tief einatmete. „Klingt zwar vollkommen bescheuert, aber du bist fruchtbar, ich kann's riechen."

„Du spinnst", sagte sie lachend und lehnte sich von ihm fort. Aber er verriet grinsend: „Das sind Pheromone, Prinzessin. Ob du willst oder nicht, du bist jetzt noch viel anziehender als du es in den letzten Tagen schon warst."

Nun lächelte sie keck zu ihm hoch und obwohl Halira das wirklich nicht hören wollte, neckte Thea den Werwolf: „Warum zur Hölle trödelst du dann noch?"

Langsam hob Luis eine Augenbraue, dann grinste er gefährlich. Ehe Thea sich versah, hatte er eine Hand fest um ihren Hinterkopf gelegt und riss sie an sich, um ihr einen groben Kuss aufzudrücken. Genau so wollte sie das, hungrig, drängend und mit Zunge und Zähnen. Mit leichten Bissen, die gerade fest genug waren, dass sie diese spürte, wanderte Luis' Mund über ihren Hals und als er eine Stelle malträtierte, leckte er gleich versöhnlich darüber. Verdammt, das war zu viel.

Thea spürte, dass seine Boxershorts immer enger wurden, aber sie ließ das auch nicht kalt, sondern fühlte Hitze und Feuchtigkeit zwischen ihren Beinen. Halira hatte sich längst mental zurückgezogen und sich in der hintersten Ecke der Küche versteckt, als Thea ihre Zunge über Luis' Ohr gleiten ließ. Sie fühlte ihn schaudern und mit einem leisen, spanischen Fluch zwang er seine Zunge noch einmal in ihren Mund, wobei er sie gleichzeitig hochhob, seine Hände auf ihrem nackten Hintern.

Ohne zu zögern, schlang sie ihre Beine um seine Hüften und spürte ihn gleich lachen: „Nackt unter meinem T-Shirt, querida? Du böses Mädchen."

„Was würdest du schon mit einer Nonne anfangen?", gab sie zurück und ließ sich von ihm wieder zurück ins Schlafzimmer tragen, wobei sie sich genüsslich an seinem Ständer rieb. Luis unterdrückte ein Stöhnen, zumindest versuchte er es, aber es gelang ihm nicht und er drückte die Tür ins Schloss, indem er Theas Rücken gegen das helle Holz presste.

Schon schwer atmend sah er ihr in die Augen und zog ihr dann das Shirt ungeduldig über ihren Kopf. Kaum hatte Thea es aus dem Halsausschnitt herausgeschafft, krachten Luis' Lippen wieder auf ihre und er drängte sie mit der ganzen Länge seines erhitzten Körpers gegen das kühle Holz in ihrem Rücken. Allein der Kontrast ließ Thea sich schon auf ihre Unterlippe beißen, aber seine warme Haut an ihren ohnehin schon viel zu empfindlichen Brüsten zu spüren, entlockte ihr doch ein leises Stöhnen.

„Nur zu, querida", raunte Luis in ihr Ohr und packte ihre Oberschenkel fester, als er über ihr Ohrläppchen leckte. „Ich warte schon seit Tagen darauf, also lass mich dich hören."

„Mistkerl", fluchte sie, was ihn bloß leise glucksen ließ, ehe er seine Hüften gegen ihre rieb. Das brachte seine Härte *fast* genau dorthin, wo Thea sie haben wollte. Jetzt, sofort. Und Luis hielt dieses Spielchen auch nicht länger aus als sie, denn er kam ihr entgegen für noch einen gierigen Kuss. Gleichzeitig spürte Thea auch seine großen Hände über ihre Brüste streichen und das leichte Kratzen der Schwielen an ihren Nippeln war zu viel. Zischend brachte sie heraus: „Genug gespielt. Ins Bett, aber zackig."

„Wie du befiehlst“, lachte ihr Spanier, ließ sich aber verdammt viel Zeit damit, ihrem Befehl Folge zu leisten. Stattdessen rieb er sich noch mal an ihrer Mitte und ihnen beiden entkam ein leises Ächzen.

„Bist du schwerhörig, oder was?“, fragte Thea ihn keuchend. Luis gab grinsend zurück: „Nein, ich genieße die Aussicht.“

Dabei sah er demonstrativ zwischen ihnen hinunter und Theas Blick folgte seinem. Was sich ihr da bot, rang ihr ein Stöhnen ab, denn der Kontrast seiner doch deutlich dunkleren Haut gegen ihre Blässe hatte was, das musste sie zugeben. Von seinem Körperbau mal ganz abgesehen.

„Du bist schön, querida“, flüsterte Luis ihr zu. Als sie mit hochgezogener Augenbraue aufsah, fügte er an: „Hat dir das schon mal jemand gesagt?“

„Ein paar Idioten, ja“, maulte sie und der Spanier lachte, ehe er sich mit einem leisen Lächeln erkundigte. „Haben es nicht lange überlebt, oder?“

„Nein“, gab Thea knapp zurück, musste sich allerdings schon beherrschen, damit ihre Stimme nicht allzu sehr zitterte. Denn Luis’ Hände strichen über ihre Schenkel und dann, wie zufällig, glitten seine Finger dazwischen und fanden sofort ihr Ziel. Vollkommen mühelos versenkte Luis gleich zwei Finger in ihr und legte gleichzeitig seine andere Hand an ihre Wange, um sie für einen Kuss an sich zu ziehen. Dabei bewegte er seine Finger langsam, aber fest in ihr. Thea zischte, aber nur, um ein kehliges Stöhnen zurückzuhalten.

Allerdings wusste er wohl trotzdem darum und raunte ihr zu: „Gehöre ich auch zu den Idioten, die das nicht lange überleben werden?“

Grollend holte sich Amalthea einen weiteren Kuss. Obwohl sie beide schwer atmeten, behielten Luis' Finger ihren Rhythmus gnadenlos und so verflucht gut bei und so keuchte sie: „Wenn du noch lange mit mir spielst, dann schon."

„Und ansonsten nicht?", hakte er mit einem Grinsen nach, aber sie ging nicht drauf ein, sondern kratzte mit ihren kurzen Fingernägeln über seine Brust, gerade grob genug, dass er es spüren würde. Bis sie zu dem Bund seiner Boxershorts gelangte. Dort angekommen, schlang sie ihre Finger durch den Stoff um seine Härte, so gut es eben ging. Es verfehlte seinen Zweck nicht, denn er holte angespannt Atem und Thea scherzte vergnügt: „Mal sehen. Kommt darauf an, was jetzt noch kommt."

Luis lachte für einen Moment atemlos, dann beschleunigte er das Tun seiner Hand und versprach heiser: „Du auf alle Fälle."

Da musste sie ihm sogar recht geben, lange würde sie das nicht mehr durchhalten und dieser Mistkerl war sogar noch angezogen. Sozusagen.

„Machst du immer leere Versprechungen?", hakte Thea boshaft nach, wusste allerdings selbst, dass ihr Keuchen sie verriet.

„No", gab Luis dunkel zurück und legte beide Hände nun wieder um ihren Hintern. „Ich halte meine Versprechen."

Damit zog er sie von der Tür fort und ließ sich mit ihr aufs Bett sinken. Eigentlich hatte Thea ja oben liegen wollen, aber das war ihr vollkommen egal, als Luis an ihrem Körper hinabglitt und seine Lippen um einen schon viel zu empfindlichen Nippel legte. Unwillkürlich wölbte Thea den Rücken und verfluchte sich im Stillen dafür, weil sie an dem nun festeren Streicheln seiner Hände genau spürte, dass diese Reaktion eben sein ohnehin schon viel zu großes Ego gestreichelt hatte. Wirklich bereuen konnte sie es nicht, dazu war seine Zunge viel zu warm und zu geschickt.

Grob fasste Thea in sein langes Haar, das ihre Seite kitzelte, und zog ihn wieder zu sich hoch, als er noch weiter hinunter hatte wandern wollen. Wenn er mit seiner Zunge jetzt *dorthin* ginge, würde sie es zwar genießen, aber nicht mehr auskosten können. Also schnappte Thea sich seine Boxershorts und zog sie aus dem Weg, denn sie hatte es eilig, ihr sollte es reichen, wenn sein Steifer endlich frei wäre.

Drängend und vielleicht ein bisschen zu fest rieb Thea über das pochende Fleisch und hörte Luis scharf Atem holen. Seine Arme zitterten vor Anstrengung und seine Augen waren geschlossen, wobei er leise Flüche murmelte. Gut so, dann würde er sie wenigstens nicht mehr hinhalten.

Als der Spinner dennoch zögerte, schlang Thea ihre Beine um seine Hüften, aber Luis wand sich aus diesem Griff. Auf ihren verdutzten Blick hin gluckste er: „Geduld, querida."

„War noch nie meine Stärke", schnaubte sie und drückte fester zu, was ihn aufstöhnen ließ. „Und jetzt *mach.*"

Luis schüttelte doch echt sachte den Kopf daraufhin. Thea bäumte sich protestierend auf, aber er wehrte diesen ohnehin nur halbherzigen Versuch mühelos ab, indem er sich ihre Handgelenke schnappte und sie dann mit nur einer Hand über ihrem Kopf in das Kissen drückte.

„Was soll das?", fauchte sie und bockte mit ihren Hüften, was ihnen bloß beiden ein Stöhnen abrang, denn jetzt war nicht einmal mehr Stoff zwischen ihnen. Trotzdem hatte der verdammte Spanier wohl noch genug Nerven, auch weiterhin zu spielen. Er lehnte sich zu ihr und drückte ihr einen regelrecht keuschen Kuss auf ihre Stirn.

„Was zum Geier ist de…?“, knurrte sie, als Luis’ Lippen die Haut am Ansatz eines Horns berührte. Shit, da war sie so empfindlich wie sonst kaum irgendwo. Ein Schauder lief von ihren Hörnern bis zu ihren Zehen. Verdammt, Luis hatte das auch bemerkt, denn seinen Lippen folgten seiner Zunge und strichen warm über die zarte Haut am Ansatz eines Horns.

„Ach, verflucht …“, murmelte Thea und biss sich auf die Lippe, da hörte sie Luis leise lachen, sein mittlerweile vertrautes, dunkles Glucksen. Sie war schon viel zu scharf, als dass sie ihm das noch durchgehen lassen konnte. Also war nun sie es, die sich an ihm rieb und erntete ein Stöhnen dafür. Aber anstatt nun endlich zu machen wie erhofft, drückte der verdammte Werwolf sie nur fester in sein Bett. Dabei zog er eine Spur von viel zu sachten Küssen über ihre Schläfe bis zu ihrem Hals und murmelte: „Te deseo, querida.“

Die Art, wie er gleichzeitig seine Hüften gegen ihre rollen ließ, sagte Thea, was diese Worte bedeuteten. *Er wollte sie.*

„Ich bin genau hier“, sagte sie heiser und er verharrte einen Moment, dann richtete er sich auf, immer noch ohne sie loszulassen, und sah ihr lange einfach in die Augen. Dieses Goldbraun wäre noch mal ihr Tod, so viel wusste sie schon.

Luis lächelte stumm und Amalthea war drauf und dran, ihn von sich zu schieben, da langte er rasch nach etwas auf dem Nachtkästchen. Und als sie die flache, quadratische Packung mit der eindeutig runden Erhebung eines Gummis erkannte, schluckte sie die wütenden Worte hinunter. Trotzdem rüttelte sie an ihren Fesseln – seinen Händen – denn sie wollte ihre Finger freibekommen, aber Luis hielt sie fest.

Obwohl er das tat, schaffte er es irgendwie, die Packung über ihrem Kopf aufzureißen, wobei allein das Geräusch Thea eine Gänsehaut bescherte und das nur aus Vorfreude.

Ebenso wie ihre Hände hielt Luis auch ihren Blick, während er sich das Kondom mit nur einer Hand überstreifte und dann, ganz langsam, ganz vorsichtig, glitt er in sie. Thea war bereit und wollte ihn, jetzt sofort, schnell und hart … aber er verharrte vollkommen still.

Sie waren sich so nahe, wie es nur ging, und dieser Verrückte hatte den Nerv, *jetzt* innezuhalten!

Thea bockte unter ihm, drückte ihre Hüften gegen seine und als das alles nicht half, verhakte sie ihre Beine hinter seinem Rücken. Aber Luis beherrschte sich wirklich eisern, er verzog gerade einmal das Gesicht, nicht mehr. Da er ihre Hände immer noch festhielt und Thea das sehnsüchtige Pochen zwischen ihren Beinen einfach nicht mehr ertragen konnte, gab sie auf. Sie ließ sich in das Kissen sinken, denn mit Gewalt kam sie nicht weiter. Sie fragte ihn flüsternd: „Was willst du?"

„Dich", lautete Luis' leise Antwort. Sie schnaubte und fragte frustriert: „Und worauf zur Hölle wartest du dann?"

Nun bockten ihre Hüften doch wieder aus Protest, aber es brachte sie freilich nicht weiter.

„Auf dich", gab Luis rau zurück und nun starrte Thea ihn an.

„Was?", hauchte sie dann fassungslos und Luis lächelte schmal. Langsam und ohne ihren Blick loszulassen, lehnte er sich zu ihr herab und kurz bevor er seine Lippen auf ihre legte, glaubte Thea sein Flüstern zu hören: „Te quiero."

Ob er es tatsächlich ausgesprochen hatte, wusste sie nicht zu sagen, denn schon im nächsten Moment küsste Luis sie so zart, dass es ihr aus unerfindlichen Gründen Tränen in die Augen trieb. Gleichzeitig begann er damit, sich endlich zu bewegen. Er zog sich zurück, kam wieder zu ihr und jede seiner Berührungen war zart, umsichtig und liebevoll, aber

Thea spürte dennoch die immense Kraft, die dahinter lag.

Das war kein bisschen der schnelle, hungrige Fick, auf den sie aus gewesen war, das hier war langsam, vorsichtig. Und um so vieles *besser*.

Nur ihrer beider keuchender Atem erfüllte das leere Zimmer und als Luis ihre Hände losließ, vergrub sie ihre Finger gleich in seinem Haar, zog ihn rasch für einen Kuss zu sich, während er seine Arme um sie schlang und sie noch enger an sich presste. Thea musste alle Beherrschung aufbringen, ihn nicht auf seinen Rücken zu werfen und sich einfach zu nehmen, was sie wollte, *ihn* zu nehmen. Aber sie blieb so ruhig, wie sie konnte, denn sie musste ihm recht geben. Es hatte sich ausgezahlt, hierauf zu warten.

Luis küsste ihren Hals und Thea bäumte sich unwillkürlich auf, woraufhin er vollkommen erstarrte. Für einen Augenblick herrschte Stille, dann grollte Luis tief in seiner Brust und biss in ihren Hals. Zart genug, dass er ihr nicht weh tat, aber sie spürte es deutlich. Und verdammt, es ließ irgendwas zerbersten, vielleicht jeden Rest Schamgefühl, den Thea noch ihr Eigen nannte.

Sie kamen einander gleichzeitig entgegen, beide hungrig und ungeduldig, aber Thea war einen Tick schneller als er. Sie warf ihn herum, dass er leise ächzend auf seinem Rücken zu liegen kam, dann schwang sie sich auf seine Hüften und sie machten nahtlos dort weiter, wo sie aufgehört hatten. Nur, dass jetzt alle Zurückhaltung fort war und obwohl ihre Bewegungen schnell kamen und ihre Körper hart aneinanderprallten, hatte das hier an nichts verloren, war nicht anders geworden.

Luis grub seine Finger mit festem Griff in Theas Hüfte, aber sein Blick hielt immer noch den ihren und der Ausdruck in seinen Augen war wie zuvor, erhitzt, aber voller … Liebe. Anders konnte sie es nicht beschreiben und wollte es auch nicht.

Als er eine Hand zu ihrer Wange hob, entkam Thea ein verzagtes Keuchen und sie wusste, sie war nah.

Luis zog sie zu sich, gerade, als sie ihm ohnehin hatte entgegenkommen wollen und dieser Kuss war das letzte Quäntchen gewesen. Thea sah allen Ernstes Sterne.

Haltsuchend krallte sie sich in Luis' Schulter, der schwer atmend noch ein paar kraftvolle Stöße vollführte und ihr dann mit einem tiefen Stöhnen folgte.

Ohne zu wissen, wieso, kicherte Thea plötzlich und verschränkte die Arme auf Luis' Brust, ehe sie zu ihm hochschaute. Er blickte leicht säuerlich zu ihr und murrte keuchend: „Amalthea Cera Thoran, wenn du mich jetzt auslachst, muss ich dich trotzdem erwürgen."

Sie lachte und bewegte ihre Hüfte, was ihn noch mal leise stöhnen ließ, worüber sie im Gegenzug wieder lachte. Dann erkundigte sie sich: „Trotz was eigentlich?"

Nun schlich sich ein Lächeln auf Luis' Lippen und er erwiderte: „Trotz der Tatsache, dass ich dich liebe, querida."

Thea erstarrte für einen Moment, dann scherzte sie mit einer Gelassenheit, die sie gerade nicht empfand: „Noch immer? Ich dachte, du wärst fertig, immerhin warst du gerade ziemlich laut."

Nun knurrte er und warf sie beide erneut herum, allerdings konnte Thea ein belustigtes, spielerisches Funkeln in seinen Augen sehen. Sobald Luis über ihr war, hielt er wieder ihre Hände fest und drückte sich enger an sie. Thea biss sich auf die Lippe, denn verdammt, er wurde gerade wieder hart.

„Glaub mir eines“, flüsterte Luis an ihrem Ohr und leckte dann über die empfindliche Haut an ihrem Horn. „Wir sind noch lange nicht fertig.“

Sie grinsten sich an und Thea antwortete: „Das will ich aber schwer hoffen.“

Luis’ Lachen vibrierte auch durch ihren Körper, als er sagte: „Querida, das wird eine lange Nacht.“

Kapitel 14

Geburtstagsgeschenk

Amalthea erwachte durch einen sanften Kuss auf ihren Hals und musste sofort grinsen. Letzte Nacht hatte ihre Haut noch eine ganz andere, deutlich rauere Behandlung bekommen und jetzt versuchte Luis wohl, sich auf die Art zu entschuldigen. War aber gar nicht nötig, wenn es nach ihr ginge.

Mit einem zufriedenen Seufzen kuschelte sie sich enger an seine warme Brust. Sie hörte ihn hinter sich leise lachen, ehe er ihre gerötete Haut streichelte und dabei murmelte: „Ich war gestern wohl doch ziemlich grob …“

„Ach Unsinn“, antwortete Thea noch verschlafen. „*Du* darfst das.“

Sobald sie es gesagt hatte und Luis darüber lachte, biss sie sich selbst auf die Zunge, aber sie nahm die Worte nicht zurück. Stattdessen drehte sie sich in seiner Umarmung um und knabberte an seinem Hals, ehe sie grinste. „Schließlich darf ich das ja auch bei dir. Gleiches Recht für alle.“

Amüsiert zog Luis sie auf sich und legte seine Hände besitzergreifend auf ihren Hintern, was Thea nur dazu brachte, sich in diesem Griff noch wohler zu fühlen. Schön bescheuert, aber sie genoss es trotzdem. Luis lächelte zu ihr hoch, dann zog er sie mit einer Hand in ihrem Nacken für einen

Kuss zu sich, der ziemlich schnell ausartete. Keuchend vergrub Thea ihre Finger in seinem ohnehin schon vollkommen zerrauften Haar und drückte ihre Hüften eng an seine, was ihnen beiden ein Stöhnen entlockte.

„Verdammt, ich will dich. Schon wieder", seufzte sie und spürte, wie sich seine Finger fester um sie spannten. „Aber ich bezweifle, dass ich heute überhaupt gehen kann."

„Geht mir nicht anders", lachte Luis unter ihr und strich über ihre Wange, wobei es sie wieder erstaunte, wie zärtlich der riesige Kerl sein konnte. „Das war wirklich eine lange Nacht."

Oh ja. Und jede Sekunde war es wert gewesen. Thea wollte es sich gerade auf ihrem nackten Spanier bequem machen, da legte er beide Hände an ihre Wangen und wünschte ihr mit einem liebevollen Lächeln: „Feliz cumpleaños, querida."

Blinzelnd hakte sie nach: „Und was soll das heißen?"

Luis strich über die Haut unterhalb ihres Horns, was sie zittern ließ, verdammt, dann übersetzte er immer noch lächelnd: „Alles Gute zum Geburtstag, Liebste."

„Ach so", verdrehte Thea die Augen, dann aber zuckte sie zusammen und runzelte die Stirn. „Wart' mal … du nennst mich aber schon verdammt lange so."

„Ja, fast seit wir uns kennen", gab Luis vergnügt zu. Als Thea daraufhin der Mund offen stand vor Überraschung, gluckste er erst, ehe er sich mit ihr im Arm aufsetzte und ernst anfügte: „Ich habe dir doch schon gesagt, dass ich es sofort gewusst habe. Du bist es, die Eine, die einzige für mich. Mi compañera. Alejandro hat dich sogar schon als meine Gefährtin akzeptiert, du gehörst jetzt zu mir, querida."

„Ich hab da aber auch noch was mitzureden", murrte sie überrascht. Aber Luis zog seine Umarmung nur enger und scherzte: „Ach, nach *dieser Nacht* willst du noch einen anderen?“

„Eingebildet sind wir mal gar nicht, was?“, schoss sie zurück. Ihr Spanier antwortete verschmitzt: „Wo denn? Außerdem habe ich auch noch ein Geburtstagsgeschenk für dich.“

Theas Augenbrauen machten einen Satz nach oben und Luis nutzte ihre Überraschung, um ihr einen raschen Kuss aufzudrücken. Dann griff er unter sein Kopfkissen und holte einen zusammengefalteten Zettel hervor.

„Also noch mal, feliz cumpleaños, querida“, wünschte er ihr alles Gute und hielt ihr den Zettel hin. Aber Thea nahm ihn nicht, sondern starrte wie gebannt auf das weiße Stückchen Papier.

„Was ist denn los?“, erkundigte sich der Werwolf vorsichtig und strich über ihre Seite, wobei seine schwieligen Finger sie an die letzte Nacht erinnerten. Theas Hände verloren alle Kraft und lagen schlaff in ihrem Schoß, doch sie behauptete: „Nichts …“

„Lüg mich nicht an“, bat Luis sie sachte und legte eine Hand an ihre Wange, damit sie in sein Gesicht sah. „Was ist los?“

Verflucht, war das peinlich, aber sie spürte Haliras Gegenwart und sah ihre Vertraute auf das Bett krabbeln, während diese sie drängte, es ihm zu sagen. Peinlich war es trotzdem.

Thea nahm ihre Spinne auf eine Hand und Luis begrüßte sie, indem er über ein Bein streichelte, was Halira gefiel, aber dann hakte er nach: „Was ist los mit dir?“

„Ich habe noch nie ein Geburtstagsgeschenk bekommen“, sprudelte es aus Thea heraus, so schnell, dass sie selbst ihre Worte kaum verstanden hatte. Aber Luis hatte den Sinn offenbar erfasst, denn er fragte ungläubig nach: „Noch nie? Was ist mit Ben, Barry? Deinem Lehrmeister?“

„Nein“, schüttelte Thea den Kopf. „Ben hab’ ich erst vor einer Woche gesagt, wann ich Geburtstag habe, Barry war es immer egal und Lachlan … war nur dann und wann da.“

„Dann hast du auch nie eine Torte bekommen?“

Thea fauchte: „Nein, von wem denn?“

Luis schnaubte verächtlich und schüttelte den Kopf, ehe er zornig, aber feierlich versprach: „Dann wird es mir eine Ehre sein, dir dein erstes Geburtstagsgeschenk und deine erste Torte zu überreichen. Wenn wir es heute noch aus dem Bett schaffen.“

Daraufhin lachte Thea und nahm den Zettel seufzend entgegen. Sich Luis’ forschenden Blicks leider allzu bewusst, faltete sie den Zettel auf und las dann in einer geschwungenen, aber klaren Handschrift: *Die geheime Zutat: Kakao.*

Für ein paar Sekunden starrte sie den Zettel blinzelnd an, dann sah sie mit hochgezogenen Augenbrauen zu ihrem Werwolf, der die breiten Schultern zuckte und erklärte: „Das ist wirklich das ganze Geheimnis. Nur ein bisschen Kakao ins Kaffeepulver und der Kaffee ist wesentlich besser. Hab’ ich von meiner kleinen Schwester gelernt.“

Thea war sprachlos, dieser Mistkerl hatte es wirklich schon wieder geschafft, sie sprachlos zu machen. Um sich nur ja nicht die Blöße zu geben, dass er das auch mitbekam, schlang sie rasch ihre Arme um seinen Hals und obwohl es ein Ablenkungsmanöver war, genoss sie das Gefühl von Haut an Haut.

„Soll das heißen, mein Geschenk gefällt dir?“, fragte Luis vergnügt. Sie wich zurück, wobei sie grinsend sagte: „Ja, für ein Erstlingswerk nicht schlecht.“

Er lachte zur Antwort, tat dann aber betroffen: „Nicht schlecht? Das ist alles? Oh, querida, ich serviere dir mein bestgehütetes Geheimnis auf dem Silbertablett, liefere mich dir vollkommen aus und du sagst bloß ‚nicht schlecht'?"

„Spinner", grinste Thea und strich ihm über seine Seiten, um zu sehen, ob er wirklich kitzlig war. „Aber genau das liebe ich ja so an dir."

Luis wand sich unter ihren Fingern, aber als sie das aussprach, fing er ihre Hände rasch ein.

„Wie war das?", hakte er nach, obwohl sich schon ein fettes Grinsen auf seinen Lippen ausbreitete.

„Du hast mich schon verstanden", brummelte Thea, denn sie hatte mal wieder den Mund offen gehabt, bevor sie nachgedacht hatte. Aber was machte es schon, sollte er es ruhig wissen. War ja auch so, obwohl sie es selbst kaum glauben konnte.

Allerdings blieb ihr keine Zeit, um weiter darüber nachzudenken, denn Luis drückte sie eng an sich und küsste sie so hungrig wie gestern erst. Atemlos ließ sie sich mit ihm zurückfallen in das vollkommen zerwühlte Bett … als ihr verdammtes Handy klingelte!

„Lass läuten …", raunte Luis ihr zu und nippte an ihrer Unterlippe „Du hast Geburtstag, der Rest der Welt kann uns mal."

Thea wollte ihm zustimmen, aber sie erkannte die Melodie, die Dire Straits mit „The Bug".

„Das ist Barry", erklärte sie Luis und stemmte sich hoch. Doch er schlang die Arme um sie und hielt sie zurück: „Na und? Was willst du mit dem Mistkäfer, wenn du *mich* haben kannst …"

„Er ruft nie an", gab Amalthea zurück und machte sich entschieden los. „Da stimmt was nicht."

Luis seufzte sichtlich enttäuscht, aber er hielt sie nicht noch mal zurück. Er folgte ihr sogar, als sie sich vom Bett erhob und noch nackt nach ihrem Handy angelte: „Ja?"

„Thea, hey, du … bist doch noch rangegangen“, begrüßte Barry sie und sie runzelte die Stirn. Das klang … seltsam.

„Jaaaah …“, antwortete sie gedehnt. Da meinte der Insektendämon: „Ja, also, ähm, was ich sagen wollte … wann kommst du denn wieder mal vorbei?“

„Barry, spuck’s aus!“, fuhr sie ihn an und sah aus dem Augenwinkel, wie Luis sich anspannte und eine Hand auf ihren Rücken legte, besitzergreifend und beschützend. Verdammt, es fühlte sich wirklich gut an.

„Ich will nur wissen, wann du wieder mal ins Pub kommst“, tat Barry übertrieben ruhig, aber Thea hörte genau, wie seine Stimme zitterte bei diesen Worten.

„Barry, bist du allein?“, fragte sie ihn, darauf abzielend, ob jemand mithörte. Der Käfer verstand das auch, denn er antwortete zittrig: „Nicht ganz.“

Gut, also konnte sie frei sprechen, aber er nicht: „Verdammt, wirst du bedroht?“

„Kann man so sagen“, gab er zurück. Thea hörte seine Nervosität, also schickte sie nach: „Halt durch, ich bin da, so schnell ich kann!“

„Nein!“, rief Barry harsch, aber es war sicher nicht an sie gerichtet, denn gleich darauf hörte Thea, wie es ein Gerangel gab und ihm offenbar das Handy entrissen wurde. Rasselnder Atem war dann zu hören und im Hintergrund brüllte Barry: „Thea, bleib weg!“ Hastig legte sie auf und raffte ihre Kleidung zusammen, wie es auch Luis sofort tat, ihr aber einen fragenden Blick zuwarf, also haspelte sie herunter: „Barry ist im Pub und wird angegriffen, ich muss ihm helfen!“

„Das habe ich gehört. Warum?“, fragte Luis ruhig. Hä? Thea starrte ihn fassungslos an: „W-warum? Er hat mich aus dem Waisenhaus geholt, verdammt!“

Seine Augen weiteten sich einen Moment, aber es war ihr egal, sie zog sich hastig an und ignorierte ihn, bis er sie am Arm packte und zu sich herumwirbelte, sie beide noch halbnackt.

„Lass mich los!“, schnauzte sie ihn an. Luis erwiderte unbeeindruckt: „Du hast heute Geburtstag, die Glyphe ist aktiv. Denkst du nicht, dass es verdammt gefährlich ist, jetzt rauszugehen?“

„Soll ich ihn vielleicht verrotten lassen?!“, schrie Thea ihn an. Er schüttelte den Kopf: „Nein. Aber bleib hier, James und ich werden gehen.“

„Sicher nicht!“, knallte sie ihm an den Kopf und Luis knurrte. Aber er gab sie frei und murrte: „Trotzdem. Wer weiß, dass Barry dich aufgezogen hat? Wer könnte ihn gegen dich einsetzen?“

„Was weiß ich?!“, fluchte Thea und schnallte ihre Waffen an. „Jeder. Niemand! Keine Ahnung.“

„Okay, beruhig dich“, bat Luis sie und legte ihr beide Hände an ihre Wangen. Aber sie riss sich los: „Später, Süßer, jetzt müssen wir Barrys Arsch retten.“

Hektisch schnappte Thea sich die Schlüssel und war schon halb die Treppe runter, als Luis ihr endlich folgte. Ja, einer musste ja abschließen, aber sie hatte es eilig. Als sie gerade die Fahrertür des Jeeps aufschloss, legte sich Luis Hand fest um ihre und hielt sie auf.

„Was soll der Mist?“, zischte sie und wollte sich rasend vor Zorn zu ihm umdrehen, doch seine andere Hand legte sich in ihren Nacken und hielt sie, wo sie war.

„Beruhige dich, querida“, raunte Luis ihr zu, aber Thea bockte gegen seinen Griff. Allerdings nutzte das verschissen wenig!

„Shh, calla, querida“, murmelte er in einem Ton, der ihr eine Gänsehaut bescherte und anstatt der brennenden Wut war da jetzt saure, bittere Angst. Thea hätte es niemals für möglich gehalten, aber sie machte sich Sorgen um Barry, den verdammten Mistkäfer.

„Ich muss ihm helfen …“, erwiderte sie zitternd. Luis drückte einen Kuss auf ihren Nacken, den er nur langsam freigab, wobei er antwortete: „Ich weiß. Aber wenn du so fertig da reinplatzt, nützt du ihm gar nichts. Und ich will dich nicht verlieren.“

Thea atmete durch, dann zog sie die Tür auf. Oder versuchte es, aber Luis drückte sie sofort wieder zu und verlangte: „Ich fahre, du rufst James an.“

„Wa…?“, beschwerte sie sich, stapfte dann aber grummelnd zur Beifahrertür, wobei sie beim Einsteigen im Stillen zugab, dass er ja recht hatte, irgendwo …

Als Luis anfuhr, hielt Thea bereits ihr Handy an ihr Ohr und hielt sich überrascht am Türgriff fest. Ihr Werwolf fuhr konzentriert, warf ihr aber trotzdem ein schiefes Lächeln zu, während sie das Freizeichen in der Leitung verfluchte. Dann scherzte er: „Ich hab dir doch gesagt, dass du mit diesem Baby noch nicht umgehen kannst. Lass dir zeigen, was ich meine.“

Damit gab er noch mehr Gas und ignorierte wirklich jede verdammte rote Ampel. Thea war so baff, dass sie beinahe James' Stimme überhört hätte: „Ja, Thea?“

„Ich brauche deine Hilfe“, stammelte sie, als sie sich wieder gefangen hatte. Sie hörte bloß abwartende Stille am anderen Ende, also haspelte sie herunter: „Barry ist in seinem Pub und wird angegriffen. Keine Ahnung, wie viele es sind oder was sie sind, aber er steckt in Schwierigkeiten. Luis und ich sind auf dem Weg, komm her!“

Es beruhigte Thea, dass sie wenigstens noch in der Lage gewesen war, die wichtigen Fakten aufzuzählen, sonst hätte sie ja echt an ihrer Ausbildung zweifeln müssen. Aber Lachlan und Barry hatten ihre Sache gut gemacht.

„Ich bin gerade am Mount Diablo“, ließ James sie wissen. Thea fragte harsch: „Was zur Hölle tust du da?!“

„Ich war bei Nana“, gab er ruhig wie immer zurück. Aber sie fiel ihm gleich noch mal ins Wort: „Dann bring sie auch mit!“

War vielleicht nicht notwendig, aber wenn Barry in seinem Pub angegriffen wurde, dann war doch was gewaltig faul.

„Außerdem ist heute mein Geburtstag!“, schickte Thea laut nach und ihr ging erst verspätet auf, wie weinerlich das klang, aber das interessierte sie gerade einen Scheiß.

„Das ist leider nicht möglich, Thea“, bedauerte James in einem Ton, der sie rasend machte, denn er war viel zu ruhig und sie schon am Ende ihrer Nerven. „Der gesamte Clan hat sich versammelt, um Miguels Urteil abzuwarten.“

„Ich hoffe, er bekommt den Tod!“, knurrte Luis, der offenbar jedes Wort mitgehört hatte, verdammte Wolfsohren. „Er verdient nichts anderes.“

„Wohl wahr“, gab James nachdenklich zurück. „Ich komme zu euch, so schnell ich kann, aber ich werde mindestens eine halbe Stunde brauchen.“

„Na gut“, brummte Thea, was sollte sie auch anderes tun, und legte ohne ein weiteres Wort auf. Rasch steckte sie das Handy zurück und überprüfte ihre Waffen, um nur ja keine Zeit zu verlieren.

Sobald Luis in die Straße einbog, in der Barry’s Pub lag, machte Thea sich bereit und sprang aus dem Jeep, noch bevor er zum Stehen gekommen war. Sie hörte ihren Werwolf zwar spanische Flüche knurren, ignorierte ihn aber und stürmte hinein, ihre Schusswaffen im Anschlag. Halira schrie sie in Gedanken an, dass sie verdammt nochmal *denken* sollte, aber Thea schnauzte bloß zurück.

Allerdings war Luis schneller als sie und riss sie an ihrem Kragen zurück. Wütend funkelte er sie an, seinen Dolch kampfbereit erhoben, als er grollte: „Du bleibst hinter mir, Prinzessin, klar?"

Zur Antwort nickte sie bloß harsch in Richtung der Tür und ließ ihm den Vortritt, wobei sie Haliras erleichtertes Seufzen in ihren Gedanken ignorierte. Sie wusste ja selbst, dass sie vollkommen bescheuert handelte, aber es ging nun mal um Barry …

Gemeinsam mit Luis betrat Thea den Pub und glaubte kaum, was sie sah. Die Einrichtung war komplett hinüber, nur noch einzelne Stühle und Tische sahen überhaupt noch so aus, dass man sie als solche erkennen konnte. Dunkles Blut rann von den Wänden und sammelte sich in Pfützen auf den abgewetzten Dielen, auch rund um die Leichen zweier Schlangendämonen. Und zwei weitere gingen gerade auf Barry los.

Ohne lang zu fackeln, leerte Thea ein halbes Magazin in den Schädel des einen, den Barry gerade von sich gestoßen hatte. Acht Patronen in so ein Spatzenhirn überlebte auch ein Schlangendämon nicht.

„Thea!", rief Barry erleichtert und stolperte keuchend zurück, als Luis den Schlangendämon von ihm fortzerrte und ihn mit einem einzigen, sauberen Schnitt durch seine schuppige Kehle tötete.

„Bist du verletzt?", erkundigte Thea sich bei dem Insektendämon, dem doch tatsächlich gelblicher Schleim von der fast nackten Brust tropfte. Sein Flanellhemd hing in blutigen Fetzen von seinem schmalen Oberkörper und darunter lugten nicht bloß zwei, sondern vier Arme hervor.

Mit hochgezogener Augenbraue musterte Thea ihn, doch es war Luis, der beeindruckt murmelte: „Praktisch."

„Mitunter", gab Barry atemlos zu und ließ sich auf den letzten intakten Barhocker plumpsen, wobei zwei seiner Hände unruhig seine Fühler hin und her strichen, während die anderen beiden seine Wunde betasteten.

„Scheiße, das tut weh", jammerte er. Thea murrte: „Lass mich sehen, du Heulsuse."

Er klackerte missmutig mit seinen Mandibeln, ließ sie aber machen und sie erkannte eine oberflächige Schnittwunde, schmerzhaft, aber harmlos.

„Ein Verband, ein bisschen liebevolle Pflege und du bist gleich wieder der Alte", nickte Thea dem übergroßen Käfer mit menschlicher Statur zu. Der kicherte klackernd, ehe er fragte: „Pflegst du mich?"

„Vergiss es", lachte sie zur Antwort und Luis schnaubte gleichzeitig verärgert. Grinsend sah sie über ihre Schulter zu dem Werwolf, der auch gleich neben sie trat und besitzergreifend eine Hand auf ihren Hintern legte, verdammter Angeber. Als sie sich wieder umdrehte, runzelte Thea die Stirn, denn obwohl sie das bei Barrys Facettenaugen wirklich nicht sagen konnte, glaubte sie doch, dass er gerade auf Luis' Hand gestarrt hatte. Und das bestätigte er auch gleich, indem er stammelte: „Oh, du … ihr. Oh."

„Ja, krieg dich wieder ein", schnauzte Thea ihn an, denn sie musste nicht mal hinsehen, um zu wissen, wie selbstzufrieden Luis gerade grinste, also ließ sie es auch bleiben und schaute sich stattdessen im Pub um.

„Schöne Schweinerei", befand sie trocken, als sie die ganze Zerstörung betrachtete. „Ist ja wirklich kein Stein auf dem anderen geblieben."

„Nein", seufzte Barry betrübt zur Antwort. „Die Mistkerle haben sogar meine ganzen Gläser zerdeppert."

Ein kurzer Blick hinter die Theke bestätigte Thea, dass sie froh sein konnte, ihre Doc Martens angezogen zu haben.

„Ganz schön brutaler Angriff …", murmelte Luis nachdenklich und sah sich um, ehe er Barry anstarrte. „Und Schlangendämonen sind immer gut vorbereitet."

Abgesehen davon waren vier davon nicht bloß ein sicheres Attentat, das war schon fast eine Atombombe auf einen Spatzen.

„Barry!", grollte Thea. „Was hast du Vollidiot angestellt?!"

„Nichts!", verteidigte sich der Insektendämon rasch, aber sie starrte ihn weiterhin an und er klackerte immer lauter mit seinen Mandibeln. Bis er schließlich einknickte und seufzte: „Okay, Kleines, das ist eine längere Geschichte. Setzt euch … wenn ihr noch was zum Hinsetzen findet."

Luis und Thea tauschten einen Blick, wobei sie die Schultern zuckte. Barry hatte zwar Ahnung davon, wie der Hasendämon so lief, aber selbst er konnte in Schwierigkeiten geraten.

„Hat jemand Wind davon bekommen, dass du mir die Shunan-Bastarde serviert hast?", wollte Thea von ihm wissen, aber Barry schüttelte bloß den Kopf, während er hinter der Theke noch heile Gläser hervorsuchte. Als er welche gefunden hatte, knallte er sie auf das Holz und schnaubte: „Selbst wenn das irgendwer erfahren hätte, ich hätte höchstens einen Geschenkkorb dafür gekriegt, keine Meuchler."

Flüche vor sich hin murmelnd und dabei immer wieder mit einer Hand an seine Wunde tatschend, mixte Barry in null Komma nichts Getränke für sie, was Thea staunen ließ:

„Wow, wirklich nicht schlecht, vier Arme zu haben. Sieht zwar scheiße aus, aber unheimlich praktisch.“

„Hörner sind auch schon aus der Mode“, gab Barry trocken zurück und sie funkelte ihn an. Dann aber zuckte er die Schultern und meinte: „Ich habe nur dann vier Arme, wenn ich sie brauche. Später kann ich sie wieder abstoßen, aber das dauert ein paar Stunden.“

„Das ist widerlich“, meinte Luis schaudernd. Dafür erntete er aber nur ein Schulterzucken und die Erwiderung: „Nasse Werwölfe auch.“

Daraufhin nickte er das Gesicht verziehend und Barry schob ihnen ihre Getränke hin, allerdings konnte Thea nichts anderes tun, als das ihre verblüfft anzustarren. Luis hatte einfach Rotwein mit einem dämlichen Schirmchen bekommen – Hauptsache, die waren noch heil gewesen! – sie hingegen ein … schillerndes *Etwas*.

„Was zur Hölle soll das sein?“, brummte sie angewidert, denn das Zeug hatte nicht nur alle Farben eines beschissenen Regenbogens, nein, es glitzerte auch noch. Und sie könnte schwören, dass Kokosraspeln drin waren …

„Meine neueste Kreation“, freute sich Barry. „Hat leider noch keinen Namen, wird dich aber umhauen!“

Eine Augenbraue hochgezogen blinzelte sie mehrmals und sah dann zu Luis, der gerade seine Nase in die Höhe reckte und schnupperte, als hätte er etwas gewittert. Dann aber lächelte er und fragte: „Was ist, querida?“

„Nichts“, zuckte sie nachlässig die Schultern. „Hab mich bloß gefragt, was das für ein Schlunz ist, aber der ach so tolle Großmeister will es mir ja nicht sagen.“

Barry kicherte klackernd und meinte: „Koste erst mal, bevor du dich beschwerst.“

„Na gut …“, murrte sie und schlürfte leicht daran.

„Gar nicht so schlecht“, brachte sie hervor, hustete aber, denn shit, das Zeug war klebrig-süß und schmeckte dick nach Rum und Kokos. „Verdammt, Barry, so gern ich Kokosnüsse mag, aber man kann’s auch echt übertreiben.“

Er lachte bloß zur Antwort und fragte: „Wo ist Halira? Sie kann auch gern was haben … wenn sie meinen geheimen Fliegenvorrat nicht auch demoliert haben, die Bastarde.“

Thea öffnete schon den Mund, da bat ihre Vertraute, still zu sein. Warum, verstand sie nicht, aber sie tat ihr eben den Gefallen. Luis nippte bereits mit einem zufriedenen Grinsen an seinem Wein, also tat Thea es ihm gleich, antwortete Barry aber ausweichend: „Nein, lass stecken. Aber jetzt erzähl endlich, was hier abgegangen ist.“

„Für die abgefuckte Geschichte brauche ich auch einen Drink“, erklärte Barry gedehnt und kippte einen Kurzen irgendwie an seinen Mandibeln vorbei, ehe er sich ihnen gegenüber auf die Theke stützte und meinte. „Also … es könnte sein, möglicherweise, dass ich … der Agentur was Falsches erzählt hab.“

Thea blinzelte ihn an und fauchte dann wütend: „Inwiefern genau?“

Barry duckte sich unter ihrem zornigen Blick, gab dann aber zu: „Na ja, hmm … sie wollten wissen, wer reelle Chancen hat, die Nachfolge der Shunan-Brüder zu übernehmen, weil die Idioten das anscheinend nicht selbst rauskriegen. Nun … und ich dachte, wenn ich ihnen jemanden nenne, der es sicher nicht wird, kann ich mir vielleicht etwas Zeit verschaffen und gleichzeitig ein Stück vom Kuchen sichern …“

„Bist du komplett bescheuert?“, unterbrach Thea den Insektendämon rauchend vor Zorn und er wich einen Schritt zurück. Aber das hielt sie nicht auf: „Man verarscht die Agentur nicht, hat noch niemandem gutgetan. Und du glaubst ernsthaft, du könntest diesen eiskalten Mistkerlen den Stinkefinger zeigen, *du*?“

Er hob bloß langsam die Schultern, da schüttelte Thea den Kopf und nahm einen großen Schluck von Barrys ‘neuester Kreation’, denn auf so viel Blödheit brauchte sie erst mal Alkohol und davon war neben Kokos doch echt noch Platz gewesen in dem schillernden Zeug. Immer noch ungläubig setzte sie das Glas ab und sah zu Luis, den sie harsch fragte: „Willst du gar nichts dazu sagen? Du bist doch sonst so ein Großmaul!“

„Hmm?“, brummte Luis sachte, als hätte sie ihn aus tiefen Gedanken gerissen.

„Willst du mich verarschen?“, fragte sie ihn, aber er schüttelte den Kopf und lächelte sie liebenswert und ziemlich verpeilt an, fast so wie heute Morgen. *Was zum ...?*

Von einer Sekunde auf die andere entglitt Thea die Kontrolle über ihren Körper. Ihr Kopf fühlte sich an, als würde er über ihren Schultern schweben und sie konnte nichts tun, konnte noch nicht mal den Kopf drehen, gerade mal blinzeln. Und in Gedanken schrie sie Halira an: „Lauf!“

Sie spürte genau, wie ihre Vogelspinne aus ihrer Hosentasche krabbelte, konnte jede sachte Berührung überdeutlich fühlen, sodass selbst das sanfte Tapsen der Spinnenbeine sich anfühlte wie Nadelstiche. Thea wollte schreien, um sich schlagen … aber nichts war ihr möglich, absolut nichts.

„Ah, ich sehe, es wirkt endlich. Na, ein Glück, dachte schon, ich hätte das Zeug falsch gepantscht“, brummte Barry und hätte Thea gekonnt, sie hätte geflucht, dass es ärger nicht mehr ginge. So aber blieb sie stumm, als der verfluchte Mistkäfer viel zu einlullend sagte: „Komm, Luis, Thea muss sich ausruhen, lassen wir sie allein."

„Okay …", antwortete ihr Werwolf und sie wollte ihn wirklich dafür treten. Wie bescheuert konnte man sein?!

Sie sah, wie Luis aufstand, hörte Schritte, die sich entfernten und eine Tür gehen, aber Thea konnte sich nicht bewegen, selbst blinzeln war kaum möglich. Von aufstehen und nachschauen, was zur Hölle hier vor sich ging, war keine Rede. Nein, sie starrte einfach machtlos auf den zertrümmerte Pub und konnte sich nicht rühren, eine Hand lag also immer noch um das kalte Glas, das Barry ihr gegeben hatte … Barry!

Scheiße, viel zu langsam begriff sie und Halira stimmte ihr zu. Dieses Arschloch hatte sie hereingelegt. Und das konnte eigentlich nur eins bedeuten …

Ein schmerzerfüllter Schrei ließ sie gedanklich zusammenzucken, denn körperlich schaffte sie nicht einmal das. Sie fragte sich, was Barry mit Luis getan haben mochte, dass der kampferprobte Werwolf einen solchen Laut von sich gab. Halira bot an, nachzusehen, aber Thea befahl ihr, nur ja versteckt zu bleiben, und lauschte aufmerksam. Sie hörte rasselnden Atem und wusste, dass es Luis war, der nun gegen irgendeine böse Verletzung kämpfte.

Plötzlich war ihre Wut auf Barry, diesen verräterischen Arsch, mit Panik versetzt. *Was, wenn Luis …?* Sie wollte gar nicht daran denken.

Barrys Schritte ließen sie aufhorchen und der Dämon trat wieder in ihr Blickfeld. Ohne ein Wort klopfte er ihre Hosentaschen ab und sah sie dann wütend an: „Du kleine Schlampe hast Halira also weggeschickt. Du bist schlauer, als du aussiehst."

Er holte aus und donnerte Thea eine seiner Scheren mit solcher Wucht gegen ihre Wange, dass sie von dem Barhocker flog, während in ihrem Schädel Schmerz explodierte, weiß leuchtend und blendend. Die Splitter von Holz und Glas, die sich durch ihre Kleidung bohrten, brannten wie Höllenfeuer auf ihrer Haut und sie hätte Barrys Stimme kaum erkannt, als er kalt sagte: „Vertraue nie einer Hexe, auch wenn du glaubst, sie zu kennen."

Thea starrte fassungslos in die Richtung, in die Barrys Schlag sie geworfen hatte, denn verdammt, was anderes konnte sie ja eh nicht tun! Sie hasste, es hilflos zu sein, hatte sich eigentlich schon als Kind geschworen, es niemals wieder zu sein. Denkste.

„Na schön, dann soll deine Spinne eben noch ein wenig herumkrabbeln, etwas Zeit bleibt ja noch", murrte Barry, als er zu ihr stapfte und schließlich vier Scherenhände in ihre Haare grub. Thea schossen unwillkürlich Tränen in ihre Augen, als er sie an ihren Haaren über Splitter in den nächsten Raum schleifte, aber sie konnte sich nicht wehren. Fassungslos und vollkommen hilflos wartete sie ab, schwankend zwischen Verzweiflung und Wut, schließlich hatte sie eine ziemlich genaue Vorstellung davon, was ihr jetzt noch bevorstand. Und das wollte sie wirklich nicht!

Barry ließ sie abrupt los und Thea knallte mit ihrem Kopf hart gegen den staubigen Holzboden, sodass sie für einen Moment Sterne sah, ehe sich ihre Sicht wieder zumindest etwas klärte. Der Anblick, der sich ihr bot, ließ sie die Augen aufreißen, trotz Paralyse durch irgendein Gebräu des Mistkäfers. Luis lag auf dem Boden, ein Arm mit Handschellen an ein dickes Rohr gefesselt. Das allein würde ihn sicher nicht aufhalten, aber in seiner Schulter steckte ein Dolch und da ihr Spanier käseweiß im Gesicht war und ihm Schweiß auf der Stirn stand, konnte die Klinge nur aus Silber sein.

Als Halira diese Information von ihr erhielt, fiel ihnen beiden ein, was in Bens Essay darüber gestanden hatte. Wenn sich zu viel Silber im Blut eines Werwolfs ansammelte … ging er drauf.

„Schau nicht so schockiert", fuhr Barry sie an. „Was hast du erwartet, wenn du mit deinem Stecher hier auftauchst? Dass ich ihn darum bitte, dass er uns mal eben allein lässt?"

Als er das sagte, beugte er sich zu Thea herunter und zog sie dann wieder an ihren Haaren hoch, was die Tränen fließen ließ. Immer noch wehrlos musste sie sich von Barry auf die andere Seite des Zimmers schleifen lassen und sie sah nicht, was dort war. Doch sobald sie dort angekommen war, wünschte Thea sich, sie hätte es nie erfahren. Mit einem scharfen, metallischen Klicken rasteten Handschellen um ihre Handgelenke ein und schnitten tief in ihre Haut, sperrten ihr das Blut ab, sodass ihre Finger schon prickelten, noch bevor Barry auch ihre Füße mit schweren Ketten und je einem Vorhängeschloss festband.

Als er vor ihr wieder aufstand, sah Barry sie lange aus seinen gruseligen Facettenaugen an und Thea wäre am liebsten zurückgewichen, konnte es aber nicht, denn sie hing wie eine Schweinehälfte in den Ketten und hasste sich selbst dafür. Und ihn noch mehr.

„Du brauchst mich gar nicht böse anzufunkeln", murrte Barry und schnappte sich den Saum ihres Tanktops. „So war das nämlich gar nicht geplant. Du solltest mich retten, dir meine ach so unglaublich tragische und gefährliche Situation anhören und mich dann so sehr bemitleiden, dass du hier freiwillig mitmachst. Tja, nachdem du aber mit einem Kerl auftauchen musstest, noch dazu mit dem da, wird daraus nichts und wir machen das auf die harte Tour. Deine Entscheidung gewesen."

Eine seiner vier Scheren legte sich um Theas Kinn und zwang sie, ihn anzusehen, wenn ihr nur danach war, ihm zwischen die Beine zu treten. Aber das ging ja nicht.

Barry drückte noch fester zu, sodass Thea überzeugt war, dass bereits Blut fließen musste, aber der Schmerz war erträglich, als Barry zischte: „Aber nein, du dumme, kleine Schlampe musstest dir ja ausgerechnet in dieser Woche einen Kerl anlachen. 20 Jahre hab ich mich um dich gekümmert und was ist? Nicht mal den Gefallen tust du mir."

Theas Wut schäumte über und sie spuckte ihm entgegen: „Selbst wenn ich seit Jahren keinen Kerl abgekriegt hätte, du wärst es nie und nimmer gewesen!"

Sie war selbst erstaunt, dass sie auch nur ein Wort herausgebracht hatte und Barry offensichtlich auch, denn er wich einen Schritt zurück. Dann aber traf eine Schere sie hart auf ihrer bisher unverletzten Wange und ihr Kopf flog zurück, während Barry sie anschrie: „Wie du willst!"

Noch bevor Thea sich auch nur annähernd von diesem Schlag erholt hatte, zerschnitt Barry ihr Top und legte damit ihre Haut frei, was Thea dankbar stimmte, dass sie in der Hektik nach seinem Anruf dennoch an einen BH gedacht hatte.

„Ich wollte dir ja eigentlich nichts tun, aber jetzt bin ich sauer!", knurrte Barry zirpend und seine Mandibeln klackerten lauter denn je. „Ich werd dir noch einen Cocktail holen, dann wirst du nicht bockig und es tut alles noch mehr weh. Ich werd's genießen, du nicht."

Damit drehte er sich um, aber Thea hielt ihn zurück: „Lass das eklige Zeug sein, das hilft dir auch nicht!"

Warum genau sie ihn provozierte, fragte sie sich selbst auch, ebenso wie Halira sie dafür als verrückt abstempelte, aber Thea hielt daran fest. „Oder brauchst du sowas, damit du ihn überhaupt hochkriegst?“

Im selben Moment, als Barry sich zu ihr umdrehte, stöhnten sowohl Luis als auch Thea vor Schmerz. Gut, ihm gefiel es vermutlich nicht, was gleich geschehen würde, ihr ja auch nicht, aber es war die Glyphe auf Theas Brustbein, die plötzlich heiß brannte. Und ja, ein rascher Blick zeigte ihr, dass dieses Scheißteil tatsächlich brannte, es glühte golden, wo es sonst immer tiefschwarz gewesen war!

„Weißt du was?“, murrte Barry. „Pfeif auf den Cocktail, es ist soweit.“

Damit ging er raschen Schrittes wieder zu ihr und als Thea versuchte, ihm einen Headbutt zu verpassen, fing er ihren Hals in einer seiner Scheren und drückte zu, sodass er ihr die Luft abschnürte.

„Lass den Scheiß“, forderte Barry wütend. „Glaub mir, ich will dich auch nicht unbedingt nackt sehen, aber es geht nun mal nicht anders.“

Mit diesen Worten hakte er eine weitere Schere in ihren Hosenbund und obwohl Thea sich hin und her warf, so gut es ihre verdammten Fesseln eben erlaubten, kappte der Dämon sofort ihren Gürtel, ehe er erneut ansetzte, um auch die Hose zu erwischen.

„Das ist meine Lieblingshose!“, beschwerte sich Thea, um ihn abzulenken, und wand sich grob aus seinem Griff. Aber Barry würgte sie fester und meinte unbeeindruckt: „In ein paar Monaten passt sie dir sowieso nicht mehr. Und glaub mir, tot kann sie dir dann auch egal sein.“

„Du Arschloch“, grollte sie, aber Barry zuckte mit den Schultern. Als er seine Tätigkeit kurz unterbrach und sie ansah, antwortete er: „Was hast du erwartet? Verdammt, Thea, du kennst mich seit 20 Jahren, wann habe ich jemals etwas gemacht, ohne dass Profit für mich dabei herausgeschaut hätte? Nie. Also warum hätte ich eine rotzfreche Neunjährige aufnehmen und durchfüttern sollen, hast du dich das irgendwann mal gefragt? Nein. Und Dummheit muss wehtun."

Murrend packten zwei weitere Scheren Theas Hüfte, während die vierte erneut ansetzte, ihre Hose zu zerschneiden. Sie musste was tun, egal was, irgendwas, aber sie konnte nicht einfach tatenlos hier rumhängen! Halira ging mit ihr fieberhaft alles durch, was ihnen einfiel, aber außer bockig werden, konnte Thea nicht viel machen und das war nicht genug. Dennoch tat sie es, aber Barry schnappte bloß: „Halt still, verdammt, das wird nicht einfacher, für keinen von uns!"

Ablenken, sie musste ihn ablenken … bloß wozu? Aber aufgeben würde Thea nicht, also fragte: „Warum machst du das dann?"

Barry sah sie verständnislos an, also fragte sie nach: „Wenn du das gar nicht willst, und glaub mir, ich will's auch nicht, warum tust du's dann, du Idiot?"

„Weil du mächtig bist, Kleines?", gab er zurück, als hätte sie noch immer nicht kapiert, dass in Feuer zu greifen nun mal verdammt weh tat. „Kind einer Hexe und eines Drachen, damit eine Hexe und Halbdrachin, von Dämonen gebrandmarkt und heute Nacht in der Lage, jedes Kind zu empfangen. Ich bin ein Käfer, ja, aber ich bin auch ein Hexer und damit ein wenig mächtiger als ich aussehe. Siehst du nicht, wie unglaublich *mächtig* dieses Kind sein wird?"

„Na und?!", schrie Thea ihm entgegen. „Ich will kein Kind, verflucht, und es hat auch nicht verdient, dir auch nur irgendwie ähnlich zu seh…!"

Kopfschüttelnd drückte Barry fester zu und hinderte sie damit am Sprechen, er hatte aber null Probleme, gleichzeitig einen tiefen Schnitt in den Bund ihrer Hose zu machen. Irgendwie gelang es Thea, ein Knie gegen seine verletzte Seite zu rammen, und er wich grunzend zurück. Sie musste sich Zeit erkaufen, also knallte sie ihm an den Kopf: „Du verdammtes Arschloch! Du wusstest es?!"

Barry schnaubte genervt mit klickenden Mandibeln und murrte dann: „Ja, sicher! Noch mal, wieso hätte ich dich sonst aufnehmen sollen? Natürlich wusste ich, dass dein Vater der Blutdrache ist. Deshalb sind wir ja auch nie nach Chinatown gegangen."

Thea blinzelte überrascht, dann aber fragte sie, zum Teil, weil es sie wirklich interessierte: „Warum hast du es mir nie gesagt?"

„Damit du Schlampe nicht auf die Idee kommst, nach Fähigkeiten zu suchen, an die du sonst nie gedacht hättest. Das hätte ich wirklich nicht brauchen können, dass du dein gesamtes Potential ausschöpfst, wenn die Agentur jetzt schon für jeden Scheiß dich einsetzt."

Genervt verfestigte er den Griff um ihren Hals und meinte: „So, jetzt halt die Schnauze. Es sei denn, du willst schreien, dann bitte, mach das, wenn du willst."

Sie versuchte nach Kräften, sich aus Barrys Griff zu winden, als dieser näher kam. Aber er stolperte plötzlich zurück und sie atmete erleichtert durch, sog gierig so viel Luft ein, wie sie konnte. Da rief er zornig in Richtung der Tür: „Glaubst du wirklich, ich wäre blöd genug, mein Haus nicht gegen Voidwalker abzusichern? Wofür hältst du mich?!"

Er stapfte zur Tür, wobei er Luis im Vorbeigehen einen festen Tritt in seine Rippen versetzte, der ihn ächzen ließ vor Schmerz.

Thea hatte keine Ahnung, warum ihr das gerade jetzt in den Kopf schoss, aber sie versuchte fieberhaft, sich an die Worte zu erinnern, die Ben auf eine Schriftrolle geschrieben hatte, um damit alle Schutzzauber bannen zu können. Mit geschlossenen Augen blendete sie Barrys Fluchen aus und auch die Tatsache, dass er gerade eine Waffe durch lud. Stattdessen konzentrierte sie sich allein auf die Worte und mit Haliras Hilfe rezitierte sie diese immer wieder. Bis ihre Vertraute einen gedanklichen Jubelschrei ausstieß. Sie hatten tatsächlich einen Bannzauber gesprochen.

„Was zur Hölle?“, keifte Barry klackernd und als Thea mit einem schiefen Grinsen die Augen öffnete, stand James neben ihr.

„Wow!“, zuckte sie zusammen, aber er zielte mit Edgar auf ihre Fesseln und alle Schlösser sprangen auf.

„Los, mach was, Schnecke!“, forderte die Waffe sie auf und Thea beantwortete Barrys Wutschrei mit einer gezielten Kugel in seinen Brustkorb. Aber … das beeindruckte ihn nicht.

„Scheiße!“, rief sie und sogar James knurrte, dann aber ließ er Edgar ein weiteres Mal einen seiner ganz eigenen Zauber spucken und der Insektendämon wurde zurückgeschleudert. Trotzdem kam er blitzschnell wieder auf die Beine, aber Thea jagte ihm ein paar weitere Geschosse in seine Knie und hastete zu Luis. Viel Zeit hatte sie nicht, denn sie spürte durch Halira, wie die Luft trotz des Bannspruches noch vor Magie sirrte. Trotzdem riss sie den Silberdolch aus der Schulter ihres Werwolfs. Der keuchte erleichtert und drehte sich auf den Rücken, wobei er unverständlich murmelte: „Thea …“

„Schnauze“, herrschte sie ihn an. „Verzieh dich und pass auf dich auf!“

Halira warnte sie und so wirbelte Thea herum, gerade noch rechtzeitig, um Barrys Angriff ausweichen zu können. Trotzdem erwischte er mit einer Schere ihr Handgelenk und drückte brutal zu, sodass Blut hervorsprudelte. Fluchend trat sie nach ihm, aber erst, als ein weiterer von Edgars Zaubern ihn traf, bekam sie wirklich die Chance, Barry auch zu treffen. Ihr Tritt ging dabei gezielt dorthin, wo auch er einen Schwanz zu haben glaubte. Und scheinbar hatte er wirklich einen, denn er stöhnte gequält, wie auch Edgar rief: „Autsch, Süße, hat er das wirklich verdient?"

„Ja", brummte James leise. Woraufhin seine Waffe meinte: „Okay, dann gib ihm!"

Doch zum Glück spuckte er auch einen weiteren Zauber, der von solcher Kraft war, dass Thea das Chitin von Barrys Panzer knirschend splittern hörte, als er zu Boden fiel. Sie schoss mehrmals auf sein Handgelenk, um endlich ihre Hand aus seinem Griff zu befreien, und es gelang ihr schließlich auch. Trotzdem wich sie nicht von Luis' Seite, auch dann nicht, als Barry sich trotz mehrerer Wunden wieder aufrichtete.

James sprang nach vorn, wurde allerdings gleich von allen vier Scheren gepackt und obwohl Edgar und Thea auf den Mistkäfer feuerten, ließ er nicht los. Blut quoll aus James' bleichen Unterarmen, aber von ihm kam nicht mal so viel wie ein Grunzen.

Ohne nachzudenken, schnappte sie sich den Silberdolch und trat rasch zu Barry. Thea stieß kraftvoll zu, im selben Moment, in dem Edgar einen weiteren Zauber aus seinem Maul verschoss. Aber es ging alles schief.

Barry griff so blitzschnell um, dass sie seine Bewegung kaum gesehen hatte, bis sie sich mit einer Schere um ihren

Hals wiederfand, die genau in die Schnitte drückte, die sie bereits davongetragen hatte. James war in einer ähnlichen Lage, zusätzlich hielt Barry aber noch die Hand umklammert, die Edgar hielt und die Schnauze der Waffe war auch in einem Würgegriff gefangen.

Scheiße, sie waren am Arsch.

Thea trat nach dem Mistkäfer, wie es auch James tat, aber sie spürte genau, wie ihre Angriffe immer nachlässiger wurden, je mehr seine Schere ihr die Luft abschnürte. Ihr wurde bereits schwarz vor Augen, als sie wie aus weiter Entfernung das Glas des einzigen, winzigen Fensters in diesem Hinterzimmer bersten hörte.

Gleich darauf erschlaffte Barrys Griff und sein Kopf zerplatzte mit einem widerwärtigen Schmatzen direkt vor Theas Augen.

Sie plumpste zu Boden, wie auch James, der nun neben ihr lag und ebenso verdattert wie sie den vierarmigen, aber nunmehr kopflosen Körper des Insektendämons anstarrte.

„Äh … habt ihr das auch gesehen?“, fragte Edgar geplättet. Thea antwortete röchelnd: „Wie Barrys Kopf explodiert ist? Ja, ich glaub schon.“

„Na, dann bin ich beruhigt“, befand die Waffe, allerdings sprang James sofort alarmiert auf seine Füße und zielte durch das zerfetzte Fenster hinaus auf die dunkle Straße. Thea tat es ihm gleich, allerdings konnte sie nicht das Geringste erkennen. Suchend huschte ihr Blick überallhin und dann entdeckte sie in einem Fenster auf der gegenüberliegenden Straßenseite einen orangeglühenden Punkt. Eine Zigarette.

Wer auch immer sie hielt, prostete ihr damit zu, dann drückte er sie aus und es verschwanden auch seine Umrisse in dem dunklen Zimmer. Thea blinzelte mehrmals, dann aber drehte sie sich um und suchte die Kugel. Hektisch sah sie sich um, suchte alles ab, da murrte Edgar: „Süße, ist dir klar, dass du hier halbnackt durch die Gegend rennst? Ich will mich ja nicht beklagen, dass ich deine Titten sehen kann, aber könntest du noch den BH ausziehen? Für mich?“

„Schweig“, fuhr James ihm über den Mund. Gleichzeitig hörte sie Luis’ schwache Frage: „Querida, was tust du da?“

„Ich muss …“, stammelte sie hektisch und als sie das Einschlagloch der Kugel fand, zückte sie triumphierend ein Taschenmesser, um sie aus der Wand zu pulen.

„Thea?“, hakte nun auch James nach und obwohl ihr bewusst war, was für ein Bild sie abgeben musste, hörte sie nicht auf. Sie ignorierte sogar ein weiteres Mal Edgar, der murrte: „Mal ehrlich, ich hab dir gleich gesagt, die Braut hat ’ne Schraube locker, aber neeeein, du bist ja ach so begeistert von ihr!“

„Tatsächlich?“, knurrte nun Luis.

James antwortete ruhig: „Nichts, worüber du dir Sorgen machen müsstest.“

„Das will ich auch hoffen“, erwiderte ihr Werwolf matt, aber eindeutig sauer, was Thea grinsen ließ. Dann aber rief sie: „Ha! Ich hab sie.“

Mit einer noch warmen und klebrigen Gewehrpatrone auf ihrer Handfläche drehte sie sich zu James und Luis um, wobei sie grinsend sagte: „Lachlan, du verdammter Mistkerl.“

„Du erkennst an der Patrone, dass es Lachlan war?“, fragte James. Thea nickte, wobei sie erklärte: „Sieh mal, das ist eine Winchester, er verwendet nur die. Außerdem stinkt es einfach nach seinem Humor, mir mit einer Zigarette zu winken, wenn er gerade ein Insekt abgeknallt hat. Du weißt schon, Nikotin als Insektizid und so.“ Er verengte prüfend die Augen, um die Patrone genau zu inspizieren, dann lächelte er schmal und meinte: „Außerdem hat er unterschrieben."

„Genau!", lachte Thea und trat dann an ihm vorbei zu Luis, den sie auf die Füße zerrte. Er stützte sich schwer auf sie und Thea erkundigte sich: „Wie schlimm ist es?"

„Fang bloß nicht an zu jammern, blöder Hund!", rief Edgar, aber Luis ging gar nicht darauf ein. Stattdessen antwortete er Thea: „Es tut wirklich verdammt weh, aber nichts Bleibendes. Zumindest dann nicht, wenn du mich heute Nacht pflegst. Und diesmal werde ich wirklich meinen Orujo de hierbas brauchen."

Thea lachte, rieb sich dann aber über die immer noch brennende Glyphe, wohin nun auch James' Blick gelenkt wurde, der sagte: „Die Glyphe und der damit verbundene Eid sind aktiv. Du solltest dich heute Nacht bedeckt halten."

„Ich weiß", grollte Thea, schickte allerdings einen Scherz nach. „Aber ‚bedecken' wär auch mal keine schlechte Idee."

James drehte sich mit einem schmalen Lächeln um und hob in einer Ecke eine Lederjacke auf, die er ihr anschließend um ihre Schultern legte, wobei er meinte: „Behalt sie, solange du sie brauchst."

„Danke", gab Thea zurück. Luis meinte dazu säuerlich: „Ich habe Kleidung im Jeep, du kannst sie also gleich wiederhaben."

Zur Antwort hob James bloß abwehrend die Hände und Thea lachte, ehe sie Luis einen kurzen Kuss auf seine Wange drückte: „Sei nicht so miesmufflig, das steht dir nicht."

„Uff, ich könnt gar nicht so viel essen, wie ich kotzen möchte", brummelte Edgar. Thea zwinkerte ihm zu: „Du bist ja nur neidisch."

„Bild dir nichts ein", gab er zurück und sie hob ihre Hand zur Zimmerdecke, an der Halira gerade hing, die sich nun aber zu ihr fallen ließ und sich dankbar an Theas Wange kuschelte. Ja, sie war auch wahrlich froh, dass sie beide heil davongekommen waren. Ihre Wunden würden zwar morgen auch noch verschissen wehtun, aber sie lebten alle noch.

„Lasst mich raten“, murrte Edgar. „Die verdammte Sauerei sollen jetzt der weißhaarige Hosenscheißer und ich wegräumen, oder?“

„Nein“, grollte James zur Antwort, woraufhin Edgar erleichtert schnaubte, aber er fuhr fort. „Wir rufen die Agentur an. Wenn sie einen mächtigen Hexer in ihrem Gebiet übersehen haben, können sie wenigstens jetzt die Drecksarbeit erledigen.“

„Seh ich auch so“, stimmte Edgar zufrieden zu. „Aber wir können ja nicht einer Meinung sein, oder?“

„Heute schon“, scherzte Thea und meinte dann übertrieben süßlich. „Bitte, für mich, ich hab doch heut Geburtstag!“

„Ja, weiß ich. Komm her und du kriegst einen fetten Geburtstagsschmatzer!“, bot Edgar breit grinsend an. Aber sie lachte, „Nein, danke!“

Selbst James lächelte für einen Moment, dann aber meinte er: „Geht ruhig, ich kümmere mich um alles.“

Sie nickte ihm dankbar zu, da streckte er die Hand nach ihrer Schulter aus und Thea gab ihm die schwarze Lederjacke zurück, aber James schüttelte nur sachte den Kopf und sagte: „Alles Gute zum Geburtstag.“

Sie lachte bitter, verabschiedete sich dann allerdings mit einem weiteren Nicken und sagte zu Luis: „Komm, verschwinden wir.“

„Gern“, gab er zurück und legte einen Arm um sie, während sie zum Jeep gingen. Er murrte ungehalten, während er Kleidung aus dem Kofferraum suchte und auf Theas fragenden

Blick hin gab er zu: „Meine Wohnung ist sicher, wir könnten also in Ruhe feiern, aber ich bringe heute nicht mal mehr eine Torte zustande, wie sollen wir dann richtig feiern?“

Als sie antwortete, wackelte sie mit den Augenbrauen: „Wir haben doch gestern vorgefeiert.“

Luis lachte warm und dunkel, ehe er meinte: „Auch wieder wahr.“

Sie ließ sich von ihm eines seiner T-Shirts über den Kopf ziehen und sobald sie wieder hervorschaute, drückte Luis einen Kuss auf ihre Lippen. Seine Stirn an ihre gelehnt, murmelte er: „Lass uns heimfahren, querida.“

Thea nickte nur und nahm ihm die Schlüssel ab, die Luis ihr widerstandslos aushändigte.

Epilog

Prioritäten

Am nächsten Morgen

„Ach zur Hölle, das muss reichen“, befand Thea murrend und schob die paar Scheiben Banane und Apfel noch ein wenig auf dem Teller herum. Bis Halira sie beinahe beinchenringend darum bat, es endlich sein zu lassen.

„Jaja“, sagte sie leise und rieb sich vorsichtig ihr bandagiertes Handgelenk. Luis hatte es gestern Nacht noch verbunden, sogar eine verfluchte Schleife drum gemacht, als wäre es ihr Geburtstagsgeschenk. Obwohl sie sonst schnell heilte, taten die Schnitte von Barrys Scheren immer noch höllisch weh, sie juckten und brannten. Und als sie heute in den Spiegel geschaut hatte, wäre sie vor Schreck fast umgefallen, so blau und grün waren ihre Wangen.

„Arschloch“, flüsterte Thea zum wiederholten Male und konnte immer noch nicht glauben, dass der Mann, der sie aus dem Waisenhaus geholt hatte, es nur deswegen getan haben sollte, nur weil … der kranke *Bastard* ihr ein Balg hatte anhängen wollen. Schnaubend suchte Thea die Schubladen in Luis’ Küche nach Besteck ab und hörte dem Gluckern der Kaffeemaschine zu. Roch nicht so gut wie sein Kaffee, aber immerhin bei Weitem besser als jede Brühe, die sie bisher jemals fabriziert hatte. Verdammt, es war wohl doch so einfach, ein bisschen Kakao dazu und schon schmeckte das bittere, schwarze Gold gleich nach noch mehr.

Als das Zischen der Maschine langsam abebbte, schnappte Thea sich eine Tasse, gezielt die quietschpinke, und für sie eine schwarze, dann goss sie zwei Kaffee ein und drapierte alles irgendwie auf dem lächerlichen Tablett mit Entchenmuster, das sie in einem Schrank gefunden hatte.

„Was mach ich hier eigentlich?“, brummte sie zu sich selbst, aber Halira gab trotzdem hilfsbereit eine Antwort. Allerdings eine, die sie nicht hören wollte.

„Ja, ich weiß, dass ich verknallt bin“, fauchte sie leise, was Halira auf ihrer Schulter lachen ließ. „Und ich weiß auch, wie bescheuert das ist.“

Auf dem Weg zum Schlafzimmer widersprach ihre Vertraute und meinte, es wäre schön, nicht bescheuert. Na, davon musste Thea sich erst überzeugen. Als sie leise die nur angelehnte Tür aufstieß, erinnerte sie sich daran, was an diese Tür gelehnt passiert war. Als sie dabei auch noch Luis noch schlafend im Bett sah, glaubte sie Halira schon fast. Fast.

Konzentriert balancierte Thea das dämliche Tablett, während sie das Bett umrundete. Was musste der blöde Werwolf auch am anderen Ende schnarchen?

Missmutig stellte sie das Tablett auf dem Nachtkästchen ab und setzte sich auf die Matratze. Gerade, als sie ihn schütteln wollte, damit er wach wurde, blinzelte Luis sie an und lächelte träge, seine Stimme noch schwer und verschlafen, als er raunte: „Buenos dias, querida.“

„Morgen“, murrte Thea und nickte zu dem Tablett. „Ich hab … Frühstück gemacht.“

Luis hob stumm eine Augenbraue, da schlug Thea sachte nach ihm und beschwerte sich: „Schau mich nicht an, als wär das unmöglich!“

„Bisher dachte ich aber, dass es das ist, Prinzessin“, lachte er und richtete sich auf, allerdings verschwendete er nicht einen Blick auf ihr mühselig bereitetes Frühstück. Stattdessen lehnte er sich direkt zu ihr und küsste sie erst einmal ausgiebig, ehe er murmelte: „Gracias.“

„Schau erst mal, was es gibt, bevor du dich bedankst“, grummelte sie und Luis gluckste, dann sah er zu dem kleinen Tablett.

„Kaffee und Obst, was soll ich mehr wollen, wenn du auch noch da bist?“, schnurrte er übertrieben und Thea schubste ihn murrend weg, sodass er lachend wieder zurück in die Laken fiel, dann aber stöhnte er leise.

„Wie geht's deiner Schulter?“, erkundigte sie sich, wenn auch nicht wirklich schuldbewusst. Luis funkelte sie in gespieltem Zorn an, ehe er theatralisch eine Hand an die Stirn legte und jammerte: „Ganz, ganz furchtbar. Ich kann mich nicht rühren, aber ich sterbe vor Hunger. Wenn du nicht willst, dass ich hier und jetzt von dannen gehe, dann wirst du mich füttern müssen.“

Sie lachten gemeinsam, dann aber nahm Thea tatsächlich eine Gabel auf und hielt ihm mit einem auffordernden Lächeln ein Stück Apfel entgegen. Ihr Werwolf leckte sich erst die Lippen, dann aß er das eine Stück und nahm ihr die Gabel ab. Er legte sie achtlos irgendwo in die Nähe des Tellers, dann zog er Thea zu sich hinunter und sie schmeckte den süßlichen Apfel noch auf seinen Lippen.

Gleich richtete sie sich wieder auf, aber Luis folgte ihr und zog ihr sein T-Shirt aus, berührte die nackte Haut, die er freigelegt hatte. Er drückte einen Kuss auf ihre Glyphe, die kaum noch zu sehen war. Irgendwann musste sie verblasst sein und damit war wohl auch der Eid Geschichte, was Thea kein Stück bedauerte.

Als Luis keine Anstalten machte, sie loszulassen, murrte sie, allerdings biss sie sich dabei auf die Lippe, um ein wohliges Stöhnen zurückzuhalten: „Der Kaffee wird kalt …"

„Na und?", murmelte Luis an ihrem Ohr. „Was kümmert mich der Kaffee?"

Thea wollte sich beschweren, dass sie ihn verdammt noch mal für ihn gemacht hatte, ließ es aber sein und sank mit Luis zurück auf das Bett. Es gab wichtigere Dinge als Frühstück.

Bonus: Valentinstag

Verdammte Romantik

Krachend schlug Thea die Wohnungstür zu und fluchte immer noch. Verdammt, die gesamte letzte halbe Stunde hatte sie nichts anderes gemacht! Und sie konnte auch sicher noch eine geschlagene Stunde weitermachen, denn so lange würde sie sicher brauchen, um das klebrige Blut von dem verdammten Malacies-Dämon aus ihrem Haar zu bekommen.

„Scheiße!“, fluchte sie laut. Aus der Küche ertönte ein vergnügter Ruf: „Hallo, querida, schön, dass du wieder hier bist!“

Grummelnd stapfte Thea ins Bad und achtete gar nicht weiter darauf, was Luis zu sagen hatte, denn sie brauchte jetzt erst einmal eine ausgiebige Dusche. Missmutig räumte sie ihre Taschen aus, ließ Halira auf das kleine Brett vorm Spiegel krabbeln und schälte sich vorsichtig aus ihrer Kleidung, denn verflucht, dieses Blut war wirklich überall.

„Thea, was … Madre de Dios!“, fluchte ihr Werwolf, als er hinter ihr ins Bad schlüpfte. Er bot gleich an: „Gib her, ich kümmere mich um deine Sachen.“

„Danke“, erwiderte sie matt und drehte ihm halb das Gesicht zu, da hatte Luis sich schon einen kurzen Kuss stibitzt und schmiss lachend die Waschmaschine an, noch bevor Thea die Dusche hatte aufdrehen können.

Als sie endlich darunter stand und das heiße Wasser brackig-grau und gurgelnd wie der verfluchte Dämon im Abfluss verschwand, seufzte sie erleichtert, denn jetzt würde sie erst mal entspannen, etwas essen. Und die bescheuerte Mail, dass der verrückt gewordene Malacies Geschichte war, würde sie der Agentur morgen zukommen lassen. Jetzt brauchte sie mal Ruhe vor all den Idioten.

Aber Ruhe wurde ihr wohl nicht gegönnt, denn Luis steckte seinen Kopf an der Duschwand vorbei zu ihr und sagte: „Wenn du fertig bist, komm in die Küche, Essen sollte bald fertig sein."

„Ja doch", murrte sie. Aber er hatte sie durchschaut und erkannt, dass sie am Verhungern war, denn er gluckste dunkel und fügte an: „Sei nicht so miesmufflig, das steht dir nicht."

„Mistkerl!", fauchte sie zur Antwort und hielt ihm den heißen Wasserstrahl ins Gesicht, aber er floh rechtzeitig und lachte. Ehe Luis das Bad verließ, fügte er noch geheimniskrämerisch an: „Ich hab auch eine Überraschung für dich."

Verdammt. Thea *hasste* Überraschungen. Mit jeder Sekunde, die verstrich, wurde sie neugieriger und schließlich hielt sie es nicht mehr aus, also bat sie Halira, dass diese nachsehen ging. Aber ihre Vertraute lehnte ab.

„Hey, was soll der Scheiß?", fluchte Thea, aber ihre Vogelspinne meinte bloß, dass es unfair wäre, Luis die Überraschung zu versauen.

„Auf wessen Seite stehst du eigentlich?", grummelte Thea, erhielt aber keine Antwort, also beeilte sie sich, aus der Dusche zu kommen, wenn sie schon selbst nachsehen musste. Hastig trocknete sie sich notdürftig ab, dann tapste sie auf nackten Füßen und in nicht mehr gekleidet als eins von Luis' übergroßen T-Shirts in die Küche.

Als sie in der Tür stand, blieb ihr der Mund offenstehen, dann aber biss sie sich auf die Lippe. Scheiße, hatte sie irgendeinen Feiertag vergessen? Warum sonst hätte Luis den Tisch decken und alle Lichter ausschalten sollen, stattdessen aber ein paar Kerzen anzünden? Nach etwas mehr als drei Monaten wusste sie, dass der große Hund ein verdammter Romantiker war, aber was war der Anlass?

Leise ging Thea in die Küche und überlegte fieberhaft. Ihr Geburtstag war ja erst vor drei Monaten gewesen, Weihnachten war auch nicht, für Ostern war es zu früh und Luis hatte erst im Juli Geburtstag. Was zur Hölle blieb dann noch übrig?!

„Du warst aber schnell heute“, lächelte Luis sie an, als er sie bemerkte und zog sie in eine Umarmung, wobei er ihr leise erklärte: „Ich hab Pizza gemacht, deine mit Salami und Ananas. Zehn Minuten noch, dann können wir essen.“

Er drückte einen Kuss auf Amaltheas Lippen, aber obwohl sie ihn genoss, versteifte sie sich und wich zurück. Luis musterte sie überrascht und sie grollte: „Okay, spuck's aus. Was geht hier ab?“

Blinzelnd zog Luis seine Augenbrauen hoch, aber Thea starrte ihn wütend an und fauchte: „Komm mir nicht so, kapiert? Raus mit der Sprache!“

Ihr Werwolf lachte kurz und kratzte sich am Hinterkopf, was sie nun ihrerseits blinzeln ließ. Der war doch echt … nervös?

„Was ist, zwei Meter trainierter Werwolf und du kannst mir nicht sagen, was zum Teufel dich zum Pizzabacken getrieben hat, während ich einen Malacies durch halb Frisco gejagt habe?“, zischte sie ihm zu, musste aber gleichzeitig grinsen, denn Luis knabberte sichtlich nervös an seiner Lippe herum.

„Scheinbar?“, gab er schulterzuckend zurück und atmete dann harsch durch, ehe er fragte. „Du hast echt keine Ahnung, was für ein Tag heute ist, oder, querida?“

„Äh … nein“, gab sie langsam zu und Luis schüttelte lachend den Kopf, zog sie näher zu sich und hauchte einen Kuss auf ihre Nase, die Thea gleich kräuselte. Grinsend, aber immer noch nervös, meinte ihr Werwolf: „Wie schaffst du das, Prinzessin? Seit mehr als zwei Wochen ist alles, überall, nur noch in rot und rosa dekoriert und du kriegst nichts davon mit, dass Valentinstag ist? Ich hab den Tag sogar im Kalender angestrichen.“

„Ich achte halt nicht auf sowas!“, rief Thea, denn verdammt, sie hatte sich bisher nie dafür interessiert, dass es diesen bescheuerten Feiertag auch nur gab! Shit … langsam ging ihr auf, dass er wohl ein ach so romantisches Dinner geplant hatte … verdammt.

„Hör mal …“, brummte sie, aber Luis’ Zeigefinger auf ihren Lippen stoppte sie. Dann erklärte er mit einem Lächeln: „Ich weiß, dass Romantik nicht dein Ding ist, querida, dafür hätte ich keine drei Monate gebraucht, noch nicht mal drei Stunden. Aber es ist *mein* Ding.“

Schnaubend sah Amalthea zur Seite, aber Luis schnalzte tadelnd mit der Zunge und legte beide Hände an ihre Wangen. Als er ihr Gesicht wieder zu sich drehte, funkelte Thea ihn böse an, was ihn grinsen ließ, ehe er bat: „Nur ein paar Minuten, okay? Sobald ich die Pizza aus dem Rohr hole, kann alles wieder beim Alten sein, aber gönn mir diesen einen Augenblick Romantik, ja?“

Thea schnaufte und strich sich ihr nasses Haar aus der Stirn, ehe sie sich geschlagen gab: „Na schön. Zwei Minuten, nicht mehr!“

„Mehr brauche ich nicht!“, freute sich Luis und drückte je einen Kuss unter ihre zwei Hörner, aber als er eine Hand in die Hosentasche seiner Jeans steckte, murmelte er etwas, das klang wie: „Hoffe ich …“

Nach einem tiefen Atemzug sah er in Theas Augen und strich sich nervös durch die Haare, wobei er brummte: „Dios, eigentlich hab ich immer gedacht, ich würde das mal auf Spanisch sagen, aber das wird wohl nichts …“

„Wovon redest du, zum He…?“, fragte Thea nach, da ging Luis auf ein Knie. Blinzelnd schaute sie ihn an, aber der kniete echt vor ihr und hielt ihr ein kleines schwarzes Kästchen entgegen, darin … allen Ernstes ein goldener Ring. Formlos und ohne unnötigen Glitzer, schlicht, aber gerade dadurch so … *stark*.

„Amalthea Cera Thoran, willst du mi…“, begann er eine Frage, *die* gottverdammte Frage. Da unterbrach Thea ihn: „Bist du vollkommen irre?!“

Luis verzog das Gesicht und erinnerte sie: „Zwei Minuten, querida, du hast mir zwei Minuten Romantik versprochen, also halt dich dran. Ich weiß schon, seit ich dich kenne, dass du die eine bist, also darf ich ja wohl wenigstens in den zwei Minuten mit einem Ring in der Hand vor dir knien dürfen und dich fragen, ob du mich heiraten willst. Wann sonst?“

Thea konnte ihn nur anstarren, fand aber keine Worte. Luis erwiderte ihren Blick, ließ dann aber zögerlich die kleine Schatulle sinken und brummte leise: „Lass mich hier nicht ohne Antwort sterben, der Boden ist unbequem …“

„Ich …“, stammelte Thea, wusste aber nicht, was sie sonst noch sagen sollte.

Seufzend steckte Luis den Ring weg und murmelte irgendwas auf Spanisch, da ging ein Ruck durch Thea und sie befolgte endlich den Rat, den Halira ihr schon seit Sekunden in Gedanken entgegengeschrien hatte: Tu was oder er ist weg!

Hastig vergrub sie ihre Finger in dem Stoff von Luis' Hemd und zerrte ihn auf die Füße, ehe sie ihn zu sich zog und ihm einen so harschen, aber ehrlichen Kuss aufdrückte, dass sie beide überrascht keuchten.

„Wow …", sprach er schwer atmend, als Thea ihn gerade mal ein wenig zurückweichen ließ. „Du kannst ganz schön rangehen."

„Und du bist offensichtlich verrückt", befand sie zur Antwort, was ihn lachen ließ. „Vielleicht. Aber wenn ich dafür dich haben kann, soll es mir recht sein."

Mit einem breiten Lächeln holte Luis den Goldring wieder hervor und steckte ihn Thea an, die brummte: „Und ich muss auch vollkommen verrückt sein."

Ihr Werwolf lachte dunkel und raunte an ihren Lippen: „Dann passen wir ja bestens zusammen. Einen schönen Valentinstag, querida."

Danksagung

Vielen Dank an den Silberkrone - Verlag. Ihr habt meiner Geschichte eine Chance gegeben und viel Arbeit in die Veröffentlichung gesteckt, sodass wir jetzt dieses Buch in Händen halten. Danke euch allen.

Danke auch an die San Francisco Crew!

Leonie, die mich damals auf die Idee gebracht hat, weiterzuschreiben. Ich hätte damals nie geglaubt, was seither aus diesem Oneshot geworden ist.

Andrea, die immer an die verrückte Truppe geglaubt hat und durch all ihre Höhen und Tiefen mitgefiebert hat.

Alishia Kane, die mir so viel Input und Unterstützung gegeben hat. Auch mit ihrem Cosplay. (Wenn ihr auf Instagram seid, lasst @alishiakane doch ein bisschen Liebe da. Sie macht so tolle Sachen!)

Vielen Dank an meine Familie.

Mama, die mir die Liebe zu Büchern in die Wiege gelegt hat. Und gesagt hat: „Du solltest Geschichtenerzähler werden.“

Papa, der mir so viel über Projekte und Recherche beigebracht hat. Das konnte ich in der Wissenschaft anwenden, aber auch für Geschichten aller Art.

Meinen Bruder, der vermutlich noch mehr liest als ich und sich vielleicht in dem ein oder anderen Satz wiedererkennt. Ups. Und vielen Dank meinem Mann, dass er meine Verrücktheit hinnimmt und wir jeden Tag etwas Tolles erschaffen, wie unsere wunderbare kleine Familie. Und zu guter Letzt vielen Dank auch dir, lieber Leser, der du meine Geschichte gelesen hast. Hoffentlich sehen wir uns in der Fortsetzung wieder!